체질과 욕망

체질과 욕망

이형우

도화

산만하게 쓴 글들 정리하여 묶는다. 매듭짓는 일이 허물벗기가 될 것도 같아서다. 이 책은 학위 논문『체질시학 연구』의 적용편이다. 오천년 우리 문학사에 우리 문예론文藝論 하나 만들고자 하는 충정에서 논문을 썼다. 자신의 한계를 착각한 후유증은 극심하다. 오늘 이 시간까지도 오류와 수정이라는 가위눌림에서 벗어나질 못한다. 하지만 결과가 아무리 초라해도 그런 시도를 했다는 자체에 만족하려 한다. 그래서 어떤 상황이 와도 뻔뻔하려고 노력한다.

방법론이나 이론은 세상을 보는 눈이다. 한편으론 익숙함, 동질감을 강화하는 담론이다. 그것의 다른 말은 배타성이다. 나는 좀 불편하고 싶었다. 세상과 문학을 다른 방식으로 보면 어떻게 되는가가 궁금했다. 그래서 기꺼이 이방인이 되고 싶었다. 많은 분들이 조언한다. 당신의 작업은 모든 걸 단순화하는 거 아니냐고. 자신 있게 답한다. 비슷함과 다양함을 혼동하지 말라고. 확언하건데 당신의 작업은 다양하지 않다고.

인간은 변하지 않는다. 한 말 또 하고, 한 짓 또 한다. 대부분이 어제의 그 사람이 오늘의 그 사람이고 내일의 그 사람이다. 체질은 늘 그러함을 강화한다. 그래서 개성이 타성으로, 다채로움이 단순함으로 바뀐다.『체질과 욕망』은 언어가 어떻게 욕망을 체질적으로 구현하고 있는가를 분석한다. 그를 통해 창의적 삶과 글쓰기가 무엇인지를 모색한다.

1부는 이론적인 측면을 다루었다. 이제마의 의철학적醫哲學的 사유를 이해하기 위한 장치다. 그래서 『東醫壽世保元』의 요체要諦를 약술했고, 체질적 사유가 비슷한 사람들의 삶과 문화 담론을 견주었다. 2부는 개인의 체질이 드러나는 양상을 다루었다. 체질적 사유와 지향성[시선], 시간, 공간, 상상력, 공감력 등의 관계를 기생시조 중심으로 살폈다. 기생 시조에는 그들 특유의 동질적 생태계가 유사類似와 상이相異를 제대로 보여주고 있기 때문이다. 3부는 집단과 체질의 상관성을 살폈다. 집단 무의식이 놀이와 가치관[숭고, 공동체, 역사의식]에 어떤 성향으로 분화되는지를 알아 보았다. 그 텍스트로 우리 고시조에서 현대시까지, 『부도지符都志』에서 '전염병 오천 년의 기록'까지 다양하게 조명한다. 부록은 이승훈 선생님에 대한 기억이다. 후회의 다른 말은 그리움이다.

엄격하고도 정치精緻한 공부법 가르쳐 주신 정민 선생님께 큰 절 올린다. 선생님의 지독한 글쓰기 방식이 아니었으면 이 책은 언감생심焉敢生心이다. 늘 큰 산으로 계시는 이상호 선생님, 혜안 주시는 유성호 선생님의 품이 자음과 모음을 엮게 하셨다. 8년 넘게 『예술가』의 연재 지면 주신 박찬일 교수님께도 예를 올린다.

2021. 1.

노원 무후암無後庵에서 이형우 쓰다.

목 차

글을 열며

Ⅰ. 언어와 욕망

Ⅲ. 집단과 욕망

I

연어와 욕망

❶체질과 이법
　-이제마를 이해하는 핵심어

　최초의 활자본 『東醫壽世保元』(辛丑本)이 1901년에 나왔다. 이제마가 죽은 다음해였다. 이 책은 조선 오천 년, 동북아 사유의 전환을 촉구한 대사건이었다. 그의 학문은 계보가 없다. 그의 어법이나 사상 역시 조선 선비의 담론이 아니다. 그렇다고 조선 선비가 조선의 규범성과 무관할 수도 없다. 여기에 이제마의 비범함이 있다. 문체만 이상해도 사문난적斯文亂賊으로 몰아 서슴지 않고 사약까지 내리는 땅에서, 최제우처럼 반전통적 문장을 썼다고 사형까지 당한 상황에서, 그의 행동은 위험천만이었다. 주역 용어를 쓰면서도 주역을 무시했고, 주자학 용어를 쓰면서도 주자학과 무관했고, 한의학적 전통을 차용하면서도 이와 다른 체계를 구축했다.

　이제마 사상의 핵심은 하늘과 땅이 몸에 구현되어 있다고 본 점이다. 몸을 소우주로 보는 관점은 특별한 게 아니다. 하지만 천지天地의 속성을 장기臟器와 연결짓고, 그것의 위치 에너지에 따라 인간의 지향점이 달라진다고 했다. 몸은 天人, 心(太極)·身(四端), 자유(free will)·필연(necessity), 철학·과학의 통합이다.[1] 그래서 이제마는 세계 최초로 몸을 발견한 사람이다. 서구의 이성적 사고에 대한 반발로 일어난 감성으로서의 몸과는 차원이 다르다. 이를 김용옥은 "이제마는 몸에서 대우주를 발견한 유일무이한 사상가다. 나의 지식이 미치는 한 전인류의 사상사에서 이제마와 유사한 체계를 발견키 어렵다"고 말한다.

이제마의 인간학은 몸학이다. 몸은 장기臟器의 크기에 따라 좌우된다. 장기臟器는 시선이 향하는 차원次元이고 크기는 기세고 힘이고 영향력이다. 장기臟器는 신체의 특정 부위기 아니라 상징이다. 체질은 나를 지배하는 장기臟器다. 그것이 '언표화 된 나'를 만든다. 내 안에는 다양한 '나'가 있다. 매 순간 선택해야 하는 경우에 이에 대처하는 나가 생기고, 그 상황이 사라지면 그런 나도 들어간다. 논리적으로만 보면 사상인四象人이란 말처럼 '나'의 유형도 기본 넷은 되어야 한다. 그러나, 그렇지 않다. 나를 구성하는 여러 나 중에서 특정한 나가 전체를 주도한다. '어제의 나'가 오늘도 나타날 확률이 높다. 또 '오늘의 나'가 '내일의 나'일 가능성이 크다. 그래서 인간은 정체성[Identity]을 유지한다. 그것이 체질이다. 하지만 이런 성향은 인간을 관성의 동물로 만들 우려가 크다. 습관적, 반복적 언행으로 이어저 심원한 삶을 방해할 위험히 크다. 이제마가 체질을 알자고 주장한 이유는 이러한 위험에서 벗어나자는데 있다. '다채로운 나'가 만드는 생동적인 삶을 영위하자는 데 있다.

---

1 이 책에서 논하는 사상의학의 이론적 근거는 대부분 김용옥의 저서와 특강 자료다. 서울 동숭동 도올서원에서 있었던 〈도올 東醫壽世保元 강론〉[1993년 9월~1994년 8월]을 수강하며 이해한 내용과 자료를 바탕으로 논지를 펼친다. 이 진술로 일일이 출처를 밝히는 수고로움을 덜려 한다. 아울러 사상의학의 심원한 세계를 밝혀주신 김용옥 선생님을 비롯한 주위의 학자분들께 감사를 표한다.

1. 지기知己와 지인知人

이제마[1837~1899]는 오천년 역사상 가장 파란만장한 시기를 살았다. 1834년 여덟살 헌종이 즉위했다. 이미 세상은 외척인 안동 김씨 천하였고, 순조의 비였던 순원왕후純元王后 김씨金氏가 수렴청정하였다. 1836년 정약용이 사망했다. 그 이듬해에 이제마가 태어났다. 1839년 기해박해己亥迫害와 오가작통법五家作統法으로 많은 천주교인들이 수난을 당했다. 이양선異樣船이 자주 나타나 백성이 불안에 떨었다. 1841년 순종이 친정親政하였으나, 삼정三政이 문란하고 국정이 어지러워 민심이 더 흉흉했다. 1846년엔 김대건 신부가 순교했다. 철종 즉위[1849], 동학 창시[1860], 진주 농민 봉기[1862]가 있었다. 이어 고종 즉위[1863], 경복궁 중건 시작[1865], 경복궁 화재, 병인양요, 병인박해, 제너럴 셔먼호 사건[1866], 신미양요[1871], 경복궁 중건[1872], 대원군 실각[1873], 운요호 사건[1875], 강화도 조약[1876] 등이 일어났다. 그 뒤로도 시찰단 및 영선사 파견[1881년], 임오군란[1882], 갑신정변, 우정국 설치, 동학농민운동, 갑오개혁[1894], 거문도 사건, 배재 학당 설립, 을미사변, 을미개혁[1895년], 아관파천, 독립협회 결성[1896], 대한제국 수립[1897], 만민공동회 개최[1898], 경인선 개통[1899] 등의 파란만장한 사건이 그의 연대기와 맞물려 있다.

여기에 하루가 멀다 않고 터지는 민란까지 합치면 그 참담함이란 이루 말로 할 수가 없다. 백성들은 거지가 되어 떠돌고, 그도 모자라 인육까지 먹는, 심지어는 자식까지 잡아 먹는 일도 있었다. 창궐하는 전염병은 이 불쌍한 생명들을 더 잔인하게 앗아가 버렸다. 이런 사정으로 당대의 많은 선비들은 의술에 많은 관심을 가졌다. 이제마는 백성들이 건강하게 사는 길을 찾기위해 평생을 바쳤다.

우선 그는 건강하기 위해서는 먼저 자신을 알아야 한다[知己]고 했다. 그 다음은 남도 알아야[知人] 한다. 나를 안다는 것은 나의 체질을 아는 것이며, 남을 안다는 것 역시 그렇다. 그래야 일차적으로 자신의 건강을 유지할 수가 있다. 건강해야 자신을 속이지 않고, 남을 속이지 않고, 또 남에게 당하지도 않는다. 그런 사람들이 모여야 난세가 치세로 바뀐다고 보았다. 그래서 그에게 성인聖人은 요순이 아니라 건강인이었다. 이런 면에서 이제마가 『格致藁』「反誠箴」에서 구가한 인간은 자율형이다. 이는 "겉으로는 백이伯夷지만 실제로는 도척盜跖인 사람(名之伯夷 而實之曰盜跖者有之)들에게 속는 책임도 본인 스스로에게 있다는 말이다.

2. 방행傍行과 정행正行

격치한다고 하고서는 어지러운 원고로 말하는 것은 이 책이 격치하지 못 하기 때문이 아니다. 보고 적은 것을 따르다 보니 글이 엉성하고 거칠다. 말뜻을 비약하기도 하고, 맘대로 해석하고, 생략하였다. (그래서 이 책이) 세상에서 겉돌 수는 있어도 바른 행보는 될 수가 없다. 대부분 마음에서 우러나는 진리가 덕을 쌓는데 이르지 못하고, 뜻을 독실히 한다 하였으나 글 다듬기까지 제대로 이어지지 않았다. 그러나 만약에 [후대의 누군가가] 제대로 격치한다면 (이는) 청출어람이 될 것이다. 그러면 이 책 또한 곽외의 천리마 뼈 구실을 아니 하겠는가?[2]

왜 시작부터 『格致藁』 서문을 이야기하는가? 그것이 『東醫壽世保元』의 근간이기 때문이다. 그렇다면 『格致藁』는 어떤 책인가? 자신만의 사유체계를 정립하기 위해 1880년부터 1893년 사이에 썼다. 14년이라는 장구한 시

---

2 格致而以亂藁爲言者, 此藁非不格致, 而隨見隨錄, 文字未免草率, 語意或涉蕩略, 可以旁行於世, 而不可以正行於世者也. 盖忠信未盡於進德, 立誠未全於修辭故也. 然苦使眞格致, 而靑於藍者出於藍, 則此藁亦豈非郭隗千里馬之骨乎?

간이 걸렸다. 서문에는 그런 과정을 밝히고 있다. 『格致藁』는 그가 겪은 사실과 착상에 의거했다고 알려 준다. 자신이 직접 체험한 것[隨見]에 의존하다 보니 체계를 세우는데 시간이 걸리고, 생각나는 대로 따르다[隨錄] 보니 엉성하기 짝이 없다는 토로다. 아울러 제대로 만들지 못한 이유를 주역周易의 건괘乾卦 九三을 인용하여 밝힌다. 거기서 공자는 말한다. 군자가 종일토록 노력해서 덕을 진전시키고 업을 닦고[進德修業], 그를 위해 충신忠信과 수사修辭와 지성至誠을 방법으로 삼아서 뼈를 깎는 노력을 한다면, 아픔은 있어도 허물은 없을 거라고. 그만큼 이제마는 『格致藁』를 위해 혼신의 노력을 다 했다. 그렇지만 여전히 미비해서 별볼 일 없는 수준[傍行]이라 폄하한다. 하나 후대의 누군가가 미흡한 이 책[체계]을 발판으로 제대로 격치한다면[책을 쓴다면] 그것은 대박[千里馬之骨]인 동시에 공맹孔孟의 경전[正行]에 버금가는 책이 되리라 호언한다.

곽외의 천리마 뼈는 선시어외先始於隗 고사로도 유명하다. 하찮은 나를 중용하면 나를 보고 훌륭한 진짜들이 많이 올 거라는 곽외의 말에서 나왔다. 昭王은 몰락한 燕나라를 재건하기 위해 혼신의 힘을 다 했다. 나라를 부강시키는 데는 인재들이 있어야 가능하다고 보고 이를 자문하는 과정에서 나온 고사다. 郭隗가 말하였다.

"옛날 임금 중에서 千金을 주어서 연인(涓人)[3]에게 千里馬를 구해오게 했습니다. 그런데 千里馬는 이미 죽은 뒤였습니다. (할 수 없이 그는) 그 뼈를 五百金에 사서 돌아 왔습니다. 군주가 크게 노하였습니다. 이에 涓人이 아뢰기를 '죽은 말도 (5백금을 주고샀는데) 하물며 산 놈들이야 오죽하겠습니까? 곧 千里馬가 올 겁니다.' 했다. 1년이 못되어 千里馬가 세 필이나 왔습니다. 지금 왕께서 꼭 어진 선비를 모시려 하신다면 먼저 이 郭隗

---

3 궁중의 잡일[청소]꾼.

부터 시작하십시오. 그런다면 郭隗보다 어진 사람들이 어찌 千里를 멀다
고 여기겠습니까?"[4]

죽은 천리마의 뼈가 산 천리마를 부르고, 하찮은 곽외가 대단한 인물들
을 모았듯이, 이제마는 온 천하를 구제할 의업醫業을 꿈 꾼다. 점잖은 그의
말투 속에는 당찬 포부가 꿈틀거린다. 지금도 생생하게 귀에 들리는 듯하
다. '조선 의학의 중흥은 바로 이 『格致藁』가 연다. 지금은 내가 겸손하게
傍行한다 하지만 훗날 모일 그 사람들에 의해 이 책은 正行이 되고, 불후의
명작이 될 거다. 오라! 와서 확인하라 인재들이여! 내 후손들이여!'
    저술에 관한 그의 잣대 둘이 방행傍行과 정행正行이다. 방행은 "(易은) 두
루 작용하지만 거침없지 않으며 하늘을 즐기고 천명을 알기에 근심이 없
다."(旁行而不流 樂天知命 故不憂 安土敦乎仁)(『周易』「繫辭上傳」)는 말
과, "옛날 황제가 배와 수레를 만들어 막힌 곳을 두루 다니면서"(昔黃帝 作
舟車以濟不通 旁行天下)(『漢書』卷二十八 上,「地理志」八) 라는 용례에
서 알 수 있듯이 여기저기 다니는 행위를 말한다. 이에 비해 정행은『孟子』
「盡心下」의 "말이 도타운 것은 바른 행동과 무관하다."(言語必信非以正行
也)는 데서 알 수 있듯이 세상의 귀감이 되는 행위를 일컫는다. 그러나 이제
마는 이 용어를 각각 '평범한 책'[傍行]과 '경전(에 버금가는 책)'[正行]이란
개념으로 사용한다. 이제마 글쓰기의 특징이 잘 나타난다.
    그의 모든 저술이 이렇다. 그는 기존 용어를 새롭게 정의하여 사용한다.
주역의 대가大家지만 주역을 넘어 섰고, 주역의 용어를 빌려 왔지만 전혀 다
른 사상思想을 담은 사상론四象論을 펼쳤다. 또, 유교에서 성정론을 가져왔
지만 그 정의가 전혀 다르다. 정행正行에 오르고픈 방행傍行의 괴로움, 기존

4『通鑑節要』, 卷之一 周紀 赧王.

체제를 허물고 새로운 체제를 세우는 작업, 그것이 곧 이제마의 공부론이다. 이제마는 진정으로 자유로운 학문을 구가한 사람이다. 선승들이 부처를 만나면 부처를 죽이고, 조사를 만나면 조사를 죽여 깨달음을 얻었듯이, 그는 주역을 만나 주역을 죽였고, 공맹을 만나 그들을 죽였다. 이는 복덕방 차원에 그치고 마는 많은 현대 인문학도들이 귀감으로 삼아야 할 부분이다.

3. 구비전지具備傳之와 구비득지具備得之

서경(書經)에서 말하기를 만약 약이 명현하지 않으면 병이 낫지 않는다 했다. 은나라 고종 때에도 이미 명현한 약효가 있었다고 적혀있다. 고종이 칭찬하여 감탄한 걸 보면 의약 경험의 유래가 이미 신농황제 때로 올라간다.[오래 되었다.] 그 말은 참으로 믿을 만하다. 그러나 본초(本草)와 소문(素問)이 신농씨와 황제의 손에서 나왔다는 그 설은 사실이라 믿기 어렵다. 어찌 이런 말을 할 수 있는가? 신농씨와 황제 때의 문자는 후세의 세련된 문장에 미치지 못하기 때문이다. 쇠망한 주와 진과 한나라 이후로 편작(扁鵲)이 있었다. 그러나 장중경(張仲景)은 두루 갖추고 깨달아 처음으로 전문가가 되었고 책을 썼다. 의도(醫道)가 비로소 일어났다. 장중경 이후 남북조 수당의학이 그것을 이었고, 송나라에 이르러 주굉朱肱이 (다시) 갖추고 깨달아 활인서를 짓고 의도(醫道)가 다시 일어났다. 주굉 이후 원나라 의사 이고李杲, 왕호고(王好古), 주진형(朱震亨), 위억림(危亦林)이 이를 이었고 명나라에 이르러서는 이천(李梴), 공신(龔信)이 구비득지하였고 허준(許浚)이 구비전지하여 동의보감을 지었다. 의도(醫道)가 다시 일어났다. 대부분 신농씨와 황제 이후부터 진한 이전까지의 병증약리는 장중경이 전했고, 위진 이후 수당 이전까지의 병증 약리는 이천, 공신, 허준이 전했다. 만약 의술가의 업적과 공로로 이를 논한다면 장중경, 주굉, 허

준이 으뜸이고 이천, 공신은 그 다음이다.[5]

위의 글은 『東醫壽世保元』「醫源論」의 앞부분이다. 의원론은 이제마가 쓴 의학사다. 여기서 그는 의사를 두 종류로 나누고 있다. 하나는 구비득지具備得之한 부류이고 다른 하나는 구비전지具備傳之한 부류다. 전자는 다양한 자료를 섭렵하여 새로운 경지에 이른 경우이고, 후자는 전해 오는 것을 충실히 연구하여 전한 경우다. 다시 말하면 구비득지한 의사는 새로운 의학 세계를 열었고, 구비전지한 의사는 기존 의술에 깊이를 더했다. 구비득지한 의사는 장중경, 주굉, 이천, 공신이다. 구비전지한 의사는 이고, 왕호고, 주진형, 위역림, 허준이다. 모두가 정행본正行本을 저술한 대가들이지만 차원이 다르다고 본다. 당연히 이제마는 구비득지한 사람들을 한 수 위로 친다.

이는 철저하게 근거[醫書]를 바탕으로 하고, 그것이 지닌 가치를 매긴 결과다. 이제마는 기록과 저술을 기준으로 삼는다. 기록이 없는, 기록이 있어도 신빙성이 없는 경우는 인정하지 않는다. 그것이 『神農本草』와 『黃帝內經』이라는 책에 대한 불신이다. 신농씨와 황제 때의 언어로는 그 책에 쓰인 문장이 나올 수가 없다 그러므로 그 임금들은 저자가 아니라고 확언한다. 당연히 이름만 전하는 편작扁鵲은 거론의 대상도 아니다. 이제마의 과학적인 학문 자세가 드러나는 대목이다. text에 대한 엄격한 접근, 체계적 분석, 독자적 의미 부여가 인문학 연구가 지향해야 할 궁극이란 점에서 귀감이 된다.

그렇다면 왜 허준을 구비득지한 사람들의 반열에 올려서 칭송하고 있는가? 그것은 허준에 대한 인식이 특별했다고 볼 수밖에 없다. 일차적으로 허준에 대한 애정이었다고 유추하자. 허준이 살았던 시대, 허준이라는 신분에 이제마가 사는 시대, 이제마의 처지를 포갠 결과라 보자. 그리 되면 난세의

---

5 李濟馬, 『東醫壽世保元』 卷之二 「醫源論」.

허준이 남긴 족적에 동병상련同病相憐하는 인간 이제마가 보인다. 하지만 그것은 어디까지나 『東醫寶鑑』이라는 걸출한 저술이 있기에 가능했다. 이제마에겐 『東醫寶鑑』은 구비전지한 저술 이상의 의미를 지닌 책이었다. 중국의 의술에서 출발했으나 조선의 의학서로 거듭난 『東醫寶鑑』의 진면목을 간파하고 있었다.

남은 것은 자신이 저술한 『東醫壽世保元』을 어떻게 생각했냐는 점이다. 『東醫寶鑑』이 구비득지한 저술이 아닌 이유는 새로운 의학 세계를 열지 못했기 때문이다. 『東醫壽世保元』은 기존 의술을 뛰어 넘는, 어디에도 없는 사건[후천 개벽]이다. 당연히 그는 그 자신을 구비득지한 의사로 생각했음이 틀림없다. 이를 『格致藁』 서문의 글쓰기 방식을 통해서 짐작할 수 있다. 이제마는 『格致藁』가 정행正行급이 될 수도 있다고 생각하지만 현재는 곁다리[傍行]라고 낮추었다. 이는 곁다리 저술은 하지 않는다는 자기 확신의 다른 표현이기도 하다. 『東醫壽世保元』「醫源論」에서는 이런 언급조차도 없다. 자신감의 정도를 알려주는 반증이다.

4. 위와 아래[천기天機와 인사人事]

천기(天機)가 넷이니 첫째가 지방이고 둘째가 인륜이고 셋째가 세회고 넷째가 천시다. 인사(人事)가 넷이니 첫째가 거처고 둘째가 당여고 셋째가 교우고 넷째가 사무다.[6]

인용문의 용어들은 현대어로 번역하기가 쉽지 않다. 천기天機는 절대적

---

6 『東醫壽世保元』「性命論」.

보편적 시공 개념이고 인사人事는 상대적, 특수적 시공 개념이다. 천기天機는 논리적 자연적이고 인사人事는 실제적, 인위적이다. 천기天機가 인간의 체험과 기억으로 재구성된 시공이 인사人事다. 수평적 광협廣狹의 관점에서 보면 천기天機의 지방地方은 개체 공간이고, 인륜人倫은 이웃[사조직]이고, 세회世會는 사회[국가]고, 천시天時는 세계[우주]다. 인사人事의 거처居處는 개체가 생존하는 모습이고, 당여黨與는 무리짓는 모습이고, 교우交遇는 대동사회를 향하는 모습, 사무事務는 우주[전세계적]를 대하는 모습이다.

상하上下의 관점에서 보면 천기天機와 인사人事는 공사公私를 나타낸다. 위로 갈수록 공적公的이고 아래로 갈수록 사적私的이다. '지방−거처'를 중시하는 사람은 사사롭고, '천시−사무'에 관심 두는 사람은 공평하다. 다시 말하면 소음인은 가장 사적이고 태양인은 가장 공적이다. 양인은 두루 잘 사는데 관심이 많고 음인은 나와 우리가 잘 사는데 골몰한다. 양인은 세상과 우주를 논하고, 음인은 가족[당여黨與]과 내 이야기만 한다. 그래서 양인은 이상주의자고 비관론자다. 음인은 현실주의자고 낙관론자다.

天機	지방	인륜	세회	천시
人事	거처	당여	교우	사무

天機   人事

5. 앞과 뒤 ① 이목비구耳目鼻口와 폐비간신肺脾肝腎

몸	
앞	뒤
耳	肺
目	脾
鼻	肝
口	腎

이목비구耳目鼻口는 몸의 앞을, 폐비간신肺脾肝腎은 뒤를 가리킨다. 그러나 이목비구耳目鼻口는 폐비간신肺脾肝腎이 조종한다. 폐비간신肺脾肝腎은 사상四象의 유형으로 대상을 담는 틀[frame]이다. 그 틀에서 관점觀點이 생긴다. 이목비구는 이를 확인하는 도구다. 폐비간신肺脾肝腎이 비추라는 대로 드러내는 macro·micro 렌즈다. 관점이 대상을 만든다. 무엇을 어떻게 보느냐에 따라 가치관이 형성되고 여기서 방향과 목적이 생긴다. 이제마는 그것을 인간의 몸에 구현된 폐비간신肺脾肝腎의 역학구도로 보았다.

우리 몸의 하늘은 이목耳目과 폐비肺脾이고 땅은 비구鼻口와 간신肝腎이다. 이를 다시 상하로 구분하면 맨 위가 이耳와 폐肺, 그 아래가 목目과 비脾, 그 아래가 비鼻와 간肝, 맨 아래가 구口와 신腎이다. 위로 갈수록 이상주의적 성향이 강하고 아래로 내릴수록 현실주의적 성향이 강하다. 또 위로 갈수록 성글고 추상적이고, 아래로 올수록 촘촘하고 구체적이다. 이들은 층위별 1 : 1 조합에서 가장 큰 효율성을 발휘한다. 폐肺가 큰 사람은 청력이 좋고, 비脾가 큰 사람은 시력이 뛰어나고, 간肝이 큰 사람은 후각이 발달하고, 신腎의 큰 사람은 미각이 예리하다. 나머지 조합은 멀수록 기능이 둔감하다. 그래서 들어도 못 듣고, 보고도 못 보고, 맡고도 모르며, 먹고도 모르는 일이 생긴다. 장기臟器 전후 배치와 대비는 공간 지향적 인간학이다. 공간 지향성은 강한 것을 더 강하게 약한 것을 더욱 약하게 만든다. 그래서 우리 몸의 기울기는 계속 심화된다. 체질적 삶의 궁극은 이를 극복하는데 있다.

이를 주역의 三才, 한의학의 삼초三焦 개념에 적용하면 아래와 같다.

위 도표로 보는 태양인과 소음인은 홀로서기 성향이 강하다. 더불어 사는 세상은 소양인과 태음인이 갖는 관심사다. 역사상 건곤일척乾坤一擲의 주인공들은 대부분 소양인과 태음인이다. 초당파적 교유를 중시하는 소양인과 탄탄한 가문적 결속력 중시하는 태음인의 진검승부였다. 상하 개념으

로 살피면 태양인과 소음인이 대립하고 소양인과 태음인이 대립한다. 그러나 폐가 숨을 내쉬고 간은 숨을 들이며, 비는 모으고 신은 내보내는 기능적인 면으로 보면 태양인과 태음인이 대립하고 소양인과 소음인이 대립한다. 위치 개념이기 때문에 사상인을 괘상이 주역의 사상四象과 다르다. 많은 사람들이 이런 점을 놓치고 있다. 아울러 지금까지 알려진 체질 개념을 요약하면 아래와 같다.

---

1. 체질은 가장 큰 장기(臟器)로 결정한다.

2. 체질은 타고난다.

3. 체질은 변하지 않는다.

---

6. 앞과 뒤② 함억제복頷臆臍腹과 두견요둔頭肩腰臀

몸	
앞	뒤
함(頷)	두(頭)
억(臆)	견(肩)
제(臍)	요(腰)
복(腹)	둔(臀)

↓   ↓

| 아는 것을 행함[선택] | 행한 것을 행함[습관] |

↓

| 자유와 선택, 행위과 결과에 대한 평가와 비판이 따름. |

함억제복頷臆臍腹과 두견요둔頭肩腰臀은 『東醫壽世保元』「性命論」에서 다루는 주제다. 이제마의 성명론은 기존 유학의 그것과 성격이 다르다. 폐비간신과 이목비구는 인간이 타고나는 선천성이다. 여기에는 좋고 나쁨이 없다. 앞에서 살폈듯이 의학의 대상이다. 그러나 함억제복과 두견요둔은 개개인의 씀씀이에 따라 선악으로 나타난다. 인간의 운명은 함억제복과 두견요둔에 달린 문제다.

함억제복頷臆臍腹은 몸의 앞 부분이고, 두견요둔頭肩腰臀은 몸의 뒷부분이다 함억제복은 앎과 실천이고, 두견요둔은 했던 행동을 되풀이 하는 행위다. 함억제복을 방치하면 두견요둔으로 굳어진다. 그래서 사람이 산 세월은 뒤태로 각인된다. 한 말 또 하고, 한 짓 또하고 산다. 인간이 변하지 않는 이유가 여기에 있다. 함억제복과 두견요둔은 '제 인생 제 책임'인 이유를 밝힌다.

함頷은 턱 부분이고 억臆은 가슴팍 제臍는 배꼽 부근, 복腹은 아랫배 부위다. 이 역시 위·아래로 나눈 배치다. 턱에는 주책이 있고, 가슴에는 경륜이 있고, 배꼽에는 행검이 있고 아랫배는 도량이 있다고 한다. 주책은 셈법이다. 이성적 사고 범주까지 포함한다. 경륜은 세상을 아우르는 능력이며 행검은 절도있는 행동이고, 도량은 마음 씀씀이다.

두頭는 머리, 견肩은 어깨. 요腰는 허리, 둔臀은 엉덩이를 일컫는다. 머리[뒤꼭지 부분]에는 식견이, 어깨에는 위의가, 허리에는 재간이, 엉덩이에는 방략이 있다고 한다. 이것은 함억제복이 누적된 결과다. 그래서 머리 많이 굴린 사람들은 뒤꼭지가 발달하고, 가슴 펴는 걸 즐긴 사람들은 어깨가 발달하고, 배꼽 부근을 많이 쓴 사람들은 허리가 날렵하고, 아랫배를 애용한 사람들은 엉덩이가 발달한다. 절제하지 못하면 망하게 되는 인간 유형을 보여준다. 그것은 머리 굴리다, 어깨 힘주다, 허리 놀리다, 엉덩이 돌리다 패가망신하는 경우다. 이처럼 두견요둔과 함억제복은 후천적 요인으로 사람의 인생을 결정짓는다.

7. 전후와 좌우 – 시간과 공간

『東醫壽世保元』「性命論」의 시간은 크게 하늘의 시간[天機]과 인간의 시간[人事]이다. 하늘의 시간은 반복되고 객관적이며 예측가능하다. 반면, 인간의 시간은 일회적이고 주관적이고 돌발적이다. 하늘의 시간은 누구에게나 공통된 것이고 땅의 시간은 사람마다 다르다. 또, 하늘의 시간은 인간 시간의 표본이다. 하늘의 시간은 모형의 시간이며, 인간의 시간은 모형과 어긋나 있는 시간이다. 그러나 닮으려 애쓰고, 극복하려 애쓰는 시간이다. 삶과 문학은 이 두 시간 축이 어그러짐에서 유발되는 애노희락哀怒喜樂의 흔적이다. 이를 이제마는 『格致藁』에서 상세하게 풀고 있다.

> 몸의 실제 이치는 나아감이다. 그래서 앞뒤만 있고 좌우는 없다. 마음의 실제 이치는 두루 살핌이다. 그래서 좌우는 있고 전후가 없다. 만약 몸이 옆으로(가재 걸음) 가거나 마음이 아래 위로 들락거리면 사사로움이 거리낌 없어져서 욕심이 생긴다.(身之實理直行 故有前後而無左右 心之實理廣盪 故有左右而無前後. 若夫身之左右橫放, 心之上下出沒卽 私放逸慾之所致也.)

이제마는 시간과 공간도 몸의 사건이다. 시간은 나아가거나 물러가는 사건에서 발생한다. 여기에는 늘 애노희락哀怒喜樂이 따른다. 그 형식은 방향성을 지닌다. 그 속성은 빠르고 느림이다. 방향성은 직선상의 시간관인 완급에 공간성[곡선]을 부여한다. 애노지기哀怒之氣는 상승하고 희락지기喜樂之氣는 하강한다. 여기에는 수직 상승[↑]하거나 수직 하강[↓]하거나 비스듬히 오르거[/]나 비스듬히 내려옴[\]이다. 이를 일러 각각 직승直昇, 횡승橫昇, 방강放降, 함강陷降이라 한다. 이제마는 이것이 삶에서 가장 중요한 요소라고 본다. 완緩을 성性으로, 급急을 정情으로 정의하여 기존 유학의 개념과는 완전히 다른 이론을 펼친다. 이제마는 급박하게 반응하는 걸 경계했다. 분노하는 기운도 느긋하게 발현하면 문제가 되지 않지만 급박하면 병으로 온다고 한다. 이제마에게 평정심이란 불교식으로 애노희락哀怒喜樂 자체를 부정하는 데 있지 않다. 오히려 그것을 거느리되 느긋하게 조절하는 능력이다.

시간 양상	
직승(直昇)[↑]	哀怒의 급박한 발산[표출].
횡승(橫昇)[↗]	哀怒의 완만한 발산[표출].
방강(放降)[↘]	喜樂의 완만한 수렴[표출].
함강(陷降)[↓]	喜樂의 급박한 수렴[표출].

공간은 자유로움과 구속 상태에 따라 나누었다. 개인이 개인 마음대로 할 수 있는 곳을 왼쪽으로 사회적 제약을 받는 곳을 오른 쪽으로 설정했다. 왼쪽은 개인[知行] 공간이다. 내 맘에 따라 내 멋대로 이해하고 행동할 수 있다. 그러나 오른쪽은 사회[祿財] 공간이다. 녹祿은 복이고 벼슬이다. 재財는 재물이고 돈이다. 녹祿은 귀貴고 재財는 부富다. 녹재祿財는 내가 마음 먹는다고 되는 일이 아니다. 사회 속에서 해결해야 할 문제다. 나와 사회의 관계망 속에서 형성된다. 그래서 상대적이다. 삶이란 여기를 넘나드는 과정의 연속이다. 여기에서 시비이해是非利害가 뒤엉키고 자연히 애노희락喜怒哀樂이 발생한다. 그래서 시간과 공간은 분리分離가 불가不可하다.

공간 양상	
좌	유아 독존 공간. 자폐.
좌 〉 우	개인이 사회를 압도.
좌 ↔ 우	개인과 사회 공간이 대립.
좌 ⇌ 우	개인과 사회 공간이 조화[타협]
좌 〈 우	사회가 개인을 압도.
우	개인 부재. 전체주의.

❷ 체질과 기질

─이제마와 최제우

1. 같은 체질, 다른 삶

최제우와 이제마는 19세기가 낳은 조선의 대표 아이콘인 동시에, 세종대 왕과 견줄 만큼 우리 역사상의 성인聖人들이다. 사상의학으로 보면 모두 태 양인이다. 태양인의 안목으로 이 땅의 미래를 위해 해답을 내었다. 말세를 인식하는 방식은 같았고 유학을 극복하는 차원도 같았다. 하지만 이를 실 천하는 방법론은 달랐다. 한 사람은 의학으로 한 사람은 사상으로 체계화했 다. 그 결과 한 사람은 천수를 누렸고 한 사람은 그러지 못했다. 이는 조선 사회의 한계이기 이전에 체질을 드러내는 방식의 차이다. 체질은 타고나지 만 기질은 환경이 만든다. 그래서 같은 체질이 다르게 발현된다. 최제우와 이제마는 여기에 합당한 표본이다. 두 사람은 13살 차이가 난다. 동시대를 살았음에도 교유한 흔적은 찾을 수 없다. 그래서 같은 생각을 했으되 달리 걸었던 두 사람의 행적을 짐작할 수밖에 없다.

조선의 19세기는 신유사옥이라는 피비린내로 시작한다. 1800년 11살 어린 임금 순조의 등극은 대왕대비 김씨의 수렴청정을 불렀다. 이를 틈타 대비의 오빠인 노론 벽파 김귀주가 실권을 장악하고, 노론 시파를 무자비하게 죽였다. 천주교 탄압은 빌미였다. 시파들 중에서 신자가 많았기 때문이다. 1801년 2월 22일 금교령을 반포했다. 4월, 최초의 천주교 신자인 이승훈과 정약용의 셋째 형 정약종, 최필공, 홍락민, 홍교만, 최창현 등이 처형되었다. 이가환과 권철신 등은 옥사했다. 정약용과 그의 둘째 형인 정약전은 유배를 갔다. 6월에는 중국인 신부 주문모가 처형되었다. 천주교 신자들의 학살은 새로운 사상[평등]의 확산을 막기 위함이었고, 더 근본적인 요인은 새로운 세계관과 문명관을 지닌 정적들을 제거하기 위함이었다.

19세기의 동북아는 걸출한 인물들이 많이 태어난다. 1803년에 최한기(~1877)가, 1820년에 홍선 대원군(~1898)이 태어난다. 1814년엔 태평천국의 난을 일으킨 홍수전이, 1824년엔 동학 교조 최제우(~1864)가, 1826년엔 정역의 김일부(~1898)가 태어난다. 1827년엔 동학의 교세를 전국화 한 최시형(~1878), 1837년엔 사상의학의 이제마(~1900)가 태어난다. 일본에선 1841년 이토 히로부미(~1909)가 태어난다. 1851년 김옥균(~1894)과 명성황후(~1895)가, 1852년엔 고종(~1919)이 태어난다. 같은 해에 일본의 메이지 천왕(~1912)이 태어난다. 1871년엔 강증산(~1909)이 태어난다. 이들은 개혁과 수구라는 대립각을 더 강화하는 주인공이 된다. 조선에서 이러한 상대성을 대표하는 인물이 최제우와 이제마다. 이들은 같은 체질이 반대의 길을 어떻게 걷는가를 극명하게 보여주고 있어 흥미롭다. 동학혁명이 시작된 1894년 4월에『東醫壽世保元』이 완성됐다는 점에서 더 그렇다.

1894년, 이제마는 서울의 남산 이능화[이능화 부친?]의 집에 기거하고 있었다. 그해 1월의 고부 민란, 4월 불붙기 시작한 동학 교도들의 함성을 못 들었을 리가 없다. 그럼에도 그는 어떤 언급도 하지 않았다. 나중(1896년)

에 최문환의 난도 이제마가 제압했다. 이를 보면 그는 친체제적인, 보수적인 인사임에 틀림없다. 하지만 『東武遺稿』의 「신사년 오월 원상항에서 문답한 글(辛巳五月元山港問答)」에서는 일본인 장교로부터 "공의 지식과 소견은 우리 일본의 소학교 애들과 같소!"[1]라는 모욕을 당한 장면이 나온다. 신사년은 1881년이다. 이미 이제마는 일본의 위험성에 대해 동학교도 이상으로 인식하고 있었음에 틀림이 없다. 그래서 집요하게 그를 물고 늘어져 많은 것들을 파악하려 했다. 일본 장교의 신경질적인 반응은 이를 잘 드러내 준다. 또, 1897년 경에 쓴 것으로 보이는 「대신 김병시에게 올리는 글(上大臣書 金炳始)」에서는 "(우리나라의 軍官政이) 국가의 중대사는 제쳐두고 요행이 정사의 어지러움을 틈타 공명과 이익을 취하려고만 하니 정말 통탄할 일이 아닙니까?"[2] 하고 비판한 점을 보면 수구 세력과도 거리가 있음을 알 수 있다.

김병시는 이제마를 이해하는 징검다리다. 그는 1832년(순조 32)에 태어나 1898년에 죽었다. 본관이 안동이며 자는 성초聖初, 호는 용암蓉庵이고, 시호는 충문忠文이다. 1855년(철종 6) 정시문과에 을과로 급제하여 1860년 교리校理, 1862년 이조참의吏曹參議, 총융사摠戎使, 무영도통사武營都統使 등의 무관직을 지냈다. 1870년(고종 7) 충청도관찰사가 되었다. 이조·호조의 판서를 거쳐, 1882년 임오군란으로 흥선대원군이 잠시 재집정했을 때 삼군부지사三軍府知事가 되었다. 1884년 갑신정변이 일어나자 청나라의 세력을 끌어들여 개화당을 몰아냈다. 사대당 중심의 내각을 조직, 외무아문독판外務衙門督辦에 취임하여 전권대신全權大臣으로 이탈리아, 영국, 러시아와 수

---

1 其人曰 公固書生 何傲慢之甚也 以我視公 其智見猶我國小學兒童(이제마, 이창일 역주, 『東武遺稿』, 「辛巳五月元山港問答」, 청계, 1999, 172쪽 참조.)
2 然置國家大計於度外 僥倖乘其隙亟 取名利爲計 誠非可嘆(이제마, 이창일 역주, 앞의 책, 「上大臣書金炳始」, 115쪽 참조.)

호통상조약을 체결하였다. 우의정, 좌의정을 거쳤다. 1894년의 동학농민운동 때 청·일 양국의 개입을 극력 반대하였으나 뜻을 이루지 못하였다. 농민운동 후 폐정 개혁을 적극 주장하여 교정청校正廳을 설치하게 하고 영의정이 되었지만 청일전쟁으로 사임했다. 군국기무처독판軍國機務處督辦에 취임하고, 이것이 중추원으로 개편됨에 따라 그 의장이 되었다. 1895년의 단발령도 반대하였다. 1896년 아관파천俄館播遷 직후 친러파 내각의 내각총리대신에 임명되었으나 취임하지 않았다.

김병시가 죽자 고종은 "정색正色하고 입조立朝한 위의威儀와 어떠한 어려움에도 진력한 경의 정성을 이 세상에서 다시 볼 수 없게 되었으니, 상심한 마음을 무엇으로도 위로할 수 없다."(『高宗實錄』38권, 高宗 35年 9月 16日 기사)고 안타까워 했다. 일본의 첩보(『駐韓日本公使館記錄』)에도 자신들의 미래 정책에 저항을 할 수 있는 요주의 인물로 '金炳始(前中樞院 議官) 일당과 같은 수구파'를 든다. 그러면서도 김병시에 대해서는 '솔직하고, 청렴강직하고, 명망있는' 사람, '자기의 소신을 기탄없이 관철하려'고 '왕왕 聖旨를 쉽게 거부'하는 사람, 완고하기로 유명한 노인이지만 이상하게도 윗사람이나 아랫사람 할 것 없이 존경받는 사람이라고 보고했다. 그래서 그가 내각의 수석으로 앉게 되면 국왕도 자신이 멋대로 거동하는 것을 조심할 정도이고 각료들도 무엇인가 정신을 차리게 해서 행위를 신중하게 하는 등, 일종의 특유한 묘미를 깨닫게 한다고 적었다.

김병시의 인품과 노선을 헤아리기에 충분한 진술들이다. 그렇기에 개항, 임오군란, 갑신정변, 갑오농민운동, 청일전쟁, 갑오경장, 을미사변 등 국가 위기에 중요 관직을 맡을 수밖에 없었다. 그렇지만 정략적 사유에 매이지 않고 소신껏 최선의 답을 찾으려 했음은 쉽게 유추할 수 있다. 그런 김병시가 이제마에게 난국을 타개할 계책을 묻고, 여기에 이제마가 "소인이 어찌

감히 말하지 않겠습니까?"(小人曷敢不言乎)라고 답한 점을 보면 두 사람의 관계, 이제마의 노선을 어렵잖게 짐작할 수가 있다.

이런 사실들로 미루어 보면 김병시는 조선의 가능성을 확신하고 있었음에 틀림없다. 이제마도 같은 노선을 지녔다고 봐야 한다. 이제마가 동학에 관해 침묵한 사실은 난세의 신중한 처세술로 읽어야 한다. 왕족의 후예로서 지니는 무의식적인 반응이기도 하지만, 진해 현감에서 물러나 의학서 집필에 전념하던 그의 행위 역시 동학 교도의 절규와 다를 바 없었기 때문이다. 아마 그는 남산에서 한양성 바라보며 온 백성들의 원성을 누구보다 처절하게 듣고 있었을 지도 모른다. 그러나 썩어빠진 관료 체제로는 어떤 것도 불가능했기에 그는 더 이상 정책으로 백성을 살리는 길을 포기했다고 봐야 한다.

『東醫壽世保元』은 건강한 개인이 건강한 사회와 나라를 만든다는 역발상의 산물이었다. 여기에는 더 이상 기대할 수 없는 국가에 대한 절망과 지도자에 대한 질책이 깔려 있다. 이제마의 난국 타개책은 개개인의 각성, 주체 인식[체질 파악]이라는 구체성에 있다. 그래서 개개인이 제 몸 제가 살펴서 건강하게 사는 데서 세상이 달라진다고 보았다. 반면 최제우는 후천개벽을 주창한다. 타자화 된 개개인의 각성을 촉구하는 점은 같다. 하지만 그는 노골적으로 새세상을 부르짖었다. 칼춤을 추었다는 빌미가 잡혀 죽었다. 말세를 처방하는 방식이 극과 극이다. 그것은 두 사람의 환경에서 우러나는 기질의 차이에 연유할 밖에 없다.

2. 이제마와 최제우 겹쳐읽기①─천출賤出, 적자와 서자.

이제마는 1837(헌종 3)년 3월 19일 낮 12시경 함흥 운흥리 문회서원 부근의 주막에서 태어났다. 그의 아버지는 이반오이며 어머니는 주막집의 딸이다. 이반오는 자는 사교士教, 호는 우곡愚谷이다. 총명하였으나 병약하였다. 1849년 4월 27일 38세로 요절하였다. 이제마가 13세 되던 해였다. 이반오는 20세에 생원과 진사를 뽑는 사마양시司馬兩試에 합격하여 진사 첩지를 받았다. 문재에 뛰어난 사람이었다. 그러나 그는 평생 관직에 나아가지 않았다. 건강 때문이었는지도 모른다. 그는 상처喪妻로 인해 부인 4명을 두었다. 첫째부인은 명문가의 여인이었다. 정헌대부를 지낸 김기면의 딸이었다. 이반오보다 한 살 위였다. 그녀는 자식 없이 25세로 요절했다. 둘째 부인은 전주 김씨다. 이반오보다 네 살 아래였다. 동무의 이복동생인 이섭중과 이섭노를 낳았다. 그러나 김씨 부인도 29세로 타계했다. 셋째 부인은 15세 아래인 정선 전씨였다. 딸 2명을 낳고 69세에 사망했다. 성품이 온화하여 전처 자식을 잘 보살폈다. 전씨가 병들어 누웠을 때 이제마는 고향에 내려가서 돌보았다. 임종까지 어머니로 정중하게 모신 점이 이를 말해 준다. 이반오의 넷째 부인이고 이제마의 생모에 관한 기록은 1917년에 인쇄된 족보까지는 없었다. 그 뒤로 가필되어 전한다. 경주 김씨로 김종기의 여식이며 김원강의 손녀라고 적혀있다.

이제마의 할아버지 이충원은 이제마를 총애했다. 이반오에게서 아들이 없자 가족들을 모아 놓고 '큰 인물이니 서출로 태어났더라도 차별을 두어선 안 되고 반드시 적자嫡子로 입적하라'고 명령했다. 함흥의 명문가에서 천출을 적장자로 올리는 일이 일어났다. 그로인해 이제마는 관직에 나갈 수가 있었고 명저名著『東醫壽世保元』을 저술할 수도 있었다. 그런 할아버지였지만 그의 생모는 족보에 싣지 않았다. 그 이유는 어렵잖게 짐작할 수 있다. 첫째 정식 혼례를 치르지 않았기에 그랬을 수 있다. 둘째, 주막집 딸에다 정신이 온전치 않았기 때문일 수도 있다. 이런 사실은 이제마의 생모 무덤이 이제마의 집안과는 동떨어진 함주군 주북면 홍상리(『이제마 평전』[3] 참조)에 있다는 사실로도 짐작할 수 있다. 그렇다면 왜 가필하여 족보를 수정했는가도 살펴야 한다. 그것은 이제마의 사회적 위상과 무관하지 않기 때문이다. 그의 명망이 높아진 데에 따른 필수적인 조치였다고 봐야 한다. 이는 경주 최씨의 족보에서 삭제되었다가 훗날 다시 복원된 최제우의 경우와 같다.

최제우는 1824(순조 24)년 10월 28일 월성군[경주시] 현곡면 가정리에서 태어났다. 본관은 경주고 이름은 제우濟愚, 자는 성묵性黙, 호는 수운水雲 또는 수운재水雲齋다. 아명은 복술福述, 관명冠名은 제선濟宣이다. 그의 아버지는 최옥(1762~1840)이고 어머니는 한 씨 부인이다. 최옥은 7~8세 무렵 '십구사략十九史略'을 얻어 읽고 그 뜻을 이해할 정도로 총명했다고 전해진다. 13세 때부터 기와畸窩 이상원李象遠의 가르침을 받았다. 부친의 뜻에 따라 과거공부에 매달렸다. 재질이 뛰어나 향시에 여덟 번이나 뽑혔다. 그렇지만 한양서 치른 복시(覆試·초시 합격자들이 치르는 과거의 2차 시험)는 통과하지 못했다. 54세가 되어서야 현실의 한계를 절감했다. 구미산 기슭에 용담정을 짓고 산림처사로 자처하면서 지냈다. 이순耳順의 나이를 넘겨 다시 퇴계 성리학에 몰두하기 시작했다. 그의 행장에는 "부친의 유훈을 통 넘해 억지로 한두 번 과거 보러 갔으나, 합격자는 이미 정해 놓고 하는 짓이었다"고 적혀있다. 실제로는 여러 번 낙방을 거듭하면서 고통을 겪었던 걸로 보인다.

최옥은 36세에 첫 부인인 정씨와 사별했다. 아들과 딸을 한 명씩 두었으나 아들은 일찍 죽었다. 50세에 두 번 째 부인인 서씨를 잃었다. 서씨에게서 딸 둘을 얻었다. 그래서 조카인 제환濟寏을 양자로 얻어 대를 이었다. 예순 셋에 최제우를 얻었다. 그때 양자 제환은 36세였다. 부친의 사랑이 아무리

---

3 김종덕 외 지음, 『이제마 평전』, 한국방송출판, 2002.

컸다해도 최제우는 서자였다. 그것도 1485년(성종 16)에 반포된 〈재가녀자손금고법再嫁女子孫禁錮法〉의 대상이었다. 애시당초 벼슬길은 언감생심焉敢生心이 었다. 이런 점들이 최제우의 삶에 결정적인 영향을 미쳤고, 후천개벽을 부르짖게 않을 수 없게 만들었다고 봐야한다. 한씨 부인은 최제우가 여섯 살 때 죽었다. 역시 족보에 올라 있지 않다. 이렇듯 이제마와 최제우는 천출의 자식이란 공통점을 지니고 있다. 하지만 이제마는 적장자로, 최제우는 서자로 살았다. 그들의 삶도 그 터전 위에서 펼쳐졌다.

3. 이제마와 최제우 겹쳐읽기②─왕족과 잔반殘班

이제마 집안의 중시조는 안원대군安原大君이다. 안원대군은 이성계의 고조부인 목조穆祖의 둘째 아들이다. 이제마는 안원대군의 19대손이다. 안원대군의 4대손인 이부李孚가 조선 건국 당시 함산[함흥]의 사촌沙村에 터를 잡고 살았다. 이때부터 이 집안 후손들을 함산사촌파咸山沙村派라 하였다. 이성계의 관북關北, 관서關西)지방 인재 불용不用 정책 때문에 이들의 후손도 중앙 진출은 하지 못했다.

그러나 말단 음직을 받아 무과에 등용되면서 집성촌을 이루고 살았다. 동무의 6대조인 이연득李延得이 권관權管[종9품]에서 만호萬戶[종4품] 벼슬을 했다. 이어 5대조인 이만보李萬寶도 무과에 급제하여 친기위親騎衛에 들어갔다. 부자가 나란히 함경도 변방의 무인으로 이름을 올렸다. 이것이 이제마의 가문이 일어날 수 있는 계기로 작용했다.

이제마의 큰 아버지 이반린李攀鱗은 함경도 관찰사의 추천으로 40세에 침랑寢郎 벼슬을 한다. 침랑은 묘지기다. 이어 직장直長이 되었다. 함흥 서북 가평사의 덕릉德陵을 관리했다. 덕릉은 그들 선조의 무덤이다. 둘째 아버지 이반구李攀九는 종6품 연천 현감을 지냈다. 이제마의 아버지인 이반오는 진사를 지냈다. 이반린의 아들인 이섭하李燮夏는 정6품 사과司果, 이반구의 아들인 이섭관李燮觀은 종9품 안릉참봉과 정6품 사과를 지냈다. 이제마는 이들 중 제일 높은 정3품 통정대부와 고원군수를 지냈다. 이렇듯 이제마의 가문은 지방의 명문가로 이름을 날리고 있었다. 왕족으로서의 자부심도 만만치 않았을 터이다.

최제우의 시조는 최치원이라 한다. 확실하게 알려진 시조는 최예崔汭다. 최예는 생원시에 합격하여 성균관사성(종3품)을 지냈다. 그의 자손들은 최진립 장군에 이르기까지 모두 무과급제자 3명이 나온다. 무반 집안에 가깝다. 최진립 이전까지의 벼슬은 변변찮다. 최예의 증손부터는 4대에 걸쳐 모두 음직을 받았다. 무반직은 아니지만 군기시첨정(종4품), 순릉참봉(종9품), 선교랑(종9품), 군자감봉사(종8품)의 직책을 맡았다. 순릉참봉은 음직 중에서도 가장 말단이고, 선교랑은 직책은 없고 품계만 있다. 이들은 사후死後에 통례원좌통례(정3품), 승정원좌승지(정3품), 병조참판(종2품)이라는 벼슬도 받았다. 이들이 높은 벼슬을 추증받은 이유는 후손인 최진립 덕분이다. 최진립은 임진왜란 때 종군했다가 전쟁 중에 무과에 급제했다. 정유재란에 공을 세우고 오위도총부부총리관(종2품)에 올랐다. 병자호란 때 인조를 돕기 위해 출전했다가 전사했다. 병조판서로 추증되었다. 그 이후로 최옥에 이르끼까지 한 사람도 벼슬에 나아간 후손은 없다. 경주의 유명한 최부자도 최진립의 다른 후손이다. 최제우의 집안과는 판이했다. 경주 최부자 쪽에서는 현감, 참봉, 통덕랑, 진사가 났다. 최옥이 왜 기를 쓰고 과거에 급제하려 했던가를 알게 해 주는 대목이다.

이 집안에는 최옥 못지않게 뜻을 펴지 못 한 사람이 또 있다. 그가 바로 최림(1779~1841)이다. 최옥은 정승이 사위를 삼으려 한다는 소문이 돌 만큼 옥골선풍이었다. 반면 최옥의 삼종제(三從弟 : 8촌)인 최림은 못생기고 얼굴이 박박 얽었다고 전한다. 이는 몰락한 양반의 양면성을 말해 준다. 최옥처럼, 몰락했어도 품위를 지킬 여지가 있는 경우와 그렇지 못 하는 상황을 아우르고 있다. 그러나 이 문중에서, 태어날 때 구미산이 울었다는 설화가 전해지는 인물은 최진립, 최림, 최제우다. 최진립은 외적을 물리치다 순국했고, 최림은 학문으로 천지를 뒤엎으려 했다. 최제우는 동학을 일으켜 처형되었다. 또 천서天書를 얻었다는 점도 최림과 최제우가 닮았다. 최림은 최제우가 19살 때 죽었다. 두 사람이 충분히 교감할 시간이 있었다. 그러나 최제우는 최림에 대한 말을 하지 않았다. 최림의 행장은 최익현이 썼다. 그만큼 만만한 인물이 아니었음을 말해준다. 그의 문집 『외와집畏窩集』[4]에는 그가 최옥을 능가하는 학식을 지녔음도 보여준다. 도술까지 부린다는 말을 들을 정도로 주역에 통달했고 세상에 대한 비판도 남달랐다.

조동일은 최제우와 최옥의 사이에 최림을 넣어 동학 성립을 추론하고 있다. 그는 최제우가 문득 득도하여 동학을 일으켰다고 해도 실제로는 누군가의 영향을 받았을 터이고, 그것이 최림이었을 거라고 추측한다. 그는 최옥의 한계를 최림이 극복하려 했고, 최림이 이룰 수 없었던 바를 최제우가 맡아 나섰다[5]고 본다. 최제우의 동학은 최림의 실학을 한 단계 더 비약시킨 것

---

4 14권 7책. 목활자본. 1899년에 간행되었다. 권두에 송병선(宋秉璿)의 서문이 있다. 권1에 시·애사, 권2·3에 서(書), 권4에 서(序)·기(記)·발(跋)·잠(箴)·상량문·제문, 권5~13에 잡저, 권14에 부록 등이 수록되어 있다. 특히 서(書)의 「상강재선생(上剛齋先生)」은 위기지학(爲己之學)이 학자에게는 절실히 요구됨을 논한 것으로 실천적 학문의 중요성을 강조하고, 국가적 차원에서의 도덕·예악의 성쇠 여부에 따라 치란(治亂)이 반비례됨을 역사적인 사실을 들어 변증하려 하였다. 잡저 중 「경의회정(經義會精)」은 『주역』의 건원형이정(乾元亨利貞)에 대하여 집중적으로 해설한 것으로, 정주(程朱)의 설을 토대로 건(乾)에 대한 조직적인 분석과 사덕(四德)의 정의를 밝혀 학자가 지향할 바를 제시하였다(『한국민족문화대백과사전』 인용).

5 조동일, 『동학성립과 이야기』, 모시는 사람들, 2011, 56쪽.

[6]이라는 말이다. 이제마와 최제우는 왕족과 잔반, 풍요로움과 가난함, 현실 긍적과 현실 부정의 양극에 자리한다. 앞에서 살핀 것처럼 이제마가 왜 신중할 수밖에 없었고, 최제우가 왜 혁신적일 수 밖에 없었던가를 짐작케 한다. 그것이 같은 태양인의 기질을 다르게 만들어 사는 방식과 글쓰기 방식까지 결정했다.

4. 이제마와 최제우 겹쳐읽기③ 가출

1940년 5월 14일과 15일 동아일보에는 이제마 관련 기사가 있다. 〈史上 名人의 二十勢 – 이제마 선생의 입지 유람〉이라는 글로 최익한[7]이 썼다. 최익한은 사상의학을 "병증 그것에만 국한되지 않고 병의 배경과 약의 대상을 먼저 판별한다는 의미에서 확실히 일층 우량優良한 의술이다"라고 긍

---

6 조동일, 위의 책, 56쪽.

7 최익한(崔益翰) : 1897년 경상북도 울진 출생. 호는 창해(滄海). 일본 유학 중 일월회와 조선
공산당 일본부에서 활동했다. 사회주의운동가이자 역사학자인 이청원(李淸源)은 그의 사
위이다. 귀국 후 조선공산당 조직부장을 지내다가 검거되기도 했다. 광복 후에는 월북하여
남조선인민대표자대회 대의원 등을 지냈다. 조선건국준비위원회·조선인민공화국의 간부
로 지명되기도 하고, 조선공산당에 입당한 뒤(1945.9.) 박헌영(朴憲永) 일파의 노선에 반대
하는 사회노동당(1946.11.)·근로인민당(1947.5.) 창당에 관여하였다. 통일전선형성문제에
있어서는 우익을 보다 넓게 포괄하려는 입장에 서서 우익정당과의 제휴를 모색하기도 하
고 민족자주연맹에 참여하기도 하였다. 그러나 언제나 사회주의운동 내에서 비주류에 속하
였으며, 결국 1948년남북협상을 계기로 월북하였다. 월북한 뒤 최고인민회의 제1기 대의원
을 지냈지만, 정치적인 활동보다는 학문연구에 더욱 몰두한 것 같다. 『력사제문제』(1949~
1950)·『력사과학』(1955) 등에 논문을 발표하는 한편, 김일성대학(金日成大學)에서 강의
도 한 것으로 전해진다. 그 뒤의 소식은 알려지지 않고 있다. 1925년『동아일보』에 「허생의
실적」이라는 글을 발표한 것을 시작으로, 「여유당전서를 독(讀)함」 등 많은 글들을 발표하
였다. 특히, 정약용(丁若鏞) 연구에 몰두하는 한편, 1930년대 국학운동에 적극 참여하였다.
[네이버 지식백과] 참조.

정하면서도 "사람의 특징은 다동 다양한 동시에 수양과 학문을 따라 변화가 복리復離한 것이며 또 병 그곳도 시공을 따라 천차만별한 것이거늘 이것이 어찌 사호四豪의 사분주의四分主義에 의하야 간단히 취급될 것인가? 만일 의자醫者가 저 사분주의의 공식에 고체固滯되어 대증투제對症投劑의 세밀한 권형을 등한히 한다면 사호의술은 결국 용의庸醫 살인의 폐해를 면치 못할 것이 아닌가."[5월 14일 글]하며 우려하고 있다.

다시 말하면 천차 만별인 사람들을 단순히 네 유형으로 나누는 것은 변변치 못한 의사[庸醫]가 범하는 살인 행위라고 일침부터 놓는다. 그러면서도 "병은 병인病人의 생리적生理的 성적性的 행적行的 특징에 대하여 일정한 기본적 판별을 세운단 것은 진병용약診病用藥에 관한 선행적 공사가 되지 아니치 못하는 것이다. 이 점에서 이제마 선생은 의심없이 의학상의 철인이다"고 칭송한다. 우려할 면도 크지만, 병을 진단하고 약을 씀에 환자의 생리적, 성적, 행동적 특징을 파악하여 유형화했다는 점에서 이제마를 의철학자醫哲學者로 보았다. 이는 사상의학에 대해 지금 우리가 갖고 있는 우려를 해소해 주고 있다. 사상의학은 단지 인간을 넷으로만 나누는 것이 아니라, 그 병이 나기까지의 환경 요인과 행동거지를 감안해서 분류하고 진단하고 약을 쓰는 치료법이란 설명이다.

그 다음 날 글에서 그는 이능화의 『조선 명인전』을 참고하여 이제마의 20대 가출에 대해 논한다. 한나라의 사마천이 이십 대에 남으로 강호의 사이에 유람하였기에 훗날 그의 명저 『史記』가 나왔듯이 이제마 역시 이십대에 '가재를 흩어 빈민을 구제하고 뜻을 세워 유람'에 나섰기에 명저 『東醫壽世保元』이 나왔다는 논리다. 또 이제마가 만주까지 답사하고, 만주가 지금까지는 '백년百年 한지閑地'지만 '백년 쟁지爭地'가 될 거라 예언하고 이민을 장려했다는 말도 한다. 만주서 돌아오는 길에 의주부호 홍모의 집에 머

물면서 그 집에 있는 만권도서를 섭렵하여 박학다식의 호기회를 얻었다고
한다. 그 결과 이제마의 이름이 전국에 알려지고 대장[將臣] 김기석의 추천
으로 군관에 임명되어 오늘날의 이제마를 있게 했다고 한다. 이십대의 방황
이 명인名人을 만들었다는 취지다. 이런 반열에 빼 놓을 수 없는 인물이 최
제우다.

최제우는 13세에 박씨 부인과 결혼했다. 17세에 부친을 잃었다. 설상가
상으로 집에 불이나 모두 타 버렸다. 이를 그는 "아버지의 평생 사업이 불
속에서 자취마저 없어졌다"[8]고 했다. 집안 형편은 나날이 어려워졌다. 환갑
이 넘는 아비의 자식으로 사랑만 받고, 공부만 하고 살다가 갑자기 맞닥뜨
린 현실은 버거웠다. 발버둥 치다가 21세에 방랑길을 나섰다. 이름하여 주
유팔로다. 10년 객지 생활은 이 땅의 실상을 정확하게 인식하는 계기가 되
었다. 그것은 '요순 임금이 나와도 다스리기 부족하고, 공자와 맹자의 덕으
로도 감당할 수 없는 세상'(「몽중노소문답가」)이었다.

> 평싱의 ᄒ는 근심 효박ᄒ 이 세상의
> 군불군 신불신과 부불부 ᄌ불ᄌ를
> 주소간 탄식ᄒ니 울울ᄒ 그 회포는
> 흉둥의 가득ᄒ되 아는 ᄉ람 전여업서
> 쳐ᄌ산업 다 바리고 팔도강산 다 발바서
> 인심풍속 살펴보니 무가니라 할 씰 업니
> 우숩다 세상 ᄉ룸 불고텬명 안일넌가
> —『용담유사』,「몽중노소문답가」

위의 가사에는 최제우의 가출 동기가 드러나 있다. 그는 평소에 세상의

---

8 『東經大全』,「修德文」. 최제우에 관한 기록은 『天道教輕典』과 윤석산의 『주해 동학경전』(동
  학사, 2009), 윤석산의 『동학교조 수운 최제우』(모시는 사람들, 2006)를 참조한다.

무질서를 통탄했다. 임금이 임금답지 못하고, 신하가 신하답지 못하고 아비가 아비답지 못하고 자식이 자식답지 못한 세상을 밤낮[주소晝宵] 탄식하고 있었다. 답답한 마음이 온 가슴에 가득해도 알아 줄 사람이 하나도 없었다. 그래서 처자식과 하던 일 다 버리고 팔도 강산을 떠돌았다. 세상 인심을 살펴보니 어찌할 수가 없다.[막무가내莫無可奈] 세상 사람들이 하늘의 명을 돌아보지 않으니 우습다. '아는 바 천지'인 사람도 경외지심敬畏之心'이 없다. 그래서 무지하다.(「도덕가」) 이를 한 마디로 나타낸 단어가 '효박淆薄'이다. 효박하다는 말은 '인정이나 풍속이 어지럽고 각박하다'는 뜻이다.

효박흔 세상 ᄉᆞ롬 갈불 거시 무엇이며'(「몽중노소문답가」)

나도 득도 너도 득도 효박흔 이 세상의
불ᄉᆞ한 져 ᄉᆞ롬은 엇디 저리 불ᄉᆞ흔고(「도수사」)

효박흔 이 세상의 불고텬명 ᄒᆞ단 말가(「권학가」)

효박흔 이 세상을 동귀일톄 ᄒᆞ단말가(「도덕가」)

효박한 세상은 천박하고 살벌한 세상이다. 사람마다 시비지심[갈불 것]으로 가득하다. 뜻도 모르고 주문이나 외면서 아무나 도통했다고 떠벌린다. 그 꼴이 볼썽 사납다[불ᄉᆞ(不似)] 또 이기심만 팽배하여[각자위심各自爲心] 하늘의 명을 모른다.[불고천명不顧天命] 이런 세상이기에 한 마음[군자의 마음]으로 돌아가[동귀일체同歸一體] 함께 할 길이 불가능하다. 이렇게 온 몸으로 떠다니다 36세 때 고향에 돌아왔다. 그 감회를 「용담가」에서 다음과 같이 적고 있다.

불우시지 남아로서 허송세월 ㅎ엿구ㄴ
인간만ㅅ 힝ㅎ다ㄱ 거연 ㅅ십 되얏더라
ㅅ십평싱 이ㅆ인가 무가ㄴ라 홀 씰 업다
귀미용담 ㅊㅈ오니 흐르ㄴ니 물소리오
노푸ㄴ니 산이로세 좌우산천 둘너보니
산수ㄴ 의구ㅎ고 초목은 함정ㅎ니
불효ㅎ ㄴ 이 ㄴ 마음 그 아니 슬풀소냐

-『용담유사』, 「용담가」 중에서

때를 잘 못 만난 대장부의 허송세월, 10년을 넘게 인간세에서 무언가를
얻으려 하였지만 사십 평생 제대로 한 거 없는 인생에 절망하는 모습이 역
력하다. 그렇게 돌아 왔지만 고향 산천은 여전히 최제우를 정겹게[含情] 맞
는다. 이렇듯 이제마와 최제우는 태양인다운 포부로 세상 걱정을 하면서 세
상을 떠돌았다. 이런 경험이 훗날의 그들을 완성하는 에너지가 되었다.

❸체질과 구조

－이제마와 소쉬르

1. 개인과 사회

이제마가 장가들던 해[1][1857년]에 소쉬르(Ferdinand de Saussure)(1857~1913)가 태어났다. 이제마는 목조의 둘째 아들인 안원대군의 20세손이다. 그의 집안은 함흥 지역에서 우뚝한 가문이었다. 소쉬르는 이와 비교가 안 될 더 좋은 환경에서 태어났다. 제네바의 부유한 가정 정도가 아니라 스위스의 국가적 인정을 받는 가문이었다. 선조들은 주로 과학 분야에 관심이 많았다. 두 사람은 이러한 환경이 만든 행운아였다.

소쉬르가 태어날 때까지 이제마는 줄초상을 치러야 했다. 열세 살 되던 1849년 봄[4월]에 부친이, 겨울[12월]에 조부가 세상을 떠났다. 두 어른의 3년 상이 끝나자 할머니와 백부伯父가 별세했다. 할아버지는 제마濟馬라는

---

1 이제마의 결혼에 관한 정확한 기록은 없다. 아내인 경주 김씨가 이제마 보다 한 살 어리고, 22살로 요절했다는 사실에서 유추했다. 『이제마 평전』에는 1859년 11월 21일 전염병에 걸려 사망했다고 한다. 아내는 정4품 사헌부 장령을 지낸, 함경도 홍원군에 사는 김규형(金奎衡)의 딸이다.

이름을 주고, 천출인 손주를 적통으로 올렸다. 백부 이반린은 1843년부터 이제마에게 본격적으로 공부를 가르친 스승이다. 아비 잃은 조카를 위로하고자 향시까지 개최해서[1849] 장원으로 뽑아 준 후원자이기도 했다. 이제마를 지키던 울타리가 한꺼번에 무너진 셈이다.

이제마의 행적에 13살 이후의 기록이 분명치 않다. 향시에 장원한 이후에 전국 각지와 만주 러시아 등을 떠돌며 견문을 넓혔다고 적고들 있다. 홍순용은 '이제마의 가출'이(「대한한의학회보」) 13살부터라 한다. 현실에 대한 환멸, 백척간두에 있는 조국의 운명, 보국안민 등등을 그 사유라고 적고 있다. 하지만 이는 과장이다. 부친과 조부의 3년상에 이어 할머니와 백부의 별세까지 이어졌다. 원칙론자인 이제마가 예법을 무시했을 리 없다. 그의 초기시에서도 세상에 대한 환멸이나 국가 현실에 대한 불안은 찾을 수 없다.

초기의 방황은 가족사적 불행의 연장선으로 보는 게 자연스럽다. 자신이 겪은 일을 모든 인간들의 문제로 확장시키려 한 체질적 고뇌로 읽어야 한다. 몇 년 뒤 결혼하고 장남까지 얻어 짧은 행복을 누렸다. 이로 비추어 그의 본격적인 가출은 아내가 죽은 이후로 봐야 한다. 이를 뒷받침하는 근거가 〈기미년 3월 스무날 지나 원곡가치 시회에서 읊다[2]〉라는 시와 그해 6월로 추정되는 〈6월 16일 장맛비가 내려서 시로 화답하다 六月旣望連日陰雨以詩相和[3]〉라는 시에서 쉽게 알 수 있다.

봄기운 품은 산 울창히 치솟았고	山含春暖鬱亭亭
꽃 진 봉우리 초목 다시 푸르다	花落千峰草又青
유연히 흥에 겨워 한가로이 가노니	悠然乘興悠然去
석양에 기댄 몸 취하고 또 깨누나	一任斜陽醉復醒

---

2 己未三月念後元谷柯峙會吟 己未三月念後元谷柯峙會吟(『東武遺稿』「詩賦」).
3 六月旣望連日陰雨以詩相和(『東武遺稿』「詩賦」)

시회詩會란 시 축제다. 이제마가 스물 세 살이었던 기미년(1859) 3월 하순의 일이다. 그해 5월 2일에 장남이 태어난다. 아내가 해산을 두어 달 남긴 시점이다. 인간이 태어나 가장 행복한 시기다. 그런 기분을 울창한 봄기운과 드높은 산세로 변주變奏한다. 꽃 진 자리 잎 푸르러 녹음 짙어지고, 그렇게 새로운 세상이 온통 펼쳐져 있다. 상실한 아픔이 클수록 얻는 기쁨은 배가 된다. 부친과 조부의 꽃잎 위로 아내와 자식이라는 초목이 덮인다. 그래서 더 귀하고 감동적이다. 춤이라도 덩실덩실 추어야 마땅하건만 체면상 "유연히 흥겨워 유연히 간다[悠然乘興悠然去]" 왁자지껄했던 시회詩會의 즐거움을 뒤로 하고 품위를 지키며 제멋에 겨워 귀가한다. 그러나 아무리 술을 마셔도 취하지 않는다. 그만큼 행복지수가 높아 있다.

궂은 비 내리는 동리의 하늘　　陰雨霏霏洞裡天
벼와 삼 콩보리 가득한 들판　　禾麻菽麥滿前前
태평성대에 옷밥이 풍족하니　　國泰時豊衣食足
성군 때 나고 자라 절로 늙누나　　生長聖代老年年

유월 기망六月旣望[6월 16일]은 정확하게 연대를 알 수가 없다. 그러나『東武遺稿』「詩賦」에 실린 시편들을 종합하면 앞 시를 지은 해 6월로 보는 게 무난하다. 순박하고 안온한 정서가 후기의 시들과 달라서다. 또「詩賦」에 실려 있는 작품들이 대부분 연대순이다. 아내가 죽은 후에 나올 수 있는 시가 절대 아니다. 어쨌든 위의 시는 6월[양력 7월 중순]의 풍요로움을 노래한다. 집에서 바라보는 동리의 들판엔 온갖 곡식이 빼곡하다. 하늘에서는 비까지 흡족하게 내린다. 나라는 태평하고 시절 인심은 좋고 입고 먹을 것이 넉넉하다. 이런 시절을 만나 절로 세월 보낸다는 노래다. 이제마의 인식이 아직은 가문적, 향리적 차원에 머물러 있음을 알게 한다. 그해 11월, 다윈 [영국]은 『종의 기원』을 냈다. 초판본 1259부가 발간 당일에 다 팔렸다.

2. 만남과 운명

23살 아버지는 돌도 안 된 아들을 모친[할머니]께 맡기고 떠난다. 혹한은 피했을 테니 다음해 봄으로 봐야 한다. 스물넷부터 그 방향이 어느 쪽인지 는 정확하지가 않다. 다만 남쪽 지방 여행은 〈계해년 여름 남쪽 계룡을 다 니다 거창 사람 김생을 만나 같이 구걸하면서 '거지 둘'이라는 제목으로 읊 다 癸亥夏南遊鷄龍與巨昌金生同乞題兩乞〉라는 시편을 통해 확인할 수 있 다. 계해년[1863(철종14)]은 이제마가 27세 되던 해다. 경주의 현곡면 가정 리에서는 40세인 최제우가 최시형에게 동학의 도통을 전수했다.[4] 한쪽은 어둠이었고, 한 쪽은 체계를 갖추어 갔다. 최제우는 이듬해 죽었으나 이제 마는 3년이 빈다. 이를 『이제마 평전』에서는 기정진 문하에서 수학했다고 나와 있다. 그러나 증거는 없다.

이제마에게 1863년은 아주 중요하다. 이제마가 운암 한석지(1709~1791) 의 『명선록明善錄』을 만난 해로 추정들 한다. 함흥에서 정평으로 가는 도중 에 날이 저물어 객사에 유숙했고, 그 방의 벽지에 붙어 있는 글을 통해 『명 선록明善錄』의 실체를 찾아낸다. 1개월 간 책을 빌려 필사하고 세상에 펴냈 다. 이제마는 운암을 '조선의 제일인자第一人者'로 추앙했다. 비로소 사상의 학四象醫學의 실마리를 찾았다. 그 뒤로 〈기사년 봄 둔지에 우거하면서 스

---

4 최제우는 1862년 겨울 흥해 매산리로 피신해 있다가 3월에 돌아왔다. 7월에 최경상(해월)을 북도중주인(北道中主人)으로 임명했다. 1863년 음력 12월 10일(양력 1864년 1월 18일) 조 선 왕조의 관군에게 붙잡혀 이듬해[1864년(41세)] 음력 3월 10일(양력 4월 15일)에 대구 관 덕당에서 참형(斬刑)당했다.

스로 경계하기 위해 동쪽 벽에 써 붙이다 己巳[5] 春寅居屯地自警東壁〉는 시가 있으니 기사년인 1869[고종6]년에는 '둔지屯地'[고향]에 와 있음을 알 수 있다.

1869년은 소쉬르에게도 결정적인 해였다. 그의 운명의 지침을 고정시킨 스승, 언어학자 픽테 Adolphe Pictet(1799~1875)를 만난다. 이제마는 책으로 만났지만 소쉬르는 직접 배웠다. 그는 스위스 언어 학자, 철학자, 민족학자였다. 그런 노스승의 영향으로 언어와 민족과 문화와 환경의 연관성에 대해 관심을 갖는다. 이듬해[1870] 고등학교[마르틴느]에 입학하여 여러 나라 말에 대해 공부했다. 「말의 일반적 체계」라는 논문을 썼다.

1871년 이제마는 〈신미년 6월 사촌에 모여 나고 자라고 늙는 인간세를 제목 삼아 화답하다 辛未季夏會于沙村以生長老人世間爲題相和〉라는 시를 썼다. '사촌沙村' 역시 이제마의 고향을 가리킨다. 두만강 유역과 연해주 지방을 여행하고 「遺跡」(『東武遺稿』)을 집필했다. 1872년 3월 차남 용수가 태어났다.[이제마의 재혼 시기도 정확하지 않다.] 마침내 1875년 무과급제하여 벼슬길에 오른다.

소쉬르는 1875년 제네바 대학에 입학하여 화학 물리학 중심의 수업을 받았다. 그는 이 시기를 "가문의 전통에 맞추려고 허송한 세월"이었다고 했다. 다음해[1876] 비교역사언어학의 성지였던 독일 아이프치히 대학으로 유학갔다. 4년 동안 산스크리트어, 이란어, 고대아일랜드어, 고대슬라브어 등을 익혔다. 「인구어의 여러 가지 a의 변별에 관한시론」「인도유럽어 원시모음 체계에 관한 논고」를 썼다. 1880년 박사학위 논문 「산스크리트어 절대 속격의 용법」을 썼다. 그해에 프랑스로 갔다.[6]

---

5 1869(고종 6년).
6 9년 동안 고등연구원으로 있었다. 여기서 역사─비교 언어학 수업을 하고, 랑그와 공시적 기술원리에 관심을 쏟았다.

1880년은 이제마가 「유략儒略」(『格致藁』) 집필을 시작했다. 「儒略」은 완성하는데 10년이 걸렸다. 이름은 유학儒學 약사略史지만, 사상의학四象醫學의 초석을 놓는 막중한 작업이었다. 1881년에는 일본순사와의 필담인 〈辛巳午年元山港問答〉(『東武遺稿』)을 썼다. 이듬해 『格致藁』「獨行」을 지었다. 정치와 의술을 동시에 병행하며 숱한 임상 작업을 논문화하는데 힘썼다. 1893년 7월 13일 시작한 『東醫壽世保元』 집필은 이듬해[1894] 4월 13일 필사 완료했다. 그 뒤로 1990년 죽을 때까지 고쳤다.

소쉬르는 1891년 11월 제네바 대학의 인도유럽어 비교역사언어학과 산스크리트어 교수가 되었다. 1896~1910년에는 그리스어, 라틴어, 산스크리트어 비교역사문법을 강의했고 1896~1912년에는 게르만어 비교문법, 1912~1913년에는 게르만어 비교문법 및 니벨룽겐을 강의했으며, 게르만 전설을 연구했다. 일반언어학 강의는 3차에 걸쳐 이루어졌는데, 1907년 1월부터 1차 강의, 1908~1909년에 2차 강의, 1910~1911년에 3차 강의를 했다.

그는 인도 및 유럽의 비교 언어학 분야에 탁월한 업적을 쌓았다. 소쉬르 이전의 언어학은 통시적 연구가 주류였다. 개별적인 언어들이 시·공간적으로 어떻게 변해 왔는지를 중시했다. 언어현상을 역사적, 심리적인 관점에서 다루었다. 하지만 소쉬르는 언어현상을 상황에 따라 변할 수 있는 여러 외적 요인들과 분리했다. 그는 현상의 구조를 우위에 두었다. 그리하여 역사와 심리학에 종속되어 있던 언어학을 독립시켰다. 현대 언어학은 여기서 탄생했다. '차이'에 대한 강조는 구조주의를 열었다.

3. 체질과 랑그

소쉬르 사후死後 1916년에 출판된 『일반 언어학 강의』(Cours de linguistique

générale)는 서구사회의 패러다임 전환을 촉발했다. 물론 여기에도 문제는 있다. 소쉬르가 인쇄기피증이 대단했던 탓에 그 강의록은 모두 제자들의 기억이다. 비디오나 녹음 파일을 풀지 않은 이상 그 내용이 온전히 소쉬르의 사상이라고 말하기가 어렵다. 그렇지만 그 맥락은 제대로 짚을 수 있다. 당대 유럽이 과학적 성취감에 힘입어 물리학적 사고가 대세를 이루고 있었던 것처럼 언어학도 그런 방식을 취하고 있었다. 물리학적 사고란 절대론으로, 사물 스스로가 존재의 근원이라는 '자기원인自己原因[Causa Sui]'이다. 자기원인은 스콜라 철학 이후 내려 온 사상이지만 과학적 성과에 힘입어 진리처럼 인정받았다. 『일반 언어학 강의』는 이런 사상의 뿌리를 뒤엎었다.

그 핵심은 관계론[상대론]이다. '모든 현상은 관계다.' '모든 것은 대립적으로 사용된 차이에 불과하며, 대립이 가치를 창출한다'고 했다. 차이끼리의 연관성은 불교에서 말하는 의타기성(依他起性, paratantra-svabhāva)이다. 의타기성은 연기緣起의 속성으로, '다른 것과의 관계 속에 일어나는 성향이다. 삼라만상은 독자적으로 존재하지 않는다는 말이다. 소쉬르는 이런 현상을 체계[system]로 설명한다. 체계는 독립적 존재인 개별체의 조합이 아니다. 이것은 다른 개체와의 공존에서만 가치를 지니는 관계태關係態다. 그 대표적 모델을 언어로 보았다. 차이 관계망의 사회성 연구를 통해 그는 먼저, 과학 만능 사고에 젖어 있던 언어학과 기호학의 한계를 극복하려 했다. 나아가 서구 고유의 형이상학, 신학, 근대 과학의 연결고리를 끊으려 했다.

『일반언어학』이 기존 언어학의 후천 개벽 사건이었다면 『東醫壽世保元』은 의·철학醫哲學계에 그런 충격이었다. 비슷한 생각은 비슷한 결론을 낳는다. 이를 일러 소쉬르는 "관점이 대상을 만든다"고 했다. 이는 "체질이 대상을 만든다"는 이제마의 문장으로 바로 대치할 수 있다. 소쉬르가 구조주의를 낳았다면 이제마는 구조 인류학을 구축했다. 언어활동이 계열 관계(paradigmatic relation)와 연합 관계(syntagmatic relation)의 결합이라면, 인간 삶은 체질과 그 실천으로 이뤄진다.

소쉬르 언어학의 목표는 보편 문법 정립에 있었다. 보편이란 말은 특수의 상대어다. 보편은 두루 지닌 속성이다. 공통성과 불변성을 지닌다. 공통성은 개체성이나 개인성을 무시한다는 함의다. 불변성은 한 지점[당대/현재]을 중시한다는 뜻이다. 이를 한 단어로 나타내면 '구조'다. 소쉬르는 구조에 해당하는 용어로 '랑그(langue)'를 썼다. 『일반언어학』의 내용처럼 랑그는 '유일하고도 진정한' 언어학의 대상이다. 그것은 '숱한 경험을 통해 머릿 속에 자리잡은' 사회적 현상이다. 개인이 반드시 따라야 할 '체계'다. 개인적인 발화를 작동하는 원리다. 결국 랑그는 소통을 위해 개개인이 공유해야 하는 형식과 규칙들의 총체다.

랑그에 견줄 수 있는 용어가 체질體質이다. 체질은 선천적이고 불변한다. 관성의 법칙이 지배해서 삶의 방향을 한 곳으로만 치우치게 한다. 한 말 또 하고 한 짓 또 한다. 이제마는 반복형 인간관을 극복할 방도로 체질을 연구했다. 물론 이제마는 체질이란 용어를 사용하지 않았다. 소쉬르가 구조란 말을 쓰지 않은 것처럼. 틀 앞의 개인은 무의미하지만 체질 앞의 개인은 영향력을 지닌다. 구조[랑그] 속의 개인은 주체를 상실하지만 체질[사상四象] 속의 개인은 주체를 재구再構한다. 이 점이 두 사상의 갈림길이다.

4. 체질과 빠롤

소쉬르는 『일반언어학 강의』에서 언어 활동에는 '사회·문화적 맥락'[외적 요인]과 '체계와 규칙과 관련된 것'[내적 요인]이 있다고 했다. 빠롤은 '개인적이며 순간적인' '개별적 경우의 총합'이다. 랑그가 개별적으로 다채롭게 드러난 모습이다. 랑그는 그 자체의 원칙에 따라 말하는 사람을 구속한다. 개인의 말은 랑그를 통해서 습득한 상황이다. 언어의 사회성에 따라 개개인이 맘대로 만들 수도 바꿀 수도 없다. 발화자는 그 체계 안에서 반복하며 의미를 재생산한다. 다만 빠롤이라는 개인차가 존재할 뿐이다.

소쉬르는 언어를 '① 자의적 ② 변별적 ③ 기호 ④ 체계'라 했다. 기표란 발화 그 자체고 기의란 발화를 통해서 느끼는 심리적 현상이다. ① 자의적이란 기표[시니피앙 signifiant]와 기의[시니피에 signifié]가 무관하고, ② 변별적이란 다른 사물과 구별하게 해주며, ③ 기호란 언어, 징후, 흔적, 도상, 생인 신호 등등을 대리하는 상징이고, ④ 체계란 의미를 생산하는 요소들의 관계다. 이를 토대로 말소리가 의미를 지향한다는 'Se/Sa'라는 도상을 만들었다. '나'의 의미는 내적 관계에 의해 '자식 → 남자 → 남편 → 아버지 → 회사원' 등등으로 치환[교환]되면서 드러난다. 외적 관계는 비교와 대조로 드러난다.

사상인四象人은 체질이라는 랑그가 구현된 빠롤의 층위다. 사상의학四象醫學에서 말하는 폐비간신肺脾肝腎은 상징이다. 장기臟器가 아니라 내·외적 관계를 맺어주는 방향성이다. 똑 같은 발화를 듣고, 기본적인 개념을 같이 인지한다 해도 연상하는 범위를 정해주는 틀이다. 차이는 여기서 생긴다. '산'이라는 말을 듣고 어떤 사람은 에베레스트를 떠 올릴 것이고, 어떤 사람은 백두산을, 어떤 사람은 지역의 명산을, 어떤 사람은 뒷동산을 떠 올린다. '가난'이란 말을 놓고도 '하늘이 준 질서, 사회적 문제, 가문적 요인, 개인적 무능'으로 연결 짓는다. 그렇지만 에베레스트 산을 떠올린 사람은 가난을 하늘이 준 질서로, 백두산을 떠 올린 사람은 한국 사회의 문제로, 지역 명산을 떠 올린 사람은 가문[부모]의 탓으로, 뒷동산을 떠 올린 사람은 개인의 무능으로 연결지을 가능성이 높다. 그래서 체질언어학으로 읽는 '나'의 의미는 한없이 미끄러져 가지 않는다. 나의 시니피에와 시니피앙은 '우주/나, 사회/나, 가문/나, 개체/나'라는 고정된 틀을 선호한다. 하나가 우위를 점하면 그것이 나머지 셋의 의미를 억압한다. 그래서 의미는 무한 생산되지 않는다.

폐肺는 우주, 비脾는 국가와 사회, 간肝은 가문과 당여, 신腎은 내면으로 열린, 그런 세계와의 관계를 그리게 하는 화폭이다. 범위가 넓으면 촘촘하지 못하고, 세세하면 대세를 놓치는 상대성의 체계다. 이런 논리를 따르면 어휘를 선택하고 이를 이어가는 방식도 각기 다르다. 유사성이 만드는 은유와 상이성이 만드는 환유는 체질의 성향이 구현된 현상이다. 이제마는 소쉬르의 시니피에 우위론에 제동을 건다. 기의는 흘러갈 수 있는 범위가 있다. 그래서 체질은 본래 편향적이고 부조화다. 몸은 특정한 방향으로 기울어져 있다. 체질적 삶은 그 각을 더 심화한다. 당연히 언어 활동이 획일성을 띤다. "내 언어의 한계가 내 세계의 한계"라는 비트겐슈타인의 말을 더 명증하게 보여준다. 체질은 인간이 선호하는 언어의 틀에 갇힐 위험성을 경고한다. 인간은 대부분 어제 한 말 오늘 또 하고, 오늘 한 말 내일 다시 할 확률이 높다. 체질이라는 랑그가 작동하기 때문이다. 그것이 틀이 되어 유사 어휘를 찍어내기 때문이다.

❹ 체질과 대타자

─이제마와 라캉

1. 몸과 언어

이 글은 대타자라는 누빔점[1]으로 『東醫壽世保元』 사상인四象人 읽기다. 대타자라는 지점에서 새롭게 구축되는 개념을 풀이한다. 체질과 대타자는 이제마와 라캉의 공동체 담론이다. 이제마와 라캉은 개인을 내세운 점이 같다. 개인의 내면 사이에 무엇이 들어오고, 흐르고, 나가면서 그 사람을 형성하는가를 연구했다. 시대가 몰고 온 모순과 불안, 인간의 존엄성이 사라지고, 정체성이 분열·해체 되던 시기에 인간답게 사는 게 무엇인지를 고민했다. 더 정확하게 말해서 무엇이 우리를 지배하는가? 어떻게 지배하고 있는

---

1 누빔점[point of caption]은 "소파의 쿠션이 움직이지 않도록 고정해주는 지점으로, 상징계에서 기표와 기의의 무한한 흐름을 멈추게 만드는 고정점"(김석, 에크리 라캉으로 이끄는 마법의 문자들, 살림출판사, 2007, 135쪽)이다. 두 개의 천을 접어 안팎이 만들어지도록 누비는 것과 유사하게, 어떤 기표의 기의가 끊임없이 미끄러지지 않도록 둘을 함께 누비는 것을 말한다. 라캉은 1955~1956년《세미나 3: 정신증》에서 정신증과 신경증의 차이를 설명하기 위해 이 개념을 처음 도입했다.

가? 하는 시스템에 관한 고찰이었다. 그것을 이제마는 체질이라 했고(정확하게 사상인四象人이라 했다) 라캉은 대타자라 했다.

이제마가 본 몸은 심욕心慾 덩어리다. 그가 나눈 숱한 마음들이 욕망의 근원이다. 그 욕망은 체질이라는 대타자를 통해 구조적으로 형성된다. 체질적 욕망은 유형이고 관성이다. 유형이란 말은 욕망의 본질이 주색재권酒色財權에 있고, 관성은 인간의 욕망이 같은 유형을 탐한다는 뜻이다. 체질적 욕망은 몸의 균형을 무너뜨려 질병을 부른다. 체질을 알아야 하는 가장 급한 이유가 자신의 부정적 면모부터 극복하기 위함이다. 그런 다음에라야 체질이 지니는 장점을 극대화하여 건강한(가치있는) 삶을 누릴 수 있다. 이제마는 건강한 개인이 모여야 건강한 사회를 이룬다고 보았다. 이제마는 건강 공동체를 염원했다.

라캉 역시 건강한 사회를 꿈꾸었다. 그가 생각한 욕망 윤리의 목적지는 무조건적인 이웃 사랑이 가능한 세상이었다. 상호 주체성으로 타자와의 관계를 정상화하고, 이를 바탕으로 사회적 연대를 이루어야 한다고 했다. 그것은 존재 회복과 타자의 윤리성을 종합할 수 있는 서로의 노력이다. 이를 통해 우리가 순수 욕망을 꿈꿀 수 있다고 보았다. 그러한 세상을 만들기 위해 필요한 것이 나를 지배하고 있는 대타자를 직시하는 일이었다. 대타자는 인간이 분열증 증세를 앓으면서 자기 중심적, 나르시시즘, 착각과 기만이라는 단계에서 벗어난 지점이다. 그러나 여기에는 주체를 형성하고 있는 기류의 흐름이 있다. 인간은 타고난 환경이 주는 '눈'에서 벗어나기 힘든 존재다. 그것이 대타자다. 이제마의 체질이 그렇듯, 제대로 살기 위해서는 그런 틀을 직시하고 거기에서 벗어날 수 있어야 한다. 그것이 이웃 사랑에 이르는 길이므로.

이제마(1837~1900)는 19세기의 마침표다. 라캉(1901~1981)은 20세기의 출발점이다. 이제마는 정약용이 죽은[1836년] 다음 해에 함흥에서 태어났다. '민란의 시대'를 살다가 식민지로 변해가는 시기에 죽었다. 그 다음해, 식민지 정책에 열 올리는 프랑스에서 라캉은 태어났다. 1866년, 프랑스가 조선 땅을 침략[병인양요]하여 강화도를 공격, 점령했다. 프랑스군은 강화도를 철수하면서 장녕전 등 모든 관아를 태우고 외규장각² 도서 345권 등 문화재를 약탈해 갔다. 이때 이미 이제마는 조선을 떠돌고 있었다. 누구보다도 조선의 현실을 절감切感했다. 함흥에서 정평으로 가는 길에 우연히 한석지의 『明善錄』를 보게 되었고 거기서 영감을 얻었다. 벽지나 불쏘시개와 함께 사라졌을지도 모르는 그 사유를 발전시켜 천하에 밝혔다.

1880년부터 『格致藁』를 쓰기 시작하여 1893년에 끝냈다. 이어서 1894년 4월³ 13일 서울 남산에 있는 이능화의 집에서 『東醫壽世保元』 초고를 완성했다. 결국 『東醫壽世保元』은 백성을 포기한 나라를 대신해서, 먼 왕실 사람 이제마가 백성을 살리기 위해 만든 책이 되었다. 이를 통해 이제마는 사상가와 의학자의 위치를 굳혔다. 나아가 『東醫壽世保元』은 이 땅의 자존심으로 자리하게 되었다.

라캉(Jacques Lacan)은 청장년까지 프랑스 제 3 공화국(1870년~1940년)의 국민으로 살았다. 나폴레옹 왕가의 흔적 지우기, 불안한 과도기 체제, 1차 세계 대전의 와중 속에서 그의 정체성은 형성되었다. 1920년부터 1926

---

2 외규장각(外奎章閣)은 왕실 관련 서적을 보관할 목적으로 1782년 정조가 세웠다. 병인양요로 불타 없어지기 전까지 1,007종 5,067책이 소장돼 있었으나 약탈해 간 의궤류와 고문서들을 제외하고는 모두 타 버렸다.

3 1894년 4월은 전봉준·손화중·최경선·김개남이 서명하여 창의문[무장동학포고문]을 돌렸고, 10여일 만에 1만여 명이 모였다. 지도자로 부상한 전봉준은 김개남과 의논하여 4월 말 고부·흥덕·고창·부안·금구·태인 등 각처에서 봉기한 동학농민군을 고부 백산(白山)에 집결시켜 본격적인 항전의 대오를 갖추었다. 전봉준이 동도대장(東徒大將)으로 추대되고 손화중·김개남이 총관령(總管領)으로 그를 보좌하게 한 시기다.

년까지 정신의학을 전공하고 1932년 박사 학위 논문『편집증적 정신병과 인성과의 관계』를 썼다. 의사자격 취득 후 평생을 정신분석가로 활동했다. 그러나 젊은 시절부터 초현실주의자들과 광범위하게 교류했다. 제임스조이스, 앙드레 브로통, 살바도르 달리 등과 교유했다. 피카소의 주치의도 맡았다. 2차 세계 대전 때에는 프랑스 육군에 소집되어 파리의 발드그라스 병원에서 근무했다.

전쟁이 끝난 후 정신 분석에 몰두했다. 하지만 규칙을 어기고 치료 시간을 단축한 탓으로 국제 정신분석학회에서 제명을 당했다.(1953) 같은 해에 프랑스 정신분석학회를 창설했다. 1964년엔 파리 프로이트주의 학교를 설립하여 1980년에 해체했다. 1981년엔 프로이트주의파(CF)를 설립했다. 라캉은 익숙한 프로이트만 보려는 학계의 흐름에 반발했다. 타자성[프로이트의 이질적 요인] 앞에 당혹하며 '주변쇠약증'(ambiant debility)에 걸린 정신분석계를 치유하려 했다. 그는 정신분석학계의 무서운 아이를 넘어서, 이단아 혹은 반역자라는 이름을 사랑했다. 그 결과 무분별한(indiscreet) 분석가로 낙인 찍혀 추방당했다. 그러면서도 그는 한 사람이 이룬 업적이라고는 믿기 어려울 정도로 프로이트의 이론에 넓이와 깊이를 더했다. 나아가 정신분석을 프랑스의 지배적인 지적 학문 중의 하나로 끌어 올렸고, 세계적인 권위를 얻게하는 위업을 세웠다.

2. 몸과 대타자

이제마와 라캉의 공통점은 '몸' 연구다. 그들의 몸은 시스템에 의해 움직인다. 그 시스템을 이제마는 사상인四象人으로 라캉은 상상계, 상징계, 실재계로 보았다. 이제마나 라캉의 시스템은 곧 인간에 내재한 무의식이며, 그것은 정신과 육체라는 이분법 이전에 존재한다. 그래서 몸은 곧 마음[기운]이고[4] 욕망과 동의어다. 이들이 인간을 구성하는 요소를 시스템으로 파악한 젊은 구조주의와 닮았다. 반면, 주체를 인정하는 점에서 구조주의자와 다르다. 라캉은 주체를 언어 현상으로 본 점에서 구조주의자와 입장이 같다. 하지만 주체를 부정하지 않는 점에서는 다르다. 이제마의 사상도 인간을 지배하는 틀의 구조와 역할을 중시하는 면에서는 구조주의와 닮았지만 주체의 능동성을 강조하는 점에서 다르다.

이제마의 욕망의 발원지를 내부에서 라캉은 외부에서 찾는다. 그 산실로 이제마는 장기臟器를, 라캉은 환경을 내세웠다. 그래서 이제마는 마음을 다스려 욕망을 통제하려 했고, 라캉은 외부와의 관계에서 이를 밝히려 했다. 이제마는 욕망을 절제 가능하다 보았지만 라캉은 불가능하다 보았다. 욕망의 다른 말은 체질이고 대타자다. 체질은 개개인의 신체 장기臟器의 대소大小에서 파생된 결과다. 대타자는 상징계라는 타인이 만들어 놓은 체계[언어, 법, 규율]다. 체질은 타고나기에 불변한다. 대타자는 소멸한다. 체질은 이데올로기를 추종하지만 대타자는 그것을 추종하는 경우에만 존재한다.

서구의 사유는 전일자, 보편자에서 파생한다. 각기 달라도 인간이라 총칭할 수 있는 개념들을 모아서 체계화 한다. 그래서 인간도 모두 동일한 신체로 간주하고, 신체 장기도 모두 같이 취급한다. 같은 병증에는 처방전도 같다. 반면 동북아적 사고는 인간의 다양성, 상대성에서 전개된다. 같은 인간이지만 이질적인 요소를 어떻게 최소화할 수 있는지를 논리화 한다. 그래서 음양, 오행, 사상, 팔상 등의 용어가 생겨난다. 처방전도 보약補藥과 사약瀉藥이 있고, 체질에 따라 각기 다르다. 라캉의 사상은 그의 환경과 문화의

---

4 이제마는 사상인(四象人)의 특성인 폐비간신(肺脾肝腎)을 내뱉으려는 기운, 받아 들이려는 기운, 뒤섞는 기운, 배설하려는 기운의 대소(大小)로 구분한다. 또 신체 장기(臟器)를 다양한 마음[기운]이 내재한 공간으로 설명하고 있다.

산물이다. 그래서 대타자의 중요성은 인식했지만, 대타자의 유형까지는 나누지 못했다.

3. 대타자의 유형

사상인은 위치 에너지를 구분한 이름이다. 위의 도표대로 설명하면 태양인 대타자는 조화로운 우주, 소양인 대타자는 잘 다스려지는 나라, 태음인 대타자는 위계있는 가문, 소음인 대타자는 생존력 강한 개인이라는 특성을 지닌다. 태양인 대타자는 우주적 상상력이 풍부한 사해동포주의자다. 어떤 환경이든 지독한 이상주의를 추구한다. 소양인 대타자는 사회·역사적 상상력이 드넓은 선공후사先公後私 주의자다. 제도가 우선된 세상을 만들려 한다. 태음인 대타자는 가문[동아리]적 상상력이 확실한 선사후공先私後公 주의자다. 가문적인 위계 질서를 중시한다. 소음인 대타자는 개체적 상상력이 뿌리 깊은 유아독존 주의자다. 개인의 생존 방식을 최고 가치로 삼는다. 무의식은 상상력의 차원에 따라, 대타자와 주체 사이의 틈에서 형성된다.

이름	특징	지향		성향
태양인	肺大肝小	天天	우주	Idealist
소양인	脾大腎小	天地	사회	
태음인	肝大肺小	地天	가문	Realist
소음인	腎大脾小	地地	개인	

사상인을 대타자 개념으로 대비하면 라캉과 이제마의 다른 점이 명확히 나타난다. 라캉의 대타자는 환경[외부]에서 형성되고, 그것이 작동하는 동

안에 주체가 존재한다고 한다. 그러나 이제마는 내부[장기]에 있고 불변한다. 또 같은 환경이라도 형성되는 대타자는 다르다. 이는 같은 형제라도 성격이 다른 이치다. 체질은 자기 방식대로, 보고 싶은 것만 보고, 한 짓만 다시 하는 성향이다. 체질적 삶은 반성이 없으면 관성이다. 그 관성이 무의식이다. 그래서 인간은 습관대로, 한 말 또 하고, 했던 짓 되풀이하고 산다. 체질적 삶의 부정성은 체질적 무의식에 젖어 사는데 있다. 대타자에 휘둘려 사는 삶도 그렇다.

4. 욕망의 유형

욕망론은 이제마와 라캉의 변별력을 확실하게 해 준다. 라캉을 위시한 서구 학자들은 욕망을 결핍이나 과잉에서 나온다고 여긴다. 하지만 이제마는 욕망을 선천적이고 상대적이라고 본다. 이제마는 '주酒, 색色, 재財, 권權'이 인간 욕망의 심연이라 여긴다. 그것은 세상에 내뱉고 싶은 욕망, 세상을 들이키고 싶은 욕망, 몸 안으로 들이고픈 욕망, 밖으로 배설하고 싶은 욕망이다. 이를 각각 '폐肺, 간肝, 비脾, 신腎'이라고 불렀다. 그러나 이들은 상대적이다. 내뱉고 싶은 욕망이 크면 들이키고 싶은 욕망이 작고, 소화하고 싶은 욕망이 크면 배설하고 싶은 욕망은 작아진다. 몸은 대립소[폐↔간, 비↔신]끼리의 상대적인 배치다. 그 짝의 대소로 체질을 가른다. 그래서 폐가 젤 큰 사람은 간이 젤 작다고 추론한다. 폐가 제일 큰 사람은 내뱉고 싶은 욕망이 넘치고 들이키고 싶은 욕망이 모자란다. 또 그런 욕망만을 계속 드러낸다. 제일 모자라는 욕망은 아예 감추려 한다. 그 결과 욕망이 욕망을 낳는다. 체질은 욕망의 기울기다. 강화되고 약화되는 양상을 지닌다.

폐비간신肺脾肝腎은 욕망의 기본 방향인 동시에 욕망의 차원이다. 폐肺

가 내뱉으려는 욕망은 공기로 대표되며 지극히 공적이다. 신腎은 배설물로 대표되며 지극히 사적이다. 이런 성향이 이목비구耳目鼻口의 범위를 한정하여 유사하게, 반복적으로 보고 듣고 냄새 맡고 맛보게 한다. '폐肺-귀[耳]', '비脾-눈[目]', '간肝-코[鼻]', '신腎-입[口]은 욕망의 지향점을 알려준다. 폐肺는 우주적 차원이고 귀는 거기를 향해 열려 있다. 비脾는 사회고 눈은 구성원들의 성향[색상]을 주시한다. 간肝은 사조직[가문]이다. 조직원의 실상[냄새]를 파악해야 한다. 신腎은 개체성이다. 생태계를 정확히 파악하는 능력[맛]이 중요하다. 욕망은 이러한 지향점과 현실과의 괴리에서 생긴다. 이 것은 긍정적 욕망이다. '선을 좋아하는 이목비구耳目鼻口'와 '싫은 것을 싫어하는 폐비간신'의 속성이기에 그렇다.

그러나 인간의 부정적인 면을 부추기는 욕망도 있다. 그것이 '함억제복(頷臆臍腹-턱·가슴·배꼽·아랫배)'과 '두견요둔(頭肩腰臀-뒷꼭지·어깨·허리·엉덩이)'⁵이다. 이들 장기 역시 상징 체계다. 두견요둔頭肩腰臀은 신체의 앞부분이다. 보편성을 띤다. 계산하는 능력[籌策], 세상을 위한 경험과 능력[經綸], 체통있는 몸가짐[行檢], 너그러움[度量] 등은 누구에게나 있다. 이를 이제마는 '성性'이라 했다. 함억제복頷臆臍腹은 신체의 뒷부분이다. 개별성을 띤다. 식견 정도가 다르고, 위엄을 부리는 모양이 다르다. 재간을 부리는 방식과 꾀를 내는 이치가 각기 다르다. 이를 이제마는 '명命'이라 했다. 이제마는 인간을 이 두 차원[性命]에서 찾았다.

---

5 이목비구(耳目鼻口)와 폐비간신(肺脾肝腎), 함억제복(頷臆臍腹)과 두견요둔(頭肩腰臀)과 몸의 전후를 가리킨다. 또 각기 장기의 상하를 지칭한다. 이목비구(耳目鼻口)는 폐비간신(肺脾肝腎)의 크기에 따라 작동하는 범위가 다르고 성능도 다르다. 이 두 항목은 인간의 덕성에 순기능을 한다. 반면, 턱·가슴·배꼽·아랫배[頷臆臍腹]는 사특한 마음[邪心]이, 뒷꼭지·어깨·허리·엉덩이[頭肩腰臀]은 게으른 마음[怠心]이 횡횡하는 장소다. 인간의 품성 형성에 역기능을 한다.

성(性)			명(命)		
부위	속성	심성	부위	속성	심성
頷	籌策	驕心	頭	識見	奪心
臆	經綸	矜心	肩	威儀	侈心
臍	行檢	伐心	腰	才幹	懶心
腹	度量	夸心	臀	方略	竊心

　'턱[頷]−뒷꼭지[頭], 가슴[臆]−어깨[肩], 배꼽[臍]−허리[腰], 아랫배[腹]−엉덩이[臀]' 연결 고리는 부정적 욕망이 발동하는 방식이다. 부정적 욕망은 넘치는 기운이 불러 일으킨다. 이것이 '계산력[籌策]−식견識見, 경륜經綸−위의威儀, 절도[行檢]−재간才幹, 도량度量−방략方略'이라는 조합이다. 시비이해是非利害에 경도되어 '교만한 마음[驕心]−뺏으려는 마음[奪心], 긍지[矜心]−뻐기는 마음[侈心], 제압하려는 마음[伐心]−게으른 마음[懶心], 뽐내려는 마음[夸心]−훔치려는 마음[竊心]으로 구체화 되고 도식화 되고 유형화된다.

　인간의 운명은 여기서 결정난다. 했던 짓 또 하고, 한 말 또 한다. 세월 갈수록 자신이 보고 싶은 대로 보고, 듣고 싶은 것만 듣고, 하고 싶은 말만 한다. 흥망은 그렇게 오고 간다. 제어력[책기責氣과 책심責心]이 문제다. 함억제복頷臆臍腹과 두견요둔頭肩腰臀은 자유의 세계, 상상계다. 제거해야 할 욕망이 발산하는 방식이며 방향이다. 이는 인간이라는 기계가 작동하는 원리다.

5. 언어와 공동체

　우리 삶은 모두 대타자 담론이다. 우리는 우리 의사와 상관없이 언어를 배우고, 환경에 따라 그 언어를 달리 쓴다. 태어나기 전에 내 신분이 정해져 있는 것처럼, 언어도 그렇게 우리를 지배한다. 〈자식은 어른의 거울〉이란 말처럼, 우리는 부모의 언어, 부모의 사회적 관계망 언어를 그대로 답습한다. 어떻게 써야만 부모에게 칭찬 받고, 어떻게 해야만 주위의 인정을 받는지도 안다. 그러한 언어 활동을 통해 미추美醜, 선악善惡, 금지와 허용 등을 배우고 확인한다. 그래서 그들의 말은 그들을 지배하는 환경의 말이고, 이를 주도하는 어른의 말이다. 주체의 희망은 그들 부모의 희망이고, 주변의 희망이다. 주체는 환경을 가장 효과적으로, 현명하게 활용한다. 그것이 대타자를 형성한다. 우리는 대타자를 공유하기에 소통하고, 대타자가 다르기에 갈등한다. 대타자가 비슷하기에 비슷한 말을 하고 그런 글을 쓰고 예술 활동을 한다. 대타자가 다르기에 다른 말을 하고 다른 글 쓰고 논쟁하고 비판한다. 이를 극복하기 위해 대화한다.

이를 '우리의 삶은 모두 체질적 담론이다'는 말로 변용이 가능하다. 언어와 체질은 선재적先在的 질서다. 체질이 비슷해서 비슷한 행동을 하고, 체질이 달라서 이해 못 할 행동을 한다. 체질이 달라서 제각각 인의예지仁義禮智를 추구한다. 체질은 타고나기에 변하지 않는다. 라캉의 대타자는 이제마의 체질을 만나면 유형화 된다. 여기에는 제 3의 장소에서 우주의 질서에 부응하라는 대타자가 있고, 활기찬 세상[나라]를 만들라는 대타자가 있고, 사조직의 결속력을 중시하라는 대타자가 있고, 유아독존唯我獨尊하라는 대타자가 있다. 이들이 각각 태양인 대타자, 소양인 대타자, 태음인 대타자, 소양인 대타자다.

사상인론四象人論은 라캉의 대타자 개념을 체계적으로, 완벽하게 보완해 준다. 라캉이 소멸한다고 한 대타자는 이제마에게 오면 불변한다. 라캉은 인간의 한계[허무]에, 이제마는 인간의 가능성에 초점을 맞추었다. 이제마가 말하는 인간은 변하지 않는다. 바뀌는 건 외모일 뿐 그 언행은 예전과 별반 차이가 없다. 그래서 앞에서 언급한 머리 굴리고, 어깨 힘주고, 허리 놀리고, 엉덩이 돌리며, 하던 짓 되풀이 하면서 산다. 그러한 대타자, 체질적 한계를 벗어나지 못 했기 때문이다.

라캉이 우리가 나르시즘의 환상에서 벗어나 현실 속의 조화로운 주체이기를 바랐다면 이제마는 체질적 삶이 주는 관성의 법칙에서 벗어나기를 바랐다. 라캉의 대타자가 상징계의 질서 속에서 조화로운 삶을 누리고, 소통하는 공동체를 꿈꾸었다면, 이제마 역시 나의 체질을 알고, 장단점을 살리고 극복하여 건강하게 사는 세상을 꿈꾸었다. 또 남의 체질까지 파악하여 내가 나와 남을 속이지 말고, 남에게 속지도 말라고 했다. 냉철함을 지닌 건강인들의 공동체를 소망했다. 결론은 비정상의 정상화, 건강인이 만드는 건강사회였다.

II

개인과 욕망

❶체질과 시선

ㅡ대붕大鵬과 초명焦螟

1. 시 안 읽히는 시대의 시

"우리나라엔 시보다 시인이 많아!" 혜화역 2번 출구를 내려가던 어떤 아낙의 말이었다. 그 사실을 아는 당신도 시인이리라. 예전엔 강남의 빌딩마다 층층이 교회가 있고, 교회만큼 시인도 많다고 했다. 그러나 강남에 국한됐던 시인 과잉 분포가 전국적으로 퍼진 지도 하세월이다. 따지고 보면 우리에겐 애시당초 등단이란 제도가 없었다. 제도는 서구 근대의 산물이다. 우리는 시 쓰면 다 시인이었다. 다시 우리의 본연으로 돌아 왔다. 또 현 제도를 당연시 한다 해도 시인 많아서 나쁠 일은 없다. 글재주 하나로 세상을 뒤집으랴 세인을 기만하랴. 그저 시 한 편 더 짓고, 책 한 권 더 보고, 낭송한 번 더 하고, 행사 한 번 더 하는 걸로 행복한 사람들. 그 선량한 백성들이 많으면 많을수록 이 땅은 순박해 질 테니 실로 축복이 아니랴!

그런데 시인 천국에서 시들이 감동 없다고들 야단이다. 눈만 뜨면 시집들 쏟아져 나오고, 친절하게 해설까지 덧붙였어도 뭔 말인지 대체 모르겠단다. 왜 이럴까? 여기에 대한 진단을 연암燕巖이 오래 전에 했다. 글 쓰려고 "갑자기 옛날을 생각하거나, 억지로 경서經書의 뜻을 찾아내어 근엄한 척하고 글자마다 장중하게" 하기 때문이라 했다. 요즘 시들이 철학서와 정신분석학의 주석註釋이 된 현실에 적격인 지적이다. 박지원은 시인의 자기 기만성을 문제 삼는다. 진솔하지 못 하니 울림이 없고, 언어가 무엇인지 모르니 설득력이 없고, 시대를 모르니 방향성을 상실할 수밖에 없다는 말이다.

이승훈도 시대 상실을 제일 큰 문제로 여긴다. 지금 우리는 탈근대에 살고 있는데 여전히 근대적 발상에 사로잡혀 독존적 글쓰기에 빠져있다고 했다. 서정시인들은 말할 것도 없고, 주목 받는 젊은 작가들까지 어줍잖은 언어학과 정신분석에 매몰돼서 기만을 일삼고 있다고 개탄했다. 탈근대는 근대적 자아관 해체인데, 여전히 인간 중심적, 자아도취적 사고에 매여 있어서 대상을 착취하기에, 제대로 된 시를 못 쓴다 했다. 이를 동양적 사유로 진단하면 천지天地가 인人에 예속된 병폐다.

인人만 독존하는 세상이 도시다. 도시는 자연으로서의 천지天地를 기계화된 천지로 대체한다. 기계화된 천지는 문명이고, 문명의 속성은 기술과 지식과 정보다. 그래서 하늘은 기상 예보, 땅은 이권利權이다. 천지는 그와 관련된 높이와 너비 정도다. 그 바탕 위에 기계화 된 일상이 돌아 간다. 모두가 시계의 지배를 받는, 움직이는 기계가 된다. 몸도 "혼이 없는 자동기계"[동물 기계론]로 전락한다. 욕망으로 출렁이는 기계다. 그 욕망이 결핍[프로이트, 라캉]이든 생산[들뢰즈, 가타리]이든 인간은 혼 없는[고정된 주체 결핍] 기계다. 욕망이 낳는 분열의 이합집산에 따라 여러 기계[대상, 사회]와 접속하고 해체되어 흘러 다닌다.

시인도 욕망의 기계다. 시 자체를 욕망하면 시혼詩魂이 중요하고, 시인을 욕망하면 시류詩類가 중요하다. 시인이 많은 이유는 후자에 해당한다. 그것이 정예精銳보다는 무리를 필요로 한 문단의 욕망과 접속해서 자연스레 시인 천국이 되었다. 무리 양산은 패권으로 이어질 줄 알았지만, 제후들이 많아서 열국이 되었고, 변방이 되었다. 끼리끼리라 동아리가 되고 말았다. 자본주의의 왕따인 시인들이 모여 3류 자본주의 체제를 만들어 적당 생산 적당 판매의 시장을 열고 닫는다. 아니면 대자본 시장을 기웃거리는 기회주의자가 되었다. 시가 재미없는 이유 중의 하나가 바로 이러한 이유, 천지天地를 상실한 인간들이 이기적, 소아적, 병적 허사虛辭로 시를 도배하고 있기 때문이다.

천지天地 회복은 인간을 인간답게 시를 시답게 만드는 일차적 요인이다. 우리의 내면이 이미 시적 소재가 되고, 자연이 되었듯이 도시도 기계도 이미 자연이다. 도시적 천지天地를 우주의 천지天地로 접목하는 작업이 시급하다. 도시도 우리 몸처럼 하늘과 땅의 결합이고, 보임[形而下]과 안 보임[形而上]의 결합이다. 이 결합은 인간 본위의 주종 결합이라 문제다. 여기서 벗어날 수 있는 길이 소박함, 순결함, 단순함 회복이다. 상술하면 "무관심할 수 있는 상황에서 무관심할 수 있는 여유, 그리고 불필요한 지식에 오염되지 않은 영혼의 순결함(Purity), 그리고 인격의 소박함, 그리고 생활의 단순함[1](Simplicity)"이다. 순결, 소박, 단순을 일컬어 노자는 '무지무욕無知無欲'이라 했다. 우리 시가 감동이 부족한 이유는 무지유욕無知有欲, 정치적 인간, 권력형 인간으로 변질되어 그렇다.

2. 시인은 누구인가?

한 아이가 뜰에서 놀다가 제 귀가 갑자기 울리자 놀라서 입을 다물지

---

1 김용옥, 『노자와 21세기 上』, 통나무, 2000, 159쪽.

못한 채 기뻐하며, 가만히 이웃집 아이더러 말하기를,

"너 이 소리 좀 들어 봐라. 내 귀에서 앵앵 하며 피리 불고 생황 부는 소리가 나는데 별같이 동글동글하다!"

하였다. 이웃집 아이가 귀를 기울여 맞대어 보았으나 끝내 아무 소리도 듣지 못하자, 안타깝게 소리치며 남이 몰라주는 것을 한스럽게 여겼다.

일찍이 어떤 촌사람과 동숙한 적이 있는데, 그 사람의 코 고는 소리가 우람하여 마치 토하는 것도 같고, 휘파람 부는 것도 같고, 한탄하는 것도 같고, 숨을 크게 내쉬는 것도 같고, 후후 불을 부는 것도 같고, 솥의 물이 끓는 것도 같고, 빈 수레가 덜커덩거리며 구르는 것도 같았으며, 들이쉴 땐 톱질하는 소리가 나고, 내뿜을 때는 돼지처럼 씩씩대었다. 그러다가 남이 일깨워 주자 발끈 성을 내며 "난 그런 일이 없소." 하였다.[2]

『연암집』「공작관문고孔雀館文稿」의 '자서自序'다. 연암은 글쓰기의 병폐를 이명耳鳴과 한식鼾息[3]으로 든다. 이명은 '귀에서 들리는 소음에 대한 주관적 느낌'이다. 외부로부터의 청각적인 자극이 없는 상황에서 소리가 들린다고 느끼는 상태. 코곯이[한식]는 잘 때 일어나는 생리 현상이다. 이명은 나만 알고, 한식은 나만 모른다. 그래서 이명은 남이 몰라줘서 근심하고, 한식은 남이 아는 걸 싫어한다. 독법讀法도 마찬가지다. 이명적 글읽기는 남의 목소리가 들리지 않는데도 들은 척한다. 한식적 글읽기는 상대방을 깨우치려 애쓴다. 못 들은 걸 들은 척하자니 현학이 필요하다. 들은 걸 설득하려니 계몽이 필요하다. 현학과 계몽 사이, 과시와 독단 사이 우리의 오늘이 있다. 연암은 이런 병폐에서 벗어나기 위해 남의 귀 울리는 소리 들으려 말고,

2 박지원, 신호열 · 김명호(옮김), 『연암집』 중, 돌배게, 2007, 16~17쪽.
3 한(鼾), 식한(息鼾)이라고도 한다.

나의 코 고는 소리를 깨달으라고 한다. 현학적, 인위적 글쓰기에서 평범하고 자연적인 글쓰기로 바꾸라고 한다. 다시 연암은 말한다. 말은 거창할 필요가 없고, 도는 부서진 기와나 벽돌로도 표현할 수 있다고,

앎에도 장님과 귀머거리가 있다.[4]

장자莊子의 언어로 옮기면 이명耳鳴과 한식鼾息은 작은 지혜다. 이 상태가 심각해 지면 장님과 귀머거리가 된다. 연암은 작은 지혜에 머무는 부류를 장님, 어린이, 노예, 시골 서당 선생, 과거장의 서생이라 한다. 장님은 흑백[종이와 먹]을 구분하지 못하고, 어린이는 흑백은 구분하지만 글자인 줄 모르고, 노예는 글자인 줄은 알지만 읽지 못하고, 시골 서당 선생은 소리 내어 읽지만 반신반의 하고, 과거장의 서생은 능란하지만 덤덤하게 마음에 두지 않는다. 보고도 못 보고, 보고도 제대로 못 보고, 보고 살피고도 입으로 형용하지 못 하는 이유는 심령心靈에 트임과 막힘이 있기 때문이다.[5] 심령의 개폐가 지혜의 차원을 결정한다. 그래서 "작은 지혜는 큰 지혜에 미치지 못 하고, 어린애는 어른의 지혜에 미치지 못 한다."[6] 지혜는 식견의 차이고, 그것은 자신의 환경에만 집착한 결과다.

아침에 돋아나는 버섯은 한 달을 알지 못하고, 매미는 봄과 가을을 모른다. 초나라 남쪽에 명령(冥靈) 나무가 있다. 5백년이 봄이고 5백년이 가을이다. 먼 옛날 대춘(大椿) 나무가 있었다. 8천년이 봄이었고 8천년이 가

---

4 瞽者無以與乎文章之觀, 聾者無以與乎鍾鼓之聲。 豈唯形骸有聾盲哉 ? 夫知亦有之(『莊子』「逍遙遊」).

5 박지원, 신호열 · 김명호(옮김), 『연암집』 상, 돌베게, 2007, 86쪽.

6 小知不及大知, 小年不及大年(『莊子』「逍遙遊」).

을이었다.[7]

그 나라(초요국)의 사람들은 키가 한자 다섯 치다. 또 동북극으로 가면 쟁인이는 사람들이 있다. 키가 아홉 자다.[8]

이런 사례들은 사고의 틀[스케일]에 대한 담론이다. 틀을 깨기가 얼마나 어려운가를 말한다. 틀은 환경이 만든다. 조균朝菌은 아침에 음습한 퇴비 위에서 생겨났다가 햇빛을 보면 말라 죽는 버섯이다. 하루살이라서 한 달이 무엇인지 모른다. 여름 곤충인 매미는 여름만 안다. 『列子』「湯問」에는 균지菌芝와 몽예蠓蚋로 비유해 놓고 있다.[9] 명령冥靈 나무와 대춘大椿 나무는 각각 봄과 가을이 5백년과 8천년이다. 『列子』「湯問」에도 나온다. 조균朝菌과 극한 시간 대조를 이룬다. 초요국 사람들은 난장이고, 쟁인은 키다리들이다. 초요국 사람들은 모든 사람들이 다 난장인 줄 알고, 쟁인들은 모두 키다린 줄 안다. 자신의 생태계를 절대적으로 기준으로 삼는다. 앎도 마찬가지다. 자신이 아는 것만을 행하려 하고, 자신이 행했던 것을 다시 행하려 한다.[10] 이것이 체질적 삶이고 작은 지혜다. 큰 지혜는 이런 성향을 극복하는 데서 온다. 상대적 시공 인식에서 대세를 판단하고, 사물을 보는 눈이 필요하다. 여기서 나오는 개념이 대붕大鵬과 초명焦螟이다.

북쪽 바다에 한 물고기가 있다. 이름은 곤(鯤)이다. 그 크기가 몇천 리인지 알 수 없다. 이것이 변해 새가 되니 이름이 붕(鵬)이다. 붕새의 등 넓

---

7 朝菌不知晦朔, 蟪蛄不知春秋, 此小年也. 楚之南有冥靈者, 以五百歲爲春, 五百歲爲秋 ; 上古有大椿者, 以八千歲爲春. 八千歲爲秋.(『莊子』「逍遙遊」).

8 從中州以東四十萬里, 得僬僥國。人長一尺五寸. 東北極有人名曰諍人, 長九寸。荊之南有冥靈者, 以五百歲爲春, 五百歲爲秋.(『列子』「湯問」).

9 朽壤之上有菌芝者, 生於朝, 死於晦. 春夏之月有蠓蚋者, 因雨而生, 見陽而死(『列子』「湯問」).

10 頷臆臍腹行其知也 頭肩腰臀行其行也(李濟馬, 『東醫壽世保元』, 「性命論」).

이도 몇천 리인지 알 수 없다. 온 힘을 다해 날면 그 날개가 구름을 드리운 것 같다. 이 새는 바다가 움직이면 남쪽 바다로 날아간다. 남명은 천지(天池)를 말한다.[11]

『열자』에도 거의 비슷한 내용이 나온다. 다만 종북終北과 명해溟海가 나오고, 목격자[大禹] 명명자[백익], 기록자[이견夷堅]가 명시된 점이 다르다.[12] 세상에 그런 크기가 있다는 사실을 안 사람이 우왕이다. 우왕은 황하의 막힌 물길을 뚫어 범람을 예방하였다. 뒤에 순임금으로부터 왕위를 선양받아 하夏를 세웠다 백익伯益은 고요皐陶의 아들이다. 우禹를 몰아 내고 제위帝位에 올랐으나 다시 우禹의 아들 계啓에게 쫓겨났다. 어쨌든 세 사람은 시인에게 필요한 투시력透視力, 명명력命名力, 표현력의 은유다. 대붕大鵬은 눈에 보이지 않는 큰 세계의 환유다.

　강포(江浦)에는 작은 벌레(麼蟲)가 산다. 초명(焦螟)이라 부른다. 무리를 지어 날아서 모기의 눈썹 위에 앉아도 그들의 몸이 서로 닿지 않는다. 모기 눈썹 위에 붙어서 오가는 데도 모기는 깨닫지 못한다. 눈이 밝은 이주(離朱)와 자우(子羽)가 대낮에 눈꼬리를 쫑깃세우고, 눈썹을 치켜 올리며 바라보아도 그들을 찾을 수 없었다. 귀 밝은 지유(魱俞)나 사광(師曠)이 밤중에 귀를 후비고 고개 숙여도 그 소리를 듣지 못했다. 오직 황제(黃帝)와 용성자(容成子)만 공동산(空峒山) 위에서 같이 석달 동안 재계(齋戒)했다. 심신의 멎은 지경에 이르러 정신을 가다듬 살피니 그 벌레의 형체가 보였다. 우뚝한 모습은 숭산(嵩山)의 높은 언덕과 같았고, 소리의 기

---

11 北冥有魚, 其名爲鯤。鯤之大, 不知其幾千里也。化而爲鳥, 其名爲鵬。鵬之背, 不知其幾千里也; 怒而飛, 其翼若垂天之雲。是鳥也, 海運則將徙於南冥。南冥者, 天池也(『莊子』, 「逍遙遊」).

12 終北之北有溟海者, 天池也, 有魚焉。其廣數千里, 其長稱焉, 其名爲鯤。有鳥焉。其名爲鵬, 翼若垂天之雲, 其體稱焉。世豈知有此物哉？大禹行而見之, 伯益知而名之, 夷堅聞而志之.(『列子』「湯問」).

세는 으르렁거려서 하늘의 큰 우레 소리 같았다.[13]

초명焦螟은 모기 눈썹 위에서 서식한다. 그 위를 무리져 다녀도 모를 만큼의 초미세하다. 눈 밝기로 소문난 이주離朱와 자우子羽, 귀 밝기로 유명한 지유蚰俞나 사광師曠이 아무리 노력해도 결코 형체와 소리를 확인할 수 없었다. 다만 황제黃帝와 당대의 현자였던 용성자容成子만의 지극정성으로 그 실체를 밝혔다. 심장이 멎고 몸이 무너진 상태는 죽은 재처럼 되었음이다. 죽은 재는 재점화할 수 없는 욕망이다. 모든 욕망이 제거된 상태다. 이주離朱와 자우子羽, 지유蚰俞나 사광師曠은 찾고 듣고자 하는 욕망을 극대화 했다. 그래서 그들은 실패했다. 이명耳鳴과 한식鼾息을 극복하지 못한 데서 온 귀결이다. 대붕大鵬과 초명焦螟은 이명耳鳴과 한식鼾息의 상대어다. 우리가 얼마나 어리석으며, 우주가 얼마나 광활한가를 알려준다. 시인이 무엇이고 누군인가를 알려 준다.

3. 한시漢詩의 시공時空

초명은 모기 눈썹 위에서 적을 죽이고 (蟭螟殺敵蚊巢上)
만촉은 달팽이 뿔에서 서로 싸우네 (蠻觸交爭蝸角中)
하늘에서 이 세상 내려다 보면 (應是諸天觀下界)
한 점 티끌 속의 쟁패이리라 (一微塵內鬪英雄)

---

13 江浦之間生麼蟲, 其名曰焦螟, 群飛而集於蚊睫, 弗相觸也。 栖宿去來, 蚊弗覺也。 離朱子羽, 方晝拭眥揚眉而望之, 弗見其形;蚰俞師曠方夜擿耳俛首而聽之, 弗聞其聲.唯黃帝與容成子居空桐之上, 同齋三月, 心死形廢;徐以神視, 塊然見之, 若嵩山之阿;徐以氣聽, 砰然聞之若電霆之聲(『列子』「湯問」).

백거이(白居易 772~846)의 시다. 초명은 살핀 것처럼 모기 위에서 서식하는 초미세 곤충이다. 만촉蠻觸은 『장자莊子』「잡편雜篇」 '칙양則陽'에 나온다. 달팽이의 두 뿔에 나라 세운 군주의 성씨다. 왼쪽 뿔에 나라를 세운 군주가 촉觸 씨고, 오른쪽에 세운 군주가 만蠻 씨다. 두 나라는 수년 간 영토 쟁탈전을 벌여 수만 명 군사들이 희생당했다. 와각지쟁蝸角之爭으로 잘 알려져 있는 고사다. 우주 공간의 끝없이 넓은 크기로 볼 때 한 국가란 만촉에 불과하다. 그들의 싸움은 티끌 하나 속의 미미함이다. 세수 한 번이면 지워지는 화장에 불과하다. 크고 작음을 동시성이고 상대성이다.

> 손가락을 튕기자 곤륜산이 박살나고(彈指兮崑崙粉碎)
> 입김을 불어대니 대지가 날려간다(噓氣兮大塊紛披)
> 우주를 가두어서 붓끝으로 옮겨 오고(牢籠宇宙輪毫端)
> 동해를 기울여서 벼루에 퍼붓는다(傾寫瀛海入硯池)[14]

조선 중기의 문신인 장유(張維, 1587~1638)의 시다. '大言'이란 제목으로 『谿谷先生集』 제34권에 실려 있다. 시에서 시공時空의 역할과 쾌감이 어떤 것인가를 살피기 위해 골랐다. 곤륜산은 전설 속의 산이다. 서쪽 멀리에 있고, 황허강[黃河]의 발원점으로 믿어지는 성산聖山이다. 하늘에 닿을 만큼 높고 보옥寶玉이 나는 명산으로 전해진다. 전국시대戰國時代 이후 신선경境으로서의 성격이 두드러지게 되어, 산중에 불사不死의 물이 흐르고 성녀聖女 서왕모西王母가 살고 있다는 신화들이 생겨났다. 서왕모는 황제黃帝, 주나라 목왕(穆王, ?~B.C. 621) 전한前漢의 무제(武帝, B.C. 156~B.C. 87) 등과도 관련된 설화가 있다.

이처럼 신선 사상의 근원이고, 중국 역사의 시원과 관련된 곤륜산이 손

---

14 정민, 『우리한시 삼백수』, 김영사, 2013, 380쪽.

가락 하나에 튕겨서 날아가 버린다. 곤륜산은 우주의 환유다. 우주가 다 날아간다는 말이다. 이 정도니 다른 산들은 튕기고 말고 할 것도 없다. 스치기만 해도 조각조각 팔황八荒으로 흩어지고 입김만 불어도 티끌 먼지 육합六合으로 날아 간다. 그 다음은 그놈들을 붙잡아 붓 끝에 모으고[붓을 만들고], 사해四海를 기울여 먹물을 만든다.

　질서와 권위는 시간과 공간으로 구축된다. 손가락 튕기고, 입김을 부는 행위는 그것 지우기다. 우주의 역사 자체를 무화無化하는 행위다. 그런가 하면 붓 끝에 우주를 싣고, 창해수로 만든 먹물로 쓰는 글은 천지창조다. 다 쓸어낸 자리에 다시 세우는 질서다. 시인이 바로 조물주가 된다. 이는 실핏줄 같은 내면을 침소봉대하거나, 철학의 곁가지 하나에 매달려 심오한 이론을 펼치는 요즘의 시작론과는 극한 대조를 이룬다. 대범함과 쪼잔함, 일갈一喝과 다변多辯, 소통과 자폐自閉의 차이가 감동感動과 불감不感을 가르는 잣대 중의 하나다.

　'大言'은 허풍떨기다. 우리 삶에서 큰소리치고 너스레 떠는 것도 필요하다. 그런 즐거움은 현실이 앗아간 호연지기浩然之氣를 되살려 준다. 허풍은 일차적으로 공간과 관련된 집착을 날린다. 내 근거지, 내 집착을 허물고, 우리의 군락지, 당여黨與의 응집력을 흩고, 사회 조직과 계층 간의 차이를 무화하고, 지구라는 생태계까지 파괴된다. 그 다음은 시간과 관련된 가치도 날린다. 역사, 이데올로기도 한순간에, 손가락 하나에, 입김 한 번에 튕겨가고 날아간다. 나누고 세우고 쌓고 지킨 인간세는 지우개 앞의 연필이다. 따지고 보면 인생 백년 별 거 아니다. 아침 이슬 같은 목숨, 백년도 못 살 면서 천년 고민을 떠 안고 살아 온 날들이 무엇이었나 싶다. 그런데도 우리는 눈만 뜨면 똑 같은 짓을 되풀이 한다. 그러나 더는 부처의 손바닥 위에서 좌충우돌하는 손오공의 삶을 이을 수 없다. 나를 조종하는 부처[대타자]까지 부수고 대붕大鵬이 되어야 한다. 그래서 지구 위에서 지구를 살펴야 한다. 그러는 사람이 시인이고, 그 글이 곧 시다. 시간과 공간은 시의 시됨, 시인의 시인됨을 가장 잘 살리는 도구다. 이번에는 그와 반대 되는 시를 살핀다.

가을 터럭 끝에는 산하를 올려놓고(秋毫之末冀山河)
작은 티끌 안에는 강역을 나누네(微塵之內分壃域)
하루살이 날개로 천지를 가리우고(蔽虧六合蟭螟翅)
달팽이 뿔 위에다 만 리를 지고 가네(幅員萬里蠻觸國)

장유張維의 작품 '소언小言'이다. 역시 『우리 한시 삼백수』의 번역을 따랐다. 소언은 '허풍떨기'다. 확대[大言]해도 축소[小言]해도 허풍이다. 추호秋毫는 짐승의 가는 털이다. 가을철에 털갈이 해서 새로 돋아난 것이다. 여기에서 매우 적거나 조금인 상태를 나타내는 말로 확장되었다. 초명시蟭螟翅는 하루살이의 날개다. 폭원幅員은 땅의 넓이나 지역地域의 넓이를 가리킨다. 또 임금의 교화나 정령의 영향이 미쳐서 풍속이 순화한 지역을 의미한다. 이 시는 '티끌 하나에 우주가 들어 있다[일미진중함시방一微塵中含十方]'는 의상의 법성게法性偈를 듣는 듯하다. 시인은 창조주가 되어 소립자[elementary particle 素粒子]의 우주를 펼친다. '가을 터럭'에 우주가 깃들이고, '작은 티끌' 안에 만방을 세운다. 그런가 하면 그 삼라만상은 하루살이 날개로도 가려질 정도로 하찮다. 하지만 달팽이 뿔에까지 세상의 질서가 투사된 곳이다. 유쾌, 상쾌한 시공이 상상력을 자극하고 시흥을 북돋운다.

4. 현대시의 시공時空

나는 별빛을 풀어 스웨터를 뜬다

한 코 또 한 코
뒤쪽으로 가면 낭떠러지
앞쪽으로 오면 꽃밭
안드로메다 찬물까지 실을 끌고 가서
당신의 몸에 맞는 스웨터를 뜬다
　　　─유정옥, 「스웨터를 뜨면서」(『예술가』 2018, 가을호)

　　남성들의 대붕大鵬과 초명焦螟은 「스웨터를 뜨면서」에서 여성적으로 변
모한다. "별빛을 풀어" 스웨터를 뜨는 행위는 밤하늘의 별자리 질서가 무너
지는 대사건이다. 한 코 한 코에 펼쳐지는 공간은 달팽이 뿔 위에 나라 세우
는 작업이다. 별빛이라는 하늘의 시간은 별똥별처럼 곧장 내려 박히거나[함
강陷降↓], 풀어 흩어져 나풀거리며 내려온다.[방강放降↘] 반면 땅의 시간은
축적이다. 쌓일수록[↑] 실체가 분명해 진다. 인간의 시간은 '한 코 또 한 코'
뜨는 행위[방향타]다. 하늘과 땅이 실에 어우러져 바늘코를 따른다. 스웨터
뒤쪽은 수 놓을 필요가 없으니 '낭떠러지' 같은[빠른] 시간이 지나 쌓이고,
앞쪽[꽃밭]은 하늘거리는 꽃밭의 시간이 펼쳐진다. 이제마는 하강下降하는
심리를 기쁨과 즐거움이라고 했다. 기쁨을 정신적인 쾌감이라면 즐거움은
몸이 누리는 쾌감이다. 스웨트 뜨는 자체가 사랑 표현이고 확인이므로 화자
에겐 기쁨이다. 또 스웨트는 당신과 함께 하는 화자의 몸[분신]이기에 즐거
움이다.
　　그런가 하면 땅의 시간은 상승하여 "안드로메다 찬물까지 실을 끌고" 간
다[↑]. 그것은 "남쪽에서 북쪽까지/하지에서 동지까지" 수평 이동을 통해
수직 상승을 이룬다. 인간의 시간은 "1년 내내 진분홍 실을 풀었다가 감고/
또 풀었다가 감는 "덕업德業의 연속이다. 장유가 "우주를 가두어서 붓끝으
로 옮겨"왔듯이 화자는 별빛을 풀어서 바늘 끝에 모은다. "동해를 기울여서

벼루에 퍼" 부은 것처럼 사랑을 다 쏟아 새 세상을 만든다. 그런 하늘의 시간과 땅의 시간이 만나서 인간의 시간인 사랑['스웨트']이 완성된다.

스웨트는 시간의 속성인 희로애락喜怒哀樂의 공간화다. 천지인天地人의 시간이 만든 존재의 집[공간]이다. 이제마는 상승하는 시간은 슬픔과 분노의 표출이라고 했다. 왜 슬픈가? 안쓰러운 당신을 바라보는 내 눈길 때문이다. 당신은 팽조가 될 수 없기에 그렇다. 7백 년을 살았어도 소년과 같은 젊음을 당신은 지닐 수 없기에 그렇다. 스웨트는 말이 끝나도 울리는 뜻이다. 무한 우주 백년 인생, 한 점도 안 되는 인연의 아름답고 슬픈 사랑이다.

꽃이 혼자 피었다 진다 물푸레나무는 물푸레나무로 소나무는 소나무로 산벚꽃나무는 산벚꽃나무로,

만 개의 꽃잎이 만 개의 형식 만 개의 내용으로 피었다 진다

바람 불면 흔들린다 물푸레나무는 물푸레나무로 소나무는 소나무로 산벚꽃나무는 산벚꽃나무로,

만 개의 잎사귀가 만 개의 형식 만 개의 내용으로 흔들린다

수 많은 당신이 있다 당신은 만 년을 걸어 이제 막 보여주는 풍경, 새가 새의 색으로 나비가 나비의 색으로 꽃과 꽃 사이를 난다 바람에 흔들리나 꺾이지 않는 당신은,

만 개의 형식 만 개의 내용으로 쏟아지는 자유다.

―허진아, 「자유 정원」(시집 『피의 현상학』)

유정옥이 고전적 화법을 닮았다면 허진아는 모더니즘적 어법을 구사한

다. 붕정만리鵬程萬里하면서 만 개의 형식과 만 개의 내용이 내재한 「자유 정원」을 본다. 「자유 정원」은 '자유'와 '정원'이 결합한 이데올로기[문명]의 정원이다. '쏟아지는 자유'가 중요하다. 그만큼 집단 감금, 뭉텅이 구속이 켜켜이 쌓인, 모순의 정원이다. 또 「자유 정원」은 당신이 '만 년을 걸어 이제 막 보여주는 풍경'이기에 인류의 정원이다. 그 정원은 형식과 내용이 다양한 모습으로 존재한다. 형식과 내용은 기표와 기의다. 기표와 기의는 언어다. 그래서 「자유 정원」은 언어의 정원이다. 언어의 정원은 사유의 정원이다. 또 형식은 공간이고 내용은 시간이다. 그것이 피었다 지고, 흔들린다. 그래서 언어는 생명체[꽃과 나무]다. 쏟아지니 액체나 물질이다. 결론적으로 「자유 정원」은 은유의 정원이다.

니체는 사람을 나무로 은유화했다. 둘 다 "높고 밝은 곳으로 뻗으려고 하면 할수록 그 뿌리는 더욱 더 강하게 땅 속으로, 아래로, 암흑으로, 깊은 곳으로, 악을 향해 즐겨간다"(『차라투스트라는 이렇게 말했다』「산 위에 있는 나무에 대하여」)고 했다. 높은 곳은 고독해서 홀로일 수밖에 없다. '혼자 피었다' 지고, 자기 방식으로 흔들리고 자기 색깔로 나는 행위 모두가 그런 삶을 말한다. 나무나 인간이나 고독이라는 추위에 떨고, 경멸과 동경의 손을 맞잡고 성장한다. 어떻든 만물은 자기들만의 방식으로 산다. 자유롭게 흔들리고, "바람에 흔들"려도 "꺾이지 않는다. 화자는 「자유 정원」에 내재한 모순성을 읽는다. 평화롭고 강인하고 자유로운 존재론은 뿌리가 빨아들인 갈등과 연약과 속박의 광합성 작용임을 안다.

소나무 한 그루 있는 그곳에 정원을 만들면 그 소나무는 자연이다. 그러나 산에 있는 나무를 옮겨 심으면 문명이다. 분재가 자연이 될 수 없는 이치다. 멋진 건물은 제대로 된 하늘[설계]을 땅[건축]으로 완성한 결과물이다. 그것이 유정옥에게 오면 '스웨트'로 허진아에게는 「자유 정원」으로 나타난다. 「자유 정원」은 산골과 도시를 초월한 사유의 대자연[시간과 공간]이다. 장유의 파괴도 재창조도 없다. 흩고 쌓아 봤자 별반 차이 없음을 이미 안다. 산은 산대로, 도시는 도시대로, 옛날은 옛날로, 지금은 지금으로 방임한다. 「스웨터를 뜨면서」(유정옥)의 시공이 하늘이라는 미래, 땅이라는 과거, 인간이라는 현재가 만난 공간의 합일, 천지인의 혼융을 구사한다면, 「자유 정원」은 따로 놀되 공존하는 시공을 펼친다. 모두가 중심이고 변두리다. 삶과 죽음, 만남와 이별, 가벼움과 무거움이 햇빛 받아 반짝이고 바람 불어 흔들린다.

　　　　허공에 점 하나
　　　　알리바이가 살아 움직이는 거미줄
　　　　방사형 햇살의 촘촘한 살 사이사이로 낚이고
　　　　밥알이 말라붙어 있다 비행기표가 나풀거리고
　　　　커피잔이 귀고리처럼 달랑거리고
　　　　책속의 활자들이 반짝 튕겨나가고 어젯밤 꿈이 매달려 있다
　　　　맥주가 쉬지 않고 쏟아져 내린다
　　　　도로를 따라 낯선 사람들이 흘러가듯 뒤섞인다
　　　　가끔씩 정지시켜 확대 해석한다
　　　　모두가 용의선상에 있는

　　　　허공은 점 하나다
　　　　산형화서로 피어나는 에둘러가는 생이다
　　　　그 점에 닿으려 몸부림치는 꽃송이다
　　　　　　　　　　　－양해연, 「산형화서」 전문(시집 『종의 선택』)

　화서는 꽃이 줄기나 가지에 붙어 있는 상태, 꽃대에 달린 꽃의 배열, 또는 꽃이 피는 모양이다. 꽃차례라고도 한다. 꽃대가 갈라진 모양에 따라 무

한 화서와 유한 화서로 나뉜다. 산형화서는 무한 화서로 꽃대의 끝에서 많은 꽃이 방사형으로 나와서 끝마디에 꽃이 하나씩 붙는다. 양혜연은 꽃대의 반대편에 '허공의 한 점'을 찍는다. 황제黃帝와 용성자容成子가 되어 모기 눈썹 위에서 서식하는 초명焦螟을 발견한다. 달팽이 뿔 위에 있었던 만촉국蠻觸國 사람들을 본다.

「산형화서」의 시공은 '허공의 한 점'과 '꽃대'가 대립한다. 하늘의 시공과 땅의 시공이 상하 대칭을 이룬다. '허공의 한 점'에서 아래로 펼쳐지는 거미줄과 꽃대에서 위로 펼쳐지는 꽃잎들이 타원형으로 맞선다. 꽃대가 탄생이고 출발이라면 허공의 한 점은 죽음이고 종착지다. 그러나 하늘[허공의 한 점 아래]에 걸린 건 인간의 시공이다. 그것은 "방사형 햇살의 촘촘한 살 사이사이로 낚"인 인간세人間世다. 그들이 남기고 간 말라 붙은 '밥알' '커피잔', '활자들', '맥주', '군상群像', '비행기 표' 등은 도시인의 일상이다. 다시 말하면 하늘[거미줄]에 걸린 건' 도시다. 허공의 한 점'과 '꽃대' 사이에는 '하늘-땅-도시'가 내재한다. 땅의 질서는 아름다움이고 하늘의 질서는 무형이고 인간의 질서는 흔적이다. '허공의 한 점'과 '꽃대' 사이는 그런 우주다.

또, 이 시의 시공은 이질적 데칼코마니다. 예쁘게 피어나는 꽃들을 불러 반으로 접었는데 반대편[위쪽]엔 '커피잔', '활자들', '맥주', '군상群像', '비행기 표' 등이 그려져 있다. 꽃잎들은 이런 '알리바이'들과 대응 관계를 형성한다. 이질성은 모순성이다. 미추美醜와 온유溫柔, 강약强弱과 완급緩急이 서로를 응시한다. 문화라는 꽃의 뿌리가 인간의 알리바이들이다. 허진아가 「자유정원」에서 감추었던 세계를 양혜연은 「산형화서」에서 선명히 드러낸다. 허진아의 우주가 식물계 중심이라면, 양혜연은 호모사피엔스라는 종 중심이다. '계界-문門-강綱-목目-과科-속屬-종種'의 분류법에서 허진아는 가장 상위개념[계界]에, 양혜연은 가장 하위 개념[종種]에 초점을 맞춘다. 당연히 허진아는 대붕적大鵬的 상상력이, 양혜연은 초명적焦螟的 상상력이 지배적일 수밖에 없다. 상상력은 시인의 체질에서 나온다. 체질 차이는 상상력을 다르게, 삶을 다르게, 시를 다르게 만든다.

유정옥의 시공 활용법은 천지인 조화를 드러내는 주체로서의 인간 부각이다. 반면 허진아와 양혜연은 인간을 객체로 처리한다. 유정옥의 시공이 감성을 고조시킨다면 허진아와 양혜연은 지성을 강화한다. 유정옥의 시공은 밤 중심이고, 허진아와 양혜연은 낮이다. 유정옥과 허진아의 화폭은 직사각형이고 양혜연은 다이아몬드형이다. 직사각형은 안정감을, 다이아몬드형은 입체성을 중시한다.

지금까지 대붕大鵬과 초명焦螟이란 두 어휘로 상상력의 폭에 대해 살펴보았다. 시가 감동이 없는 이유는 무엇보다 상상력 부재에 있다. 상상력이 모자라면 말만 거창하고 합리성이 없다.[대이무당大而無當] 장황하기만 하고 매듭이 없다.[왕이불반往而不反] 내 시 하찮은 줄 모르고[이명耳鳴] 남의 시만 탓한다.[코곯이[鼾息] 물이 깊지 않으면 큰 배를 띄울 수 없다. 바람이 세지 않으면 붕새는 날지 못 한다. 삼일우가 없이는 용이 승천하지 못 한다. 아무리 큰 배, 아무리 큰 새, 아무리 큰 용이라도 물과 바람과 비에 기대지 않으면 뜻을 이룰 수 없다. 알아도 모르고, 보고도 못 본다. 대붕大鵬과 초명焦螟은 저 '너머'의 사유다. 시를 시라는 큰 강물과 바다에 이르게 하고, 시인 천국을 기운생동하게 한다. 재롱잔치로 충만한 시원詩原을 일갈一喝하는 천둥을 부른다. 대붕大鵬과 초명焦螟, 잊었던 상상력의 영토다.

❷체질과 시간
−기생 시조의 시간 양상

1. 기생 시조와 시간

『東醫壽世保元』에는 하늘의 시간[시공]과 인간의 시간[시공]을 천기天機와 인사人事로 설명한다. 천기天機는 절대적이고 인사人事는 상대적이다. 절대적 시간은 자연적, 논리적, 추상적이고 상대적 시간은 경험적, 현실적, 구체적이다. 환경은 시간이라는 이름으로 우리 몸을 지배한다. 매 순간 우리는 선택하고 처리하며 살아간다. 시간은 주체가 맺는 공간과의 관계에서 생기고 애노희락哀怒喜樂으로 구체화 된다. 그것은 느긋하거나 급박하게 드러난다. 이제마는 느긋함을 성성이라 했고 촉급함을 정情이라 했다. 성性은 지속성을 띠고, 정情은 순간성을 띤다. 성性은 평소에 깔려있는 시간이고 정情은 그것이 부지불식 간에 폭발하는 시간이다.

요약하면 인간은 애노희락哀怒喜樂으로 시간을 체험한다. 시간은 빠르기[緩急]와 방향성[上下]을 지닌다. 느긋한 시간이 성性이고 촉급한 시간이 정

情이다. 애노지기哀怒之氣는 상승하고 희락지기喜樂之氣는 하강한다.[1] 그래서 시간은 네 방향성을 지닌 속도다. 직승直升은 하늘로 치솟고[↑], 횡승橫升은 비스듬히 올라가며[↗], 방강放降은 비스듬히 내려오고[↘], 함강陷降은 직하直下한다[↓]. 평상시에는 급격함을 제어해야 하지만, 상황에 따라 격정을 제대로 드러내어 한 사람이 천만인을 감당할 수 있어야 한다고도 했다. 이러한 시간 양상은 시 속에서 운율과 어조를 형성하며 시적 완성도에 기여한다.

2. 시간의 제양상

2.1. 直升[↑]

一笑 百媚生이 大眞의 麗質이라
明皇도 이러므로 萬里 幸蜀ᄒ시도다
馬嵬[2]에 馬前死ᄒ니 그를 슬허 ᄒ노라.　　　　　[3434][3]

靑鳥도 다 ᄂ라가고 鴻雁이 긋치엿다
水城 謫所에 다만 흔 꿈 분이로다
꿈길이 자최 업스니 그를 슬허 ᄒ노라　　　　　[4049][4]

위 두 시조는 '그를 슬허 ᄒ노라'라며 감정을 직접 드러낸다. [3434]는 초

---

1 哀怒之氣上升 喜樂之氣下降. (李濟馬,『東醫壽世保元』「四端論」).
2 안록산의 산으로 현종이 쓰촨으로 피난가고, 양귀비와 양국충이 죽은 곳.
3 松伊((18C 중반 추정)의 시조.
4 立里月(18C 후반 추정)의 시조.

·중·종장의 5구까지가 외화外話이고 6구만이 내화內話. [4049]는 초장이 외화이고 나머지 두 장이 내화다. [3434]의 중심 사건[시간]은 외화로 '馬嵬에 馬前死ㅎ니'다. 사건시와 발화시로 나눠져 있다. 초장의 '一笑 百媚生'(한 번 웃어 백가지 교태를 지어내고), '萬里 幸蜀', '馬前死'는 사건시[역사의 시간[사실]이고, '麗質이라'[감탄] 'ㅎ시도다'[감탄] '슬허 ㅎ노라'[애통]는 발화시의 시간[판단]이다. 모두가 감정이 치솟고 있음을 알 수 있다.

반면, [4049]의 중심 사건은 (꿈길이) '자쵀업스니'다. 여기서의 사건시는 '靑鳥와 鴻雁이' 끊긴 공간이다. '신험과 영험성, 희망과 그리움'[5]의 원형인 파랑새[靑鳥]도, 짝에 대한 정절을 지키는 동물인 기러기[鴻雁]도 무용지물이 된 시간이다. 이들이 '느라가고'[절망] '읏치였다'[절망]는 시공은 내부로 향한다. 꿈 속에서라도 만나길 소망하지만 이마저 어긋난다. 역시 만연한 슬픔이 북돋아 오른다.

기러기 우는 밤에 ㅈ 홀노 즘이 업서
殘燈 도도 혀고 輾轉不寢 ㅎ는 추에
窓 밧긔 굴근 비 소릭에 더욱 茫然 ㅎ여라   [569][6]

碧天 鴻雁聲에 窓을 열고 ㅈ다보니
雪月이 滿庭ㅎ여 님의 곳 빗춰려니
아마도 心中眼前愁는 나 뿐인가 ㅎ노라   [1776][7]

위의 시들도 "더욱 茫然 ㅎ여라" "나 뿐인가 ㅎ노라" 등으로 주제의식을

---

5 이찬욱, 「고전문학에 나타난 파랑새[靑鳥] 문화원형 상징 연구」, 『우리 문학 연구』 25집, 59쪽.
6 康江月의 시조.
7 錦紅(19C 중반 추정)의 시조.

드러낸다. '기러기 우는 밤'은 객관적 시간으로 화자의 하소연을 늘어놓기 위한 장치다. 'ㅈ 홀노 줌이 업서' '殘燈 도도 혀고 輾轉不寢' 하는 까닭은 미련을 버리지 못해서다. 그러나 '窓 밧긔 굴근 비 소릭'는 그런 기대를 여지없이 짓밟는다. 그래서 망연자실茫然自失한다. [1776]의 '碧天 鴻雁聲'도 절대적인 하늘의 시간과 방 안 화자의 시간을 대비한다. '窓을 열고 ㅈ다보'는 행위는 달을 보기 위함이 아니다. '님의 곳'에도 달빛이 뜰 가득 비추고 있을 터이니, 님도 화자를 생각해 주길 바라는 마음이다. 그러나 님은 무심無心, 나는 수심愁心이다. 나아가 세상사람들 모두 잘 지내는데 괴로운 이는 '나 쑨'이라고 한탄한다.

'우리는 현재만을 경험한다. 기억과 기대는 시간의 본질과 무관하다. 하지만 시간은 우리의 실재적 경험을 구조화하고 우리의 세계와 물리, 역사에 관해 중요한 이해를 가능하게 해 준다.[8] 기억은 과거를 현재, 기대는 미래를 현재와 연결한다.[9] '기억과 기대'가 어긋날수록 감정의 골은 깊어진다. 슬픔이 쌓이면 분노가 되고 분노가 쌓이면 슬픔이 되어 급격하게 드러난다. 그만큼 격정적인 시간을 체험하게 된다.

長松으로 빅를 무어 大同江에 흘니 씌여

柳一枝 휘여다가 구지 구지 미야시니

어듸셔 妄伶엣 거슨 소헤 들나 ㅎㄴ니   [3556][10]

장송長松은 오랜 시간의 정화精華다. 일반적으로 절개를 상징한다. [3556]의 배는 장송으로 만들었으니 그만한 품격을 나타낸다. 표면적 진술

---

8 G.레이코프·M.존슨/임지룡 외(역), 『몸의 철학』, 박이정, 2008, 321쪽.

9 소광희, 『시간의 철학적 성찰』, 문예출판사, 1996, 733쪽.

10 求之(18C 후반 추정)의 시조.

로만 읽으면 배를 만든 사람의 격조이자 호의다. 버들가지[柳一枝]는 정담
情談 어린 시간의 표상이다. 그것이 '휘여다가'라는 헌신적인 시간, '구지구
지'라는 적극적인 시간으로 구체화 된다. '구지구지'는 '굳이굳이', '구태여'
'꼭 그렇게' '고집부리며' '단단하게' '제대로'라는 뜻이다. 화자를 위해 많은
투자를 한 상대의 실상을 보여준다.

또, '미야시니'를 '다잡다' '딴 생각 안 들게 하다'로 읽으면, 대상은 인격
체가 되어야 한다. 그래서 '구지구지'를 '求之求之'[작가 이름 첩에]로 읽게
도 된다. 당연히 그 주어도 인격체여야 한다. 그래서 柳一枝도 버들가지와
사람의 뜻이 겹친 표현임을 알 수 있다. 여기서는 배를 만든 주체와 목적을
알 수 있다. 주체는 유일지라는 사람이고 목적은 상대방의 마음을 사로잡기
위함이다. 정리하면, 화자는 구지求之이고 그의 정인情人은 유일지柳一枝며,
유일지는 구지를 위해 장송으로 배를 만든 이벤트를 했다. 구지는 여기에
감동한다. 적어도 화자를 묶어두기 위해서는 지위와 부귀가 동반해야 한다
는 무의식도 읽을 수 있다. 그것이 안 되는 대상은 '妄伶엣' 것들이다.

그러나 배를 만들고 묶은 주체를 화자로 보면 전혀 다른 시간이 펼쳐진
다. 초장은 배를 만들어 대동강에 띄운 과정, 중장은 그 배를 버들가지로 꽁
꽁 묶어두는 과정이 된다. 자연스레 장송은 화자[작자]의 분신이고, 대동강
은 화자가 노닐고 싶은 공간이다. 당연히 그 배를 탈 수 있는 사람은 범인凡
人일 수 없다. 표류할 수 있는 여지를 유일지로 잡았다. 버들가지는 정박지
를 확정해 주는 수단인 동시에 인연의 끈이 된다. '휘여다가'는 시간이 숙성
된 결과다. '움직여서' '시켜서'로 읽을 수 있다. 그리되면 화자는 유일지를
시켜서 배를 꽁꽁 매게했다. 이말은 화자를 잡아두게 한 주체가 자신임을
알려준다. 유일지의 마음을 빼앗아['휘여다가'] 그의 군자호구君子好逑가 화
자이게 만들었다. 화자의 적극적인 단면을 엿볼 수 있다.

어떻든 초중장의 시간은 은은하고 은근한 희락喜樂의 시간이다. 그런데 종장에서 반대 상황이 펼쳐진다. 잡솔에 불과한 것들이 장송을 몰라본다. 상황 파악도 못하고, 주제 파악도 못하고, 어떤 정성도 없이 뻘판[沼]에서 놀자고 한다. 냉소가 분노로 바뀐다. 그것이 '어듸셔 妄伶엣 거슨'으로 폭발한다.

솔이 솔이라 ᄒ니 무슴 솔만 너기ᄂᆞ다
千尋 絶壁에 落落長松 내 긔로다
길 아릭 樵童의 졉낫시야 걸어볼 줄 이시랴   [2395][11]

[2395]의 화자는 솔이[松伊]라는 자신의 이름이 입방아에 오르고 있음을 알아서다. 노골적으로 자신이 낙락장송이라 말한다. 그것도 모자랐는지 자신의 보호막[천심절벽]까지 밝힌다. 천길 낭떠러지는 천고千古의 시간이다. 거기에는 우주의 역사가 각인되어 있다. 낙락장송의 시간도 여기서는 찰나刹那에 불과하다. 화자를 지켜주는 대상의 어머어마한 크기를 시간[시동]으로 나타냈다. 물론 이는 화자의 희망사항도 된다. 반면 초동樵童들의 배경은 뒷산의 나무거나 한철살이[풀]다. 초동樵童은 그런 시간의 주인공이다. 시간은 문화로 가시화 된다. 두 작품 모두 문화 차이가 인간 사이를 가록막는 가장 큰 장애물임을 알려준다.

또, 낫을 건다는 말은 '낫치기'를 일컫는다. 지역에 따라 '낫꽂기' 또는 '낫걸이'라고도 한다. 여름철에 풀 베거나, 겨울철에 나무할 때, 초동樵童들 사이에서 벌어진다. 놀이삼아도 하지만, 상대방이 해놓은 나무와 풀을 얻기 위하여 하는 경우가 더 많다. '낫걸기'는 초동들의 시간 향유 방식이다. 아울러 나뭇가지에 낫을 건다는 말은 성적性的 유희로도 쓰인다. 그런 추파를

---

11 松伊의 시조.

"걸어볼 줄 이시랴"로 받아치는 언사는 어떤 여지도 허락하지 않겠다는 단호한 의지다. [3556]의 벽력같은 응징['홋伶엣 것'] 대신 '길 아릭 樵童'으로 순화했지만 그들을 '졉낫'으로 비하하고, '~줄 이시랴'로 일축하는 어조는 노기가 등등해 있음을 알 수 있다.

[3556], [2359]의 화자들은 외부 상황을 통해 자기 정체성을 강화한다. 상대방이 노골적으로 부딪혀 오기에 피하고 막으려는 본능이 발동한다. 또 이런 행위가 부당하기에 용서할 수가 없다. 화자의 님이 높을수록 집적대는 대상들이 '홋伶엣 것'이 되고 그들의 수작이 '졉낫시'질이 된다. 언감생심焉敢生心을 '어디서'와 '걸어볼 줄 이시랴'로 드러낸다. 그런 자신감을 주는 상대가 '柳一枝'이고 '千尋 絶壁'이다. '柳一枝'는 수평적 연대감을 강화하는 시간이다. '구지 구지'로 이어지는 행동은 화자에 대한 존중과 애정의 깊이와 넓이를 확인하는 시간이다. 그것을 '대동강'과 '늪[소沼]', '柳一枝'와 '홋伶엣' 것으로 대조해 놓았다. 천심절벽千尋絶壁은 수직적[계층적] 질서를 각인하는 시간이다. 비범함을 내세워 '길 아릭 樵童'과는 사회적, 문화적 차원이 다른 존재임을 드러낸다. 분노의 다른 말은 차갑고 도도함이다. 왕국유王國維가『人間詞話』에서 말하는 '자아가 있는 경계'의 정점, 감정 이입의 극한을 보여주고 있다. 이러한 면모가 누그러져서 '자아가 없는 경계'로 한 발 옮기는 경우가 느긋하게 오르고(橫升[／]) 서서히 내리는(放降[＼]) 정서다. 그것은 직술直述에서 에둘러 말하기다.

2.2. 橫升[／]

靑山裡 碧溪水야 수이 감을 자랑 마라
一到 滄海ᄒ면 다시 오기 어려오니

明月이 滿空山ㅎ니 쉬여 간들 엇더리   [4018]¹²

위 시조의 중심 사건은 '明月이 滿空山'하는 시간이다. 중심 술어는 '쉬여 간들 엇더리'다. 속도[시간] 조절하라는 완곡어법이다. '明月'은 밤의 시간이고, 현재이고 주기적인 시간이다. '靑山'은 낮의 시간이고, 현재이고 주기적인 시간이다. 달이 차고 기울 듯 산도 계절 따라 색이 변한다. 그 사이로 벽계수가 흐른다. 벽계수는 땅[인간]의 시간, 틈새의 시간이다. 일회성으로 창해滄海에 닿으면 돌이키기 어렵다. 그런데도 빨리 가려고만 하고, 그것을 자랑한다. 청산에 있지만 청산을 완상玩賞할 생각은 않는다. 오활迂闊하여 지금 이 순간의 소중함을 모르고 숨어 다니기[유희]에 여념이 없다.

벽계수를 향한 화자의 애처로움이 '一到 滄海'다. 창해滄海는 너른 바다다. 문맥적으론 죽음의 시간이다. 이리 되면 한 번뿐인 인생 오늘을 한껏 즐기자는 말이 된다. 그러나 '다시 올 수 없으니'가 아니고 '다시 오기 어려우니'라는 진술에 주목해서 창해滄海를 해석하면 일상사, 업무세계로 복귀가 된다. 그리되면 가정으로 돌아간다는 말이기도 하다. 귀가歸家 후에는 다시 나오기 어려우니 나와 있을 때 제대로 즐기자는 말, 여기저기 분탕질 치지 말고 화자와 오붓한 시간을 갖자는 권유가 된다.

위의 시에는 '수이 감을 자랑 마라'고 분노하는 시간[↑], '다시 오기 어려오니'라는 슬픈 시간[↗], '쉬여 간들 엇더리'라는 희락喜樂의 시간[↘]이 혼재해 있다. 명월明月은 애노哀怒의 시간을 희락喜樂의 시간으로 바꾸기 위한 매개물이다. 그것은 숨어 사는 벽계수가 실체를 드러내고, 빠른 걸음이 더디거나 멈춤으로써 가능하다. 그러나 아둔함을 자랑으로 여기는 벽계수를 바꾸는 일은 녹록치 않다. 회유하는 목소리가 높아질수록 슬픔도 깊이

12 黃眞伊의 시조.

92

쌓인다. 다만 화자는 그런 슬픔을 괄호 속에 넣어 버렸다.

山村에 밤이 드니 먼듸 기 즈져 온다
柴扉를 열고 보니 ᄒ늘이 ᄎ고 달이로다
져 기야 空山 잠든 달을 즈져 무슴 ᄒ리오   [2076][13]

寒松亭 ᄃᆞᆯ 붉은 밤의 鏡浦臺에 물ᄉᆌᆯ 잔 제
有信ᄒᆞᆫ 白鷗는 오락 가락 ᄒᆞ건만은
엇더타 우리의 王孫은 가고 아니 오는고   [4518][14]

위의 작품은 모두 자연적인 질서와 인위적 질서의 어긋남을 노래한다.
기억[과거]이 창작의 동인動因이다. [2076] 화자의 시적 거처는 산촌山村이고
[4518]은 바닷가다. 그곳으로 님이 찾아 왔고 함께 했던 시간이 있었다. 그
러나 현실은 밤이고 날은 차다. 추운 날, 깊은 밤은 자체가 장애 요소다. 그
래도 먼 곳의 인가에서는 개가 짖는다. 사람들의 왕래가 있다는 증표지만
산촌에는 어림없다. 그래서 님은 '空山 잠든 달'이다. 그 시공을 떠받치는
공간이 '山村'과 '柴扉'다. 산촌의 사립문을 여는 행위는 기다림이고, 현실
확인이다. '기 즈져' 대며 퍼지는 수평적 시간이 기대치를 높일수록 '하늘-
산-집'으로 삼분三分된 수직적 시간은 절망감을 증폭시킨다.
　[4518]도 'ᄃᆞᆯ-寒松亭-鏡浦臺-잔 물ᄉᆌᆯ'은 수직적인 시간, '붉은 밤'에
오락가락하는 '白鷗'는 수평적 시간으로 확산되고 있다. 역시 기억이 행간
을 엮어가는 도구다. 예나 지금이나 '寒松亭 ᄃᆞᆯ 붉은 밤'은 같다. '鏡浦臺 물
ᄉᆌᆯ'도 잔잔하기 마찬가지고, 갈매기도 변함없이 오락가락한다. 그런데 우

---

13 千錦(19C 전반 추정)의 시조.
14 紅粧(15C 전반)의 시조.

리님[우리의 王孫]만 기억과 기대를 배신한다. '즈져 므슴 ㅎ리오', '가고 아
니 오는고'라는 난감한 거리에 한숨이 흐른다. [2076]는 텅빈 풍경화를 통해
정제된 시간[내면]을, [4518]는 어수선한 화폭을 통해 어지러운 시간[내면]을
그려내고 있다.

漢陽셔 써 온 나뷔 百花叢에 들거고나
銀河月에 줌간 쉬여 松臺에 올나 안져
잇다감 梅花 春色에 興을 계워 ㅎ노라   [4526][15]

[4526]의 화자는 '나뷔'의 서사를 시간 순으로 구성해 놓고 있다. 그 '나
뷔'는 '漢陽셔 써' 왔다. 그만큼 변방인에게는 호기심과 기대심리를 자극하
는 대상이다. 그런데 나비의 첫 행보가 기생집[百花叢] 점검이다. 단체 접견
에 이어 개별 접촉을 시도한다. 그것이 '百花叢→銀河月→松臺→梅花'로 이
어지는 공간 이동이다. 그런데 '나뷔'의 시간은 언제나 '줌간'이고 '잇다감'
이다. 몰입이 없다는 말은 진정성이 부재함이다. 내밀한 목적 달성을 위해
혼신을 다하는 기생들의 시간과는 대조적이다.

이 시의 절정은 '松臺에 올나 안져'다. 松臺는 화자인 松臺春을 동시에
일컫는다. 몸은 화자 [松臺] 곁에 있으면서 마음은 이미 다른 기생[매화]에게
가 있다. 화자는 그 모멸감을 감수한다. 늘 그래 왔던 시간들이다. 별다른
충격보다는 그런 풍토를 재확인한다. 혹시나 했던 기대가 역시나로 돌아 왔
을 뿐이다. 서울과 지방, 양반과 기생이라는 공간은 늘 그런 처참한 시간을
발생시켰다. 기생들의 호의가 나비의 호방함에 늘 조롱당 했다. 그렇다고
심기를 드러낼 처지도 아니다, 그래봤자 별 수도 없다. 그래서 화자는 객관
적 서사를 택하여 절제한다. 불합리한 세속의 시간이 분노로 충천하지만 화

---

15 松臺春의 시조.

자의 시간[감정]은 배재해 버린다. 나비의 분탕질만 나열하여 조선 변방의
어느날을 기록해 놓았다.

2.3. 放降[\]

春香이 네롯더냐 李道令 긔 뉘러니
兩人 一心이 萬劫일들 불을소야
아마도 이 마음 비최기는 明天이신가 ㅎ노라   [4232][16]

희흠는 '낄낄거리다' '깔깔대다' '희희덕거리다' '소곤대다' 등에서 알 수
있는 것처럼 정신적인 즐거움을 나타내는 말이다. 반면, 락樂은 쾌락快樂의
준말로써 육체적인 즐거움까지 포함되어 있다. 기생시조는 희기喜氣의 방
강放降은 극히 드물다. 희기喜氣는 정신적인 즐거움에 취해있지만, 낙기樂
氣는 육체적인 기쁨까지 향유한다는 점에서 다르다. 상상도 할 수 없는 반
전이 일어난다.

이 작품의 외화는 '춘향전'이다. 그 주인공들을 내화의 현실과 견주고 있
다. 춘향과 이도령이 천만년 가도 부럽지 않다고 자랑한다. 그 이유는 자신
의 존재를 확인해 주는 절대적인 존재가 있기 때문이다. 그래서 '春香'이 누
구든, '李道令'이 어떻든, 그들의 한 마음이 대수롭지 않다고 한다. '萬劫일
들'을 '一瞬인들'로 고치면 문맥이 더 산다. '님'은 '마음'을 비춰 줄 만큼 은
밀하고 세밀하다. 그래서 '님'은 '하느님'[明天]이다. 돈독한 연대감으로 얽
혀 있음을 알 수 있다.

謂水에 고기 업서 呂尙이 둥 되단 말가

---

16 夫同의 시조.

낫대를 어듸 두고 육한丈을 디퍼는다
오늘랄 西伯이 와계시니 함의 놀고 ᄀ려 ᄒ노라   [3156][17]

위 시조의 배경 설화에는 다음과 같은 이야기가 있다.

평안도 아주 변두리 묘향산에 대사가 있었다. 평생 웃거나 노하는 모습
을 볼 수가 없었다. 방백(傍白)이 한 기생을 불러 말하기를 '네가 이 대사
를 웃게 한다면 내가 너에게 상을 내리리라.' 기생은 즉시 노래를 지어 불
렀다. 대사가 듣고는 웃었다. 대사의 이름이 여상(呂尙)이었고 서백은 방
백(傍白)[관리]이다.[18]

배경 설화대로라면 渭水든 謂水든 문제되지 않는다. 무대가 중국이 아니
기 때문이다. 그래서 일부러 謂水라 했는지도 모른다. 역사적인 사실과 그
비틀기를 통한 언어 놀이가 유쾌하다. '渭水'와 '謂水', '呂尙'과 '呂尙[대사]',
'낫대'[낚시대]와 '육한丈', '西伯'[주문왕]과 '西伯'[평안도 관찰사]을 견준 순
발력이 대단하다. 이쯤 되면 기생은 천덕꾸러기가 아니라 재치꾼이다. 천
부적인 재능과 축적된 수련[공부] 과정없이는 불가능한 화법이다. 세상의
위계질서가 무용지물이 된다. 신분을 초월해서 벗삼아 한평생 '함의 놀고
ᄀ려 ᄒ노라'는 지인知人들이 된다. 시조 3행이 주는 위력이 어느 정도인지
를 새삼 확인할 수 있다.

2.4. 陷降[↓]

玉 ᄀ튼 漢宮女도 胡地에 塵土 되고

17 평안기(18C 후반 추정)의 시조.
18 平安道極邊妙香山 有大師 平生喜怒不見於色 傍白招一妓曰 汝能笑此大師則吾賜汝賞乎 妓
   卽刻作歌唱之 大師聞 微小之 大師名呂尙 西伯謂方伯也『孫氏隨見錄 35』, 박을수『한국시
   조대사전』下 869쪽에서 재인용.

解語花 楊貴妃도 驛路에 ㅂ렷ᄂ니
閤氏ᄌ 一時花容을 앗겨 무슴 ᄒ리오   [2965]¹⁹

낙기樂氣를 함강陷降하는 것은 육담肉談이다. 여기서의 몸은 즐겨야 하는 도구다. 왕소군[玉 ᄀ튼 漢宮女]도 흉노의 땅에서 티끌과 흙이 되었고, 양귀비도 마외역에서 죽었다. 두 미녀와 평범한 '閤氏ᄌ'는 견줄 대상이 되질 않는다. '一時花容'도 아니기에 뻐길 이유가 없다. 면목가증面目可憎 되기 전에 젊음을 즐겨야 한다. 아끼다 '塵土 되고'. 외면당하고 죽는다['ㅂ렷ᄂ니']고 경고한다. '앗겨 무슴 ᄒ리오'는 실컷 즐기자를 몸담론이다.

희락喜樂의 기운은 가볍고 밝은 분위기를 만들어 준다. 진지함은 우리를 숙연하게 하지만 가벼움은 우리를 편안하게 한다. [2965]은 도발적인 언술로 대부분의 기생시조들이 지니던 무거움과는 반대다. 이런 진술들은 편안함에 내재한 질서 허물기다. 세속의 질서로 사육된 몸의 해방을 통해 주체를 회복하려 한다. 오히려 가벼움을 통해 삶의 본질이 무엇인가를 되묻는다. 어떤 면에서 쾌락은 인간의 가장 순수한 정서이다. 손사래 친다고 없어질 성향이 아니다. 제대로 즐기는 게 우주의 한순간에 머물다 가는 존재들의 절실함이다. 이를 노골적인 육담으로 증폭시킨 작품에는 진옥과 한우의 시조가 있다. 이는 다음 장[공간]에서 같이 다룬다.

3. 몸과 시간

시간과 공간은 우리 몸의 연장이다. 시간은 공간과의 연관 속에서 비로소 의미를 지니다. 그런데도 시간을 따로 떼어 살피는 이유는 애노희락哀

---

19 松伊의 시조.

奴喜樂이 자아를 형성하는 양상을 알기 위해서다. 삶은 곧 호흡이며 호흡은 리듬이다. 리듬은 애노희락哀怒喜樂의 완급이다. '비록 선을 좋아하는 마음이 있다고 해도 급박하게 선을 좋아하면 그 자체를 제대로 밝힐 수 없다. 비록 싫은 것을 싫어하는[惡惡] 마음이 있다고 하지만 급박하면 틀림없이 오오惡惡 그 자체를 두루 살필수가 없다.[20] 급박함은 설익음이다. 시간성은 이런 정서를 잘 나타낸다.

우리 몸의 막다른 지점에 기생이 있다. 천민이었으나 사랑을 받았고, 무시당했으나 존중받았다. 들은 나의 환상이고 나의 타자였다. 앞서 가는 나였고, 해방구에 든 나였다. 그랬기에 손가락질하면서도 부러운 대상이기도 했다. 나아가 그들은 '당대 최고의 패션리더'일 뿐만아니라 '현대 연예인의 선구자'[21]였다. 이처럼 기생 시조는 불변하는 공간[지위] 위에서 취산하는 당대의 모순된 시간이 가장 예술적인 언어로 내재해 있다.

20 雖好善之心 偏急而好善則好善必不明也 雖惡惡之心 偏急而惡惡則惡惡必不周也(李濟馬, 『東醫壽世保元』, 「四端論」).

21 김주현 이상은, 「조선시대 기생(妓生)의 화장법에 관한 고찰」, 『한국인체예술학회지』 제10권 제 2호, 한국인체예술학회, 2009, 18쪽.

❸ 체질과 공간
-기생시조의 공간 양상

1. 기생시조와 공간

기생 시조는 ① 창작집단이 같고[妓生] ② 문학장르가 같다[時調]는 말을 함의하고 있다. 문학 토대가 같으므로 문학 체질 분류가 수월하며, 작품끼리의 相異·相似性을 연구하기에도 적합하다. 또, 기생시조는 ① '妓生'이라는 신분과 ② '時調'라는 문학이 결합해 있기에 사회성과 문학성을 동시에 조망해야 함을 시사한다. 사회성으로 보는 기생의 몸은 주변 공간이다. 그 몸에는 대타 절대 우위의 환경에서 살아야 하는 공간 구조가 각인'¹되어 있다. 기생의 언어는 사회적 문신social tattooing으로, 그들이 '어떻게 사회 속에 구조화 되어 있으며, 또 그들 스스로를 어떻게 구조화하고 있는가'²가

---

1 질 발렌타인, 박경환(역), 『사회지리학』, 논형, 2009, 39쪽.
2 habitus를 일컫는 말이다. 아비투스는 권력 기반의 사회질서가 생산하고 지각하고 경험하는 일상생활의 장으로, 개인의 일정한 행동 속에 내면화되고 육화된 성향체계를 일컫는다. 여기에는 '자신의 계급에 모순되기도 하는 계급지향적 비의도적 행동방식'도 들어있다(부르디외, 최종철역, 『구별짓기:문화와 취향의 사회학』上, 새물결, 1995, 281쪽).

드러나 있다. 그들의 언어는 자기 동일성을 유지하는 개방적 유기체다. 그들의 언어는 대척점에 놓인 세상의 경계해체다. 그것을 통해 생명에 대한 역동적인 힘의 표출로 이어지는 독특한 미학 원리[3]가 담겨있다.

지금까지 논의된 기생관련 시조는 크게 사회학적, 문학사적, 미학적 접근으로 나눌 수 있다. 들여다 보면 '妓生'에 무게를 두거나 '時調'에 초점을 맞추었거나, 둘을 아우르는 관점이다. 이는 작품을 '妓生'에서 寄生한 결과물이냐 아니냐란 의문에 대한 답이다. 그러나, 표면적으로는 내재론에 입각한 접근 방식을 취하겠다고 하면서도 대부분이 작품 자체보다는 사회적 자아로서의 접점을 찾았다. 한편으론, 작품을 새롭게 보려는 시도도 있었지만 전거前據를 전복顚覆하려는 의욕이 지나쳐서 작품의 내밀함을 놓친 경우가 많았다. 또, 용어도 '妓女' '妓生' '解語花' 등을 혼용하고 있다. 이 글에서는 妓生이란 용어를 사용한다. '妓生은 거의 한국에서만 쓰는 말이고 妓女는 한자권에서 두루 통용되는 말'[4]이며, 기생이란 어휘는 조선시대에 와서야 나왔고, '生이란 말은 생업에 종사하는 사람을 일컬음'이며, 그들이 사대부와 밀접했기에 '儒生 書生'의 어휘 구조와 동등한 造語 구조를 띄고 있다.[5]

공간의 실상은 호오好惡다. 본능적으로 좋아서 좇고 싫어서 쫓는다. 그런데, 기생 시조 공간은 '좋지만 좇지 못하고, 싫지만 쫓지 못하는' 모순이 극대화된 곳이다. 이런 양상이 작품 속에서 어떻게 나타나고 해결하고 있는가를 살펴본다.

---

3 이재복, 「한국 현대시와 그로테스크」, 『우리말글』 제47집. 우리말글학회, 2009, 6쪽.

4 정병설, 『나는 기생이다』, 문학동네, 2007, 365쪽.

5 신현규, 「문헌에 나타난 '기(妓)의 기원 연구」, 『한민족문화연구』 제23집, 한민족문화학회, 2007, 412쪽.

2. 공간과 장소

일반적으로 공간[space]은 추상적이고 장소[place]는 구체적이라고 정의한다. 추상적, 기능적, 무형적, 물리적인 공간에 인간의 경험, 느낌, 기억, 기대 등등이 투사되면 장소가 된다. [에드워드 렐프(Edward Relph)] 개방적이고 자유롭고 무한히 열린 공간이 경험에 의해 장소가 된다.[이푸 투안(Yi-Fu Tuan)] 또 '무한하고, 가치 중립적이고, 균질하고 추상적'[수학적인]인 공간에 인간과의 관계, 체험, 정서[감정이입] 등이 뒤섞여 장소가 된다.[볼노(Bollnow)] 대부분이 경험된 공간, 체험에서 파생되는 감정과 기억, 의미와 가치 부여가 결합된 양상을 장소라 칭한다. 삶은 공간을 장소화 하는 과정이다. 장소화는 장소에서 파생되는 기억 양상이다. 지리적, 사회적, 역사적, 조경적 기억들이 맞물려 있다.

이제마는 장소화 과정을 몸의 두 공간으로 설정해 놓고 있다. 여기에는 인간이 개입[경험]할 수 있는 공간과 없는 공간이 있다. 개입할 수 없는 공간을 천기天機라 통칭하고 범위에 따라 '① 천시天時 ② 세회世會 ③ 인륜人倫 ④ 지방地方'으로 나누었다. 우주의 흐름, 흥망성쇠興亡盛衰, 이합집산離合集散, 생사존멸生死存滅 등이 그 속성이다. 반면, 인간의 경험으로 생겨나는 실존 공간을 인사人事라 했다. 이를 '㉠ 사무事務 ㉡ 교우交遇 ㉢ 당여黨與 ㉣ 거처居處'로 나누었다. 천기天機가 객관적으로 나눈 공간의 범위라면 인사人事는 주관적으로 드러나는 공간의 양상이다. 여기에는 옳고 그름, 바르고 어긋남, 좋고 싫음 등등으로 나타난다. '①-㉠, ②-㉡, ③-㉢, ④-㉣'은 각각 공간과 장소의 관계를 나타낸다.

장소화는 '나'와 '남[사회]'의 관계망에 따라 드러난다. 이제마는 이를 왼쪽과 오른쪽으로 나누었다. 왼쪽은 재아在我 공간이고 오른쪽은 재타在他 공간이다. 재아 공간은 개인의 지행知行이 외부와 차단되어 있다. 오른쪽은 녹재 공간이다. 개인의 지행知行이 지배하고, 오른 쪽은 사회적 녹재祿財가 위계를 이룬다. 지知는 개인의 앎이고, 행行은 앎의 실천이다. 녹祿은 벼슬이고 재財는 재물이다. 녹祿은 귀貴고 재財는 부富다. 지행知行은 내맘에 달렸지만 녹재祿財는 사회와의 관계 속에서 결정된다. 개인 공간은 개인이 마음대로 할 수 있는 곳이고 사회 공간은 관계에 따라 다르다.

인간의 삶이란, 장소화란 이 두 공간을 넘나들면서 일어난다. 이 과정에서 생기는 애노희락哀怒喜樂이 시간이고 그것이 공간의 본질이다. 다시말해 장소란 공간에 개인의 애노희락이 투사된 결과다. 그래서 공간은 시간을 인지하게 하고 그 의미를 규정한다. 이 두 공간의 유형은 크게 여섯이다. 그것이 '① 지행 공간 독존, ② 지행 공간 우위, ③ 지행공간과 녹재공간 대립, ④ 지행공간과 녹재공간의 조화[소통], ⑤ 녹재공간 우위, ⑥ 녹재 공간 독존'이다. 작게는 자폐 공간[①]에서 크게는 전체주의 공간[⑥]으로 나타난다.

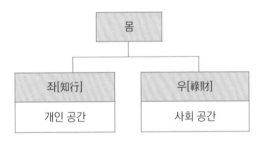

장소 유형	특징
개인 독존	유아 독존적. 내면에 함몰.
개인〉사회	개인적 힘이 사회를 압도.
개인↔사회	개인과 사회가 대립.
개인⇄사회	개인과 사회가 조화[타협]
개인〈사회	사회적 힘이 개인을 압도.
사회 독존	개인이 부재하는 공간. 전체주의.

그러나 장소화에는 '전략(stratigies)'과 '전술(tactics)'이 구사된다. 전략은 '의지나 권력을 가진 주체가 '환경'으로부터 분리될 때 가능해지는 권력 관계에 대한 계산(calculus)'이다. 이러한 고려를 토대로 정치적, 경제적, 과학적 합리성이 구축된다. 이와 달리 전술은 '이야기하기, 읽기, 이동하기, 쇼핑하기, 요리하기처럼 일상적 실천에서 드러나는 작전과 같은 행위 방식(ways of operating)'[미셸 드 세르토(Michel de Certeau)]이다. 전술을 통해 전략 차원의 기회가 모색될 수 있다. 공간의 장소화는 '공간→ 체험→ 관계 확인[형성] → 희노애락 →기억→ 장소'라는 과정을 밟는다.

3. 공간의 제 양상

3.1. 개인 공간 우위

唐虞를 어제 본 듯 漢唐宋을 오늘 본 듯
通古今 達事理ᄒᆞᄂᆞᆫ 明哲士를 엇더타고
저 설 ᄭᅴ 歷歷히 모르는 武夫를 어이 조츠리   [1139][6]

前言은 戱之耳라 내 말슴 허믈 마오
文武 一體ᆫ 줄 나도 暫間 아옵거니
두어라 趁趁武夫를 안이 좃고 어이리   [3612][7]

[1139]는 "有斐君子를 好逑로 가리올 제/舜도 계시건마는 어대라 살우오리/진실로 相國 皐陶아 내 님인가 ᄒᆞ노라"는 시조의 다음 수다. 소춘풍은

---

6 笑春風의 시조. 朴乙洙, 앞의 책 上, 321쪽.
7 笑春風의 시조. 朴乙洙, 앞의 책 下, 991쪽.

15세기 후반[성종 대]에 함경도 영흥永興의 명기名技였다. 성종成宗이 베푼 궁중 연회에서 이 시를 읊었다.[8] 어전은 조선 최고의 세회 공간인 동시에 최고의 녹재祿財 공간이다. 임금부터 기생까지 젤 높고 젤 낮은 신분이 모였다. 여기까지는 기존 질서가 작동한다. 그러나 술을 따르라는 명을 받는 순간부터 반전[공간의 장소화]이 일어난다. 세속의 질서가 무너진다. 화자의 전략은 군신을 즐겁게 하기다. 전술은 상대를 올렸다 났다하는 능란한 언변이다.

화자는 철저한 구분 전략으로 연회장에 선다. 임금은 지존이라 감히 다가갈 수[살우로리=아뢰지] 없기에 재상인 고요를 택한다고 밝힌다. 또 문무백관들을 편가르고, 높이고 낮추고, 숭앙하고 짓밟기를 이어간다. 문사철文史哲에 능통한 선비[明哲士]를 두고 사리분별['저 설 찍'] 제대로 못하는 무부는 좇을 수 있겠냐고 한다. 그러다 [3612]에서는 잽싸게 분위기를 바꾼다. 문무일체文武一體이고, 늠름하고 용감한 무인을 어찌 아니 좇을 수 있겠느냐고 너스레를 떤다. 그러면서 간어제초間於齊楚 고사를 인용하여 두 대국[문신과 무신]을 모두 섬기겠다고 한다. '齊도 大國이오 楚도 亦大國이라// 됴고만 勝國이 間於齊楚 ᄒᆞ여시니//두어라 何事非君가 事齊事楚 ᄒᆞ리라'[9] 고 마무리하여 분위기를 한층 돋군다.

여기에 오면 조선 최고의 공간이 화자의 손바닥 안에 들어 있다. 내 손바닥 안으로 장소화해 놓았다. 이런 공간의 장소화는 순간이나마 신분이 해방되는 시간을 동반한다. 그러나, 대부분의 기생시조에는 일방적인 외부 공간[依他 空間]에 제압 당한다. 그런 상황에서도 이들은 사회적 모순을 지적하거나 저항하기보다는, 오히려 자발적으로 순응하는 모양새를 갖춘다.

---

8 이 부분에 대해서는 「체질과 놀이」 편에서 상술한다.
9 笑春風의 시조. 朴乙洙, 앞의 책 下, 997쪽.

3.2. 사회 공간 우위

어져 내 일이야 그릴 줄을 모로던가
이시라 ᄒ더면 가랴마난 제 구틔야
보ᄌ고 그리ᄂ 情은 나도 몰라 ᄒ노라   [2792][10]

닭아 우지 마라 일 우노라 ᄌ랑 마라
半夜 奏關에 孟嘗君 아니로다
오늘은 님 오신 날이니 아니 우다 엇더리   [1118][11]

위의 두 시는 모두 공간 분리를 슬퍼한다. [2792]의 화자는 이미 분리된
공간의 실상을 진술한다. [1118]의 화자는 곧 있을 그 현실 앞에 안절부절
못한다. 화법도 반어적이다. 앞의 화자는 공간 분리 원인을 자신에게 둔다.
뒤의 화자는 닭에게 둔다. 모두가 실상을 감추고 있다. [2792]에서의 "이시
라 ᄒ더면 가랴마난 제 구틔야"와, [1118]의 "半夜 奏關에 孟嘗君 아니로다"
가 그것이다. 있어도 갈 님이고, 닭이 울지 않아도 가야하는 님이다. 그런데
도 님이 가고 그리워 하는 현실을 다른 데로 돌린다.

진술로만 보면 보면 [2792]는 화자의 위치[재아 공간]가 절대 우위처럼 보
인다. 그러나 실상은 반대다. 님은 가야해서 갔다. 잡을래야 잡을 수도 없
다. 어차피 가야하고, 갈 사람이기에 선수쳐서 쫓았다. "보내고"라고 적었
지만 그 속마음은 '잡고 싶었지만'이다. 그렇게 보내는 모습이 화자의 격을
더 높이는 일이고, 님의 마음을 더 잡는 길일 수도 있고, 내일을 기약하는

---

10 황진이의 시조. 朴乙洙, 앞의 책 上, 769쪽.
11 松伊의 시조. 朴乙洙, 앞의 책 上, 315쪽.

혜안일 수도 있어서다. [1118]는 닭울음 소리에 좌우되는 화자의 미미한 존 재감이 드러난다. 닭울음 소리는 맹상군에게만 필요하지 우리 님은 다른 사 람이라 울지 말아달라고 한다. 역사적 상상력까지 발동하여 간절함과 초조 함을 증폭시킨다.

위의 화자들은 내[在我] 공간이 사회[依他] 속에서 존재감 없음을 안 다. 일방적으로 기다려야 함도 안다. 그렇지만 현실은 어쩔 수가 없다. 그 런 상황에서 상처를 조금이라도 덜 받는 일이 자신이 보냈다고 합리화 하 거나, 닭이 울어 어쩔 수 없었다는 논리를 편다. 이는 이별이 주는 불안[슬 픔]을 최소화하는 방식이다. 프로이트는 이런 심리를 방어기제(防禦機制, defence mechanism)라 했다. 불안함을 본능적으로 조절하거나 왜곡하면서 마음의 평정을 찾는 방법이다. 이성적이고 직접적인 방법으로 통제할 수 없 을 때, 자아 붕괴의 위험에서 보호하기 위해 무의식적으로 나오는 사고 및 행동 수단이다. "보내고 그리는 情", "오늘은 님 오신 날"은 그 불안의 근원 이 어디에 있는지를 알려준다.

梨花雨 훗쑤릴 제 울며 잡고 離別ᄒᆞᆫ 님
秋風 落葉에 저도 날 싱각ᄂᆞᆫ가
千里에 외로운 쑴만 오락 가락 ᄒᆞ노매   [3348][12]

千里에 맛낫다가 千里에 離別ᄒᆞ니
千里 쑴 속에 千里 님 보거고나
쑴 ᄭᆡ야 다시금 生覺ᄒᆞ니 눈물 계워 ᄒᆞ노라   [3892][13]

---

12 黃眞伊의 시조. 朴乙洙, 앞의 책 上, 918쪽.
13 康江月의 시조. 朴乙洙, 앞의 책 下, 1069쪽.

위 시의 화자들은 장소성 회복을 염원한다. 그것은 님과의 재회다. 천리 千里는 그 가능성을 나타내는 심리적인 거리다. [3348]의 화자에게는 분명한 장소가 있다. 잡은 손 놓지 못해 애면글면하던 배꽃 나무 부근이다. 그자리에 가을은 오고, 꽃잎 날리던 가지에서 잎 떨어져 흩어진다. 배꽃은 이별의 시작이고 낙엽은 그것의 지속이다. 떠난 사람은 반년이 지나도록 연락 한 번 없다. 그리움은 온전히 화자의 몫으로 남았다. 내[화자]가 님을 생각하는 것처럼 '저[님]'도 나를 생각해 주었음 좋으련만 확신이 없다. 그래도 미련은 남아 외로운 소망으로, 이따금씩 꾸는 꿈으로 '오락가락' 한다. 화자가 할 수 있는 일은 아무 것 없다. 사랑이 공간을 장소로 만들었다면 긴 이별은 장소를 공간으로 되돌린다. 기억이 가물거리는 곳은 장소가 될 수 없기 때문이다.

반면 [3892]의 화자는 님과 뜻깊은 공간[장소]이 없다. 오직 꿈 속에서 만나고 헤어질 뿐이다. 이 시의 '千里'도 님이 떠난 현실, 복원 가능한 옛날의 심정적 거리다. '千里' 밖에서 만나고 '千里' 밖에서 이별하고 오는 길은 꿈 속에 나 있다. 이 화자는 그런 사실을 직시한다. 꿈을 깨어 꿈과 현실을 명확히 구분한다. 그 절망의 강도가 천리로 새삼 확인되고 결국 눈물흘리며 마무리한다. '오락가락'하는 시공을 만들어 현실을 덮으려는 [3348]의 화자와는 대조적이다. 그렇다 해도 모두가 어떤 전략도 전술도 구사할 수 없는 화자들의 모습만 처연하게 드러날 뿐이다. 대부분의 기생시조가 지닌 특성이다. 이런 화자들은 있지만 없는 존재다. 그래서 사회 구성원이지만 주변인이다. 정치적 사회적 권리를 박탈당하고 생물적 삶만 유지하는 호모 사케르(homo sacer)다.

3.3. 공간 대립

솔이 솔이라 ᄒ니 무슴 솔만 너기ᄂ다
千尋 絶壁에 落落長松 내 긔로다
길 아릭 樵童의 졉낫시야 걸어볼 줄 이시랴   [2395]¹⁴

長松으로 빅를 무어 大同江에 흘니 씌여
柳一枝 휘여다가 구지 구지 미야시니
어듸셔 妄伶엣 거슨 소헤 들나 ᄒᄂ니   [3556]¹⁵

[2395]나 [3556]에서는 화자와 대상의 공간이 분리되어 있다. 이들 화자의
전략은 차단이다. 그를 구체화하는 전술은 비하하기다. 여기서는 화자가
상대의 출입 여부를 결정권을 지닌다. 그런 면에서 권력을 행사한다. [2395]
의 화자는 자신을 천심절벽의 '낙락장송落落長松'이라며 탈속화한다. 화자
에게 추근대는 대상을 '樵童들'이라 하고, 그들의 언행을 '졉낫'이라 하며
세속화 한다. 높낮이로 사람을 평가하는 모습은, '조건'이라는 객관적 논리
를 재생산하는¹⁶ 행위다. 계층 차이를 강화하여 스스로 외부와 차단하고 외
부를 통제하는 방식이다. 또, [3556]에서는 '대동강'과 '연못[소]'이라는 유희
공간의 차이, 장송長松과 잔솔의 태생적 차이를 강화하여 외부를 차단하고
있다. '樵童들'이 '妄伶엣' 것들로 혐오 대상이 되어 있다. 어느새 사회 질서
가 화자의 몸에 투사되어 있다.

계층 간의 단절은 취향의 차이, 기호嗜好의 차이를 유발한다. '졉낫'은

---

14 松伊의 시조. 朴乙洙, 앞의 책 上, 663쪽.
15 求之(18C 후반 추정)의 시조.
16 부르디외, 앞의 책, 281쪽.

'落落長松'과 격이 맞지 않는다. 화자라는 배는 장송長松에 묶어야 한다. 화
자가 놀아야 할 무대는 대동강 넓고 깊은 강물이지 뻘탕이 아니다. 전술 전
략없이 무작정 덤비는 하수下手들이 가소로울 뿐이다. 이는 그들과 어울려
정체성은 흐리지 않겠다는 전략이다. 일반인의 공간은 무책無策이지만 올
라갈수록 치밀한 계략計略이 존재한다. 이들 화자는 이미 그런 세계에 젖어
있다.

> 綠楊 紅蓼邊에 桂舟를 느겨 매고
> 日暮 江上에 건너 리 흐도 홀샤
> 어즈버 順風을 만나거든 흔 즈 건너 갈이라   [913][17]

위의 시도 화자와 각립하는 공간 양상을 드러낸다. 화자의 진술로만 보
면 봄날 저녁의 단상이다. 버드나무 푸르고 여뀌 붉은 강변에 대충 배 매어
놓고 건너려 하니 사람들이 많다. 그래서 순풍이 오면 그때 혼자 배 저어 가
겠다는 다짐이다. 그러나 계주桂舟가 작자의 은유가 되면 해석은 달라진다.
나[桂舟]를 '느겨'라는 말은 '느슨하게', '아무렇게, 별로 공들이지 않고'라는
뜻이다. '매고'는 '데리고', '동행하려고'로 읽을 수 있다. 초장은 상대방의
불성실함 경솔함을 부각한다. 이는 화자[桂舟]를 장악할 능력이 없다는 말
이다. '흐도 홀샤'는 아무나 덤빈다는 뜻이다. 그래서 도하渡河하려는 뭇 남
정네들은 "길 아릭 樵童"[2395]이고 "妄伶엣" 것[3556]들과 다름없다. '건너'
려는 행위는 "졉낫시"[2395]와 "소혜 들나"는 짓거리다.
그렇지만 화자는 발끈하지 않는다. 매력 없는 남정네의 추파를 애써 외
면한다. 종장은 그 추파에 대한 처신이다. 순풍順風[때]이 아니기에, '흔 즈'

---

17 桂丹(舟)의 시조.

가겠다는 의지를 표명한다. 이를 화자 자신의 관점으로 읽으면, 아무리 꼬드기는 사람이 많아도 어울리는 짝[순풍]이 아니면 움직이지[배 띄우지] 않겠다는 의지 표출이다. 제홍에 겨운 대상과 차분한 화자의 상대적인 시간을 극대화한 작품들이다. 합류할 수 없는 공간에 대한 반감을 담담하게 표출하고 있다. 그만큼 정제된 화자의 공간이다.

> 漢陽서 쩌 온 나뷔 百花叢에 들거고나
> 銀河月에 줌간 쉬여 松臺에 올나 안져
> 잇다감 梅花 春色에 興을 계워 ᄒ노라   [4526][18]

앞의 세 시詩가 대상을 차단하고 있다면 [4526]은 동참 속의 분노를 표출한다. 여기에는 나비와 화자의 전략과 전술이 상충하고 있다. 나비의 전략은 가능한 한 많은 기생을 탐닉하기다. 전술은 전체점검 후, 호감 대상 개별 접촉하기다. 그래서 한양에서 오자마자 급하게 설친다. 백화총百花叢은 뭇 꽃이 모인 곳이니 기생집이다. 거기에 들른 후 개별 접촉을 시도한다. '銀河月'에게 잠깐 들렀다가 지금은 화자[松臺]에게 와[올나 안져] 있다. 하지만 이미 눈길은 매화[다른 기생]에게 향해 있다. 전략과 전술대로 실천하고 있다.

그러나 붙박이 기생들의 전략은 나비의 관심을 끄는 일이다. 시선을 집중시키기 위한 전술은 자신에게만 머물게 하거나, 가능한 한 오래 있게 만들려는 언행이다. 그런데 떠돌이의 엽색 행각이 상상을 초월해 버렸다. 전략과 전술이 무용지물이 된 공간은 패전한 전쟁터와 다를 바 없다. 나비가 홍겨울수록 화자는 차갑다. 하지만 화자는 끝까지 객관적인 서술로 일관하

---

18 松臺春의 시조.

여 "興을 계워 ᄒ"며 노는 나비의 공간만 부각한다.

특히 이 시는 한양漢陽과 맹산孟山의 공간 병치가 처음부터 설정되어 있다. 평안도 사람들은 조선 시대의 주변인이다. 맹산은 평안남도에 있다. 그래서 '漢陽서 쩌 온 나뷔'는 호기심과 기대감으로 작용했을 터이다. 그러나 오자마자 분탕질하기에 급급한 나비를 보며 환상을 접는다. 속앓이와 아픔, 분노를 감춘 채 싸늘하게 바라보고 있다. '우리'라고 묶을 수 없는 '우리'의 인연[人倫]을 생태계[地方]의 한 장면으로 보여준다.

3.4. 공간 합일(合一)

> 相公을 뵈온 後에 事事를 밋즈오매
> 拙直ᄒ 므음애 病 들가 念慮] 러니
> 이리마 져리챠 ᄒ시니 百年同胞 ᄒ리이다   [2125][19]

이 시는 공간 변화 양상을 노래한다. 화자는 사회 공간이 절대적인 우세를 점하는 관계망 속에서 살았다. 그래서 본능적으로 "므음애 病 들가 念慮"하는 고지식하고 주변머리 없는[拙直] 사람이 되고 말았다. 그런데 상공[相公]이 또 특별한 인연[事事]을 맺자고 한다. 그러나 쉽사리 그 말이 믿기지 않는다. 추파秋波를 진심이라 믿어 낭패 당한 옛일들 때문이다. 이 양반도 마찬가지라 여겨 반신반의한다. 자연스레 의심과 경계심이 비례한다. 그러나 처지가 그래서 맘대로 뿌리치지는 못한다. 크게 믿지 못 하는 만큼 덜 아프기만을 바라며 외부 상황에 몸을 맡긴다. 화자의 의지와 무관한 삶의 단면이다. 그런데, 화자의 삶에 개입한 님[상공]은 장기판의 마馬와 차車

---

19 小栢舟의 시조. 朴乙洙, 앞의 책 上, 593쪽.

를 움직이듯 사사건건 챙겨준다. 시간이 쌓이면서 적극성은 진정성으로, 의심은 믿음으로 바뀐다. 마침내 한 평생 같이해도 되겠다고 확신한다.

이 시의 화자는 사랑 장기 한 판이라는 은유를 보여준다. 실력과 무관하게 상대가 누구냐에 따라 삶의 터전[공간]이 달라질 수 있음을 이야기한다. 그런 행복은 행운에 가깝기에 더 기쁘고 아찔하다. 인간세가 장기판으로 축소되고, 다양한 인간이 말판으로 존재한다. 이를 움직이는 불변의 법칙이 있다. 그러나 같은 장기판이지만 운용하는 사람에 따라 국면이 다르다. 누구든 힘을 쓸 수 있고 누구든 죽는다.

하지만 두 대국자가 상하수일 경우에는 게임보다는 놀이 요소가 더 강하다. 상수가 하수를 다루는 방법은 농락하기다. 하수는 당하지 않으려고 방어 전략이 늘상 먼저다. 이 시의 화자는 "이리마 져리챠" 도움받는 하수다. 훈수는 하수[약자]에 대한 안타까운 마음에서 나온다. 그러나 진정한 훈수는 하수를 제대로 눈뜨게 만든다. 사랑도 마찬가지다. 다른 고수[양반]와의 만남이 숱하게 펼쳐졌었다. 대다수의 고수들은 화자와 비슷한 부류들을 갖고 놀다 갔다. 상대 공간에 대한 불신이 극에 처해있다. [2125]의 상공相公은 그런 염려를 사라지게 한 정인情人이다. 화자는 그에 대해 감사하고 감동하고 보은하려 한다.

> 어이 어러 자리 므스 일 어러 자리
> 鴛鴦枕 翡翠衾을 어듸 두고 어러 자리
> 오늘은 춘 비 마자시니 녹아 잘까 ᄒ노라   [2778]²⁰

[2278]은 임제林悌의 '北天이 묽다커늘'[北天이 묽다커늘 雨裝 업시 길을

---

20 寒雨의 시조. 朴乙洙, 앞의 책 上, 764쪽.

나니/山에는 눈이 오고 들에는 춘 비로다/오늘은 춘 비 마자시니 얼어 잘싸 ᄒ노라"(『海東歌謠』, 『樂學拾零』)]에 대한 답시다. '뫍다커늘'은, 그것도 북쪽 하늘이 맑다는 사실은 눈비 올 염려가 없다는 말이다. 이 조짐 하나 믿고 그냥 나간 화자에게 눈비가 쏟아진다. "山에는 눈이 오"지만 들에는 비가 내린다. 그런 기온이라 비는 더욱 차갑게 몸에 스민다. 그래서 얼어서 죽은 듯이 잘 수밖에 없다는 푸념으로도 들린다. 그러나 '찬비'는 기생 '한우寒雨'의 우리말이다. 한우는 임제의 정인情人이다. 이 모든 진술은 '자기'[동침]라는 전략에 있다. 그 전술이 '얼어'다. '얼어'는 '얼다'의 부사형이다. 얼다는 고어古語로 결혼하다, 남녀가 정을 나누다는 뜻이다.

[2778]의 화자는 찬비 맞았기에 얼어 자야겠다는 님의 말을 듣고 그리는 안 된다고 대답한다. '어러' 자서는 안되는 이유를 원앙침 비취금으로 확인시켜 준다. '얼어' 왔으니 '녹아' 잠이 마땅하다는 말이다. 이 화자의 전략도 '자기'[동침]다. 그 이유를 "춘 비"를 "마자시니"에서 찾는다. 여기서의 '마자시니'는 초중장과는 달리 '맞았으니, 만났으니'로 뜻이 다르다. 그 전술은 '녹이기'다. 이리되면 '어러'나 '녹아'는 두 공간을 하나로, 공간을 장소로 바꾼다. 격류를 예감하면서도 오히려 차분차분한 진술에서 상상 속의 여인의 모습을 떠올리게 되는 점은 화해와 조화의 장소성이 시 속에서 어떤 역할을 하는가를 보여 준다.

> 鐵이 鐵이라커늘 무쇠 섭鐵만 너겨쩌니
> 이제야 보아ᄒ니 正鐵일시 분명ᄒ다
> 내게 골블무 잇던니 뇌겨 볼가 ᄒ노라   [3977][21]

21 眞玉의 시조. 朴乙洙, 앞의 책, 下, 1094쪽.

[3977]도 정철鄭澈의 「玉을 玉이라커놀」[玉을 玉이라커놀 燔玉만 너겻더니/이제야 보아후니 眞玉일시 젹실후다/내게 술송곳 잇던니 쓰러 볼가 후노라(『槿花樂府』,『樂學拾零』)]의 답시다. 번옥燔玉은 돌가루를 구워 만든, 가짜 옥이다. 진품 옥이 바로 진옥眞玉이다. 화자의 이름이다. 임제의 구애가 맑고 흐림, 밝고 어두움, 차갑고 따뜻함으로 분위기를 고조했다면 정철의 구애는 노골적이다. "쓰러"가 임제 시의 '어러'와 같은 의미라 해도 "술송곳"이라는 노골적인 시어와 결합하여 공격 일변도, 타 공간 파괴적 요소, 대상 제압적인 기운을 강하게 풍긴다.

화자도 맞받아 친다. 이들 남녀 화자의 공간 인식은 진위眞僞와 정사正邪에 있다. 그들은 세상을 거짓과 사악한 공간 일색으로 본다. 화자도 정철正鐵과 사철邪鐵 구분을 최우선 순위에 둔다. 그만큼 진옥眞玉이 진옥眞玉이고 정철正鐵이 정철鄭澈임을 성급하게 밝힌다. 어쨌든 그들은 옥같지도 않은 옥[燔玉], 철 같지도 않은 쇠[무쇠 섭철]가 득세하는 세상에서 진품[眞玉]과 정품[正鐵]이 만났다고 여긴다. 그 기쁨을, 그들의 진정성眞正性을 뚫고 녹이는데서 찾는다. 그 도구[전술]가 "술송곳"과 "골블무"다.

위의 두 시조는 다른 시조에서 보이는 수동성이나 조심성은 찾기 어렵다. [2778]의 '얼다'와 '녹다'는 고체와 액체 상태를 나타내고, [3977]의 철鐵은 고체지만 녹인다 했으니 액체로 만들겠다는 말이다. 융해열을 [2778]에서는 원앙침 비취금으로, [3977]에서는 나의 용광로[골블무]로 공급하겠다고 한다. [2778]의 화자는 원앙침 비취금 속에 몸을 숨기고 있고, [3977]의 화자는 노골적으로 드러낸다. [2778]에서는 '자리' '자리' '잘까'를 반복하면서 은은한 잠자리를 강조한다면 [3977]에서는 현대 여성의 '프로젝터화 된 몸'을 떠오르게 한다. 숨김과 드러냄, 설득과 전희戰意가 대치해 있다. 또, 녹여야 하는 이유를 [2778]의 화자는 상대가 '츤 비' 맞았기 때문이라 하고,

[3977]의 화자는 잡철雜鐵이 아니기 때문[正鐵]이라고 한다. 전자는 초라한 상대방에 대한 배려를, 후자는 뛰어난 상대방을 얻은 자부심을 드러낸다.

4. 몸과 공간

기생 시조의 화자들은 대부분 우리[님]와 자신에게 관심을 둔다. '우리'는 천기天機의 관점에서 보면 인륜人倫이라는 시공이고, '나'는 지방地方이라는 시공이다. 체험이 투사된 인사人事의 관점에서 보면 '우리'는 당여黨與라는 시공이고 '나'는 거처居處라는 시공이다. 그래서 기생 시조 공간은 '님'과의 만남[黨與]을 어떻게 밝히고[人倫], '나'라는 개체[地方]를 어떻게 세우느냐[居處]를 보여준다.

공간[space]은 막연한 개념이고 장소[place]는 구체적이다. 이제마가 말하는 천기天機는 공간 개념에, 인사人事는 장소 개념이다. 장소는 경험과 기억으로 생성된다. 삶은 공간을 장소화 하는 과정이다. 여기에는 전략과 전술이 필요하다. 전략은 목적이고 전술은 수단이다. 인사人事라는 상대적 공간은 몸이 만든다. 이제마는 이를 재아공간在我空間과 의타공간依他空間으로 나눈다. 재아 공간은 개개인의 앎과 행동이 지배한다. 여기서 구사하는 전략과 전술은 일차적으로 자기 완성이다. 의타공간은 사회 공간이다. 빈부와 귀천이 있다. 재아 공간을 가꾼 정도가 사회 공간과 관계망을 형성한다. 여기서의 전략과 전술은 개인의 입지를 굳히고 강화하기 위함이다.

기생시조는 기생과 여성의 한계를 동시에 지니고 있다. 그만큼 자책과 자탄의 기류가 충만하다. 하지만 그렇지 않은 경우도 많다. 같은 상황, 같은 시공 속에서도 자신의 한계를 과감하게 벗어난 사람도 있다. '재담과 기지'로 문무 백관을 좌지우지한 배포도 있다. 그 결과 이름이 만천하에 알려지기도 했다. 또 자존심을 꼿꼿이 지킨 유형들도 있다. 하찮은 대상들에겐 냉소와 조롱을 섞어서 자신들이 받는 불평등을 심화하기도 한다.

기생은 과연 주체였는가? 그랬다. 한 몸의 주인이었으니 개체의 주체였고, 인간이라는 이름으로 살았으니 생물적 주체였고, 기생이라는 신분으로 지냈으니 사회적 주체였다. 정말 기생은 주체였는가? 그럴 리가 없다. 나를 내가 어쩌지 못하니 내게도 타자였고, 미물들과 다를 바 없었으니 생물학적 타자였고, 영원히 세상 밖에 있었으니 사회적 타자였다. 그러나, 어떤 경우든 인간은 사회 구조 속에서 자신의 입지를 굳히려하고 또, 탈사회구조를 통해 정체성에서 벗어나려는 존재다. 기생 시조의 공간에는 그런 반향과 울림[22]의 언어가 정제精製되어 있다.

---

22 바슐라르는 『공간의 시학』에서, 세계 안에서서 우리들의 삶의 여러 상이한 측면으로 흩어지는 것을 반향이라 하고, 우리들로 하여금 우리들 자신의 존재의 심화에 이르게 하는 것을 울림이라 했다. 반향은 시를 들려주는 것이고, 울림은 존재의 전환을 이뤄주는 것이다. 반향은 다양성에서, 울림은 통일성에서 나온다고 한다. 좋은 시는 이 둘을 다 갖추어야 한다늘 말이다(바슐라르, 곽광수(역), 『空間의 詩學』, 민음사, 1990, 90~93쪽 참조).

❹체질과 상상력

−黃眞伊와 松伊 시조의 상상력 고찰

1. 체질과 상상력

이 글은 황진이黃眞伊와 송이松伊의 시조에 나타나는 상상력의 특징을 살핀다. 두 사람은 닮은 점이 많다. 모두 기생으로 사대부 중심 시대에, '합리성이 창의성을 억누르는 지점에서' '즐거운 반역'을 일으켰다. 생몰년을 모른다. 현전하는 작품도 가장 많다. 원작자에 대한 시비가 엇갈린다. 원전 확정이 어려워 '정확한 자료 문제에서 자유롭지 못한 한계'[1]가 크다. 그러나 차이점도 적지 않다. 황진이는 16세기 전반에, 송이는 18 세기 중반에 살았다고 추정한다. 황진이에 대한 기록은 약간 전해오긴 해도 송이는 전혀 없

---

1 이화형, 「時調를 통한 松伊와 黃眞伊의 同異性 비교 고찰」, 『時調學論叢』 제35집, 韓國時調學會, 2011, 190쪽.

다. 황진이에 대한 연구는 이어져 오지만 송이는 전무한 상태다.[2] 그렇다면 출처도 불분명하고 의견도 분분한 작품을 어떻게 그 작가와 연관 지을 수 있는가? 그것은 전해 오는 작가의 삶과, 작가의 확실한 작품에 근거해서 유사성을 찾는 길밖에 없다.

작품의 DNA를 밝혀 주는 단서가 상상력이다. 상상력은 자유분방한 듯해도 그렇지 않다. 상상력은 '고도로 조직화 되어 긴밀히 연결되어 있는'[3] 몸과 마음의 성향에 따라 작동한다. 체질은 상상력이 발동하는 차원次元이다. 폐비간신肺脾肝腎은 상상력의 층위와 폭이다. 이들의 대소가 특정 공간의 위치 에너지를 강화하거나 약화시킨다. 양인[태양인/소양인]을 주도하는 폐비肺脾는 이상세계를 향한 상상력을 펼친다. 음인[태음인/소음인]을 주도하는 간신肝腎은 현실세계를 향한다.

체질은 자신이 원하는 것만, 원하는 방식대로 보려 한다. 늘 익숙한 곳으로 향하려 하고 미숙한 곳은 피하려 한다. 이것이 혼돈[Chaos]에 질서[Cosmos]를 부여하는 방식이다. 그래서 체질에서 파생되는 상상력은 다양하고 폭넓은 듯해도 의외로 그렇지 못하다. 작품도 마찬가지다. 하나하나를 떼어놓고 보면 모두가 개성적이지만 종합해 보면 천편千篇을 관통하는 일율一律이 있다. 창조적 글쓰기는 체질적 사유를 극대화 하고 타성을 극복한 결과물이다. 이런 잣대로 황진이와 송이의 시조를 살핀다. 부분과 전체

---

2 황진이와 송이를 동등하게 비교 연구한 글은 이화형이 유일하다. 여기서는 기녀라는 한계로 인해 직면하는 인간의 본질적인 문제를 풀어가는 방식이 어떻게 비슷하고 다른지를 밝히고 있다. 이화형, 위의 글, 167~193면. 이영태는 기녀 시인들의 작품을 주제별로 나누어 도표화했다. 여기서 황진이의 시조는 대남성적 감성을 담고 있는 작품이 5수[상사4, 수작1], 탈대남성적 작품 1수로 분류했다. 송이는 대남성적 감성 10수[상사7, 자기 확인3]로 나누고 있다(이영태, 「조선 후기 수작·기지 시조의 행방」, 『時調學論叢』 제28집, 韓國時調學會, 2008, 268쪽).

3 스티븐 나흐마노비치, 이상원 역, 『놀이, 마르지 않는 창조의 샘』, 에코의 서재, 2012, 44쪽.

118

의 역학 관계에서 이들 작품은 각각 어떤 특성을 지니는지를 알아본다.

2. 상상력과 지향성

지금까지의 상상력 연구는 정의와 역할에 중점을 두고 있다. 정의로 보는 상상력은 과거의 단순한 기억과 다르고, 현실성이 없는 공상과도 다르며, 있지도 않는 것을 현실로 생각해 내는 妄想이나 幻覺과도 다르다. 나아가, 그것은 이미지를 획득하거나 창조하는 능력이다. '맥락을 넘어서거나 옮기는 은유의 능력'이다. '세계를 이해하고 해석하며 상징하는 힘'[4]이고 보이는 것으로부터 보이지 않는 것을 풀어[5]내는 유추의 힘이다. 또 상상력은 근원적인 욕구 표출 기제'[6]여서 각 나라만의 독특한 소재에 나타나거나[7] 그 나라의 언어로도 나타난다.[8]

상상력의 역할 연구는 다음과 같이 요약할 수 있다. 상상력은 외부에서 들어온 정보를 자신에게 상징적 재현'[9]하거나, 미적 관조나 현실 문제를 해

4 강동수·김재철, 「근대의 상상력 이론: 상상력의 기능과 근원」, 『哲學論叢』 제45집, 새한철학회, 2006, 5~23쪽.

5 구연상, 「서술과 상상력」, 『하이데거 연구』 제21집, 한국하이데거학회, 2010, 225~231쪽.

6 김지선은 동아시아 상상력의 근원을 '怪', '異', '神'에서 찾아 '怪力亂神'을 '유교 시대의 인간들이 지닌 욕구 표출 기제로 본다(김지선, 「동아시아 상상력의 조건과 토대」, 『인문학연구』 제40집, 계명대학교 인문과학연구소, 2007, 84쪽).

7 김정숙은 이와 궤를 같이 하여 조선 시대의 귀신, 요괴, 지옥은 조선만 특유의 상상력 특징이 있다고 본다(김정숙, 「조선시대 비일상적 상상력」, 『漢文學論集』 제35집, 근역한문학회, 2012, 95~115쪽).

8 구본관은 언어적 상상력을 '① 개인과 공동체, ② 구어와 문어, ③ 과거와 현재, ④ 담화·문장·어휘 단위'로 나누어 고찰한다(구본관, 「한국어에 나타나는 언어적 상상력」, 『국어국문학』 제146집, 국어국문학회, 2007, 55~89쪽).

9 홍명희, 「이미지와 상상력의 존재론적 위상」, 『한국프랑스학논집』 제49집, 한국프랑스학회, 2005, 98쪽.

결하는데 독특하고 다양한 사고[10]를 가능하게 한다. '끊임없이 드러내고 감추는 세계의 변화를 포착할 수 있고, 모호한 느낌을 선명하게, 추상적인 이미지를 구체적으로 각인'[11]하게 한다. 상상의 세계 속으로 도피함으로써 주어진 상황 속에서는 최선을 다[12]하여 현실을 정복하게 한다. 나아가 상상력은 소통과 조화에 무게 두[13]어야 하고, 이성을 넘어서는 방편[14]이기에 교육이 필요하다.[15] 상상력은 창조 대상이며,[16] 복잡해져 가는 세상을 맺어주는 일관된 맥이나 원리가 되어 인간과 사회와 자연에 대한 균형감각[17]을 회복하는 대안일 수 있다.

---

10 김춘일은 상상력의 인식 기능으로 '① 자의적 기능, ② 지향적 기능, ③ 통찰적 기능, ④ 창조적 기능, ⑤ 통합적 기능'을 들고 있다. 이를 통해 지나치게 당연시했던 삶의 태도를 반성하는 계기로 삼고자 한다(김춘일, 「상상력의 인식 기능: 온전한 삶과 관련한 하나의 현상학적 시각」, 『造形教育』 제26집, 한국조형교육학회, 2005, 89~116쪽).

11 김혜영, 「문학교육과 언어적 상상력」, 『국어교육』 제128집, (한국어교육학회, 2009), 577~604면.

12 지영래, 「사르트르의 상상력 이론과 도피로서의 문학」, 『프랑스어문교육』 제39집, 한국프랑스어문교육학회, 2012, 544쪽.

13 진형준, 「상상력과 학문의 상호 연계성」, 『인문학연구』 제40집, 계명대학교 인문과학연구소, 2007, 125~126쪽.

14 이도흠은 이미지와 상상력이 이성을 넘어서는 방편이어야 한다고 말한다(이도흠, 「상상력의 열림과 닫힘: 그 생성 원리 및 양상」, 『국어국문학』 제146집, 국어국문학회, 2007, 115~146쪽).

15 김현자는 보편적인 공감을 만들어 내며, 새로운 인식을 가능하게 하는 상상력 교육이 필요하다고 한다. (김현자, 「현대문학과 상상력의 총체성」, 『국어국문학』 제146집, 국어국문학회, 2007, 37~145쪽.

16 홍성욱은 '상상력과 이성 개념 모두를 포괄하는 인간의 창의적이고 강력한 지적 능력을 지칭하는 새로운 개념, 새로운 단어를 만들'어야 한다고 주장한다(홍성욱, 「상상력의 과학, 과학의 상상력」, 『독일어 문화권 연구』 제18집, 서울대학교 독일어문화권연구소, 2009, 280쪽).

17 진형준은 상상력을 사분(四分)한다. 첫째, 상상력이 원초적 인식이며 둘째, 일정한 구조를 지니고 있고 셋째, 합리성을 지니고 있으며 넷째, 인류학과 새로운 인식을 낳는다고 본다(진형준, 「상상력 연구 방법론 I −상상력과 예술적 창의성」, 『불어문화권연구』 제11집, 서울대학교 불어문화권연구소, 2001, 113~120쪽).

정의는 본질에 관한 질문이고 역할은 책임에 관한 고민이다. 이는 상상력을 바람직한 현실 만들기[至於至善]에 기여하고자 하는 바람이다. 지선至善은 개인적 노력[明明德]과 제도적 장치[親民] 위에서 가능하다. 이를 가능하게 하는 바탕이 수신修身이다. 수신은 내면적으로 '격물格物–치지致知–성의誠意–정심正心'이라는 축덕畜德 과정을, 사회적으로 '제가齊家–치국治國–평천하平天下'라는 전개 절차를 밟는다. 안팎이 모두 수신修身으로 연결된다.[18] 상상력은 수신修身의 개인적·사회적 속성이다. 달리 말하면 상상력은 존재 이유에 대한 질문과 답이다. 그를 통해 개인과 사회는 자유와 자율을 확보한다. 이제마는 상상력의 특징을 아래와 같이 말한다.

태양인의 귀는 천시에 밝아 사무[公務]에 능해도 코는 조직력은 약하다. 소양인의 눈은 사회[世會]를 잘 살피지만 입은 터전[地方]에 대해선 잘 모른다. 태음인의 코는 사조직이나 가문[人倫]은 잘 다스려도 귀는 천시에 어둡다. 소음인의 입은 자신을 잘 헤아리지만 눈은 사회를 제대로 모른다. 그래서 태양인의 코는 사람을 잘 사귀나 간은 강력한 리더십이 부족하다. 소양인의 폐는 사무에 민첩하고 노련하지만 신(腎)은 현실성이 부족하다. 태음인의 신(腎)은 늘 안정된 현실에 기반하고 있지만 폐는 공정하지 못하다. 소음인의 간은 조직을 잘 이끌지만 비(脾)는 두루 사귐이 취약하다.[19]

상상력은 유형이고 틀 안의 사유[논리]다. 몸이 시공을 인식하는 사차원四次元이다. 몸[체질]이라는 기표가 지닌 네 가지 기의다. 양인은 지어지선至於至善하는 기준이 바깥[객관]에 있다. 음인은 안[주관]에 있다. 그 다음은 '밖에서 밖'으로[태양인] 향하거나, '밖에서 안으로'[소양인] 향한다. 마찬가

---

18 김용옥, 『대학 · 학기 한글역주』, 통나무, 2009, 205쪽.
19 李濟馬, 『東醫壽世保元』「擴充論」.

지로 음인은 '안에서 밖으로'[태음인] 향하거나, '안에서 안으로'[소음인] 향한다. 태양인은 천시[우주의 흐름]를 잘 읽고 사무에 뛰어나다. 세상에 대한 관심은 소양인과 태음인의 공통 분모지만 소양인은 세회[공적인 시스템]와 초계파적 모임인 교우를 중시하고, 태음인은 연줄[人倫]에 의거한 무리짓기 [黨與]를 우선하는 점이 다르다. 소음인은 생태계[지방]를 보는 능력이 뛰어나며 거처를 최선으로 여긴다. 상상력은 각 체질의 이러한 특성이 구체화 해있다. 그래서 같이 눈, 코, 귀, 입을 가졌지만 투영되는 결과는 다르다. 결국 상상력은 폐비간신肺脾肝腎이라는 개개인의 지향성이 이목비구耳目鼻口 라는 구멍을 통해 투사된 결과다.

天機		人事		體質		상상력
天時	–	事務	–	태양인	–	우주적
世會	–	交遇	–	소양인	–	사회적
人倫	–	黨與	–	태음인	–	가문적
地方	–	居處	–	소음인	–	개체적

표1 체질적 특성과 상상력

표1)은 상상력의 일반적 성향이다. '사무, 교우, 당여, 거처'는 『東醫壽世保元』에서 말하는 인사人事에 해당한다. '천시, 세회, 인륜, 지방'은 천기天機다. 인사人事는 인간세의 상대적 시공이고, 천기天機는 우주의 절대적 시공이다. 상상력은 천기天機에서 인사人事를 향하거나 인사人事에서 천기天機를 향하면서 생긴다. 그러나 인간의 상상력은 대부분 표1)처럼 획일적으로 고착되는 경우가 많다. 상상력의 고착은 삶의 획일성을 말해준다. 편향성은 대소大小와 강약强弱이다. 크고 강함은 익숙한데서 오는 동일성의 사

122

유를, 작고 약함은 미숙함·생소함에서 오는 비동일성의 사유를 낳는다. 그래서 자연스레 다양성이 사라지고 획일성이 지배한다.

3. 황진이와 송이 시조의 상상력 구조

여기서는 표1)의 분류법을 바탕으로 황진이와 송이의 시조에 나타난 상상력을 살핀다. 두 사람의 상상력이 어떤 체질적 특성을 지니고 있으며, 이를 어떻게 활용하고 있는가를 밝힌다. 또, 비슷한 생각을 어떻게 달리 표현하는가도 알아본다. 화자는 일정한 지리적 위치를 가지고 대상[기호]들과 관계한다. 양인陽人은 기준점을 밖에서 찾으려 하고, 음인陰人은 안에서 찾는다. 밖을 기준으로 하면 전체와 부분의 대비가 명확해지고, 안을 기준으로 하면 구조나 속성이 자세히 드러난다. 황진이와 송이는 모두 인연[黨與]을 노래한다. 그런 점에서 표1)의 당여黨與 항목의 활용 방식이 나타난다. 이를 아래와 같이 수정하여 적용한다.

두 사람 모두 사사로움[인연]을 노래하되 대부분 잣대를 외부에 둔다. 황진이는 바깥에서 바깥으로 향하는 태양인적 상상력이, 송이는 바깥에서 안을 비추는 소양인적 상상력이 지배적이다. 그래서 황진이 시조의 화자들은

천지인天地人과의 조화를 문제 삼고, 송이 시조의 화자들은 세상의 모순에 부대낀다. 왼편의 표에 적용하면 황진이의 화자는 '우리' 문제를 천시天時 차원에, 송이는 세회世會에 견주고 있다. 그래서 이 글은 양인陽人들이 드러내는 사사로움의 특성으로 파악할 수 있다.

3.1. 바깥에서 바깥 보기

靑山裡 碧溪水야 수이 감을 자랑 마라
一到 滄海ᄒ면 다시 오기 어려오니
明月이 滿空山ᄒ니 쉬어 간들 엇더리   [4018][20]

위 시는 '우리'[黨與] 문제를 말한다. 그러나 화자는 구경꾼 훈수 두듯 '상대방 문제'[밖]로 객관화 한다. 그 다음 '우주의 질서'[밖]에 기댄다. 청산에서 창해滄海, 가까이서 멀리, 부분에서 전체로 확장한다. 님과 화자도 벽계수와 명월로 대칭代稱되어 그 일부를 이룬다. 청산은 세속의 유희 공간, 창해는 그와 상반되는 곳이다. 그런 점에서 청산은 집 밖, 창해는 청자의 집으로 읽을 수도 있다. '다시 못 오니'가 아니라 '다시 오기 어려오니'라고 한 점으로 보아 그런 해석도 가능하다. 님은 한 번 가면 언제 올지 모르고, 그런 집은 기생들에겐 창해와 같다. 종합하면, 각 시어들은 화자의 일상을 구성하고 있는 환경[地方]인 동시에 우주[天時]의 구성 요소다. 이를 재배열하면 아래와 같다.

---

20 황진이의 시조, 박을수, 앞의 책, 1105쪽.

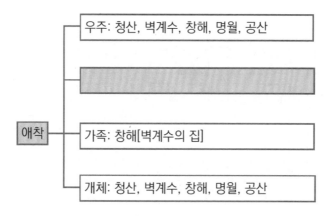

우주: 청산, 벽계수, 창해, 명월, 공산

가족: 창해[벽계수의 집]

개체: 청산, 벽계수, 창해, 명월, 공산

애착

화자는 청자를 설득하기 위해 상상력 공간을 확장한다. 청산은 넓지만
[무한] 멀리서 보면 산 하나[유한]에 불과하다. 벽계수는 가까이 가야 보이
지만 조금만 물러나도 잎에 가려 보이지 않는다. 또, 청산에서의 즐거움은
바다에선 무상함이다. 청산은 청자의 의지가 통하지만 창해는 그와 무관하
다. '수이 감'은 이를 재촉하는 행위다. 그런데도 청자는 낮밤에 모르고, 청
산에 묻혀있는 줄도 모르고, 내일이 어떻게 될지 관심 두지 않는다.

또 시간 변화를 통해 상상력을 강화한다. 벽계수는 창해滄海로 가는 시간
이다. 낮은 바삐 흐르는 시간이다. 반면 창해滄海는 영원한 시간, 돌이킬 수
없는 시간, '다시 오기 어려'운 시간이다. 하지만 창해만으로는 효과가 불투
명하다. 그래서 명월로 보충한다. 해는 불변, 달은 변하는 시간이다. 어제
의 태양은 오늘과 같지만 보름달은 이 순간이다. 놓쳐선 안 되는 시간이다.
호기好機는 아무 때나 오지 않는다. 벽계수가 '쉬여' 가야 하는 분명한 이유
다. 그렇지만 명월은 밤의 여왕답게 품위 유지를 위해 최대한 에두르는 화
법을 구사한다. 푸르고 검고, 차고 비고, 오고 가고, 차고 기우는 이치를 들
러리 세운다.

「青山裡 碧溪水야」의 상상력 구조

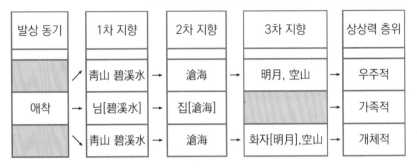

발상 동기	1차 지향	2차 지향	3차 지향	상상력 층위
	靑山 碧溪水 →	滄海 →	明月, 空山	우주적
애착 →	님[碧溪水] →	집[滄海] →		가족적
	靑山 碧溪水 →	滄海 →	화자[明月],空山	개체적

山은 녯 山이로ᄃᆡ 물은 녯 물 아니로다
晝夜에 흐르거든 녯 물이 이실소냐
人傑도 물과 ᄀᆞᆺ도다 가고 안이 오노ᄆᆡ라   [2048][21]

靑山은 내 ᄯᅳᆺ이요 綠水ᄂᆞᆫ 님의 情이
綠水 흘너 간들 靑山이야 變홀손가
綠水도 靑山을 못 니져 우러 예어 가ᄂᆞᆫ고   [4027][22]

　　[2048]에서도 화자는 바깥 현상에서 시의 물꼬를 튼다. 화자의 시선은
'산'[밖]–'물'[밖]–'人傑'[밖]로 이동한다. 옛과 같은 산[밖]에서 그렇지 않은
물[밖]로, 인걸[밖]로 옮아간다. 주야晝夜라는 시간은 그 대상들을 '옛것[산]
과 새것[물]', '같음과 다름', '멈춤과 흐름', '있음과 없음', '감과 아니 옴'이
라는 대립소로 만든다. 그 속의 인걸은 화자가 그리워하는 님[23]일 수도, 한
시대를 풍미한 인재일 수도 있다.

21 황진이의 시조, 박을수, 앞의 책 上, 569쪽.
22 황진이의 시조, 박을수, 앞의 책 下, 110쪽.
23 조세형은 인걸이 가지는 의미를 '변화'의 속성을 지닌 일반 인간이지만, 특히 가고 아니 오
　는 정인(情人)이라고 본다(조세형, 「한국 애정시가의 전통과 시공간적 상상력」, 『국어국
　문학』 제147집, 국어국문학회, 2007, 67쪽).

[4027]에서도 구조가 유사하지만 다르다. '靑山'은 화자의 뜻이, '綠水'는 님의 정이 투영된 대리물이다. 상상력의 폭이 현저히 줄어들어 있다. 그래서 앞의 시들에 비해 울림이 약하다. 아래의 상상력 표는 이를 입증해 주고 있다. 다른 작품들과는 달리 상상력의 폭이 가족과 개체에 한정해 있다. 綠水와 靑山의 개체적 관계에만 집착한 결과다. 그렇지만 전반적으로 황진이의 자연관은 일관성이 있다. 그것은 자신의 힘으로 어쩌지[합류하지] 못하는 현실 인식이다. 산은 흐르고 싶어도 흐를 수 없고 물은 멈추고 싶어도 멈출 수가 없다. 이런 처지에서 그가 할 수 있는 일은 님의 뒷 모습을 지켜보는 일뿐이다. 님이 '우리 예어 가' 주기를 바랄 뿐이다.

「山은 녯 山이로딕」의 상상력 구조표

발상 동기	1차 지향	2차 지향	3차 지향	상상력 층위
	산, 물 →	주야(晝夜)		→ 우주적 상상력
			人才[人傑] →	사회적 상상력
재회(再會)			님[人傑] →	가족적 상상력
	산, 물 →	주야(晝夜)		→ 개개체적 상상력

「靑山은 내 뜻이요」의 상상력 구조표

발상 동기	1차 지향	2차 지향	3차 지향	상상력 층위
이별 →	綠水 →	님의 정 →	綠水 →	가족적 상상력
	靑山 →	내뜻 →	靑山 →	개체적 상상력

一笑 百媚生이 大眞의 麗質이라
明皇도 이러므로 萬里 幸蜀 ᄒ시도다
馬嵬에 馬前死ᄒ니 그를 슬허 ᄒ노라.   [3434][24]

송이의 화자도 인연[黨與]을 바깥 문제로 말한다. 바깥에서 바깥에서 바깥을 향한다. '슬허ᄒ'는 '그'는 양귀비다. 그와 관련된 역사의 장면들을 떠올린다. '① 궁궐[화자의 외부]→ ② 도피처[화자의 외부]→ ③ 죽음[화자의 외부]'으로 이어지는 행적을 열거하여 양귀비의 행복과 불행을 노래한다. 또, 시[외부]와 그림[외부]까지 인용한다.

인연	–	世會	⇨	양귀비	–	歷史: 大眞의 麗質, 明皇, 幸蜀, 馬嵬

위의 상상력 지향도는 직선이다. 특수어를 사용하여 현학적인 과시를 하고 있다. '一笑 百媚生'은 백거이의 장한가長恨歌에 나오는 시구다. '大眞의 麗質'은 양귀비다. 시 속의 그녀는 '고개 돌려 한 번 웃으니 온갖 교태 일어나서(回眸一笑百媚生) 육궁의 단장미녀 창백하(六宮粉黛無顔色)게' 만들었다. 또, '幸蜀'은 사랑하는 여인을 따라 '행복한 촉나라 피난 길'을 간 명황의 행적이다. 이 역시 '明皇幸蜀'이라는 그림에서 따 왔다. 화자의 초점은 양귀비에만 있지 않다. 마지막 힘이 닿을 때까지 사랑하는 이와 함께 한 현종도 병치한다. '하늘에서는 비익조가 되고(在天願作比翼鳥) 땅에서는 연리지가 되기를(在地願爲連理枝)' 비는 두 사람의 사랑은 시 속의 일이라 해도 부럽다. 그것은 어떤 고난 길이라도 행복하다. 그래서 그 길은 '幸蜀'이다. 양귀비는 화자의 결여를 충족시킨 대리인이다. 그러나 그런 부러움은 양귀비의 비참한 죽음 뒤로 숨겨 버린다. 이렇게 바깥에서 바깥으로 향하는

---

24 송이의 시조, 박을수, 앞의 책 上, 940쪽.

128

시선은 드러난 바깥 사건과 숨어 있는 내면적 욕망이 상충한다. 동일 공간으로 이어지는 상상력은 같은 애틋함도 더 비장하게 만든다.

銀河에 물이 지니 烏鵲橋 쓴단 말가
쇼 잇근 仙郎이 못 건너 오단 말가
織女의 寸만흔 肝腸이 봄 눈 스 듯ᄒ 여라 [3201][25]

[3201]도 인연을 밖의 문제로 푼다. 수평적 발상법은 [3434]와 같다. 겉으로는 하늘의 이야기를 하는 듯한 설화적 상상력을 펼친다. 그러나 실상은 세속이다. 설화의 시공은 '銀河에 물'이 져야 '烏鵲橋'가 뜬다. 仙郎이 '못 건너' 가는 것은 仙郎[밖]의 의지와 무관하다. 직녀의 기다림 역시 마찬가지다. '봄 눈 스 듯'이 문제다. 이 말의 관습적인 용법은 긍정적인 상황에 사용된다. 하나 여기서는 반대다. '봄 눈 스 듯' 녹는 직녀의 '肝腸'[밖]은 반어적 상황을 극대화한다. 그 현미경적 시선이 하늘 공간의 환상성을 깨뜨린다. 그곳도 체제의 구속을 받는 이승과 마찬가지다. 결국 구조적 모순을 노래한 사회적 상상력의 산물이다.

玉 ᄀᆺ튼 漢宮女도 胡地에 塵土 되고
解語花 楊貴妃도 驛路에 ᄇ 렷ᄂ니
閼氏니 一時花容을 앗겨 무슴 ᄒ 리오 [2965][26]

25 송이의 시조, 박을수, 앞의 책 上, 881면.
26 송이의 시조, 박을수, 앞의 책 上, 815면.

「玉 ᄀᆺ튼 漢宮女도」의 상상력 구조

발상 동기	1차 지향	2차 지향	3차 지향	상상력 층위
	王昭君, 胡地 →	양귀비, 驛路		사회적 상상력
향유			閣氏니 花容 →	가족적 상상력

위의 작품도 [3434]와 비슷하다. 다만, 인연을 세상일[世會]과 이웃일[人倫]로 내려 놓아, 상상력의 층위가 인접하게 이동한다는 점이 다르다. 현재 우리 삶 밖에 있는 '玉 ᄀᆺ튼 漢宮女'[왕소군], '解語花'[楊貴妃]의 비극을 통해 '閣氏니' 이야기를 한다. '閣氏니'는 이웃이니 역시 화자의 바깥이다. 모두가 '一時花容'을 지닌 존재라는 점에서 같다. '앗겨 무슴 ᄒᆞ리오'는 옛 일을 거울 삼아 오늘을 살라는 명령이다. 동시에 화자의 마음이기에 청유다.

밖에서 밖으로 향하는 시선은 객관성을 확보할 수 있다는 장점이 있다. 그 객관성이 다양한 시공[상상력]을 확보하면 해석이 풍요로워 지고, 직선으로 이어지면 비장감이 강화됨을 알 수가 있다. 황진이는 거의가 세상을 우주의 축소판으로 본다. 상상력의 폭을 天地人 만큼 넓게 전개하여 의미를 중첩시킨다. 그래서 시어가 빚어내는 울림이 크다. 자신을 드러내는 방식도 중의적[간접적]이다. 반면, 송이는 역사화 한 세상을 단적[직선]으로 추적한다. 화자를 드러내는 방식도 3인칭이지만 감정 이입이 강하다. 둘 다 슬픔과 분노가 바탕이다. 그러나 그것을 각각 우주와 역사라는 틀에 비추었다. 그리하여 개인 문제를 통사적 관점에서 바라 보게 한다.

3.2. 바깥에서 안[內] 보기

　　곳 보고 춤추는 나뷔와 나뷔 보고 당싯 웃는 곳과
　　져 둘의 ᄉᆞ랑은 節節이 오건마ᄂᆞᆫ

엇더타 우리의 ᄉ랑은 가고 아니 오느니   [284][27]

솔이 솔이라 ᄒ니 무슴 솔만 너기는다
千尋 絶壁에 落落長松 내 긔로다
길 아릭 樵童의 졉낫시야 걸어볼 줄 이시랴   [2395][28]

　바깥에서 안을 보는 관점은 송이의 시에서만 나타난다. 이는 무엇으로,
어느 지점, 어느 각도에서, 어떻게 비추느냐에 따라 대상이 달리 보인다. 위
의 두 시도 '인연'[黨輿]에 관한 이야기다. 여기서는 가족적 상상력과 개체
적 상상력의 층위만 존재한다.

「곳 보고 춤추는 나뷔와」의 상상력 구조

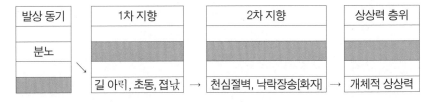

「솔이 솔이라 ᄒ니」의 상상력 구조

　[284]의 바깥 프레임은 화기애애和氣靄靄다. 안쪽 프레임은 독수공방獨
守空房이다. 바깥으로 안쪽을 겹치니 한숨이 나온다. '곳 보고 춤추는 나

27 송이의 시조, 박을수, 앞의 책 上, 89면.
28 송이의 시조, 박을수, 앞의 책 上, 663면.

뷔'[밖] 간에 '節節이 오'는 '저 둘의 ᄉᆞ랑'[밖]과 '우리 ᄉᆞ랑'[안]을 견준다. '節節이 오'는 모습은 화자의 소원이다. 서로 보고 '춤추'고 '당싯 웃'는 삶은 누리고 싶다. 반면, [2395]의 외부 앵글은 십벌지목十伐之木을 외치는 조무래기들이다. 내부 앵글은 언감생심焉敢生心을 강화하는 화자다. 외부를 내부에 겹치니 분노만 치솟는다. 화자는 스스로를 범접하기 힘든 '千尋 絶壁' 꼭대기의 '落落長松'으로 여긴다. 하지만 '길 아릭' 미천한 것들[樵童]은 화자를 그들과 동일시한다. 그래서 '솔이 솔이'로 부르며 아무[무슴] 솔에게나 하는 '졉낫'을 걸어온다. 여기서는 일방적 삶의 단면이 나타난다. 그래서 위와 아래, 크고 작음이 상대적이고, 외부와 내부의 단절이 심각하다. 두 작품은 因緣의 상대성을 말한다. 신분상으로 보면 [284]의 화자는 樵童과 다름없다. 그렇지만 화자는 높은 상대에겐 나약하다. 하나, [2395]에서는 처지가 바뀌어 있다. 여기의 화자는 단호하고 냉정하다. 강자에겐 약하고 약자에겐 강한 면모가 나타난다.[29] 화자에게 사랑은 문이다. 이 문을 열고 닫는 데는 열쇠가 필요 없다. 코드가 맞으면 절로 열리고 그것이 다르면 절로 닫힌다. 열리면 가족이고 그렇지 않으면 개체다. 그것이 가족적 상상력과 개체적 상상력의 차이로 나타난다. 밖에서 안 보기는 송이의 상상력 공간이 더 축소해 있다.

3.3. 안에서 바깥 보기

안에서 바깥보기는 바깥을 기준으로 할 때보다 화자의 목소리가 크다.

---

29 이화형은 이 시조가 '사랑의 진실과 인간적 존엄에 대한 강렬한 주장'이라고 한다. 이화형, 앞의 글, 172면. 반면, 이동연은 '낙락장송에 투사된 고고함의 정체는 아무에게나 베어지지 않기 위'함이라 한다. 이는 사람의 관계를 전제로 한 것으로써, 신분이 높은[천암절벽] 누군가에게는 베어질 수 있다는, 자기 중심적 표현이라는 지적이다(이동연, 앞의 글, 31~32쪽).

황진이의 작법에 는 큰 차이가 없다. 하지만 송이는 심한 불균형을 이루고
있다.

　　冬至ㅅ돌 기나 긴 밤을 한 허리를 버혀 내여
　　春風 니불 아릭 서리 서리 너헛다가
　　어론님 오신 날 밤이여든 구뷔 구뷔 펴리라　　　[1286][30]

　화자는 기다림을 우주적 차원에서 푼다. 어휘가 내포한 의미도 함축적이
다. 발상 동기는 외로움이고 기준점도 화자의 내면이다. 그 다음 방안의 일
[외로움]을 방 밖의 시공과 연결한다. 독수공방에서 인식하는 창 밖은 '冬至
ㅅ돌'이고 '기나 긴 밤'이다. 그것은 계절 특성이라는 절대적 질서[天時]인
동시에 화자의 현실적 환경[地方]이다. 그래서 2차 지향은 우주적 차원과 개
체적 차원이다. 다음은 그 대상으로 방 안[개체─地方]을 비춘다. 화자의 차
디찬 '니불'이 보인다. 독수 공방의 겨울은 더 춥고 지루하다.
　화자는 그런 시공에 반기를 든다. 기발한 생각으로 외로움을 극복한다.
밤이라는 시간을 몸[허리]으로 본 것으로 만족하지 않는다. 내친김에 종이
나 옷감으로 바꾸어 버린다. 가위질하고 풀칠하는 대상이다. 우주의 질서
가 잘리고 붙는 개벽이 일어난다. 고통과 외로움을 규방의 일상으로 반전시
켜 버린다. '겨울은 강철로 된 무지갠가 보다'고 장엄하게 외친 陸史식 겨울
나기와는 전혀 다르다. 화자는 그날 위해 차근차근[서리서리] 준비하여 조
근조근[구뷔구뷔] 즐기려[펴려] 한다. 오늘의 동짓달 긴 밤보다 님 오신 그날
의 짧은 밤을 더 걱정한다.

　　내 언제 無信ᄒ여 님을 언직 속엿관딕

---

30 황진이의 시조, 박을수, 앞의 책 上, 361쪽.

月沈 三更에 온 뜻이 전혀 업닉
秋風에 지닉 닙 소릭야 낸들 어이 ᄒᆞ리오   [817]³¹

어져 내 일이야 그릴 줄을 모로던가
이시라 ᄒᆞ더면 가랴마난 제 구틱야
보닉고 그리닉 情은 나도 몰라 ᄒᆞ노라   [2792]³²

　[817]의 화자는 방안에서 '月沈 三更'인 바깥을 본다. 늦가을 '三更'이니
창은 닫혀있다. 그렇지만 예민한 청각은 '秋風에 지닉 닙 소릭'를 발걸음
소리로 착각하게 한다. 다시 창을 여니 허연 달빛만 쏟아진다. '낸들 어이
ᄒᆞ리오'는 머리와 몸이 따로 노는 푸념이다. 외부는 달빛[月沈]과 바람소리
로 화자의 기대치를 높이고, 깊은 어둠[三更]으로 절망감을 깊게 한다. 방안
에서 이동하는 상상력의 폭은 '天時의 시공[月沈 三更 · 秋風] → 인연[黨與]
의 시공[님의 부재] → 내면[居處] 세계[체념] → 내면[居處] 세계[기다림]'로
漸降한다.

　[2792]의 '그리닉 情'은 시선을 안에서 바깥을 향하는 구조임을 알려 준
다. 다만 외향하는 구체적 대상들이 없을 뿐이다. 오직 님과의 재회에만 초
점이 맞춰져 있다. 긴 기다림은 '제 구틱야' 보낸 의연함을 뒷감당 못 하는
후회로 바꾸어 놓았다. '제 구틱야' 보냈으면 님도 화답하며 와야한다. 그렇
지만 현실은 계산대로 되지 않는다. '제 구틱야' 보냈으면 혼자서도 잘 지내
야 하건만 일은 그리 쉽지가 않다. 바깥 상황은 마침내 화자를 '내 일'을 내
가 '모로'고, 겉과 속이 다른 주체로 일그러뜨려 놓았다.

　위의 두 작품은 '낸들 어이 ᄒᆞ리오'와 '나도 몰라 ᄒᆞ노라'로 같은 맥락

31 황진이의 시조, 박을수, 앞의 책 上, 241쪽.
32 황진이의 시조, 박을수, 앞의 책 上, 769쪽.

이다. 자포자기형 진술은 여유있고 의연했던 앞의 작품들과 다르다. 특히 [1286]에서 나타났던 슬기롭고 당찬 화자와는 딴판이다. 그래도 [817]은 시어 사용이 비슷하지만 [2792]은 전혀 다르다. 진솔한 목소리는 황진이 특유의 여유로움을 덮어 버렸고 상상력을 구동하는 차원이 다르기에 해석의 폭 역시 좁아졌다. 체질적 상상력으로 보면 작품 [2792]는 이질적이다. 작가 속의 다른 작가적 특성은 작품의 다양성이기도 하고 원작시비에 말려 들 위험도 있다.

> 닭아 우지 마라 일 우노라 즈랑 마라
> 半夜 奏關에 孟嘗君 아니로다
> 오늘은 님 오신 날이니 아니 우다 엇더리　　　　　[1118]³³

　　위 시의 화자는 방 안의 시간과 방 밖의 시간을 견준다. 방 안의 시간은 주관적이고 절대적이지만 밖의 시간은 객관적이고 상대적이다. 이 틈새로 상상력이 작동하여 '방'[내부] → '계명구도鷄鳴狗盜'[외부: 먼 시간] → '닭'[외부: 가까운 시간]으로 펼쳐진다. 여기서도 송이 특유의 사회·역사적 상상력이 나타난다. 화자는 님과 함께 행복한 밤을 보내고 있다. 방 밖은 어둠이 지속돼야 하는데 새벽이 오려한다. 닭이 '일 우노라'[일찍 우노라] 두렵다. 그 강박이 계명구도鷄鳴狗盜 고사를 떠 올린다. 먼 역사 속, 함곡관函谷關에 퍼진 가짜 닭울음 소리는 다른 닭들도 같이 울게 만들었다. 그래서 명재경각의 맹상군孟嘗君을 살렸다. 그러나, 오늘은 줏대없이 울면 안 된다. 더디 울면 좋고 '아니' 울면 더 좋다. 그저 님 계신 밤이 조금이라도 더

---

33 송이의 시조, 박을수, 앞의 책 上, 315면. 이화형은 이 작품을 '한량 박준한과 만나 만단정회를 풀고 사랑의 희열에 젖어' 부른 노래라 한다(이화형, 「時調에 나타난 기녀들의 존재의식 탐구」, 『韓國言語文學』 제46집, 한국언어문학회, 2001, 3쪽).

길면 족하다. 님에게 해야 할 하소연을 닭에게 한다. 앞의 시에서 보여주었던 한 성깔은 온 데 간 데 없다. 역사적 상상력은 이렇게 안타까움까지도 웅장하게 변주한다.

남은 드 즈는 밤에 내 혼즈 니러안쟈
輾轉反側 ᄒ야 님 둔님 그리ᄂ고
출ᄒ리 내 몬져 칙여서 제 그리게 ᄒ리라   [737][34]

이리 ᄒ야 날 속이고 져리 ᄒ야 날 속이니
怨讐 이 님을 니 졈즉 ᄒ다마는
前前에 言約이 重ᄒ니 못 니즐가 ᄒ노라   [3246][35]

내 思郞 ᄂᆷ 주지 말고 ᄂᆷ의 思郞 貪치 마소
우리 두 思郞에 雜思郞 幸혀 섯길세라
一生에 이 思郞 가지고 괴야 슬녀 ᄒ노라   [802][36]

　위의 시들은 앞에서 거론한 작품들과 성격이 많이 다르다. 체질적 특성은 사라지고 없다. 어느 작가의 이름을 붙여도 차이가 없을 화법들이다. 각각 내부와 외부의 부조화를 분노([737])와 실망([3246])과 의지([802])로 나타낸다. [737]의 화자는 잠 못 들어 뒤척이다 일어난다. 밖은 어둡고 밤은 깊어 고요하다. 안과 밖의 경계는 '님 둔님'과 화자의 갈림이다. 고요는 숙면이고 뒤척임은 불면이다. '님 둔님'은 깊은 잠에 들었지만 '님 둔님'을 그리는 화자는 전전반측輾轉反側한다. 그런 공간을 순식간에 오가다 내면을 주시한

34 송이의 시조, 박을수, 앞의 책 上, 219쪽. 『樂學拾零』에서는 이정보의 작품이라 적혀있다.
35 송이의 시조, 박을수, 앞의 책 上, 892쪽.
36 송이의 시조, 박을수, 앞의 책 上, 236쪽.

다. 거기에는 죽어서라도['칙여셔'] 이 고통을 님[제]에게 주고 싶은 독한 화자가 있다.

[3246]에는 맨날 속는 화자[내부]와 맨날 속이는 님[외부]이 있다. 매번 '이리' 속고 '저리' 속기에 님을 당장 잊고 싶다. 하지만 '前前에 言約' 때문에 잊을 수 없다고 합리화한다. 님이 무심하여 '重'한 줄 몰라도 자신만은 신의 있게 살겠다 다짐한다.[37] [802]도 비슷하다. 화자에게 사랑은 '一生' 지녀야 할 가치다. 그런데 바깥을 보니 사랑이 물건이다. 주고 받고, 뺏고 빼앗긴다. 기다림과 절망은 아픔과 원한으로 사무치지만 그래도 포기할 수 없는 무엇, 그것이 사랑이고 그리움이다. 그것으로 일희일비一喜一悲한다. 어쨌든 송이의 시조는 거의 인간 관계에서 빚어지는 불협화음을 형상화 한다. 자기 중심이 분명하여 시비가 확실하고, 부대끼는 모습이 선연하다. 작품의 편차가 큰 사실은 작가가 다혈질임을 말해준다. 역시 원작 시비의 빌미도 될 수 있다. 두 사람의 시는 자신만을 세계를 노래한 '안에서 안[內] 보기'는 없다.

4. 몸과 상상력

상상력은 몸이 현실을 대하는 최적 · 최고의 대응 방식이다. 무엇을 보든 어떤 상황에 놓이든 유사하다. 그것은 또 익숙한 대로 보고 느끼려는 습성

---

37 기생들이 이러는 데는 양란兩亂 이후에 부각된 '열녀烈女' 열풍의 영향으로 보는 연구자들이 많다. 그러나, 남녀 간의 사랑은 소유욕이 기본이다. 누구든 사랑하는 그 사람만을 원하는 배타성을 지니고 있다. 그 때문에 그리워하고, 기다리고, 잊지 못한다. 사랑의 숭고함은 여기에 있다. 그리 보면 기생이라고 해서 한 사람만을 생각하지 않을 이유가 없다. 오히려 뭇 남성을 접해야 하기에 더 간절할 수도 있다. 또, 작품 속의 진술은 그 순간의 상황이다. 문학적 진실은 글 안에서 유효하다.

에 기인한다. 이것이 체질적 사고, 체질적 상상력이다. 체질은 지어지선至
於至善을 설정하는 방향이다. 범인류적 관심, 사회·역사적 교훈, 연줄 강화,
자기 완성 등 다양한 모습으로 나타난다. 그래서 같은 시공을 공유하고 같
은 대상을 보면서도 인지하는 결과는 다르다. 그렇지만 같은 체질끼리는 비
슷하다. 체질은 비슷하면서도 다름이다. 우리가 다양한 사유를 하는 듯해
도 몇 번 들어보면 그 말이 그 말이다. 세월이 가도 그 사람은 그 사람이다.
문학 작품 역시 마찬가지다. 체질적 상상력은 이런 장점을 얼마나 잘 살리
고 단점을 잘 극복했는가를 보여준다. 개성과 타성 사이에서 어떻게 수신修
身하여 존재 이유를 밝히는가를 알게해 준다.

　황진이와 송이는 작품으로 귀납하면 두 사람은 양인이라는 공통점이 있
다. 황진이의 (문학적)체질은 태양인이고 송이는 소양인이다. 이런 특징은
'바깥에서 바깥보기'에서 잘 나타난다. 여기서는 개인의 사랑 노래도 대우
주적 대사회적 코드에 맞추고 있다. 이들의 질문은 우주와 역사[사회] 속의
삶과 사랑은 무엇인가였다. 그러나 '바깥에서 안'을 보거나, '안에서 바깥'
을 보는 경우는 절제력이 떨어진다. 절제력은 작품 수준이다. 수준차가 심
한 이유는 체질적 한계를 극복하지 못 했음을 알려준다. 동시에 원작자를
의심하게 만들기도 한다.

　황진이의 상상력은 시공을 동시 다발로 겹치게 하여 폭넓은 해석의 길을
열어 주었고, 송이는 시공을 고정하여 주제를 강렬하고 명확하게 밝혀 주었
다. 황진이는 사회·역사적 상상력이 거의 없었고 송이는 사회적 상상력이
지배적이었다. 황진이는 세상[사회]을 빼고 세상 이야기를 하고 송이는 주
로 古今의 역사에 견주어 현실을 토로했다. 황진이는 天地人의 경계를 아우
르며 무아지경無我之境을 추구했고 송이는 사회의 트라우마에 갇혀 유아지
경有我之境을 강화했다. 황진이는 우주의 질서[天時]에 인연[黨與]을 겹쳐 읽

었다. 그래서 늘 전체와 부분을 조망하는 시선이 있다. 송이는 역사[사회]의 비극에 자신을 견주었다. 그래서 항상 슬픔과 분노가 팽배해 있다. 작품으로 보는 황진이의 성품은 느긋하고 송이는 급박하다.

글쓰기 방식으로 봐도 황진이는 황진이답고,[38] 송이는 송이답다. 황진이의 시어는 평범하고 송이의 시어는 특별하다. 황진이는 일상어를 살려 썼고 송이는 관념어를 애용했다. 황진이의 글은 깔끔하고 송이의 글은 까칠하다. 황진이의 언어 구사력은 여유롭고 송이는 긴박하다. 이런 기류들이 전혀 다른 문학적 울림을 만들어 낸다. 그러나 황진이는 발상법과 어휘구사력이 판에 박은 듯 비슷하다. 한 편 한 편으로는 명작이지만 모으면 반감된다. 송이도 협소한 공간 활용이 비슷하다. 극심한 작품의 편차는 어휘의 다양성을 살리지 못하고 있다.

문학 작품에서 상상력은 실생활과 언어 세계의 연결 고리다. 실생활은 현실이고 언어세계는 가상이다. 상상력은 이 두 세계를 결합하여 조화나 부조화, 그것을 넘어 선 세계를 보여준다. 상상력은 자유롭고 우연한 산물이다. 하지만 여기에는 작가의 체질[관성]이 작동한다. 체질은 익숙한[강한] 것을 익숙한 방법으로 강화하려는 동일성 사유와, 미숙한[약한] 것과 접목하려는 비동일성 사유가 공존한다. 오늘의 개성을 내일의 타성으로 만든다. 창의적 상상력이란 체질이 지닌 동일성·비동일성의 사유를 극대화하고 이를 초극하려는 '자기 싸움'[修身]의 산물이다.

---

38 임주탁은 황진이다움을 '사람의 마음과 마음의 움직임을 읽어낼 수 있는 능력[心眼]'이라고 한다. 이는 상대방의 처지까지 깊이 헤아릴 줄 아는 탁월한 능력이라고 푼다(임주탁, 「이야기 문맥을 고려한 황진이 시조의 새로운 해석」, 『우리말글』 제38집, 우리말글학회, 2007, 226~227쪽).

❺ 체질과 비애
−이상호 시집 『휘발성』에 나타난 비애 양상

1. 비애와 성자명출性自命出

이 글은 비애가 정상적인 감정임을 밝힌다. 지금까지 대부분의 연구는 'sadness, Traurigkeit, tristesse'의 번역어와 그 연장선에서 다루고 있다. 이 어휘들은 비애를 병적인 기분 변동 상태의 하나이며, 프로이트의 이론에 따라 우울증 환자의 증세로 취급한다. 한편으론 비애를 도덕적 감정으로 보기도 한다. 그러나 비애는 하늘이 명한 성性의 한 갈래다. 일반적으로 성性은 인간의 본성이며 내면에서 미발현 될 상태를, 정情은 성性이 외부러 드러난 상태를 일컫는다. 즉 정情은 성性에서 생기고 나온다.[情生于性 情出于性(『性自命出』)] 공자가 "성性은 원래 비슷하지만 학습에 의해 멀어진다.(性相近 也 習相遠也)"(『論語』 陽貨)고 말한 이후 맹자의 성선설, 순자의 성오설 등 선진유학의 인성론 계보를 형성했다. 1993년 10월에 발견된 『郭店楚墓竹 簡』은 공자와 맹자 사이의 간극을 메워주었음은 물론 고대인들의 사유가 얼마나 정치하게 이를 발전시키고 있는가를 밝혀주고 있다.

그러나 『郭店楚墓竹簡』에 실린 글만으로 이런 인과성을 추출할 수 있는 논거는 모자란다. 그렇지만 서구에서도 인간의 감정을 쾌와 불쾌로 양분한 점, 비극을 강조한 면은 인류가 보편적으로 공유하는 인식이란 점에서 같다. 다만 서구에서는 이를 각각 이성과 감성의 영역으로 나누고, 우열優劣로 분류한 점이 다르다. 그런데도 기존의 비애悲哀 연구는 상실감이나 병증에 치우쳐 있다. 고전연구자들의 접근 방식도 크게 다르지 않다.

시詩는 성정性情을 담는 그릇이고 이를 교화하는 도구다. 착상과 구상이라는 이성적 설계에 의해 시작하여 정감情感의 윤리성과 심미성을 배양하는 데서 완성된다. 시는 심미적 감성을 내재한 윤리, 윤리적 당위성을 구비한 심미적 언어여야 한다. 비애는 이 두 영역 사이의 불일치에서 발생한다. 기존 '비애 연구'를 뒤돌아 봐야 하는 이유다. 『휘발성』(이상호, 예맥, 2011)은 다양한 비애의 층위를 잘 드러낸 몇 안 되는 시집 중의 하나다. 그는 '체험적 사실'과 '해석적 상상력'이 하나된 시쓰기로 factry를 제안한다. 그의 실험[factry]은 비애를 통해 나타난다.

2. 체질과 비애

사람들은 누구나 자기 중심 프레임이 있어 자신의 이미지를 타인에게 투사하는 버릇이 있다. 어떤 모양새를 띤다고 해도 결국 자신이 주시하는 시선은 자신이다. 이를 "마음 속의 CCTV", "조명효과spotlight effect"라 한다. 체질은 바로 자신을 바라보는 유형이다. 이제마가 말하는 폐비간신肺脾肝腎은 사람들이 지니는 시선[틀]의 범위다. 그것이 우주[肺]와 세상[脾]과 가문[肝]과 개인[腎]이다. 그런데 이것은 반복되는 경향이 강하다. 계속 그렇게만 바라보려 성향, 한 사람에게 나타나는 가장 높은 시선의 확률이 체질이다.

그것이 그 사람의 세계관이 되고 그에 따라 삶도 직결된다. 삶의 뿌리가 사고 방식에 있듯이 글쓰기의 근원도 그렇다. 그래서 글쓰기도 체질적 성향을 띠게 마련이다. 세상을 한탄하는 시인은 거의 대부분 그런 글을 쓰고, 내면에 천착하는 세상 일에 관심이 없다. 뿐만아니라, 읽는 사람도 자신의 틀[체질]에 따라 읽는다. 결국 제대로 된 독서는 작가와 독자의 체질적 교감이어야 한다.

기표	
송신자의 체질[기의]	수신자의 체질[기의]

시선이 향하면서 느끼는 감정들은 배움과는 무관하다. 감정은 인간이 지니는 가장 진솔한 정서다. 진솔함의 다른 말은 진정성이다. 그것은 말초적 감각이 아니라 인간을 통섭하는 체계다. 그 속에는 주체가 지향하는 진정성이 내재해 있다. 주체는 체질이고 지향점은 시선이다. 진정성은 체질이 지향하는 삶의 지극함이 무의식으로 드러난다. 그렇기에 그 행동이 진정이라 여기면 비록 과격해도 원망을 자아내지 않는다. 그러나 그것을 결여하고 있을 때는 비록 충심에서 우러나는 것인 양 보여도 혐오의 대상이 되고 만다.[情繫於中, 行形於外, 凡行戴情, 雖過無怨, 不戴其情, 雖忠來惡.(『淮南子』繆稱)] 우리가 살면서 행하는 모든 귀결점은 '진리眞理가 아니라 진정眞情'이기 때문이다.

인간의 가장 솔직한 진정성이 비애다. 그것은 '인간이 경험하는 고통과 고뇌의 감정이 비통함과 애련함으로 발전한 감정'이다. 사회적[윤리적] 인간으로서의 책무와 개체적[심미적] 존재로서의 자유로움이 상충하는 데서 온다. 비애가 각양각색인 이유는 체질 때문이다. 체질은 폐비간신肺脾肝腎이 불균형하게 배치된 상태다. 그에 따라 윤리적 인간과 심미적 인간의 기울기가 달라진다. 체질은 선천적인 부조화로 강한 것을 더 강하게 약한 것은 더 약화하려는 성향이 강하다. 양강陽剛·음유陰柔의 미를 살리기 보다 생기를 소진하여 죽음을 재촉하기 쉽다. 체질적 인간학, 체질적 예술론은 인체가 지닌 비애적 상황 인식 위에 성립되었다고 할 수 있다.

인간은 자신이 아는 바를 행하지만 나중에는 그것이 버릇이 되어 했던 행동을 되풀이 한다. 이제마는 누적된 행위가 인간의 뒤태를 형성한다고 본다. 뒤태가 바로 그 인간의 실상이라 한다. 거기는 머리, 어깨, 허리, 엉덩이를 부린 세월이 누적되어 있다. 이런 요소들이 인간을 아름답게도 추하게도 만든다. 『東醫壽世保元』의 미학적 인간관이 여기에 있다. 미학적 인간[1]이 어떻게 구체화 되는지가 잘 나타난다. 미학의 마지막 말은 인간의 자유라 해도 미학의 마지막 목표는 인간의 자율성이다. 자유는 일탈을 꿈꾸고 자율은 조화를 실천한다. 자유는 분방함이지만 자율은 연습이다. 자유로운 상상력은 시빗거리가 아니지만 자율적인 행동은 책임이 따른다. 이것이 이제마가 말하는 비애의 근원이다. 인간의 비애는 이를 잘 못 부린데서 생긴다. 머리 잘 못 굴려 망하고, 어깨 힘주다 다치고, 허리 잘못 돌려 병신되고, 엉덩이 잘 못 놀려 패가망신한 흔적이다.

---

1 멘케는 미학적 사유가 주체의 사유라는 사실, 곧 미학이 계몽 속에서 등장한다는 사실이 전제 된다고 한다. 그는 미학적 주체를 "개체적인 인격적 존재"이며 "사회적 존재로부터 분리 되고 거기에서 풀려난 존재지만" 그것이 오히려 사회적인 존재라는 Ritter의 말과, 그의 힘들의 연습을 통해서 생산되고 재생산 되는 규율된 참여자라는 푸코의 개념을 아우르고 있다. 그는 미학의 의미를 계몽의 의미에 관한 논쟁으로 본다. 그것은 곧 감각적인 것의 주체화, 결국 주체적인 것의 감각화에 대한 이해. 그것을 하나의 내적 원리로부터 나온 성취들을 말하자면 주체적 능력을 연습하는 과정이라고 본다(크리스토프 멘케, 김동규(역), 『미학적인 힘』, 그린비, 2013, 52~56쪽).

3. 비애의 층위

비애는 크게 1)우주적 차원, 2)사회적 차원, 3)가족적 차원, 4)개체적 차원으로 나눌 수 있다. 사상의학의 태양인, 소양인, 태음인, 소음인이 유형별로 느끼는 차원이다. 이를 각각 우주적 비애, 사회적 비애, 가문적 비애, 개체적 비애로 명명하여 비애의 층위별로 어떤 변별성이 있는지를 살핀다.

3.1 우주적 비애

천시天時를 바라보는[우주적] 자아가 느끼는 현실의 간극이다. 천시는 하늘의 질서다. 이런 화자는 관세음보살觀世音菩薩처럼 세상의 온갖 소리를 듣는다. 귀는 인식의 폭이 가장 넓다는 은유다. 우주적 비애는 대자대비大慈大悲한 마음에서 나온다. 여기에는 천시에 순행하는 자아의 비애와 역행하는 자아의 비애가 있다.

3.1.1 천시(天時)에 순행하는 비애

> 이순에 이르면
> 자식이 있는 이나 없는 이나 똑같다는 우스갯소리가
> 이순도 되기 전에 벌써 찰떡처럼 착착 귀에 달라붙는
> 가을 어스름에
>
> ―「뫼비우스의 띠」

화자의 귀에 들리는 것은 "이순에 이르면/자식이 있는 이나 없는 이나 똑같다는" 소리다. 그것을 "우스갯소리"라고 돌리는 이유는 남의 일이라 여겨서다. 실제 상황이라고 상상도 하기 싫기에 붙인 이름이다. 이순耳順은 모든 인간들이 맞아야 하는 운명적, 자연적인 시간인 동시에 문화적[인위적]

시간이다. 또 남들에게 듣기 좋은 말들을 해야하는 시기다. 그런데 거꾸로 귀에 거슬리는 말이 들려 온다. 자식들의 영악한 처세술이 동시대인의 서글픔으로 확산된다. 그러나 우스갯소리는 그것으로 끝나지 않는다. 밖에서 입력된 소리를 안[자식]에서 확인해 준다. "이순이 되기도 전에". 구시대의 행복한 미각['찰떡']이 낭패가 되어 '착착', '달라붙는' 촉각적인 소리로 확산되고 있다. 효도라는 당연하고도 아름다운 도리를 행하며 살아 온 당혹감은 "찰떡"이 되어 귀에 달라 붙는다. 달라붙어 귓속에 메아리치기도 하고, 더 이상 들을[확인할] 필요도 없다며 막아 버리기도 한다.

화자는 남의 이야기가 내 이야기가 되는 강둑에 서 있다. 세상의 이치를 읽는 귀는 지녔으나 인류의 냄새를 맡을 코를 지니지 못 한 자신을 돌이켜 본다. 귀와 코의 부조화는 '길면서도 짧고 짧으면서도 길'고 '알 듯도하고 모를 듯도 할 것 같은//세월의 강둑만 하염없이 바라'(「뫼비우스의 띠」2연)보게 만든다. 화자에게 뫼비우스의 띠는 바름과 굽음, 웃음과 통곡의 표리表裏다. '가을 어스름'은 이를 삭이고, 더는 거부하고 싶지도 않은 화자의 서글픔을 배가하는 시간이다. "자식이 있는 이나 없는 이나 똑같다는" 우스운 소리가 무서운 소리로 맴도는 공간이다. 그런 시류를 거부하지 않고 흘러야 하는 절망의 시공이다. 그렇지만 화자는 분노해야 할 현실을 애써 객관화하면서 애이불비哀而不悲하고 있다. 비애는 천륜天倫과 패륜, 아름답고 추함의 상호작용이다.

> 그대가 말하지 않아도
> 그대의 어두운 골목을
> 눈부시게 비춰주는
> 보름달이고 싶어요
>
> ―「저 달처럼」

내가 전혀 알 수 없는
나보다 내 식구보다
내 이웃보다
더 작은 어느 먼 마을에 먼저
더 큰 해가 뜨기를 빌지 않았습니다
　　　　　　　　　　－「해를 믿습니다」

슬픔이란 한 때의 안개 같은 것
햇살 퍼지면 이내 말끔히 사라지고
또 다른 꽃들 피어나 지친 그대의 벗이 되리니
나 오늘 하나의 깃털처럼 가벼이 날아가겠네
　　　　　　　　　　－「하나의 깃털처럼」

『東醫壽世保元』에서 말하는 하늘은 공평무사함을 뜻한다. 공평무사함은 양인陽人들의 특성이다. 사해동포와 세상이 골고루 잘 살기를 바라는 마음이다. 우리 몸의 하늘은 耳目鼻口다. 그것은 의로움이고 선이고 공평함이다. 바로 "그대가 말하지 않아도/그대의 어두운 골목을/눈부시게 비춰주는/보름달"같은 마음이다. 또, "내가 전혀 알 수 없는/나보다 내 식구보다/내 이웃보다/더 작은 어느 먼 마을에 먼저/더 큰 해가 뜨기를 빌지 않"는 마음이다. 그대를 향해 열려 있지만 편애가 아닌 배려다. 그러나 우리의 일상은 그렇지 않다. 내가 아닌 누군가가 나서 주길, 내가 밝히기보다 누군가가 밝혀주길 원한다. 또, 우리보다 "더 작은 어느 먼 마을에 먼저" 배려해 주길 바란다.

　서로 속이지 않는 세상이 아름답다. 여기를 향해 열려 있는 은유가 바로 귀[耳]다. 관세음보살이 세상의 소리를 듣는 이유가 중생구제에 있기 때문이다. 귀는 박애인 동시에 비통이다. 두루 사랑해서 열어 놓지만 들리는 건 고음苦音뿐이다. 위 시의 화자들은 귀를 열어 천시를 살핀다. 슬픔도 안개같아서 햇살 아래 사라지고, "다른 꽃들 피어나"면 잊힌다고 한다. 그래서 "하나의 깃털처럼 가벼이 날아가겠"다고 한다. 하지만 『휘발성』 전반에 드러나는 역설, 중의重義, 언어 유희 등의 심미적 장치는 언술을 그대로 믿게 하지 않는다. 무거움을 가벼움으로, 가라앉음을 날겠다고, 불가능한 현실을 환상 속에서 구현해 보겠다는 의지에 지나지 않는다.

바람은 바람에 밀리고
강물은 강물에 밀리고
사람은 사람에 밀리고

　　　　　　　　　　　　　－「밀림에 대하여」

이제는 끙끙 물을 길어 올리지 않아도 된다고
깔깔거리며 팔랑거리며 희희낙락 날아가던 놈들
얼떨결에 어느 후미진 구석 자리로 써억 밀려나서야
뒤늦게 눈치를 챘는지 다급히 구석 너머를 바라보며
온몸으로 마른 벽을 들이받다가 제 풀에 주저 앉는다.
이제 어디로 가야 하나?
뾰족한 해답도 찾지 못하는 사이
버림받은 또 다른 놈들 속속 뒤따라 와서
토닥토닥 서로의 망설임을 덮어 주는데
이제는 가야할 길이 분명해 졌다고
조등인 양 가로등이 불을 밝히고
달처럼 서늘한 눈빛으로 그래그래
해처럼 따스한 눈빛으로 그래그래

　　　　　　　　　　　　　－「그래그래」

위의 두 작품도 소리로 읽는 비애다. 「밀림에 대하여」에서 "바람은 바람에 밀"린다 했으니 귀를 열어 놓고 있다. 물체가 흔들리는 모습을 통해 소리를 읽는다. 세상은 온통 바람에 밀리는 바람, 강물에 밀리는 강물, 사람에 밀리는 사람들이다. 들리지 않는 소리, 보이지 않는 모습 뒤에는 세대 교체와 약육강식이 있다. 역시 '거역할 수 없는 시간'(「그래그래」)이다. 체념에 가까운 복종이 서글픈 곳이다. 온통 밀고 밀리는 생성과 소멸의 공간, 곧 정글이다. 정글은 순응과 순응이 밀려서 오는 비애다.

「그래그래」에서도 "끙끙", "깔깔거리며" "팔랑거리며" "희희낙락" "토닥토닥"이라는 소리로 대상을 먼저 인식한다. 화자의 시선은 "하나하나 이름도 붙여주지 못한 그 여린 것들을" 향해 있다. 그들은 "무수한 성자들"로 "아침이면 깨끗이 사라질 자신을 아는 듯, 이름도 없이 왔다 가는"(「그래그래」) 잎이다. 그들은 죽음을 인식하지 못 하고 "이제는 끙끙 물을 길어 올리지 않아도 된다고/깔깔거리며 팔랑거리며 희희낙락 날아"간다. "어느 후미진 구석 자리로 써억 밀려나서야" "뒤 늦게 눈치를" 채고 "다급히 구석 너머를 바라보며/온몸으로 마른 벽을 들이받다가 제 풀에 주저 앉는" 철부지들이다. 그러나 그들은 정신없이 몰려오는, 버림받은 '또 다른 놈들'을 만난다. 이들과 "토닥토닥 서로의 망설임을 덮어 주"며 동병상련同病相憐한다. 의연한 모습도 보이지만 어디로 가야 하는지를 모른다. 모르지만 죽음의 길만은 분명하다. 가로등은 조등처럼 켜져 있다. 그 빛은 한편으론 달처럼 서늘하고, 또 한편으론 해처럼 따뜻하다. 인위가 통하지 않는 질서에 '가로등'[인위]도 자연이 되어 있다. 가로등은 우리의 철없는 삶과 피치 못할 죽음을 비춰주는 거울이다.

3.1.2 천시(天時)에 역행하는 비애

　　겨우 1센티미터쯤 내린 눈에 출근길을 망쳐버린 시민들이 울화통을 떠뜨렸다. 또 기상청이 도마에 오르고 날씨예보가 아니라 아예 날씨중계라고 비아냥대는 소리가 눈발처럼 흩날렸다.

– 「헛똑똑이」

　　「헛똑똑이」도 소리[시민들의 "울화통"]에서 비애를 느낀다. 첨단 과학 시대에 "겨우 1센티미터쯤 내린 눈"으로 "출근길"이 망가진다. 사람들은 과학만능주의에 물들어 하늘의 위력을 망각했다. 그래도 교만함[驕心]과 그로 인한 어리석음을 깨닫지 못 한다. 끝까지 "기상청"을 "아예 날씨 중계"하는 곳이라 비아냥 댄다. 화자는 여기에 끼어든다. "광막한 우주" 속의 "한낱 먼지만도 못한 사람 마음도" 변화무쌍한데 "천변만화하는 우주 속을 훤히 들여다 보겠노라 우쭐거리는 자"가 누구냐고 묻는다. 화자의 눈에는 인위적 업적을 절대시하는 그들이, 만물의 영장이라는 이름이 불쌍하다. 지식에 의지하는 삶의 방식이 못마땅하다. 그래봤자 비아냥은 공허한, 들리지도 않는 소리로 끝난다. 그 좋은 머리들은 망각에 익숙하다. 다시 날씨 예보를 기대하다 날씨 중계를 성토하는 일상을 되풀이 한다. 귀 가려도 들리고, 눈 감아도 보이는 내일의 모습이다. 그런 이기적인 주인공들이 바로 '헛똑똑이'다. 화자 역시 그들과 다르지 않다. 몸이라는 자연의 질서를 무시하고 "좀 무리"하게 몸을 놀려 "영락없이 탈"(「내 몸이 내 몸이 아니다」)을 내는 주체다. 과신에다 나태한 마음[懶心]까지 겹쳐서 헛똑똑이가 되고 말았다.

　　장마라는데 비는 오지 않고　　　　　– 「마른장마」

까치가 울고

반가운 손님은 오지 않는다. 내가 너무 오래 살았나?

　　　　　　　　　　　　　　　　　　　　　　－「현대 까치」

위에서도 소리[怨聲]가 시의 축이다. '전조'는 원인과 결과에 대한 열정적
인 관심을 나타내는 문화 개념이다. 무엇이 바뀌기 전에 반드시 어떤 징후
가 따른다는 믿음이다. 인간은 모든 길흉사 앞에 일어나는 전조에 대해 신
비감을 부한다. 그리고는 '전조와 인간 운명 사이에 견고하여 깨트릴 수 없
는 관계가 존재한다고 믿는다. 어떤 전조가 한 번 나타나면 어떤 결과를 필
연적으로 일으킬 것이라 믿는다.' '전조는 사람 운명이 어떻게 될지 알려주
는 권위적인 예시였다.' 이것이 구전과 기록으로 남는다. 인간은 여기에 의
지해서 산다. 장마는 그 생태계의 통계학이다. 까치가 울면 반가운 손님이
온 것도 확률이었다. 전조의 예측이 적중하는 건 행복이었다. 그러나 지금
은 자연이 이를 허락하지 않는다. 그런 자연을 인간이 훼손시켰기 때문이
다. 그래서 전조는 이제 섣부른 일반화 오류다. 우리의 삶이란 불확실한 자
연은 억지로 체계화 하고, 확실한 몸은 되려 무질서하게 내맡긴다. 그래서
과로한 몸은 '코에 불을 질러 몸을 주저앉'(「내 몸이 내 몸이 아니다」)힌다.
내 몸이지만 내가 단속 못 한다. 문명화된 주체들의 가긍한 모습을 보여주
고 있다.

3.2 사회적 비애

사회적 비애는 세상을 바라보는[사회적] 자아가 느끼는 현실의 간극이
다. 세회는 뭇 사람들이 교류하는 세상이다. 이런 화자는 눈이 밝다. 눈[目]
역시 귀 다음으로 인식의 폭이 넓다는 은유다. 역사의 흐름, 사회의 흐름에

민감하다. 사회적 비애는 시각 중심의 비애다. 여기에는 보기 좋든 싫든 따라야 하는 비애와 여기에 역행하고픈 비애가 있다.

3.2.1 세회에 순응하는 비애

> 찰칵 찰칵 찰카닥 찰칵
> 나의 행로를 찍어대니까
> 일망타진에 걸린 나는
> 영락없는 죄인 같다
>
>   ─「나는 죄인이다」

"찰칵 찰칵 찰카닥 찰칵"이라는 소리는 화자뿐 아니라 온 세상 사람들을 찍어대는 모습으로 더 부각된다. 「나는 죄인이다」는 팬옵티콘[panopticon] 감시체제 하의 개인을 이야기한다. 사회의 부정성을 대하는 소시민성이 나타난다. 감시[윤리성]가 삶의 질[심미성]을 제압하는 비애다. 감시받는 화자는 "집을 나오는 순간"부터 "죄인이 된다" 자신이 중요한 사람이 아닌데도 "가는 길마다 떡 버티어 서서/온 종일 시퍼런 눈을 뜨고", "찰칵 찰칵 찰카닥 찰칵/나의 행로를 찍어대"는 CCTV를 보며 "일망타진에 걸린" "영락없는 죄인 같다"고 느낀다. 분명 그는 "죄를 짓지 않았다고 생각하지만" "죄를 지을지도 모른다고/미필적 죄인 취급"을 하는 누군가에게 대항하지 못한다. 그저 "죄인이 아닌 죄인이 되"고 만다.

그리고는 자기 합리화에 바쁘다. "털어 먼지 안 나는 이 없다는데/저 나무나 풀이나 꽃처럼 고요히 설 수 없다면/어찌 내가 죄인이 아니라도 항변할 수 있겠는가?"를 되묻는다. 그러다 집에 와서도 "꼼짝없이/죄인처럼 간"혀서 "한낮에도 가위에 눌리곤 한다"(「나는 죄인이다」) 또, 갇힌 방에서 "뒤뚱거리며 걸어가던 저 소란스런 골목"(「하나의 깃털처럼」)을 떠 올린다. 화자는 "혼자 서기 어려워/이리 저리 내돌리"다 "깨어져서/세상이나 더럽히는"(「삶은 계란」) 삶도 살았다. 또 안팎으로 감시당하는 "가도 가도/도가 트지 않는" 길을 가기도 했다. 이처럼 도시는 위협적인 공간이다. 그렇지만 폭력에 순응하지 않고서는 배겨 낼 도리가 없다. 감시망[제도]이 주는 불합리 앞에 항거하지 못하고 참아야 한다. 분노를 여과하면 애잔함이 된다.

> 며칠 후, 퇴근하고 돌아오니 딸아이가 백화점에서 다른 디자인으로 교환해온 스카프를 보여주면서 식식거렸다
> "아빠. 이거 삼만 오천 원짜리래요!"
> 그 애 말로는 적어도 삼만 점 정도는 그쪽에서 떼어 먹었단다. 그러니 항의 전화를 할 거라고 전화번호를 알려 달란다
> "그만 둬라, 신경도 안 쓰던 것인데 그거라도 찾아주는 게 어디냐!"
> ― 「친절한 아가씨」

「친절한 아가씨」도 부당한 세상에서 나오는 소리를 통해 감춰진 실상을 본다. 그것은 현대 사회라는 시스템이 지닌 폭력성이다. 화자는 나른한 일요일 오후에 걸려 온 아가씨의 친절한 전화를 받는다. 결혼기념일까지 챙겨주는 자상함에 감동한다. 카드 포인트가 육만 칠천 점이나 쌓였다는 말을 듣고, 그것으로 사모님 결혼 기념 선물로 하면 어떻겠냐는 말을 듣고 나머지는 그녀에게 일임한다. 하지만 결과는 다르다. 아가씨는 삼만 이천점[원] 이상을 전화 한 통으로 삼켜버렸다. 분노하는 딸 앞에 화자가 하는 말은, "그만 둬라, 신경도 안 쓰던 것인데 그거라도 찾아주는 게 어디냐!"다. 아가씨의 훔치려는 마음[竊心]과 딸의 벌하려는 마음[伐心]이 화자의 평정심과 대비된다. 삼각축에서 화자는 아가씨와 딸의 대립각을 와해시킨다. 화자의 자애로움에서 경륜이 묻어 나온다.

그러나 개인의 카드 포인트까지를 관리하는 사회 시스템을 문제 삼지 않는다. 사회와 조직이 개인을 앞세워 개인에게 이익을 취하고 모든 것을 개인의 문제로 끌고 가는 것도 넘어간다. 먹고 사는 빌미로 직원을 하수인으로 둔갑시킨 세상, 또 시키는 대로 성과 올리기에 급급한 개인, 이를 방관하는 화자가 부조리를 심화한다. 일반적으로 이런[소양인적] 화자는 "공적인 일[事務]에는 능숙해서 속지 않는다. 하지만 실상[居處]에는 어둡기에 늘 거기서 속는다. 그래서 사무가 아닌 세상살이[居處] 문제로 무척 슬프다. 문제는 화자가 노하거나 슬퍼하지 않는데 있다. 그것이 화자의 인간미[심미성]이고 작품의 감칠맛[심미성]이다. 그 반대편에 윤리적 분노를 자아내는 대상들이 있다. 이것이 상충하여 비애를 심화시키고 있다.

주인 잃고 달리지도 못하는 오토바이들이 여럿
비루먹은 개처럼 여기저기 웅크리고 앉아 있다.
―「과부틀」

친일시비에 시달리던 어떤 시인은 그때 일제가 그렇게 빨리 망할 줄 몰랐다는 말로 자신을 변호했다고 한다. 참 슬프도록 솔직한 그의 대꾸 한 마디
―「사람의 속」

저 앞에 목발을 짚고 한 다리로 힘겹게 걷는 분이 내 눈에 들어오자
나도 모르게 걸음걸이가 느려져 성큼성큼 그분을 앞질러 가지 못했지
―「세월·2」

위의 작품들은 주객 분별이 어려운 화자의 비애를 보여준다. 태어날 때부터 우리는 구조화 된 운명 속에서 학습 받는다. 그 결과 학습 받은 대로

생각하고 행동한다. 그래서 주체와 좀비의 교집합적인 존재로 산다. 시류에 따라 사는 사람들의 순박함은 좀비적 비애를 불러 일으킨다. 「과부들」은 좀비적 인간들의 비애를 다루고 있다. '오토바이'는 국가와 자본주의의 합작품이다. 여기에는 세금과 수익이라는 실리가 있고, 그것을 극대화하기 위해 광고한다. 법적 규제, 안전성은 뒤로 하고 판매에만 열 올린 결과 오토바이는 남고 사람은 갔다. 비뚤어진 윤리성이 삶의 질[심미성]을 농락한 비애다. 「아름다운 정원을 위해」가 산골에서 태어나지 않아 천수를 못 누리는 잡초의 슬픔을 이야기한다면 「과부들」은 산골에 태어나서 천수를 못 누린 이웃들을 이야기 한다. 오토바이와 개의 병치는 "비루먹은"으로 연결된다. 주인들은 오토바이를 탔으니 문화적 수혜자다. 동시에 죽었으니 피해자다. 이들은 모두 통찰력은 지니지 못 한 사람들이다. 오토바이가 지닌 속도를 제어하지 못 한 사람들이다. 과욕이 과부를 양산했다. 그 결과 고향마을은 비루먹은 개처럼 을씨년스러워 졌다.

「사람의 속」은 머리 굴리다 망신당한 사례를 보여 준다. 주체인 객체, 현명한 좀비를 그리고 있다. 개인의 타락한 윤리와 천박한 심미안이 자아내는 비애다. 친일이든 반일이든 그 사람의 문제다. 친일하여 호사를 누렸으니 해방되어 죄값을 치르면 된다. "일제가 그렇게 빨리 망할 줄 몰랐다는" 말에 화자는 솔직하지만 슬프다고 한다. 그들의 지행知行은 그들의 말을 부정적으로 독해하게 한다. 속내가 어떻든 또 잘 돌아가는 머리로 순진함을 가장하지 않나 의심하기 충분하다. 인간을 평가하는 기준은 바로 행실에 있기 때문이다. 그들은 진정성을 상실했기 때문이다. 그런 그들은 "비가 갑자기 그칠 줄 까맣게 몰랐던 지렁이들"이다. "비오는 틈에 잠깐 바람이나 쐬고 들어가려다가/그만 소풍길이 머나먼 황천길이 되"고 말았다.

「세월·2」는 교육이 만든 좀비 현상을 보여준다. 심미성과 윤리성의 반전이 만드는 비애다. 화자는 어린 시절과 철들 무렵과 현재를 대비하고 있다. 화자는 어릴 적 상이군인들을 보면 도망쳤다. 전쟁이 끝난 직후여서 즐비하게 의족이나 의수를 하고 다닌 사람들이 무서웠다. 그러다 교육받은 결과 이들이 고마워서 마음 속으로 경례까지 했다. "먹고 살 만큼 되어 건강에 관심 쏟는 분들이 늘어나는 요즈음" 화자는 보훈병원 뒤 일자산 끝자락에서 목발 짚고 한 다리로 걷는 사람을 만난다. 감히 "성큼성큼 그 분 앞을 앞질러 가지 못"한다. "성한 두 다리로 편하게 걷는" 자신이 "어쩐지 미안해"서다. 감동은 본능인가 교육인가를 생각게 한다. 「과부들」이 식견과 계산이 모자라고, 책략이 없는 데서 맛보는 비애다. 「사람의 속」은 그것들이 넘쳐서 불러일으킨 비애다. 「세월·2」는 표준화 된 주체가 빚어 낸 비애다.

3.2.2 세회에 역행하는 비애

귀경차 상주에게 잠시 예를 청하자 객지에 사는 형제들이 다들 바쁘다고 오늘 바로 탈상을 한단다. 이제는 망자도 완 전 초고속으로 탈속을 하는구나! 속으로 중얼거리며 내려오 다 보니 산길 양옆으로 도열한 나무들이 거친 베옷을 걸친 상주와 복인들 같았다.

　　　　　　　　　　　　　　　　　　　　　　　　－「소묘 · 2」

봄이 와도 봄다운 봄은 오지 않는 도회지

　　　　　　　　　　　　　　　　　　　　　　　　－「화원을 지나다」

숲 속에 가까이 들어가 보니
웬 걸, 영 딴판이었다.
여기저기 경쟁에서 뒤처진
키 작은 소나무들 여럿

여린 햇빛 때문인지
몰골이 더 파리해 보였다.

평준화지역
중등학교 교실처럼

－「새 소나무숲」

사회 질서에 역행하는 주체는 대상들 몇에만 존재한다. 그만큼 『휘발성』의 화자가 체제 순응적이고 소심하다는 증거다. 극진한 듯한 상례喪禮의 실체, 예쁜 꽃들의 초라함, 미끈한 소나무 숲의 실상에서 느끼는 표리부동表裏不同의 비애다. 화자는 인류의 질서를 그르치는 세태에서, 국가의 기강을 흔드는 촛불에서, 평준화 지역의 학교에서 벌심伐心을 느낀다. 「소묘·2」에서는 간편화 되어 가는 세태를 부각한다. 망자를 위해서 산자락은 파괴되고 오늘 바로 탈상을" 하는 무덤을 위해 산 생명들이 죽어 나간다. 「화원을 지나다」는 문화의 이면을 비판한다. 도시의 화원에 놓인 꽃은 "화려하게 차가운 밤을 밝히는 아가씨들"의 "밤새도록 봄을 팔아도 꽃이 피지 않는 생"이다. 그런 삶들의 종합인 도회지는 아무리 봄이 와도 봄이 아니다. 「새 소나무숲」은 수종 갱신 사업과 교육 정책을 엮어서 비판하고 있다. 멀리서 보면 "미끈한 소나무" 숲 일색이다. "고만고만한 소나무들이 한결같이" 비슷한 키와 발돋움하려는 기상이 보기 좋다. 하지만 가까이서 보면 평준화 지역의 교실처럼 엉망진창이다. "여기저기 경쟁에서 뒤처진/키 작은 소나무들 여럿"이 그런 학생들 즐비한 교실과 겹친다. 그런 나무들의 파리한 몰골이 학생들의 얼굴과 겹친다. 삶은 없고 전시용 행정만 있는 서글픔을 그려 놓고 있다.

3.3 가족적 비애

가족적 비애는 가문[동아리] 중심으로 세상을 바라보는 자아가 느끼는 현실의 간극이다. 당여는 사적인 조직이다. 이런 화자는 코[2]가 발달해 있다. 코는 입 다음으로 정확한 감각을 나타내는 은유다. 이런 화자는 자신의 입지를 제대로 다진다. 또, 문중과 조직과 이웃의 모습에 민감하다. 가족적 비애는 이런 냄새의 좋고 나쁨에 따라 주위를 따르면서 얻는 비애, 거스르면서 얻는 비애로 나뉜다.

3.3.1 주위를 따르는 비애

어디 밀리지 않을 길 없나?　　　　　－「밀림에 대하여」

이제는 꿈도 없이 혼자 라면을 끓여 먹을지라도 나는
돌이킬 수 없는 시간이 돌이켜지는 그 순간이 참 좋다
마음 놓고 혼자서 즐기는 행복한 시간을 누릴 수 있도록
오늘도 아내가 마음껏 놀다가 늦게 돌아오면 정말 좋겠다.
　　　　　　　　　　　－「아내가 늦게 돌아오면 좋겠다」

위 자아들은 뿌리내리지 못한 불안을 다룬다. 밀린다는 말을 돌려 하면

---

2 "사람 코의 후점막에는 냄새를 감지하는 안테나 역할을 하는 후세포와 이것을 지지하고 있는 지지세포 및 기저 세포가 있다.(중략) 거의 모든 신경세포는 한번 파괴되면 다시는 재생되지 않는다. 하지만 후세포의 신경섬모는 다른 신경세포와는 달리 약 30일 주기로 새로운 섬모로 대치된다. 사람의 코 안에는 이러한 기능을 하는 후세포가 좌우 합쳐서 600만 개나 된다. 그래서 후각은 언제나 추억을 불러 일으키며, 잠자는 다른 감각을 일깨워 위험을 경고해 주기도 하고, (중략) 냄새를 맡는 것은 어른이 되었을 때 다정다감하고 끈끈한 정을 느끼게 한다. 만일 후각기 기능하지 않는다면 사람은 메마르게 되고, 인간미 없는 외로움의 늪을 벗어나지 못하게 될 것이다."(문국진, 『예술작품의 후각적 감상』 알마, 2011, 24~25쪽).

"제 자리 썩 내어주고/가벼운 깃털로 훨훨/날아"(「밀림에 대하여」) 가고 싶음이다. 아내가 있는 자리는 "마음 놓고 혼자서" 즐길 수 없다. 편안함 추구는 불편함의 반어다. 화자는 그런 곳을 두루 살핀다. 『동의수세보원』에서는 이를 일컬어 냄새맡는다고 한다. 후각은 가장 민감하고 확실하다. 밀림은 우주적 질서이기도하다. 밀고 밀어내고 밀리는 게 곧 삶이다. 하지만 화자는 "불과 하루치의 일용할 앞날도 챙기지 못하는 캄캄한 사람의 속으로 들어"(「사람의 속」) 와 구린 냄새를 맡는다. 그래서 굳이 그들의 속을 알려고 할 필요가 없다고 한다. 밀리는 길을 헤치고 나갈 생각이 없다. 대신 '밀리지 않을 길'을 모색한다. 복잡다단한 부대낌보다는 간명하지만 다른 길을 택하려 한다.

「아내가 늦게 돌아오면 좋겠다」에서는 꿈을 지니고서 라면을 끓여 먹던 시간과 "이제는 꿈도 없이" 라면을 끓여 먹는 시간을 대비한다. 그렇다 해도 "돌이킬 수 없는 시간이 돌이켜지는 그 순간"이 좋고, "마음 놓고 혼자서 즐기는" 시간이 행복하고, 그것을 오래 "누릴 수 있도록" "오늘도 아내가 마음껏 놀다가 늦게 돌아오면 정말 좋겠다."고 한다. 아내는 "라면을 즐기는 나를 흘려보기 때문에/아내가 외출하여 늦는다고 하는 날엔/아침부터 지레 즐거워 마음이 들뜬다" 하지만 화자는 그런 장애를 제거할 생각이 없다. 화자 역시 "몸 따로 마음 따로 사는 것이 아니냐며"(「호박고구마」) 아내의 타박을 종종 받으며 살기 때문이다. 받아주고 넘어가고 눈 감아주기는 평화를 유지하는 최선책이다. 그래서 대상은 늘 "아무리 채찍질해도 닿을 수 없는/벼랑처럼 아스라한 그대", "먹먹한 그대(「먼 여름」)"다. 화자는 "담장 없이는 허공으로 내딛지 못하는 담쟁이덩굴"이고 "철길 없이는 몇 발짝도 내닫지 못하는 철마"다. 그러나 "밤낮 너의 주위만 뱅뱅 맴"돌 뿐 "너라는 담장"은 언제나 아득하여 "넘어도 넘어설 수 없"(「담쟁이덩굴」)다. 대상은 늘 화

자에게 필요 조건이지만 동시에 벽[한계]이고 법이다. 뿌리 내리지 못하는
불안함과 불편한 대상과의 동거가 비애다.

　　새끼들에게
　　미끈한 배추를 먹이려고
　　아침마다
　　숭숭
　　구멍을 뚫는
　　배추벌레 잡으로
　　밭으로 나가시는
　　아버지
　　　　　　　　　　ㅡ「미끈한 배추」

　　이제는 물이처럼 허리도 다리도 아프시다는 우리 엄마
　　하늘 한 번 보기도 힘들어 노상 땅바닥만 쳐다보고 사시니
　　내 맘도 따라 어매에게로 휘어지는 날이 자꾸 많아져간다
　　　　　　　　　　　　　　　　　　　　　　ㅡ「물이」

　　미명이 가시지 않은 새벽 이른 출근길에 보니
　　여태 퇴근 못한 조각달이 서쪽 하늘을 지킨다.
　　야근 후 돌아오는 우리 아이 얼굴처럼 수척하다.
　　　　　　　　　　　　　　　　　　ㅡ「그믐달」

　가족적 자아의 시선은 계속 구체적 현실로 향하고 있다. 미끈한 배추와
무공해 배추, 비닐하우스와 물이, 조각달과 아이 얼굴을 향한 상반된 심기
가 비애의 골을 형성한다. 화자는 「미끈한 배추」의 냄새[실상]를 맡는다. 아
저씨와 아버지의 대비로 이를 구체화 한다. 아저씨는 농약으로 배추를 키웠
다. 아버지는 무공해 배추를 키웠다. 배추벌레는 무공해 배추를 좋아해서

아버지의 배추에 아침마다 구멍을 숭숭 뚫는다. 아저씨는 자신의 배추가 그렇게 보이려고 일부러 배추에 구멍을 뚫는다. 농약 배추와 무공해 배추의 차이는 미끈하냐 아니냐에 있다. 숭숭 뚫린 구멍은 끝까지 자연을 흉내내는 인위의 씁쓸함이고, 보이지 않게 아버지의 뼈에 뚫린 구멍이고, 화자의 가슴에 뚫린 아픔이다.

「물이」 역시 인공의 냄새가 풍기는 비애를 이야기한다. 이미 고향 마을은 '시멘트길'로 포장되어 있고, "길옆 무논들엔 여기저기 '비닐하우스'들이 들어서서/한 '겨울 추위에도 푸른 채소들'이 쑥쑥 자"라고, "'고소득 작물'들이/'철을 잊은 채' 대처로 팔려 나간다." 농약과 하우스는 미끈하고 "쑥쑥" 자라는 채소들을 양산한다. 몇 안 남은 청년들이 경작하는 비닐하우스의 물오이를 보며 감탄하시던 어머니는 금세 물이처럼 늙으셨다. 고향 마을 초입의 "휘어진 길", "비닐하우스", "물이"[물오이]는 "하늘 한 번 보기도 힘들어 노상 땅바닥만 쳐다보고" 사시다 굽어진 어머니의 허리다. 그것을 향하는 화자의 눈길이다.

부모를 향한 안타까운 마음은 자식에게로 이어진다. 「그믐달」의 화자는 "새벽 이른 출근길"을 가고 있다. 하늘에는 "여태 퇴근 못한 조각달이" 걸려 있다. 그것이 야근하고 돌아온 자식의 얼굴같이 수척하다. 해가 떴는데도 남아 있는 희미한 달이 자식의 얼굴처럼 "파리하다." 도시는 매연과 황사로 "낮에도 미명이 가시지" 않는다. 그 안타까운 눈길 너머로 까마귀가 날아간다. 밤새 하늘을 지킨 달처럼 자식은 야근하며 부모를 지켰고, 화자는 자식을 지키러 임무 교대를 한다. 화자를 둘러싸고 있는 삶이란 모두가 구멍 뚫리고, 휘고, 오염되어 있다. 그래서 화자는 "어떤 사과를 먹어야 하고/어떤 사과를 버려야 할지/안다 알면서" 그는 "오늘도/이런저런 사과를 먹는다"(「사과」) 화자는 이런 상황에서 나오고도 싶지만 참고, 따지고 싶지만 덮어주고, 알지만 모른 체한다. 역시 불편함과의 동거다.

3.3.2 주위를 거스르는 비애

> 공부도 하기 싫었지만
> 농사일은 더 하기싫어
> 일부러 천천히 걸어가면서
> 길가의 이름 모를 잡초와 꽃들에게
> 일일이 시비를 걸던 때가 있었다
>
> ―「이제나 저제나」

위의 작품은 현실을 놓고 겨루는 원심력과 구심력의 비애다. 화자는 늘 발디딘 현실에 안주하고 싶은 마음이 없다. 어릴 적도 그렇고 지금도 그렇다. 코흘리개 시절에 공부가 하기 싫었다. 그렇지만 농사일은 더 하기 싫었다. 그래서 "일찍 공부 마치고 귀가하는 길"이 "시오리가 되는 길이 가깝다며/짐짓 천천히" 걸었다. 시오리가 가까워서가 아니라 농사일이 싫어서 들이댄 핑계다. 시간을 지체하기 위해 "길가의 이름 모를 잡초와 꽃들에게/일일이 시비를 걸"었다. 그리고 틈만 나면 "집 떠날 궁리만" 했다. "이순이 되도록 아버지의 그늘에서 아버지가 운전하는 생의 행로에서 벗어나려고만 했던 아들"(「난생 처음」)은 결국 집과 아버지를 떠나왔다. 하지만 그의 머릿 속엔 늘 "길가의 이름 모를 잡초와 꽃들"이 기다리는 그 곳이 있다. 하지만 "천천히 걸어가"거나 "이제나 저제나"하며 뜸들이는 건 옛날과 같다.

> 꽃처럼 예뻐지고 싶은 여자들에게 벌이 벌로 일침을 놓은 것일까?
> 꽃으로 여자를 착각한 벌이 벌로 침을 잃는 치명상을 당한 것일까?
>
> ―「벌침」

네가 벌레인지 내가 벌레인지도 분간할 수 없구나

　　　　　　　　　　　　　　　－「방충망」

네가 갇힌 것인가
내가 갇힌 것인가

　　　　　　　　－「방충망」

　위의 언술들은 진위와 시비의 혼돈이 주는 비애를 노래한다. "벌이 벌로 일침을 놓는" "벌이 벌로 침을 잃는" 의미의 뒤섞임, "꽃처럼 예뻐지"리라 착각하고, "꽃으로" 착각하는 혼동은 주체와 대상의 상실이 주는 비애다. 방충망은 "너나 나나 자유에는 자유롭게 드나들지 못하"게 하는 장애물이다. 그것이 "나의 자유를 위해 너를 막는 것인지/너의 자유를 위해 나를 가둔 것인지"(「방충망」) 헷갈린다. 그래서 "네가 갇힌 것"인지 "내가 갇힌 것인"지를 분간 못 한다. 심지어는 "네가 벌레인지 내가 벌레인지도 분간할 수 없"는 지경에 이른다. 마침내 화자가 하는 일은 "푸른 하늘을 등지고 좁은 곳만 기웃거리는/너의 옹졸함만은 도저히 용납할 수가 없어" 벌레의 "자유를 감금해 버"(「방충망」)리려 한다.

　이러한 벌심伐心은 화자 자신에게도 예외가 없다. 화분에 머리를 내민 푸른 싹이 잡초임을 알고는 "안 본 듯 얼른 뽑아 버"린다. 그러면서 시행을 "잡초였다 나는"으로 만든다. 스스로를 꽃을 피워 줄 싹이 아니었다고 자책한다. 그리고는 "창 밖 멀리멀리"(「월식」) 던진다. 다음은 주체와 대상의 상호 침투[침범]으로 이어진다. 옆집의 드릴은 "내 단꿈"에 구멍을 뚫어버리고(「딱따구리 소리」), 나의 손은 대상의 허리를 "순식간에" "두 동강이로 꺾어 버"린다. 그 순간 "제 몸에 함부로 손대지 말라는"(「바이올렛」) 소리가 들리는 듯하다. 구멍은 소통이 아니고, 접촉은 상생이 아니다. 가까움[이웃]과 자애로움이 범하는 일방통행의 서글픔만 남아 있다.

3.4 개체적 비애

개체적 비애는 개별적[개체적] 자아가 느끼는 현실의 간극이다. 이런 화자는 입이 발달해 있다. 입은 가장 정확한 감각을 나타내는 맛과 멋의 은유다. 자생력이 주 관심사다. 여기에도 개체가 지닌 모습과 입장을 수긍해야 하는 비애와 부정하고픈 비애가 있다.

3.4.1 충실한 삶의 비애

검고 보잘것없이 작은 놈들이 빠른 물살에도 끄떡하지 않고 돌덩이에 찰싹 달라붙어 있는 것이 신기하다 못해 오히려 급류에 비틀거리는 나를 주눅들게 하였다.(중략) 먼 다바처럼 야릇한 국물을 한 숟갈 입에 떠 넣다 쌉싸래한 맛이 혀끝을 자극하였다

– 「다슬기」

『휘발성』의 개체적 비애는 "쌉싸래한 맛"에서 확산된다. 널브러져 있는 개별체들의 실상이다. 개체적 자아의 미감처럼 대상을 세심하게 포착하고 있다. 이를 두고 이제마는 "지방地方을 맛본다"고 했다.[耳聽天時 目視世會 鼻嗅人倫 口味地方(『東醫壽世保元』「性命論」)] 화자는 「다슬기」국을 먹으며 혀끝을 자극하는 "그놈들의 간고한 삶의 집착"을 맛 본다. "물살에 휩쓸리지 않기 위해 안간힘을 쓰"고, "빠른 물살은 이겨내지만 느리게 움켜쥐는 내 손의 힘에는 대책없이 굴복하는" 다슬기의 악착같고 애처로운 모습을 되살린다. "그놈들"은 해감하기 위해 동이에 넣었더니 "이놈저놈 탈출을 시

도하느라 양동이 위로 기어 올랐다 보이지도 않는 속도로 정지된 물을 벗어 나려" 했다. 그런 그들이 밥상으로 올라 왔다. 화자는 그것을 "해탈"이라고 한다. 해탈하는데 주객이 소용없다고 본다. 원하든 아니든 삶의 집착을 내려 놓고 생태계의 법칙에 순응하는 것을 "다 슬기"라고 한다.

> 무디고 무뎌진 바늘처럼
> 찔러도 찔리지 않는
> 나의 노래여
> 졸고 졸아든
> 검은 피처럼
> 돌지 않는 사랑이여
>
>   −「사관(四關)」

> 실금 사이로 조금씩 증발하는 알코올처럼
> 슬금슬금 빠져나가는
> 목숨
>
>   −「휘발성」

위의 글들은 '피의 맛', '알코올의 맛'을 포착한다. 소생과 소멸의 맛을 포착하고 있다. 그것은 "그대가 찌른 자리마다/방울방울 검은 피 맺히고/검은 피 맺힌 자리마다/망울망울 꽃망울"(「사관四關」)이 피어날 수 있는 희망과 "휘발성이 너무 강해/보이지 않고 냄새도 나지 않는" 목숨이 다시 채워질 수 없는 절망의 맛이다. 「사관四關」의 화자는 간 밤의 술이 문제가 되어 드러누웠다. 백짓장이 되어 가는 얼굴을 본 어떤 시인이 바늘로 손끝을 딴다. 억지로 피를 짜내고 나서야 생기가 돈다. 여기서 자신을 맛을 본다. 손에 묻어나는 것은 어느새 "무디고 무뎌진 바늘"맛, 사관이 막힌 노래 소리, 순환

하기 부적합하게 굳어버린 검은 피, 그런 사랑의 맛이다. 「휘발성」의 화자
는 중국 여행길에 명주를 사 왔지만 "혼자 마시기 아까워 아끼고 아끼다가
어느 날 드디어 개봉하려는데 술병이 너무 가볍다." 내용물이 사라진 빈 병
을 확인한 결과 병에 "실금이 가" 있다. 술은 겨우 한 잔도 남지 않았다. "실
금"은 이승과 저승의 틈새다. 술병인 몸과 알코올인 생명이 "실금"을 매개
로 분리되고 있다. 실금이 간 술병처럼 실금이 간 화자의 몸에서 "보이지도
않고 냄새도 나지 않는", "휘발성이 너무 강"한 목숨이 증발하고 있음을 본
다. 하지만 "미리 따라볼 수도 없고 얼마나 남았는지/알 수가 없어 더 궁금"
하다. 그래서 어제처럼 침침한 또 하루를 돌아(「마른장마」) 본다. 보아도
제대로 보이지 않는다. 그것은 "보이는 대로 보지 않고/보고 싶은 대로만
보다가/점점 시력이 퇴화한 탓"(「영상 이미지」)이다.

> 날마다 나는 나를 건너간다 다리도 없이 오늘의 내가 어제의 나를 데리
> 고 내일의 나에게로 간다 아무리 생각해도 오늘의 나는 어제의 나가 아니
> 고 내일의 나도 될 수가 없는데 왜 날마다 꼼짝없이 서 있는 것만 같은지
> 모르겠다 누가 내 다리에 무거운 추를 달아 다리 아래 강심 깊은 곳으로
> 끌어내리는 것만 같다
>
> — 「다리 아래 강물」

「다리 아래 강물」은 삶의 "팍팍한"(「삶은 계란」)) 맛을 변증법으로 드러
낸다. 화자는 먹고 사는 일로 날마다 강을 건넌다. 화자는 삶의 의무가 삶의
격을 높이지는 못 한다고 여긴다. 시퍼런 강물이 사무치는 그리움처럼 흐르
는 이유다. 그런 강물은 어제와 다르지 않으니 내일도 그런 강물이 흐를 거
라 생각한다. 강을 건넌다는 행위는 도시로 들어감이다. 다리를 건너는 일
은 "다리 위로 달려가는 것"이다. "내 다리로 달려가는 것이 아니라 차가"

간다. 그런데도 화자는 "강을 건너간다고 말한다." 작아졌지만 심미적 자아도 가기 때문이다. 강물은 이런 화자에게 여전히 침묵한다. 행위의 주체이지만 술어가 없다. 반면 "먹고사는 일이 아닌 일로 강을 건"널 때도 있다. 그때는 심미적 화자가 우위에 놓인다. "기나긴 다리를 나의 짧은 다리로 건너가다 보니" 강물이 더 실감난다. 강물이 "어깨"와 "머리카락"으로 정물화해 있다. 변화된 모습으로 다리 아래를 흐르는 강물까지 지나가고 있음을 본다. 날마다 "몸을 바꾸고 있었"던 강물을 새삼스레 확인한다. 그래서 오늘의 강물이 어제와 내일의 강물이 아님을 안다. 마지막으로 두 화자를 태운 차는 "다리도 없이" "오늘의 내가 어제의 나를 데리고 내일의 나에게로 간다" 날마다 비슷한, 그러나 비슷하지 않은 모습으로 간다.

　　　　나를 세상으로 내려 놓으시며 어머니께서
　　　　평생 잘 간수하라고 내게 주신 것들
　　　　호박씨 까먹듯 하나씩 까먹다가
　　　　이제는 더 까먹을 것도 없어
　　　　빈손 털고 바라보는 하늘에
　　　　둥둥 떠가는 구름 한 점
　　　　생각보다 빠른 속도로
　　　　현재 시각을 알린다
　　　　참 민망한
　　　　가을
　　　　한
　　　　때

　　　　　　　　　　　　　　　　　－「민망한 가을」

　　한때 잘 나가던 시절에는 그의 뱃속을 거쳐야 싱싱한 먹줄이 태어나고
아무리 큰 아름드리나무라도 먹줄을 퉁겨 깎아야 반듯한 대들보가 되고

서까래도 되어 대궐들이 솟아 올랐건만 이젠 말문 닫히고 귀도 먹먹한 저
먹통.

—「먹통」

위의 작품 역시 '씁쓰레하고' '팍팍한' 맛의 연장이다. 화자의 앵글도 퇴
색한 '주민등록증 사진' 무용지물 된 '먹통'을 잡고 있다. 모두 구체적인 생
활고를 푸념한다. 「민망한 가을」은 대책 없이 살아 온 중압감을 수직역삼
각형 시행으로 형상화 한다. "세월에 닳고 닳아" "주민등록증에 붙은 사진
이 뭉개져서/내 얼굴을 알아 볼 수가" 없을 만큼 나이를 먹었는데도 화자는
가난하다. "어머니께서/평생 잘 간수하라고 내게 주신 것들/호박씨 까먹듯
하나씩 까먹"고는 "이제는 더 까먹을 것도 없어/빈손 털고" 하늘을 바라본
다. 출근이 내 삶을 진척시키지 못 했고, 일상이 내 삶을 부富하게 하지 못
했다. 방략方略 부재의 삶이 "생각보다 빠른 속도로" 흘러 "현재 시각"에 닿
아 있다.

「먹통」 역시 방략方略이 부재한 비애를 담고 있다. 먹통이 왜 먹통 취급
받는지를 「민망한 가을」이 엮어서 보여준다. 「민망한 가을」의 화자는 「먹
통」처럼 "한때 잘 나가던 시절"이 없었다. 「민망한 가을」의 화자는 노후 대
책은 고사하고 물려받은 것까지 날려 먹었다. 그러나 「먹통」은 "아무리 큰
아름드리나무라도" 그의 뱃속 검증을 받아야 할 만큼 위세 등등하던 시절
이 있었다. 그를 통해야만 "대들보가 되고 서까래도 되어 대궐들이 솟아 올
랐"다. 멀리 볼 줄 모르는 개체적 자아의 단점을 포착하고 있다. 「민망한 가
을」의 무능, 「먹통」의 무책이다.

구두점 하나도 제대로 못 찍었는데
어쩌자고 구두만 자꾸 헤어져

—「새구두」

서둘러 자동차 트렁크에서 우산을 꺼내 머리 위로 올리면서 퍼진 단추
를 찾았으나 잡히는 것이 없었다. 깜짝 놀라 올려다보니 검은 비닐봉지에
담긴 먼지떨이였다.

—「소나기」

개체적 삶의 부조화가 주는 비애도 실생활과 관련된 소재가 대부분이
다. 여기에는 세세하지만 하찮은 이야기가 주류다. 언어 유희도 많은 편
이다. 「새구두」는 "아직도 어색한 세상 나들이"에 관한 고백이다. "구두점
하나도 제대로 못 찍었는데" 구두와 자꾸 헤어진다.[구두가 해어진다] 어쩔
수 없이 구두점句讀點을 못 찍은 화자는 구두점에 가서 구두를 신고 돌아 온
다. "새 구두를 신으면 그냥 신이"나고 "세상을 향하여 마냥 내딜리고 싶"지
만 늘상 그렇듯 "처음 구두를 신었을 때처럼" 어색하다. 화자의 마음과 몸
은 늘 따로 놀기 때문이다.

「소나기」의 "서둘러", "깜짝"이라는 어휘는 화자의 허둥대는 모습을 보
여준다. 화자는 분위기, 감각을 중시한다. 구체보다는 추상을, 명확보다는
대충을 선호한다. 추상과 대충은 생각하기 따라서 직관과 포용이다. 하지
만 시스템으로 움직이는 조직과 사회에 필적하기에는 역부족이다. 그 자리
에 남는 것이 불안이다. 그래서 그의 길은 "덩치만 큰 짐승 한 마리/구시렁
구시렁 내려오는 길"(「아기 다람쥐」)이고 "오늘은 털썩 주저앉아/하염없는
생각에 잠"(「도시의 길」)기는 길이다. "익숙함과 미숙함, 신바람과 객쩍음

사이의 씁쓸함이다. 이런 모습은 자동차 먼지떨이와 우산까지도 혼동한다. 먼지떨이를 우산으로 쓰려는 화자의 모습에서 역시 엷은 웃음을 지을 수밖에 없다. 그 이유는 "혼자서는 한 발짝도 움직이지 못하는 뿌리 깊은 몸"(「밀림에 대하여」) 때문일 수도 있다. 그래서 벌레먹어 "구멍들이 숭숭 나 있"는 "오래 쌓아둔 원고 뭉치"에 "끙끙거리며/남은 글자들을 끌어 모아/좀 벌레가 만든 구멍을 메우려고"(「좀」) 한다. 화자는 늘 "여태/몸 밖으로 날려 보내지 못하는/무거운 생각"(「늦가을」)만 가지고 산다. "몸 따로 마음 따로 산다는 생각이 들 때가 있"어도 갈등하는 마음이 있어도 자신의 마음을 "누군가가 잘못 배달한 것은 아닐까?"(「호박고구마」)하고 합리화한다.

4. 몸과 비애

이 글은 비애를 4 층위[1.우주, 2.사회, 3.가족, 4.개체]로 나누었다. 이를 다시 각 층위에 순응하느냐 역행하느냐로 2분하여 총 8항목으로 확대했다. 그것은 '1)천시에 순응하는 비애 2)천시에 역행하는 비애 3)세회에 순응하는 비애 4)세회에 역행하는 비애, 5)주위를 따르는 비애 6)주위를 거스르는 비애, 7)충실한 삶의 비애 8)부실한 삶의 비애'다. 시집 『휘발성』의 비애 층위는 전 분야에 걸쳐 나타났다. 대부분의 시집들이 특정한 비애 층위에 집중해 있는 것과 대조를 이룬다.

비애는 정상인의 건강한 정서다. 이상과 현실의 괴리에서 나오는 순간적인 기분이다. 이상은 아름다움을 추구하는 심미적인 차원이고 현실은 삶과 환경이 얽힌 윤리적 차원이다. 여기에 심욕이 개입되면서 모든 현상들이 굴절·왜곡되어 나타난다. 『휘발성』에는 이제마가 걱정했던 심욕['과심驕心, 긍심矜心, 벌심伐心, 과심夸心, 탈심奪心, 치심侈心, 나심懶心, 절심竊

心'] 중 벌심伐心 정도가 나타났을 뿐이다. 나머지는 정제된 자아가 '상처 주기 싫고, 상처 받기 싫은 마음'으로 사는 모습이었다. 이런 자세가 조심스럽고, 세세하고, 중층적인 글쓰기와 이어져 자연스럽게 비애를 만들어 내었다. 『휘발성』의 비애는 '과거와 현재', '농촌과 도시', '참여와 방관', '분노와 평온', '일탈과 구속', '이론과 실천'이 혼재混在해 있다. 긍정적 주체가 부정적 주체를 압도한다. 『휘발성』의 비애는 긍정성에 있다는 점이 특이하다. 다시 말하면 『휘발성』의 비애는 자비慈悲와 자애慈愛에서 온다. 자비自悲는 있지만 자애自愛는 없는 데서 온다.

『휘발성』의 주체는 이타심, 자비심, 정의감보다 더 큰 '조심성'이 있다. 그래서 큰 담론 축소하기, 강박을 약박으로 순치하기라는 순종적 주체를 양산한다. 순종적 주체는 혼종적 비애로 극대화 된다. 우주적 비애는 소리를 통해 이를 드러냈다. 소리를 간파하여 우주의 질서와 인간 세태, 화자의 삶을 대조하고 있다. 사회적 비애는 어정쩡한 위치가 주는 비애다. 사회적 현실과 자신의 존립에 충실하려는 마음과 여기에 역행하는 마음을 억압하는 비애다. 가족적 비애는 후각의 기능에 충실하게 실제 상황에 눈을 돌린다. 좋든 싫든 대부분 긍정하고 있다. 이웃, 집안 문제들에 초점을 맞추어서 세상을 지탱하는 중심축의 의미를 되새기고 있다. 개체적 비애는 맛과 멋을 상실한 대상에 대한 비애다. 그 시선은 화자의 내면이나 주변의 개별체로 향해 있다.

『휘발성』은 시인이 태어나서 "시가 되는 순간까지 함양해 온 마음의 전모가, 순간적으로 통제할 수 없는 언어로 저절로 발해서 그 진상을 드러낸" 시집이다. 그 작업이 factry다. factry는 '체험적 사실'[진성성]과 '해석적 상상력'[심미안]이 하나됨이다. 삶과 글쓰기를 하나로 녹이는 작업이다. 그에게 비애는 병증이 아니고 진정성이다.

❻ 체질과 전복

−이승훈 대담록

1. 비대상에서 선禪까지

이형우: 선생님의 열 다섯 번째 시집 『화두』 출간을 축하드립니다. 그런데 선생님의 건강이 악화되셨다는 소식을 접하니 걱정이 앞섭니다. 근황은 어떠신지요?

이승훈: 3년 전에 초기 위암 절제 수술을 받은 게 올 여름 재발해서 다시 며칠 입원하고 수술을 받았어요. 전생의 업이지. 몸이고 정신이고 모두 업 아닙니까? 그런데 또 대장에 혹이 생겼는데 이게 대장암 초기 층상 비슷해서 또 며칠 입원하고 절제 수술을 받고 퇴원했는데 이번엔 허리 통증으로 걷기가 힘들어. 몇 달 지속된 건데, 의사인 아들이, 아버지 아무래도 MRI 촬영을 해야 한다고 해서 했더니 결과가 안 좋아. 그래서 또 입원하고 며칠 동안 세브란스 병원 종양 내과에서 정밀 검사를 받았는데, 분명한 증상이 안 나와서 며칠 전 골밀도 검사를 받고 기다리는 중이야. 그러니까 5월, 6월, 7

월 내내 입원, 퇴원, 입원, 퇴원 반복하며 보낸 셈이지. 생에 대한 집착 같은 건 없지만, 입원실에 누워 가만히 생각하니까 책이 쓰고 싶은 거야. 그동안 많은 책을 썼지만 마음에 드는 게 한 권도 없다는 생각이야.

이형우: 선생님은 전형적인 소음인이시기에, 소화기관이 약하실 겁니다. 속이 늘 찬 편인데 맥주만 좋아하시니 설상가상雪上加霜이고요. 아무쪼록 건강하신 모습 항시 뵈올 수 있으면 좋겠습니다.

이번 대담은 선생님의 체질과 문학 관계를 시집 『화두』로 조명해 보고 싶습니다. 그 다음은 선생님이 하시는 작업을 알고 싶고요. 이재훈 시인과의 대담(2004)에서는 선생님의 가계도에서 시작하여 문학의 계보도 등을 상세하게 밝혀주셨습니다. 또, 김이강 시인과의 대담(『詩針』 창간호, 2009)에서는 '영도의 시쓰기'까지 말씀해 주셨습니다. 이제 남은 건 비대상이 어디로 가고 있느냐는 문제겠지요. 요즘은 어떤 구상을 하고 계신지요?

이승훈: 이재훈 시인과의 대담에선 내 시세계를 '비대상에서 선禪까지'로 요약했죠. 그러니까 시쓰기를 구성하는 세 요소, 자아·대상·언어에서, 초기의 비대상은 대상 없이 언어로 자아(무의식) 찾기고, 중기는 자아도 언어이기 때문에 자아도 소멸하고, 언어만 남은 해체시, 언어가 시를 쓴다고 주장했죠. 그러다 우연히 '금강경'을 만나고 언어도 버려야 한다, 그리고 자아불이不二 사상과 만났습니다. 그러니까 초기(자아 찾기: 모더니즘)·중기(자아 소멸: 포스트모더니즘)·후기(자아불이: 선불교)라고 할까? 그러나 선공부가 쉬운 게 아니야요. 다만 김이강 시인과의 대담에서는 내가 없으므로, 아니, 있는 것도 아니고 없는 것도 아니라는 자각 속에서, 나를 버리는 시쓰기, 곧 '나오는 대로 쓴다' 했어요 시쓰기도 방하착放下着이죠.

이형우: '비대상'이란 용어는 선생님의 시 세계를 정확하게 드러내 주는 척도이기도하지만, 그 때문에 선생님의 문학을 편협하게 바라보게도 만듭니다. 선생님은 詩論과 詩作을 겸비하셨고, 이론과 실제를 조화롭게 추구해 오셨습니다. 그렇기에, 선생님의 詩論은 선생님의 시를 접하는 잣대가 되어 있습니다. 얼마 전에 나온 논문까지 종합해 보면, 대부분의 '李昇薰論'은 선생님의 눈금에서 벗어나지 않고 있습니다. 뿐만아니라, 동어반복적인 요소, 근친상간적인 요소가 많습니다. 저는 이런 이유를 연구자들의 안이한 접근법에서도 찾지만, '비대상'을 강하게 각인시킨 선생님의 열정(?) 이 결정적이라 여깁니다. 그 동안 작가와 이론가를 겸업한 공과를 자평하신다면 어떤 것들일까요?

이승훈: 최근엔 시가 시론이고 거꾸로 시론이 시라는 생각이야. 좀 과격한가? 안 그래요? 우리가 현대시를 처음 쓸 때, 그러니까 시조나 가사 같은 정형시를 쓰다가 자유시 쓸 당시 문학 청년들은 '도대체 자유시는 어떻게 쓰는 거요?' 하고 물었지. 그래서 김억이 우리나라 최초의 현대시론을 쓰면서 호흡의 리듬이라 말하고, 그때부터 아! 자유시는 제멋대로 쓰는 게 아니라 호흡의 리듬을 따르는 시로구나 하고 알게 되었죠. 이런 시론이 없었다면 당시 근대 초기에 우리가 어떻게 자유시를 썼을까요? 지금도 그래요, 초등학교부터 국어 교과서에서 시라는 건 이런 거라고 배웠으니까 시를 쓰지 시 한 편 읽지 못하고 무슨 시를 쓸 수 있습니까?

그런데 현대에 오면 왜 시를 쓰는가? 시는 무엇인가 하는, 시에 대한 자의식이 강해져요. 그러니까 시론은 자신이 하는 작업에 대한 의식이고, 이런 의식이 그의 시야, 시의 이념은 산문이고 시론이고 시론이 철학이죠. 시에 대한 사유가 시입니다. 그래서 시론이 시고 시가 시론이야. 어디 시가 있어요? 근대 문학이 하나의 제도인데, 제도권에서 시라고 부르면 시야. 따라서 자기 시론이 없는 시인들은 전근대 시인이고 낭만파 시인들이지. 김수영, 김춘수의 현대성이 뭐야? 시에 대한 사유의 극단까지 간 거 아닙니까? 한편 헤겔은 낭만주의 이후 예술은 죽었다고 했습니다. 근대 예술의 죽음, 종언, 한 시대가 간 겁니다. 이른바 근대가 간 거죠. 내가 우리 현대시도 끝났다고 했는데 뭘 잘 모르는 무식한 평론가들은 현대시의 죽음을 시의 죽음으로 혼동하더군.

헤겔이 말하는 근대 예술의 종언은 근대에 오면서 예술의 역사가 끝났다는 거야요. 예술이 추구하던 진리의 종언이지. 예술은 이성, 정신의 실현인데 이젠 그런 현실이 끝났다는 거야. 초현실주의 예술에서 근대 예술이 끝나고 이젠 예술이 제멋대로 가는 자유의 시대죠. 나는 이런 헤겔의 주장을 수용하면서 하이데거와 결합시키는 입장이지. 하이데거는 예술의 진리를 주장하는데, 나는 그가 말하는 진리를 선禪으로 읽자는 입장이야. 그러니까 모더니즘이 끝나고 포스트모더니즘의 양상을 보이며 우리시가 끝나고 이제 그 대안을 선종에서 찾자는 겁니다. 그런 점에서 우리시의 현대성, 근대성이 끝나고, 시는 사유가 되고 철학이 되는 과정에 있습니다. 다른 분야에는 모두 근대 혹은 현대의 종말을 보여주는데 왜 우리시만 근대성에 집착하는지 몰라. 한 시대가 간 거죠. 그럼 예술은 뭐냐? 예술은 철학이고, 예술 자체에 대한 사유지. 서양회화의 역사를 보세요. 뒤샹과 워홀이 보여준 게 뭐야? 당신들이 생각하는 예술? 엿 먹어라지. 그런 점에서 최근의 우리시는 시론은 없고 잡문 아니면 감상문 천지야. 웃기는 시단이지. 난 우리 현대시도 이젠 끝났다는 입장이야. 꽃이니 새니 이슬이니 무슨 빛이니 하는 전통 서정시야 전근대니까 할 말이 없고, 이 시대 젊은 문제 시인들이 보여주는 건 시가 아니라, 읽을 수가 없잖아. 어설픈 언어학이고 정신분석이고 잡탕 철학이야. 어디 시가 있습니까? 그러니까 시가 아니라 시에 대한 사유가 중요해요.

이형우: '비대상'이란 용어는 앵포르멜Informel, 비대상non-object 회화, 비구상non-figuratif 미술, 워홀, 폴록, 이상, 김춘수, 무의미, 날이미지 등을 파악해야 선명하게 이해해야 하겠지요. 그런 점에서 '비대상'은 '시를 넘어선 시쓰기'[multi-poem]의 면모를 지니고 있었는데 이를 이해하기까지 참 많은 시간이 걸렸다는 생각이 듭니다. 우리 문단의 스타일과 스케일 문제 때문이겠지요. 선생님께서는 미술과 비대상의 관계를 설정하시면서, 비대상은 '대상을 부정한다는 점에서 [뜨거운]추상주의를, 억압된 무의식을 투사한다는 점에서 표현주의를, 행위의 순간을 보여준다는 점에서 액션'을 강조하고 있다고 말씀하십니다. 이를 바탕으로, 비대상은 ① 주관적 미학을 비판하면서 나와 자아 주체에 대해 질문하고 탐구하는 일이고 ② 환상을 생산하는 자아[매혹과 소외]에 관심을 두며 ③ 대상의 소멸을 지향하고, (시쓰기를 구성하는) '자아-대상-언어'에서 자아와 언어만 남는 시쓰기'라고 요약해도 무리가 없겠습니까?

이승훈: 비대상이라는 용어는 제2차 대전 이후 미국에서 일어난 잭슨 폴록을 중심으로 하는 비대상 회화, 액션 페인팅에서 내가 빌려온 거야. 같은 시기 유럽에선 앵포르멜 회화가 나오고, 이건 포트리에, 뒤베페의 그림처럼 비정형 속에서 의미 찾기이고, 비구상 회화는 구상에서 출발해 이미지를 추상화하는 것, 이들은 모두 차거운 지하학적 추상에 반대하고 뜨거운 상상성을 강조하고, 그런 점에서 광의의 비대상 개념에 속해요. 그리고 무의미시,

날이미지 시도 광의의 비대상에 속해요. 우리시의 경우 이런 미학은 이성의 절벽, 김춘수의 무의미시, 김영태의 비구상, 이제하의 밤의 추억(앵포르멜), 오규원의 날이미지시 등에 나와요. 그러니까 이 시인들은 초기 내 시의 천적들이죠. 모두 외로운 시인들이고, 외로워서 시를 쓰는 거야. 돈이 돼? 뭐가 돼?

그러나 내가 강조하는 비대상시는 액션 페인팅이라는 말이 암시하듯이, 이형우 씨 지적처럼 대상 부정(추상주의), 무의식 투사(표현주의), 행위의 순간(행위)을 강조해요. 그런데 철학적으로는 이런 행위가 모두 근대 자아에 대한 비판과 부정이죠. 근대시도 근대적 세계관, 인간관의 산물이죠. 근대적 자아는 쉽게 말하면 주체이고 인간이 중심이 되어 대상을 지배하고 착취하는 거야. 근대 서정시도 따지고 보면 시인이 주체가 되어 정서나 상상력을 매개로 대상을 착취하는 거야. 대상은 노예고 시인이 주인이지. 내가 '선과 폴록'(『아방가르드는 없다』, 태학사)에서 강조한 게 근대적 자아 버리기야. 그런데 초기의 나는 자아 버리기가 아니라 자아(무의식) 찾기로 해석했지. 그러나 그게 그거야.

2. 비대상과 체질

이형우: 『화두』 서평에 선생님을 생태시인이라 했더니, 어떤 친구가 더위 먹었냐더군요. 저는 약골이신 선생님의 강건한 생존법을 거기서 찾았는데 말입니다. 선생님이 다른 시인들과 유별나게 차이 나는 부분이 바로 시인으로 '어떻게 살아 남을 것인가?'를 제대로 고민한데 있다고 생각합니다. 그 출구가 '비대상'이었고, 그를 통해 지금도 영역을 넓히시면서 문학 청년 같은 열정을 사르고 계시지 않습니까? 반면, 극복해야 할 대상[主敵]이 무엇

인지 모르고, 분명치도 않은 시인들은 많은 것들을 놓치고 있는 실정입니다. 저부터 그러니까요. 그래서 등단작이 대표작이라는 우스갯소리가 아리게 들려도 옵니다. 우리 문단의 풍토[생태계]를 어떻게 진단하고 계시는지요?

이승훈: 이번에 발표한 이형우 시 서평은 너무 재미있고, 시각도 새롭고 좋았어요. 특히 체질로 접근한 게 새로워요. 그래서 내가 그랬잖아. 체질은 일생 간다고. 내가 소음 체질이라는 걸 나는 체험으로 알게 됐어요. 왜 나는 맥주 안주로 멸치와 김만 먹는가? 왜 참외나 밀가루 음식만 먹으면 탈이 나는가? 왜 부추, 시금치, 고사리, 미역, 파래, 다시마, 인삼이 좋은가? 왜 다른 고기는 잘 못 먹고 닭고기는 먹는가? 이걸 아닌 데 이십 년이 걸렸어요. 체질이 문제고 몸이 문제야. 체질이 무의식이지. 최근엔 내가 신경증이나 조울증이 아니라 분열증적 체질이란 생각이 들어요. 갑작스런 외부의 습격에 아주 약하고, 그래서 이 놈의 세계를 초월하는 또 하나의 세계를 갈망하죠. 이론을 좋아하는 것도 그래도 이론, 논리에는 불의의 습격이 없잖아. 그러니까 언제나 외부는 겁이나고 그래서 나를 방어하는 거지. 일주일이고 열흘이고 아파트 빈 방에 혼자 앉아 있는 게 좋아요. 외부의 습격이 없잖아. 일생을 정신적인 독신으로 사는 느낌이야. 이런 게 체질 아닐까?

아무튼 체질은 일생 가요. 그래서 몸이 통하는 사람이 중요해요. 이형우 씨 연구에 의하면 내가 이상과 김춘수를 좋아하는 것도 체질이 비슷해서 그렇다는데 재미있는 견해야. 앞으로 그런 걸 좀 더 연구하세요. 결국 소음인은 소음인끼리 통하고, 궁합도 그런 게 아닐까? 궁합, 특히 속궁합이 중요하잖아요? 그건 그렇고 이 시인은 내가 시단에서 살아남은 게 적(서정시)을 알기 때문이라고 했는데, 사실 적은 외부에 있는 게 아니라 내부, 그러니까 내가 나의 적이고, 내가 나의 원수야. 그동안 나는 나와 싸웠어요. 지금도 크게 달라진 건 아니고, 최근에 선禪과 만난 것도 이런 싸움의 연장이야. 그런데 일체유심조一切唯心造라 했어요. 적이라고 생각하면 적이고, 친구라고 생각하면 친구야요. 그러니까 맑은 마음, 동심, 자성, 청정심이 되려고 노력해야 해요. 최근엔 동시가 최고의 시라는 생각이야. 알기 쉽고 투명하고 단순하고 마음을 맑게 하고, 시쓰기가 수행이라면 동시같은 시를 써야하는데 아직도 마음에 때가 너무 많아요.

이형우: 그러면 '비대상'이란 용어를 체질로 한 번 접근해 보겠습니다. 자본주의 시대에 가장 적합한 인간 유형은 태음인입니다. 그들은 육식과 채식을 두루 잘 할 수 있으며 재능과 재화를 동시에 향유할 수 있습니다. 간이 커서 겁 없이 일을 잘 벌이며, 추구하는 일들을 완벽하게 처리할 수 있지요. 그들은 재간이 뛰어나지만 伐心이 과도하여 상대를 제압하려 합니다. 그러면서 나태하기도 합니다. 이런 양상들을 현대미술사, 특히 선생님께서 좋아하시는 워홀에게서 쉽게 찾아 볼 수 있습니다. 전복顚覆과 전횡專橫을 일삼고 있었습니다. 생각이 비슷하다는 말은 체질적 유사성을 전제로 합니다. 체질이란 방향성이니까요. 그러나, 비슷한 체질이라도 차이가 납니다. 선생님 같은 소음인들은 입맛이 까다롭습니다. 맛은 멋과 연결되니 당연히 멋쟁이들이 많습니다. 선생님도 굉장한 멋쟁이시잖아요? 당연히 형식문제에 주된 관심을 갖게 되지요. 그래서 남의 것들도 잘 가져 옵니다. 이런 성향들이 문명과 결합하여 '원전은 없다'로 이어지지 않았습니까? 선생님의 서구식구[화가]들이 모범 사례고요. 그래서, 저는 선생님의 '비대상'을 체질적 성향을 긍정적으로 극대화한 산물이라고 생각합니다. 형식의 변화와 선생님 시세계의 변화는 어떤 관계가 있습니까?

이승훈: 워홀은 나하고 다른 체질이어서 관심이 많은 모양이군. 워홀이 좋은 건 그가 아무 것도 그리지 않고 위대한 화가가 된 점이야. 얼마나 좋아요. 그리고 돈도 벌고. 소음인들이 입맛 까다롭고 맛과 멋이 통한다는 건 정확해요. 결국 시는 멋이고 스타일이고 형식입니다. 주제는 옛날이나 지금이나 비슷해요. 사랑, 고독, 불안, 질병, 죽음, 전쟁, 조국, 종교 등 시적 주제는 크게 열 개를 못 벗어나요. 그런데 많은 시가 있는 건 시가 형식이고, 형식이 또 다르게 말하기 때문이지. 요컨대 형식이 시적 사유지요. 내가 '사유는 당신의 부재의 흔적이고 죽음의 흔적이고 이 흔적이 형식이다.'('증상을 즐겨라')고 시를 썼는데 쉽게 생각하세요. 내가 대상(당신)에 대해 사유할 때 나는 사라집니다. 나의 의식은 나로부터 당신에게로 옮겨 가잖아. 그러니까 사유는 나의 부재의 흔적이고, 부재가 죽음이니까 죽음의 흔적이고, 내가 당신에 대해 시를 쓰는 건 이 흔적의 형식 만들기죠. 안 그래요? 시에선 사유가 형식이고 형식이 사유죠. 그리고 이게 시의 멋(미학)이고 맛(체질)입니다. 최근의 우리시는 너무 말들이 많고 이런 멋, 스타일을 몰라요. 위대한 예술가, 예컨대 피카소도 스타일리스트고 이상, 김수영도 스타일리스트 아닙니까? 스타일리스트는 자기만의 스타일이 있다는 걸 말해요.

내 시의 변화는 주체의 변화와 동시에 형식의 변화, 아니 형태, 스타일의 변화가 나타나요. 시 '나를 쳐라'(시집『이것은 시가 아니다』)에서 노래했듯이 40년 넘게 시를 써 온 나는 그 동안 시를 쓴 게 아니라 형태와 싸운 거야. 등단 시절엔 연 구분이 있는 씨를 쓰고 싫증이 나 그 후 산문 형태를 시도하고, 이것도 지겨워 이른바 단련 형태를 시도하고, 다시 지겨워 단련 형태이며 시행이 가늘고 긴 형태, 그러나 또 지겨워 이번엔 변형된 산문 형태, 그러다 정사각 형태, 정사각형은 죽음을 상징하지. 다음엔 직사각형 형태,

그것도 지치면 산문 속에 정사각형도 넣어 보고, 토막글도 넣어 보고, 그 후엔 마침표, 따옴표가 없는 산문 형태(시집 『이것은 시가 아니다』), 다시 마침표, 따옴표가 나오는 산문 형태(시집 『화두』)까지 왔어요. 두 개의 산문이 결합된 형태도 시도했고, 최근엔 다시 막막해요. 옛날로 갈 수도 없고 오늘도 나는 형태, 형식, 스타일 편집증에 시달리는 편집증 환자고 병적(?)인 인간이죠. 그런데 우리 시단은 평론가고 시인이고 이런 형태, 스타일에 뭘 말하는지 몰라요. 컵에 보자기를 씌우는 것과 컵을 마당에 놓은 것과 책상에 놓는 것과 들고 있는 게 다르잖아요.

이형우: 선생님께서도 익히 아시겠지만, 워홀은 화폭 위에 눈 오줌으로 그림을 그렸습니다. 폴록은 화포를 던져 놓고 그 위를 뒹굴며 그렸고요. 그러나, 이런 행동을 선생님께서는 꿈 속에서도 하실 수 없지요. 체질이 다르기 때문입니다. 폴록의 그런 행위를 선생님은 '실존의 전율'이라고 말씀하셨습니다. 저는 이를 '생쑈'라 폄하합니다. 이는 전적으로 제가 무지하기에 용감하게 드리는 말씀인 동시에 체질에서 오는 시선 차이기도 합니다. 어차피 천재성과 사기성은 종이 한 장 차이 아니겠습니까? 화폭 안의 반란이 화폭 밖의 재화로 이어지는 데 대해 쉽게 수긍하고 싶지 않기 때문이겠지요. 수많은 사람들을 '벌거숭이 임금님' 만들어 놓고, 돌아서서 돈 세며 웃고 있는 모습이 지워지지 않기 때문입니다. 미당 선생님 뵈러 갔더니 잔뜩 쌓은 맥주 박스가 있었고, 마음껏 마시고 가라시더군요. 보기만 해도 배불러서 1병 마시고 왔습니다. 한 잔 들이키는데 제게 그러시더군요. '노랫말 하나 써 주고 1천만원 받았다'고요. 친한 작곡가도 그렇게 해 주셨다며 어린애처럼 자랑하시던 기억이 납니다. 그런데 이승훈 선생님은 '시는 그냥 줄 수 있지만, 산문[평론]은 안 된다'고 말씀하십니다. 세속의 허상과 문단의 실상을

두 분이 증명하고 있는 사례들입니다. 자본주의 시대에 시인이란 어떤 존재여야 하는지요?

3. 현대 예술과 사기

이승훈: 내가 좋아하는 화가는 초기엔 뭉크, 달리, 중기엔 마르니트, 후기엔 뒤샹, 워홀이고 최근엔 장욱진, 박수근, 중국 명나라 시대 화가인데, 뭉크는 표현주의적이고, 달리는 초현실주의야. 마그리트에 빠진 건 그의 철학, 사유 때문이지. 이미지란 무엇인가? 기호란 무엇인가? 결국 회화는 사기 아닌가? 그런 질문이 좋았어요. 뒤샹은 아주 과격해요. 무엇이 예술이냐 그거지. 변기에 '샘'이라는 제목을 붙여 미술 전시에 출품한 건 당신들(제도권 예술가) 엿 먹어라! 이거지. 화장실에 있으면 변기고 전시장에 있으면 작품 아닙니까? 창조는 무슨 개떡이냐 이거야. 그런데 워홀은 한 술 더 떠요. 그냥 브릴로 상자를 전시해요. 이 상자는 다른 사람이 디자인한 거야. 그러니까 도용한 거지. 뒤샹의 변기엔 제목이라도 있지만 이 상자들은 그냥 상자야. 예술의 지각적 성질, 말하자면 변별성이 소멸하고, 그래서 미국 미술이론가 단토는 이 상자에서 예술의 종언을 본 겁니다.

문제는 사기성인데 백남준도 그랬고, 피카소도 그랬어요. 뒤샹에 의하면 예술의 본질은 없고, 본질이 없는 작업이 뭐냐? 생이 넌센스인 것처럼 예술도 넌센스야. 무슨 의미가 있습니까? 그러니까 본질주의자들은 이런 예술, 그러니까 오줌으로 그리고 화폭에 나를 던지는 행위를 사기라고 해요. 난 시의 경우 원래 언어가 필연적 의미가 없다. 그래서 언어는 본질적으로 비본질, 사기라는 입장이야. 가짜 언어로 쓰는 시는 사기 아닙니까? 그러니까 현대 예술의 사기성은 그 동안 우리가 믿어온 본질, 진리가 사기라는 걸 알려주는 행위야요. 사기사 사기라는 걸 알려주는 사기라고 할까? 그러니까 생쑈(?)죠. 생쑈는 숨기는 게 없어요. 위장하지 않죠. 있는 그대로 보여준다. 얼마나 솔직해요? 백남준의 플럭석스엔 브르주아적인 위선이 없잖아. 돈 생긴 자랑을 하는 게 서정주의 위대성이야. 자신에게 솔직하지 못한 시인들이 너무 많아요. 폼이나 잡고. 노랫말 하나 써 주고 천만 원 받았는데 얼마나 좋겠어요? 난 백 만원만 받아도 좋을 텐데. 아니 오십 만원만 받아도. 선禪이 강조하는 게 있는 그대로, 如如야. 무얼 따지지 말고 즐거우면 웃는 겁니다. 그게 平常心이고 평상심은 따지지 않는 평등한 마음이야. 이런 태도가 필요해요.

이형우: 어차피 추상화란 깨달음을 전제로 하기에, 쓰레기인지 부처인지는 안목에 달렸다고 생각합니다. '베려하니 풀 아닌 것이 없고. 두려하니 모두가 꽃이로다!'(若將除去無非草 好取看來總是花)라는 월산 대선사의 법문처럼, 잡초가 곧 꽃인지를 아는 시선은 곧 경지가 아니겠습니까? 선생님이 『이것은 시가 아니다』라는 제목으로 시집을 내셨듯이, 시인지 아닌지를 분간하는 능력은 읽는 이의 안목에 달린 문제라고 생각합니다. 워홀이나 폴록의 작품도 마찬가지겠지요. 그러나 저의 천박한 생각으로는 그들이 관심과 고민거리는 형식에서 출발하지만, 주도권 장악 문제, 자본시장 개척 등 복잡한 전략이 깔려 있었다고 여깁니다. 같은 아방가르드를 표방하면서도 워홀이나 폴록은 시대와 자본주의[돈]를 주무르며, 가면을 벗었는지 썼는지도 모를 모호한 지점에서 애매한 그림을 그리고 있습니다. 그러나, 선생님은 '살아남기'[자생력]가 문제였고, 그랬기에 순진무구하게 맨몸으로 광야에 서 계십니다. 이게 바로 태음인과 소음인의 차이기도 합니다. 제가 선생님의 '비대상'을 존중하는 단순한 이유이기도 하고요. 워홀의 별명이 '드렐

라'[드라큐라+신데렐러]였다는데, '순수 미술계의 거머리, 대중미술계의 신화되다!'라는 비아냥 아니겠습니까? 제가 볼 땐 이렇는데, 선생님께서는 이들과 어떤 점에서 비슷하고 무엇이 다르다 여기시는지요?

이승훈: 월산 대사의 법문이 참 좋네요. 베려니 모두가 풀이고 두려니 모두가 꽃이다. 그럼 어떻게 해야 합니까? 난 '무분별의 시선'을 강조하고, 유가에선 이성, 분별이 중요하죠. 그러나 佛家에선 분별이 고통을 낳고, 그건 이성의 조작이고, 따라서 무분별을 강조해요. 趙州 선사도 그래서 '도'에 이르기는 어렵지 않다. 다만 분별을 피하면 된다. '至道無難 唯嫌揀擇'이라고 했어요. 도대체 자아, 나라는 게 실체가 없는데 무슨 분별이 중요합니까? 그러나 불가에서 말하는 무분별은 제멋대로 살라는 게 아니고 맑은 마음을 강조해요. 그래야 이런 마음이면 중생도 부처가 되는 거고, 쓰레기도 부처야. 그런데 이런 경지는 형우 씨 말처럼 안목 있는 선사들만 알죠. 그래서 훌륭한 선지식을 만나야 돼요. 내가 폴록과 워홀에 매혹되는 건 그들의 작업이 내 시쓰기에 영향을 주었기 때문이고, 그건 새로운 모험, 시도, 전위성이야. 그러나 그들은 돈을 벌고 나는 못 벌고, 시는 원고료 없이 그저 발표할 때도 있고, 한 편에 이 만원 받을 때도 있고 삼 만원, 오 만원, 최고는 칠만 원인가? 그러나 많이 받으면 얼마나 좋겠습니까?

이형우: 제가 생각하기에는 솔직하냐 아니냐가 가장 큰 차인 것 같습니다.『화두』에 실린「피카소 이야기」가 이를 증명해 주고 있습니다. '내 눈엔 소가 보이질 않았다 얘야. 난 추상화로 사기를 치는데 넌 한술 더 뜨는구나.'라는 구절이 그것이지요. 저들의 의뭉함, 배포 큰 기획, 주도면밀한 이벤트, 대박 결말[수익]… 선생님은 상상도 하실 수 없는 일들입니다. 일[사

기은 그렇게 벌인다[친다는 걸, 한 세상은 이렇게 등쳐먹는다는 사실을 저들이 얘기해 주는데, 선생님은 이론적인 것만 받아 들이셔서 예술은 이렇게 한다고 하십니다. 이런 점들이 선생님께서 말씀하신 '수입'과 '수용'의 차이기도 하겠지요. 이는 선생님의 체질적 장점인 동시에 한계이기도 합니다. 좋게만 여겨 그 너머나 배후의 음모에 대해서는 관심이 없으시니까요. 이제 시선을 안으로 돌려서, '무의미시' '비대상시' '날이미지시'를 어떻게 하면 쉽게 구분할 수 있는지를 알고 싶습니다.

이승훈: 사실 난 그런 배후의 음모나 의뭉함 따윈 모르고 관심도 없어요. '피카소 이야기'도 피카소와 아이의 대화에서 피카소의 솔직함이 마음에 들고 그래서 우리 시인들도 좀 솔직하게 살고 쓰자는 생각이 들었어요. "얘야, 난 추상화로 사기를 치는데 넌 한술 더 뜨는구나" 하는 말이 얼마나 재미있고 솔직합니까? 이런 건 경지야요. 무의미시, 비대상시, 날이미지시에 대해선 아직도 개념의 혼란이 많아요. 공통점은 대상을 제거한다는 점이죠. 김춘수의 무의미시는 크게 세 단계로 발전해요. 1단계는 의미(기의)를 제거하고 이미지를 강조하고, 2단계는 이미지(시각)를 제거하고 소리(청각)를 강조하죠. 비대상과 관계되는 무의미는 2단계입니다. 오규원의 날이미지는 대상의 의미 제거를 목표로 한다는 점에서 김춘수의 1단계 무의미와 가깝고. 그러나 김춘수가 이미지의 극한에서 자유 연상으로 나간다면 오규원은 묘사적 이미지의 극한에서 은유와 환유의 문제를 제거하고 현상 자체를 강조하는데 이런 태도가 禪과 통해요. 대상은 있는 것도 아니고 없는 것도 아니죠. 비대상은 앞에서 말한 대상 없이 언어로 자아(무의식) 찾기, 대상 부정(추상), 무의식 투사(표현), 순간의 행위(행위)를 강조하고, 그러나 최근에 나는 비대상 시론을 禪과 결합시켜 해석하는 작업을 하고 있어요.

이형우: 그런데 선생님, '비대상' '무의미' '날이미지' 등은 모두 관념의 산물입니다. 정신과 육체라는 이원론, 주종관계에서 벗어나지 못하고 있다는 말씀이지요. 이러한 면은 주객의 경계를 뛰어넘으려는 '비대상'의 발상과 모순이 된다고 생각합니다. 정신적인 해탈은 꿈꾸고 이뤄 가지만 몸은 따르지 못하는 불구적 상상력으로 그칠 여지가 남아 있다는 뜻입니다. 『화두』의 「무엇이 시인가?」, 「내가 나를 만나는 장소」에는 無碍行과는 거리가 있는 모습이 보이고, 시집 전체에 자주 등장하는 '은퇴한 교수'라는 어휘는 '나는 없다'라는 선생님의 말씀과는 달리 강한 '자아'를 드러내고 있습니다. 뿐만아니라, 여전히 상징계의 질서가 배인 몸을 읽을 수가 있습니다. 몸과 의식의 관계 설정이 '비대상' 나아가, 불교 관련 시학들을 완성하는데 가장 중요한 관건이겠지요. 행위가 시를 쓴다는 말은 몸이 시를 쓴다는 뜻일 테니 말입니다. 선생님 문학 속의 몸은 어떤 위상을 지니고 있는지요?

이승훈: 이론은 관념의 산물이고 사유도 관념이지. 그러나 내가 주장하는 비대상은 자아/대상의 이원론적 대립을 부정하는 자아(무의식) 찾기에서 시작되고, 따라서 의식, 관념, 사유 너머 있는 나를 찾는 거였지. 정신/육체의 주종관계가 아닙니다. 무의식은 정신/육체의 대립을 몰라요. 그후이 자아(무의식) 찾기가 언어와 만나고, 자아가 소멸하고, 다시 불교와 만난 거야. 그러니까 비대상 시론은 선과 만나기 위한 여정이고, 비대상의 목표가 결국은 선이 된 셈이야. 다만 이번 시집에 몇몇 시들이 무애행과는 거리가 있다고 했는데 그건 당연해요. 왜냐하면 시쓰기가 수행이라면 수행이 뭐야? 마음을 닦고 실천하기지. 그런데 나처럼 근기根基가 낮은 중생은 수행이 어렵고, 번뇌 망상에 자주 빠져요. 그러니까 '무엇이 시인가'에선 아직도

자아에 대한 고집이 나오지. 그러나 '내가 나를 만나는 장소'에선 무념무상이랄까 그런 걸 노래했지 수행이 결국은 현실, 상징계의 나와 싸우는 일이고 그래서 내가 쓰는 시는 상징계의 흔적이 있죠. 아직 먼 거지.

이형우: 『東醫壽世保元』「擴充論」에 '소음인의 입은 거처하는 곳[地方]은 꿰뚫고 있으나 소음인의 눈은 世會[世上]를 넓게 바라볼 수 없다'(少陰之口 能 廣博於地方 而少陰之目 不能廣博於世會)고 했습니다. 細技에는 능하지만 대세를 그르칠 여지가 크다는 말이겠지요. 이 구절이 선생님께 적확하다는 생각했습니다. 선생님은 탁월한 예지력과 예술적 감각을 지니셨지만 자본주의 시대에 적응하기에는 문제가 많거든요. 시 쓰고 연구하신 것 외엔… 퍼포먼스를 모르시는 선생님이 아방가르드를 말씀하시는 것도 좀 어색한 면이 있습니다. 제가 갖는 가장 큰 아쉬움은 선생님의 노력에 대한 결실[출판물]입니다. 선생님이 공들여 쓴 원고를 정에 치우쳐 아무렇게 넘기시거든요. 그게 선생님의 장점이기도 하지만 서구의 가족[화가]들과 비하면 한없이 대조적입니다. 누구는 오줌 눈 것도 비싸게 팔아먹는데 피땀 흘려 쓰신 원고를… 그래서 선생님이시겠지요. '나는 부처를 팔아먹고 살고, 이승훈 교수는 이상을 팔아먹고 살고, 송준영은 이승훈을 팔아 먹고 산다.'는 오현 스님의 말씀 속에 세 분의 체질이 드러나 있습니다. 부처를 팔아 대자대비한 덕을 고루 베풀고 사시니 오현 스님은 태양인일 테고, 선생님을 팔아 一家[잡지사]를 단단히 꾸려 가시니 송 선생님은 태음인이고, 이상 팔아서 겨우 한 몸 운신하는데 그치셨으니 선생님은 소음인이 틀림없습니다.

시집 『화두』에는 이러한 특성이 잘 나타나 있습니다. 맨 먼저, 선생님은 공간 고착형으로 드러납니다. 제가 지금 선생님 안 계신다고 찾아 달라면 몇 분 안에 찾을 자신이 있습니다. 가시는 곳이 정해져 있다는 말씀입니다.

움직임을 싫어하시고, 모험을 싫어하시니 마냥 그 자리만 맴돌 수밖에요. 공간은 특정한 땅에 집중되어 있습니다. 하늘적인 요소가 별로 없습니다. 이는 선생님이 미래지향이나, 호연지기와는 무관하다는 풀이가 가능합니다. 땅도 편협하게 등장합니다. 서울(13) 강원(7) 순이고, 그 중에서도 병원, 공원묘지, 만해마을, 문인촌 등이 전부입니다. 나머지는 모두가 집[방]입니다. 서울서 가서봤자 세브란스나 한대병원이고, 북가좌동 현대시 사무실이며, 인사동도 정해진 그 찻집이니 눈 감아도 보이지 않겠습니까? 강원도 가셨댔자 춘천의 공원묘원이고, 만해마을이니까요. 체질론으로 읽은 선생님의 공간은 이렇습니다. 이참에 선생님의 공간론을 들려주시지요.

4. 체질과 『화두』의 시공時空

이승훈: 이형우 씨 체질론이 재미있어요. 소음인은 세기細技에는 능하나 대세를 그르칠 여지가 크다. 맞는 말입니다. 섬세한 기술, 기예, 그러니까 쟁이라는 뜻이죠. 난 글쟁이고 시쟁이야. 그것도 마음이 약하고 여린. 그런 글 한 줄 쓰고 시 한 줄 쓰다 가는 겁니다. 다른 건 잘 모르고 관심도 없고, 알아도 대책이 없어요. 힘들여 쓴 원고를 아무 데나 준다고 하지만 모든 게 인연이야. 인연 따라 만나고 인연이 없으면 헤어지는 거지. 난 원고 들고 이 출판사 저 출판사 뛰어다닐 힘도 없고 사교도 못하고 능력이 없어요. 이번 시집도 우연히 술자리에서 김영재 시인 만난 게 인연이 돼 냈지요. 얼마나 고마운 인연입니까? 이형우 씨 만난 것도 고마운 인연이지. 그런 인연이 안 닿으면 원고를 방구석에 묻어두고 지내다 못 내는 거지. 뉴턴의 '프랑키피아—자연철학의 수학적 원리'가 출판된 건 후원자 헬리 때문이지. 뉴튼은 물리학 외에 연금술, 신학에 대해 많은 원고를 썼지만 발표한 적이 없고, 일

생을 독신으로 캠브릿지 대학 기숙사 방에서 지냈어요. 학생들이 없는 강의실에서 혼자 강의도 하고. 그런데 이 사람이 분열증적 체질이고 또 내가 좋아하는 철학자 비트겐슈타인도 그래요. 그도 일생을 독신으로 캠브릿지 대학 기숙사 방에 간이 침대 하나 놓고 지냈지. 그는 생전에 '트랙타투스―논리철학논고' 한 권만 내고 나머지는 강의 노트를 학생들이 편집한 거야. 그는 일생동안 출판보다 자신의 철학적 사유, 사유의 한계와 싸우고, 초기 철학은 외부 세계를 단념하는 방법으로 철저한 논리의 성벽을 구축한 거야. 얼마나 멋진 삶입니까? 잡스러운 데가 없잖아. 우리나라 어떤 스님은 젊은 시절 절에 들어가 일생동안 절 밖을 나가지 않고 염불만 외다 열반에 드셨어요. 난 한참 멀고 너무 속되지. 참회해야 합니다. 제대로 공부한 것도 아니고 시를 쓴 것도 아니고 불자 노릇도 그렇고.

오현 스님 말씀은 세속을 초월한 유머야. 이런 게 경지야요. 그런데 그런 초월이 또 현상계와 함께 있다는 말씀이지. 공이 색이고, 색이 공이라는 말씀이야. 내가 처음 만난 스님이 무산霧山 오현 스님인데, 글쎄 처음 만난 2008년 봄날 저녁, 신사동 먹자 골목 일식집에서 맥주를 사 주시고 나오실 때 그런 말씀을 하시는 거야. 시로 옮겨 발표도 했는데 "난 부처님 팔아먹고 이 선생은 이상 팔아먹고 송 주간은 이 선생 팔아먹고 사는 거야." 하시더라고. 그 후 백담사에서 스님이 주신 법호 '방장方丈'을 받고 불자가 되었는데, 이게 법연 아닙니까? 찾아 헤맨다고 큰 스님 만나는 게 아니죠. 불교, 법, 부처님, 스님도 인연이 닿아야 해요. 이형우 씨는 내가 체질적으로 공간 고착형이라고 했는데 그런 것 같아요. 어디 먼 곳으로 여행할 일이 있으면 떠나기 며칠 전부터 불안하고 잠을 설치고 변비 증상까지 있고, 그래서 여행이 싫어요. 낯선 곳에 대한 공포인데, 이건 유년 시절의 내가 그랬어요. 자주 이사를 다녀 밖이 두렵고 집에선 아버지, 어머니가 싸우시고, 그럼 나처럼 밖도 무섭고 안도 무서운 인간은 어떻게 살아야 합니까? 아버지도 어머니도 없는 빈 집에서 혼자 노는 거죠. 시쓰기도 결국은 혼자만의 놀이고, 이렇게 늙고 병들어서도 아파트 작은 방에 혼자 앉아 노는 거야. 다른 방법이 없잖아요. 사는 게 웃기는 거지.

이형우: 『화두』의 시간은 순간, 찰라가 주류를 이루고 있습니다. 그래서 '현재[오늘](33), 과거[어제(12),지난번/해(2), 미래[내일(3)]' 순으로 나타납니다. 하루 중에서는 '저녁(73)이 새벽(2), 아침(2), 점심(2)'으로 치우쳐 있습니다. 계절은 '봄(18), 가을(12), 여름(11), 겨울(8)'입니다. 선생님께선 오래전에 『문학과 시간』(이우출판사,1983)을 내셨습니다. 그 당시의 시간론과 지금의 시간론은 어떻게 달라졌는지도 궁금합니다.

이승훈: '금강경'에 과거의 마음도 알 수 없고 현재의 마음도 알 수 없고 미래의 마음도 알 수 없다.(過去心不可得 現在心不可得 未來心不可得)이라는 부처님 말씀이 나와요. 과거는 이미 없고, 미래는 아직 오지 않았으니까 없고, 과거와 미래가 없으니까 현재도 없죠. 그런데 이런 것도 마음이고 그러니까 마음도 없어요. 의상 대사는 無量遠劫卽一念이라 했습니다. 무수히 많은 아득한 과거도 한 생각에 지나지 않는다. 그래서 현재 한순간의 생각이 중요하고 이 생각과 싸우는 게 수행입니다. 6조 혜능 선사가 무념無念 무상無相 무주無住를 주장한 것도 그래요. 그런데 무념은 생각이 없는 게 아니라 생각함에 생각이 없다는 거야. 於念而不念이지. 내 시에 '현재' '순간' '오늘'이 많이 나온다는 건 나도 몰랐어요. 아마 무의식 중에 현재, 지금 여기 있는 나와의 싸움인 것같고, '저녁'은 소멸, 죽음과 관계되지. 옛날에 낸 『문학과 시간』에선 시간을 구조적으로 해석했죠. 수평, 수직, 교점이 그거

야. 과거와 미래는 수평, 초월(신성)과 추락(실존)은 수직, 교점은 현재의 한순간이죠. 이 순간은 있으며 동시에 없어요. 그런데 최근엔 불교적 시간론, 특히 선의 시간, 공으로서의 시간에 관심이 많아요.

5. 영도의 시쓰기

이형우: 『화두』와 관련해서 마지막 질문 드리겠습니다. '행위가 시를 쓴다'는 명제를 어떻게 풀어야 하는지에 대한 것입니다. '나' 없이 드러나는 '행위'는 어디서 나오며, 그것이 무엇이며, 그를 드러내는 언어[무의식]는 어떻게 있을 수 있느냐는 의문입니다. 詩作이 한순간의 행위라 할지라도, 그 순간[무의식 표출]은 지속의 결과가 아닌가? 그렇다면 저절로 시를 쓴다, 어떻게 시를 쓰는지 '모른다'는 말은 이상하지 않은가? 이런 의문에 빠져들게 됩니다. 논리적으로는 그럴 듯해도 실제로는 갸우뚱해집니다. '자아' 제거는 논리가 아니라 실제로 가능한 일이겠습니까? 이와 함께 '행위가 시를 쓴다'는 명제도 풀어주십시오.

이승훈: 이번 시집엔 짧은 시론 '영도의 시쓰기'를 발표했고, 이건 그동안 사유한 비대상 시론의 결론이죠. 그동안 시쓰기를 구성하는 자아-대상-언어에서 초기(대상소멸), 중기(자아소멸), 후기(언어소멸)의 단계를 거쳤죠. 남은 건 자아도 대상도 언어도 없는 상태에서 그저 쓰는 행위만 남죠. 그래서 자아-대상-언어의 정삼각형에 역삼각형이 첨부되고, 그 꼭지점에 쓰는 행위가 첨부됩니다. 그럼 그저 쓰기, 쓰는 행위만 남은 시쓰기는 무엇인가? 한순간의 행위인데 이 순간엔 아무 것도 없어요. 내가 없으므로. 누가, 무엇을, 어떻게 쓰는지 모르지. 그러니까 무아의 실천인데, 혜능 선사가

말씀하신 무념 무상 무주의 시쓰기가 되죠. 생각하지만 아무 생각이 없고, 대상을 相에 홀리지 않고, 즉 대상을 공으로 보고, 어떤 상에도 머물지 않는 시쓰기야. 그런데 이런 사유를 길게 다룬 또 하나의 '영도의 시쓰기'(『라캉 거꾸로 읽기』)에선 선적 사유보다 서양 이론가들의 사유에 많이 기댔고, 최근 건강과 시간이 허락한 대로 禪을 중심으로 영도의 시쓰기, 무념의 시쓰기, 행위의 시쓰기에 대한 원고를 쓰고 있어요. 최근의 작업이 노리는 것은 내 시에 대한 사유를 토대로 선의 시학을 구성하는 일이죠. 프로이트도 자신의 꿈을 대상으로 『꿈의 해석』을 썼죠.

이형우: 시집 『비누』에 나오는 「이런 날」은 제가 암송하는 시입니다. "이런 날은 기생집 찾아가/놀고 싶어라/가는 봄 그대로 두고/기생집에 앉아/술 마시고 싶어라/난 흐르는 배/한 폭의 그림이면 좋으리/모든 길 길이므로/술에 취할 때 깨어난다/봄날 저녁 지는 해/보며/내가 할 일 따로 없다/물드는 일 밖에/만 걸음 밖에 내가 있네"(「이런 날」 전문)

선생님 다운 풍류, 맛과 멋이 담겨 있는 시라 생각합니다. 전통 서정을 졸업(?)하신 흔적이기도 합니다. 어쩌면 이 시를 보며 깜짝 놀랄 사람들도 많을 겁니다. 과연 선생님 시가 맞냐고요. 그러나, 『화두』에 실린 「아무도 없는 봄」에서는 선생님의 이름에 걸맞는 상당히 도발적인 모습을 보여주고도 계십니다.

밖에 나가 음매 하고 돌아오고 방에 있다 다시 나가 하늘 보고 음매 하고 돌아오네. 아무도 없는 봄 대문 앞에 지나가는 닭을 보고 음매 하고 돌아 오지. 책 읽다 말고 가슴이 막히면 또 뛰어나가 음매 하고 돌아오는 봄 머리 아프면 번개처럼 뛰어나가 골목 보고 음매 하고 지나가는 개를 보고 음매 하면 개가 웃지, 웃어라 나를 먹어라. 이 뼈다귀를 먹고 진창을 먹

고 귀신을 먹어라. 다시 돌아와 방에 앉지만 사는 게 지옥이든 천국이든
밥 먹다 말고 다시 나가 음매 하고 돌아 오는 봄.

「아무도 없는 봄」 전문

「이런 날」의 단아함과는 정반대인 모습을 「아무도 없는 봄」에서 볼 수
가 있습니다. 정갈함과 광기는 모두 선생님과 우리의 양면성이기에 새삼스
럽지 않습니다. 그렇지만 이제 선생님이 추구하시는 시적 지향점은 동시에
가까운 진솔함[단순함] 드러내기라 생각합니다. 이것이 禪詩와도 관련이 되
고요. 그렇다면, 비대상시가 불교를 만나 어떻게 변모하고 있는지를 알고
싶습니다. 동양의 언어관, 반야사상 화엄사상까지 두루 관련지어 연구하시
는 걸로 알고 있습니다. '비대상 시론'은 지금 어떻게 확장되고 있는지요?

이승훈: 앞에서 말했듯이 기본 원리는 자아—대상—언어이고, 선종의 시
각에서 자아소멸—대상소멸—언어소멸을 다시 해석하고 중도의 시학으로
구성하는 겁니다. 그런데 선이 강조하는 건 불립문자 이심전심 아닙니까?
그리고 수행이고 실천이야. 선시는 언어죠. 따라서 언어가 언어이면서 언
어가 아닌 그런 언어가 돼야 해요. 나는 최근 그걸 言語空, 글空으로 풀고
있죠. 선과 시의 관계는 선은 시가 없는 시이고, 시는 선이 없는 시이지.

이형우: 저는 고교시절에 『현대시학』, 『심상』, 『시문학』을 보면서 시와
시담詩談을 구경했었고, 본격적인 문학 수업은 선생님이 쓰신 『詩論』(고려
원)을 통해서 했습니다. 책이 닳아 빠져서, 나중에 나온 게 이뻐서 다시 사
서 읽었습니다. 미술에 관한 일천한 지식도 선생님의 시를 접하면서 얻은
선물이었습니다. 그런 뜨거운 시간들 만들어 주신 선생님을 뵙고, 말씀 나
누고, 외람된 질문까지 하게 되어 무척 행복합니다. 오랜 시간 고생하셨습

니다. 하루 빨리 쾌차하시길 빌겠습니다. 고맙습니다 선생님.

이승훈: 아니 내가 고맙지. 우리 호프 한 잔 해요. 아파도 한 잔 해야지.

III

집단과 욕망

❶체질과 놀이
― 기생 시조에 나타난 놀이 방식

1. 시와 게임

이 시대엔 너도 나도 시를 쓴다. 지식인은 지식을 자랑하기 위해 무식
한 사람은 무식을 감추기 위해 되는 소리 안 되는 소리 모두 시를 쓰고 시
집을 내고 나도 시집을 낸다. 대머리도 쓰고 이가 빠진 인간들도 쓰고 병
든 늙은이도 작은 방에 앉아 시를 쓴다. 손을 떨면서 기침을 하면서 모두
죽어라 하고 시를 쓰고 시집을 낸다. 모두 대단한 인간들이다. 나도 대단
한 인간이다. 모두 미친 것 같다. 시를 쓰고 부지런히 시집을 내고 상도 받
고 아무튼 재미있는 나라다.

                         ―이승훈, 「좋아, 웃어라」 1연, 『유심』, 2013. 1

저 시대에도 누구나 시를 썼다. 선비는 근엄하게, 무지렁이는 눈동냥으
로 썼다. 임금도 쓰고 기생도 쓰고 벼라별 잡놈들도 안팎을 가리지 않고 시
를 썼다. 되는 소리 안 되는 소리, 모두 시라고 써서 문집으로 기타 등등으
로 남겼다. 미친 듯이 쓰고, 잘 써서 벼슬도 하고, 신분의 벽도 허물었다. 정

말 대단한 인간들이었다. 대대로 미쳤고 손손으로 재미있는 나라다. 좋다! 웃자! 좋은 꽃 놀이도 한두 번이고, 평안 감사도 제 싫으면 그만이랬다. 그런데도 스스로 빠져 사는 걸 누가 말리랴. 자본주의의 맹폭 앞에 갈 곳 없는 인간들이 그래도 '되는 소리 안 되는 소리'를 시라 쓰며 살고 있으니 이 얼마나 건전한 백성인가?

'너도 나도 시를' 쓰는 이 시대는 우리가 사는 사회다. '대머리' '이 빠진 인간' '병든 늙은이'는 정상적인 사람과 함께 그 구성원이다. '지식을 자랑하고' '무식을 감추'는 행위는 전략이다. '시집을 내고 상도 받'으니 경쟁이 있다. '되는 소리 안 되는 소리'는 평가다. 이리 보면 이 땅의 시인은 나름의 전략을 구사하여 언어[시집]를 통해 경쟁하며 실력을 평가 받는 군상들이다. 대머리는 대머리대로, 이가 빠진 인간들은 이가 빠진 채로, 병든 늙은이는 그 상태로 '작은 방'에서든 어디서든 자신과 싸운다. 글을 쓰는 주체와 시 속의 다양한 자아들과 한 판을 벌인다. 그 다음은 외부의 주체들과 서로 협조하고 반목하고 방관한다. 결국 시인이 시를 쓰는 행위는 둘 이상의 주체들이 벌이는 (컴퓨터)게임과 유사하다. 첫째, 실재의 한 부분을 주관적으로 표현하는 폐쇄적인 체계를 지니고 있다. 둘째, 게임과는 차이가 나지만 상호 작용한다. 셋째, 게임보다 더 심오한 갈등 요소를 지닌다. 넷째, 가상 현실이라 안전하다. 이를 바탕으로 시인은 자신과 대면한다. 또 이미 파악하고 있는 다른 시인들의 전략에 대응한다.

게임 이론은 개인의 심리와 사회 현상을 두루 고찰할 수 있게 한다. 게임 참여자는 일차적으로 어떻게 하면 자신이 제일 유리한가를 찾는다. 그 다음은 상대방의 수를 읽는다. 판세를 제대로 읽어야 최선의 결과를 얻을 수 있기 때문이다. 이를 미국의 경제학자 Nash는 내쉬균형[Nash Equilibrium]이라 했다. 내쉬 균형은 최적 상태를 도출하는 과정이다. 이를 통해 시단詩壇

에 왜 '되는 소리 안 되는 소리'가 공존할 수밖에 없는가도 알 수 있다. 되는 소리를 하는 시인은 그 판세를 정확하게 읽었고 최적 지형도를 찾아 내었다. 안 되는 소릴하는 시인은 자기 손에 든 패에만 몰두한다. 그것이 '안 되는 소리'인 줄도 모른다. 그래서 '지식을 자랑하'거나 '무식을 감추'는 일에만 전념한다. 자신의 방식이 만족스럽지 않아도 그들은 그것을 쉽사리 바꾸지 않는다. 바꿔 봤자 뾰죽한 수가 없기 때문이다. 안정성이란 이런 현상이다. 안정성은 작품[게임]의 서사 요소를 우위에 두거나 유희적 차원을 중시하는 성향으로 나타난다. 전자를 내러톨로지narratology라 하고 후자를 루돌로지ludology라 한다. 내러톨로지는 게임의 캐릭터와 서사 구조 등을 중시하는 관점이다. 루돌로지는 게임에서 참여자들의 쾌락을 중시하는 관점이다. 바르트의 '읽는 텍스트'와 '쓰는 텍스트'에 비유할 수 있다. 이리 보면 시인은 내러톨로지인 동시에 루돌로지다. 스스로는 시작詩作이라는 게임에 참여하면서 독자를 위해 게임[시]을 만드는 사람이다.

2. 시와 놀이

놀이의 옛말은 유희다. 유遊는 방탕하게 놀고, 맘대로 놀고, 하는 일 없이 놀고, 벼슬하지 않고, 떠돎을 말한다. 또, 벼슬살이하고 사람들과 사귀고 유세하고 배우고 유람하는 일까지 포함한다. 희戲는 힘 겨루기나 희롱하거나 장난하며 노는 행위를 말한다. 여기에는 담소와 어린이들이 떠드는 소리도 들어간다. 이를 한 마디로 줄이면 놀이는 살면서 행하는 모든 것이다. 차이가 있다면 유遊가 공간 이동에 중점을 두고 희戲는 그것이 덜하다는 점이다. 그런데 지금 우리는 호이징하와 카이와로 대표되는 서구 학자들의 놀이 개념에 익숙하다. 그래서 놀이를 일과 분리해서 보려한다. 일은 노동이고 노동은 보상이 있지만 놀이는 노동이 아니기에 대가가 없다는 전제를 수긍한다. 이 명제의 오류는 놀이를 자율적 체계로 파악하고 있는 점이다. 이는 물리학적 사고의 연장이다. 이런 사유는 모든 존재가 자체적으로 존재 이유를 지니고 있다[독립원인]고 본다. 그래서 '진·선·미' 구분이 가능하고 시도 자율성을 지닌다. '놀이론' 역시 그런 사고의 연장선상에 있다.

세상에 홀로 작동하는 시스템은 없다. 모두가 주위[시공]와 맞물려 있다. 밤을 모르는 낮이나, 죽음을 잊은 삶은 그 자체에 대한 논의가 아무리 심오하다 해도 반쪽일 뿐이다. 일과 쉼을 분리해서 보면 유상과 무상이지만, 일하기 위해 쉬고 쉬기 위해 일하므로 유상과 무상은 서로 연관되어 있다. 나아가 유상 속에 무상이 있고 무상 안에 유상이 있다. 일이 곧 쉼이고 쉼이 곧 일이다. 태극이 음양의 조화라면 삶은 일과 놀이의 내쉬 균형이다. 놀이는 쉬는 체계다. 그냥 쉬는 것을 놀이라 하지 않는다. 쉼이 놀이가 되기 위해서는 양식이 있어야 한다. 놀이를 극소화 방식은 개개인의 자유분방함으로 나타난다. 여기에는 전혀 양식이 없는 듯하지만 엄연히 있다. 괴나리 봇짐 매고 산천 경개를 떠 돌던 방식과 자동차 몰고 질주하는 모습이 결코 다르지 않다. 주막의 사발과 맥주집의 유리잔이 이질적일 수만은 없다. 자유로운 개인의 행위에는 사회와 문화가 자리해 있다. 다만 지정학적 차이에 따라 달리 드러날 뿐이다. 지정학적 차이는 시공의 차이다. 이는 다시 문화의 차이다. 반대로, 놀이를 극대화하면 양식은 체계화 되어 나타난다. 국가와 사회를 유지하기 위한 근간이 된다. 절기별 놀이나 대동제처럼 정체성을 다지는 동인動因으로 자리한다. 놀이는 이러한 시스템을 향한 순행과 역행이다.

「좋아, 웃어라」의 '지식을 자랑하기 위해' '무식을 감추기 위해' '되는 소리 안 되는 소리 모두' 써 내는 행위는 성과 내기다. 일로써의 시쓰기다. 그러나 '대머리'든 '이가 빠'졌든, '병든 늙은이'든 아니든 '작은 방'이든 큰 방이든 어디든 시를 쓰고, '손을 떨면서 기침을 하면서 모두 죽어라 하고 시를 쓰'는 행위는 삶 그 자체다. 그런 삶은 즐기면 놀이고 그렇지 않으면 일이다. 그러니까 시인에 따라 시쓰는 행위가 일이 될 수도 놀이가 될 수도 있다. '되는 소리'하는 사람은 고수다. 고수는 즐긴다. 일을 놀이처럼 한다. 그래서 삶이 시고 시가 삶이다. 이론이 실제고 실제가 이론이다. 내쉬 균형은 이를 최적화 전략 차원으로 접근가능하게 한다, 하지만 그 이상은 설명하지 못 한다. 인간을 획일적으로 보고, 인간의 몸을 감성과 이성으로 양분해 놓은 그들의 사고 방식 때문이다. 그들 방식대로라면 인간은 이성적 동물이기에 연역적 귀납적 추리에 의한 높은 확률을 일률적으로 선택해야 마땅하다. 그러나 인간은 과학과 수학이 예측하는 방식대로는 가지 않는다. 얼토당토 않은 전략, 기상천외의 변수들이 판세를 주도하기도 한다. 그것은 체질에 따라 노는 방식이 다르기 때문이다.

3. 체질과 놀이

놀이의 작동 체계는 예禮와 악樂이다. 예는 묶어가는 놀이를 만들고 악은 풀어가는 놀이를 만든다. 묶는 놀이는 절기별 풍속과 국가 사회적 대동 놀이가 있다. 푸는 놀이는 소규모, 개인적인 양상을 띤다. 그러나 이 둘의 경계 자체가 모호하다. 푸는 것 같으면서 결속을 강화하고, 묶어 가면서 개별적 신명을 돋우는 속성을 지니고 있다. 사상인四象人의 특성으로 보면 소양인과 태음인은 묶는 놀이를 선호하고, 태양인과 소음인은 푸는 놀이를 선호한다. 묶는 놀이는 세상 담론을, 푸는 놀이는 초월 담론을 만든다. 소양인의 놀이가 국가 차원이라면 태음인은 지역 차원을 선호하고, 태양인은 무아지경無我之境을 소음인은 망아지경忘我之境을 추구한다. 무아지경이란 세속에서 벗어남이고, 망아지경은 나에게서 해방됨이다. 묶는 놀이로 소양인과 태음인이 만나고 푸는 놀이로 태양인과 소음인이 만난다. 같은 공간을 지향하되 이들이 구사하는 놀이 방식이 다르다. 이제마는 이러한 놀이 체계의 동인動因을 '주책籌策, 위의威儀, 행검行檢, 도량度量'으로 본다.

놀이는 일과 함께 그 사람과 그 사회를 드러내는 수단이다. 그것은 아는 것을 행하는 '함억제복頷臆臍腹'에서 나와, 행한 것을 되풀이하려는 '두견요둔頭肩腰臀'으로 누적된다.[1] 함(頷: 턱)은 계산능력[籌策]이, 억(臆: 가슴)은 위의威儀가, 제(臍: 배꼽)는 절제된 행동[行檢]이, 복(腹: 아랫배)은 배려[度量]하는 특성이다. 그래서 인간은 머리 굴리고, 경륜을 자랑하고, 위엄 부리며, 분위기 타는 존재다. 이것은 누구나가 지니고 난다. 하지만 체질은 유난히 한쪽 성향을 선호한다. 턱에서 아랫배로 내려갈수록 이성적理性的에서 감성적感性的이다. 같은 어휘를 사용해도 일상어법에서 특수어법을 선호하는 경향이 강하다.

두견요둔頭肩腰臀은 이런 특성이 굳어진 현상이다. 그것은 몸의 뒷부분으로 뒤꼭지[頭]에는 식견識見이, 어깨[肩]에는 위의가, 허리[腰]에는 재간才幹이, 엉덩이[臀]에는 방략方略이 걸출하다. 다시 말하면 머리 많이 굴리는 사람은 뒤꼭지가 발달하고, 가슴에 힘주던 사람은 어깨가 벌어지고, 재간이

---

1 이들 기관은 모두 신체의 상하 개념이다. 이제마는 이를 통해 선악의 근원을 우리 몸에서 찾고 있다. 좋은 것을 좋아하는 이목비구(耳目鼻口)와 싫은 것을 싫어 하는 폐비간신(肺脾肝腎)은 누구나 선행할 수 있는 가능성이다. 귀의 크기가 좋고 나쁠 수는 없다. 이런 신체기관은 무엇이든 죄가 될 수 없다. 그러나 인간이 실생활을 영위하는 수단인 함억제복(頷臆臍腹)과 두견요둔(頭肩腰臀)은 악행의 가능태로 보았다. 함억제복은 아는 것을 행하려는 성향이고 두견요둔은 행한 것을 되풀이 하려는 습성이다. 그래서 책사를 '머리'로 깡패를 '어깨'로 비유한다. 인간이 달라지지 않는 이유가 여기에 있다고 보았다. 그래서 교육이 필요하다고 했다.

많은 사람은 허리가 날렵하고 지략이 뛰어난 사람은 엉덩이가 크다. 사람의 언행에는 이러한 특성이 의식적이든 무의식적이든 배여있다. 놀이는 일차적으로 이런 체계 위에서 작동한다. 시도 마찬가지다. 한 시인의 작품이 아무리 다양해도 유사성을 지닐 수 밖에 없는 이치도 이 때문이다. 특히 기생들의 시조는 연회와 관련된 놀이 방식 중의 하나였다. 청자를 의식하고 효과를 극대화하기 위한 전략이었다. 그런 점에서 게임이었다.

게임은 규칙과 승부가 있다는 점에서 단순한 놀이와 다르다. 게임은 경기자[player], 전략[strategy], 보수[payoff]로 구성된다. 경기자는 어떤 결정을 내리기 전에 상대방의 반응을 충분히 고려한다. 상호의존[대치]적 · 전략적 상황에서 그들 나름대로 내린 가장 합리적인 선택을 한다. 경기자는 시인이고 상황은 시인 앞에 펼쳐진 현실이다. 전략은 경기자가 행할 수 있는 모든 가능성[詩 · 歌 · 舞], 특히 언어 구사다. 보수는 경기자의 선택에 의해 되돌아 오는 결과[수치]다. 그것은 호평이거나 악평이거나 무관심이다. 시인들은 보수를 극대화하기 위해 자신에게 제일 유리한 선택을 한다. 이런 경우, 평소와 유사한 언행을 구사할 확률이 높다. 그러나 확률 분포보다 더 정확한 확률이 체질이다. 시인[경기자]들은 같은 상황 앞에서 자신의 체질적 성향에 따라 논리나 경륜이나 절제력이나 포용력으로 승부를 건다. 그 승부가 시의 놀이나 일하는 양식으로 나타난다.

3-1. 이치[籌策] 놀이

주책籌策은 논리적 사고다. 그것은 계산하는 능력으로 logos적 사고를 말한다. 이를 통해 상대방과 널리 대화할 수 있고 상대를 가장 빨리 설득할 수 있다. 이것은 식견으로 구체화 된다. 이런 놀이는 우주의 질서, 자연 현상 등 시공을 주로 가져 온다. 언어의 일상어법을 따른다. 어휘들의 특성 또한 사전적 의미에서 크게 벗어나지 않는다. 평범한 기법으로 순행과 역행, 유와 무, 넓고 좁고, 차고 비고, 가고 못 오는 모순을 드러낸다. 그 대표적 사례가 황진이의 시다. '一到 滄海ᄒ면 다시 오기 어려오니'라는 시공의 비가 역성으로 '수이 감을 자랑 마라'고 나무란다. 아무도 거부할 수 없는 진리로 상대를 제압한다. 마찬가지로 '冬至ㅅ돌 기나 긴 밤'이나 '秋風에 지는 닙 소리'도 자신의 놀이를 극대화하기 위한 도구다. 황진이의 언어 놀이는 이런 방식으로 굳어져 있다. 그렇지만 유사한 도구로 색다른 결과물[시]을 만들었다. 이 글은 앞에서 다룬 기생 시조를 사료와 함께 다시 살핀다. 심화시키고 달리 설명해도 텍스트가 같기에 중첩되는 부분이 있다. 하지만 시작 방식, 놀이 방식이 곧 화자[작가]의 진면목임을 유추하기 위해 싣는다.

梨花雨 훗색릴 제 울며 잡고 離別ᄒ 님
秋風 落葉에 저도 날 싱각ᄂᆞᆫ가
千里에 외로운 숨만 오락 가락 ᄒᄂᆞ매

매창[16C 후반]의 시도 '梨花雨', '秋風 落葉', '千里'라는 상식적인 어휘를 내세운다. 그 다음은 '님'과 '나'다. 이 다섯 어휘를 이용하여 시적 효율성을 극대화 한다. 초장은 '梨花雨'가 '훗색'리고 '울며 잡고'로 이어지는 점층漸層 구조다. 중장은 '秋風'과 '落葉'으로 연결되는 점강漸降 구조다. 강박[초장]에서 약박[중장]으로 변한 건 반년 세월이 흘렀기 때문이다. 종장은 더 약한 호흡이다. '千里'는 초장[柔剛]과 중장[剛柔]의 공간 인식이다. '오락 가락'[柔]하는 '외로운 숨'[柔]은 그날의 격한 감정이 가라앉아 있음을 알려 준다. 이처럼 매창의 시는 특별한 기법이 없다. 봄날의 그 현장[초장] 끄트머리에도, 심란한 화자의 현실[중장] 끝에도 님을 배치해 놓았다. 행간 하나 바꾸어 이별을 반 년전 시간으로, 한 행 더 바꾸어 千里 공간 밖의 일로 재구성 한다. '梨花雨'는 둘의 시공이었고 '秋風 落葉'은 혼자만의 시공이다. '울며 잡고 離別'한 기억을 공유한다면 '저도 날 싱각'하겠지만 그 역시 '오락 가락'하는 '쑴'이고 소망일 뿐이다. 사랑도 이별도 그렇게 자연 현상이다. 무위에 맡긴 무기교가 기교의 정점에 있음을 본다.

> 千里에 맛낫다가 千里에 離別ᄒ니
> 千里 쑴 속에 千里 님 보거고나
> 쑴 씨야 다시금 生覺ᄒ니 눈물 계워 ᄒ노라

　'千里'는 康江月[18C 후반 추정 기생]의 시에서 절정을 이룬다. 康江月은 도량형을 사용하여 시라는 놀이판을 짜고 있다. '千里'라는 어휘 양쪽에는 만남과 이별이, 꿈과 현실이 있다. '千里'를 화자 중심으로 보면 화자는 님을 찾아[따라] 먼 길을 다녀 왔다. 님을 기준으로 보면 여기[화자의 자리]가 千里다. 이런 중첩된 의미가 조사 '에'로 나타난다. 만약 '밖에'가 되면 의미는 반감된다. '千里 쑴'은 화자에게서 먼 거리의 꿈이니 흔치 않는 꿈일 수도, 긴 길이니 계속 꾸는 꿈일 수도 있다. 그러나 '千里 님'은 먼 곳에 계시고 한 없이 가야 보인다. 멀리 있어 간절한 님이거나, 꿈에도 잘 나타나지 않는 님, 또는 길이 만큼 늘상 나타나는[이어지는] 님으로 읽을 수 있다. 어쨌든 꿈은 '千里 님'을 만나 기쁘고, 현실은 반대여서 슬프다. 여기서의 千里는 눈 한 번 감았다 뜨는 거리다.

> 梅花 녯 등걸에 春節이 도라 오니
> 녯 픠던 가지에 픠염즉 ᄒ다마는
> 春雪이 亂紛紛ᄒ니 필동 말동 ᄒ여라

매화梅花[17C 후반, 평양기생]는 순간을 포착해서 시라는 놀이판을 완성한다. '梅花 녯 등걸', '春節', '가지', '春雪' 등 현장에서 시어를 가져 온다. 화자는 봄에 꽃이 핀다는 상식과 여기에 어긋나는 상황을 시적 모티브로 삼는다. 새봄이 '도라 오니' 당연히 매화가 '픠염즉 ᄒ'지만 현실은 불확실['필동 말동']하다. '春節'이 '春[봄]雪[겨울]'과 혼재[亂紛紛]하기 때문이다. 또, 밑둥 잘린 '등걸'이기 때문이다. 옛날엔 줄기가 있는 나무였고 지금은 그것이 잘려 나간 밑동이다. 줄기를 상실한 등걸에는 과거가 현재로 이어질 당위성이 없다. 또 어제의 '녯'은 꽃이 피었던 확실한 시간이지만 지금은 그렇지 못하다. 대자연의 질서 앞에는 매화 한 그루도 하릴없다. 그런데 밑둥만 남은 등걸 위에 삐죽 솟은 가지야 말할 필요가 없다. 여기서도 자연적 소재는 옛날과 현실을 있음과 없음, 질서와 혼란, 순동順動과 역동逆動, 당위와 불안을 강조하는 도구다.

3.2 경륜經綸 놀이

경륜經綸은 위의威儀로 드러난다. 이제마는 『格致藁』 「儒略」에서 사람을 네 유형으로 나누고 있다. 땅에 의지해 사는 사람을 맹氓, 들에 흩어져 사는 사람을 민民, 거리에 모인 사람을 중衆, 성 밖의 교외에 나가 있는 삶을 농儂이라 했다. 명확한 구분이 어렵다. 하지만 『格致藁』가 『東醫壽世保元』의 근간이 된 점을 감안하여 유추는 가능하다. 땅은 『東醫壽世保元』의 지방地方에 해당한다. 그러니까 각자 생업에 종사하는 사람을 맹氓이라 하고, 들에 흩어져 사는 사람은 人倫에 해당한다. 생활 공동체를 이루는 혈연 지연 학연으로 구성된 무리다. 이런 사람을 민民이라 한다. 거리에 모인 사람은 이념으로 만나는 세회인이다. 이를 중衆이라 했다. 성 밖의 교외는 초국가적 대상들이다. 이런 이방인들이 농儂이다. 그래야만 '맹氓은 생산을 도모한다. 민民은 행동을 도모한다. 중衆은 사귐을 도모한다. 농儂은 사무를 도모한다'는 말을 이해할 수가 있다. 행검은 민民을, 경륜은 중衆과 관련된다. 경륜은 중衆을 다스린 경험이다. 이것이 제대로 쌓이면 긍지가 되고 긍지는 위의로 빛난다. 하지만 위의가 지나치면 혐오감의 대상이 된다. 이런 놀이 방식에는 조경화 된 자연이 나타난다.

> 漢陽서 써 온 나뷔 百花叢에 들거고나
> 銀河月에 줌간 쉬여 松臺에 올나 안져
> 잇다감 梅花 春色에 興을 계워 ᄒ노라

松臺春(18C 후반 孟山기생으로 추정)의 시다. 중衆에 관심을 두면 시어들의 영역이 축소되고 현재에 고정되는 경향이 크다. 위의 시 '漢陽', '나뷔', '百花叢', '銀河月', '松臺', '梅花' 등도 평범하다. 한양은 촌과 대비되는 의미이고 나머지는 모두 사람을 가리킨다. 시공 폭이 넓었던 이치 놀이와는 많이 다르다. 이치 놀이는 삶을 자연에 투영시켰지만 여기서는 자연을 삶에 귀속시켰다. 화폭의 주인공은 인간이다. 화자는 이를 지켜보며 그의 행보를 가감없이 진술한다. 오자마자 한꺼번에[百花叢] 놀고, 따로 노느라[銀河月→松臺→梅花] 바쁘다. 심지어 자신[松臺]에게 와서도 눈은 다른 데[梅花]가 있다. 그렇지만 대놓고 심기를 드러낼 수도 없다. 대단한 위세를 지켜볼 밖에 없다. 나비의 행실은 '漢陽'이라는 공간과 거기서 '써 온' 한양 사람이라는 경외감과 호기심을 묻어 버렸다. 나비의 화려함과 주위의 초라함, 나비의 흥겨움과 화자의 역겨움이 상충하고 있다. 세상을 보는 '나뷔'와 화자의 경륜이 대조를 이룬다. 이는 아래의 화자와 견주면 선명하게 나타난다.

> 長松으로 빗를 무어 大同江에 흘니 씌여

柳一枝 휘여다가 구지 구지 미야시니
어듸셔 妄伶엣 거슨 소혜 들나 ㅎㄴ니

求之[18C 중반의 기생으로 추정]의 작품이다. 여기서도 시어들은 모두
일상적 의미로 쓰였다. '長松', '비', '大同江', '妄伶엣' 것, '소沼ㅎ'는 지시어
다. 다만, '柳一枝'가 님의 이름과 버들 가지를, '구지 구지'가 작가의 이름
[求之]인 동시에 부사로 쓰였다는 정도다. 이 시는 대동강과 늪[연못], 님과
망령난 것, '미야시니'와 '들나 ㅎㄴ니'의 대립소로 이뤄져 있다. 화자가 인
식하는 물은 차원이 다르고 규모가 다르고 수질이 다르다. 당연히 거기에
걸맞는 놀이 주체들이 있다. 이 모두를 간파하지 못하면 '妄伶엣' 것들이다.
求之는 그런 분별력 없는 상대들에게 노골적인 어휘를 구사한다. 松臺春이
끝까지 참았던 감정을 求之는 노골적으로 나타낸다. 松臺春이 자신을 '松
臺'라는 객관적 사물로 형상화했다. 하지만 求之는 스스로를 '長松으로' 만
든 '비'로, 자신의 무대를 대동강으로 여긴다. 타인이 인정해 주지 않는 긍
지는 허영일 수도 있다. 허영심은 사치스런 마음에서 나온다. 좋게 말하면
자존심이다. 이렇게 보면 이 시는 求之가 어린 나이에 썼을 거라는 추정이
가능하다. 가슴앓이 한 만큼 세상을 보는 눈이 차분해질 수도 있으니까. 그
러나 체질은 이런 예측을 허락하지 않는다. 끝까지 그럴 수도 있다. 어쨌든
작품은 평가 대상이다. 같은 주제, 같은 기법이면서도 松臺春과 求之의 글
이 다른 점은 자신의 성정을 제어했느냐 못 했느냐에 있다.

3.3 처신[行檢] 놀이

有斐君子를 好逑로 가리올 제
舜도 계시건마는 어대라 살우오리

진실로 相國 皐陶아 내 님인가 ᄒ노라

행검行檢은 조직이나 가문과 관련된다. 나아감과 물러남, 지나침과 머무름을 판단해야 한다. 공과는 그 적절성 여부에 있다. 걸맞는 행위를 중시한다는 점에서 여기서는 '처신'이라 이름한다. 위의 시는 笑春風의 작품으로 엮은이를 모르는 『靑丘集說』에 전해 온다(박을수, 『韓國時調大事典』上, 873쪽 참고).

소춘풍은 15세기 후반[성종 대]에 함경도 영흥永興의 명기名技였다. 위의 시는 성종成宗이 베푼 궁중 연회를 배경으로 한다. 차천로車天輅가 지은 『五山說林草藁』에 배경 기사가 나온다. 성종이 신하들과 잔치를 베풀면서 소춘풍을 초대했다. 그녀에게 술을 따르라 하니 소춘풍은 지존에겐 나아가지 못하고 영상領相 앞에서 잔을 들고 노래를 불렀다. '순舜이 계시기에 감히 터놓고 말할 수는 없지만, 요堯라면 정말 좋은 내 짝'(舜雖在而不敢斥言。若堯則正我好逑也云)이라 했다. 『五山說林草藁』의 맥락대로 읽으면 소춘풍 바로 앞에 재상이 있으니 그가 순舜이다. 감히 가까이 갈 수 없는 요堯 성종이다.

그러나 임금과 신하를 요순으로 비유한 점은 바르지 못하다. 아무리 순舜이 요堯의 신하였다 해도, 나중에 임금이 되었다는 사실을 감안하면 불충이다. 그래서 『五山說林草藁』보다 위의 시적 진술이 타당하다. 고요皐陶는 순 임금[우순虞舜]의 신하로 판관이다. 순임금은 감히 다가갈 수[살우로리=아뢰지] 없기에 재상인 고요를 택한다고 이유를 밝힌다. 여기는 위 아래로 구분된 자리다. 위는 성역聖域이라 처할 수 없고 아래는 범역凡域이라 인연을 맺을 수 있다. 이런 진술은 다음 시에서는 좌우로 나누는 전술로 바뀐다.

唐虞를 어제 본 듯 漢唐宋을 오늘 본 듯

通古今 達事理ᄒᄂᆫ 明哲士를 엇더타고
저 설 찍 歷歷히 모르는 武夫를 어이 조츠리

前言은 戲之耳라 내 말슴 허물 마오
文武 一體닌 줄 나도 暫間 아옵거니
두어라 赳赳武夫를 안이 좃고 어이리

위의 두 수는 『海東歌謠』에 전한다. 여기서는 문반과 무반을 견준다. 이들은 서는 자리가 다르다. 화자는 임금의 왼편에 서는 문반은 똑똑하고 어질고 밝은 선비[明哲士]라 한다. 오른 편에 서는 무반은 '저 설 찍'를 제대로 모르는 어리석은 사람이다. 명암明暗 대비를 통해 한 쪽은 흡족하게 다른 한쪽은 격노하게 만든다. 『五山說林草藁』의 기록을 요약하면 이렇다. 재상에게 술을 따랐으니 다음 술 받을 차례가 자신이라고 병조 판서는 내심 생각했다. 그는 무반 출신이었다. 그런데 소춘풍은 술을 부어 예조판서[大宗伯]에게 가서 노래했다. 저 무지한 무부武夫에게 어찌 가겠느냐고. 병판이 노발대발하자 소춘풍이 그에게 다가간다. 술잔을 권하면서 농담이니 괘념치 말라고 했다. 사나이 중의 사나이를 어찌 따르지 않겠냐고. 규규赳赳는 『詩經』周南 兎置篇에 나온다. 무인을 수식하는 말로써 씩씩하고 늠름하고 용감함을 가리킨다.

일개 기녀가 궁중 연회장에 가는 것으로도 살 떨리는 일이다. 그런데 거기서 조선의 제일 높은 양반들을 손바닥 안에 넣고 노는 모습은 가관이다. 간이 배밖에 나오지 않고서는 있을 수 없는 일이다. 우리는 겁 없는 사람을 간이 크다고들 한다. 언술로 보면 소춘풍은 틀림없이 그렇다. 특히 무반들에게 구사하는 말들은 모욕적이다. 수식어의 행간에 있는 소춘풍의 무인관武人觀이 위험한 수위까지 다다라 있다. 하지만 이를 마무리 하는 솜씨 또한 예사가 아니다.

齊도 大國이오 楚도 亦大國이라
됴고만 勝國이 間於齊楚 ᄒᆞ여시니
두어라 何事非君가 事齊事楚 ᄒᆞ리라

위의 시는 『靑丘永言』에 전한다. 조선의 연회장을 간어제초間於齊楚라는 고사가 있는 대륙으로 확장시킨다. 간어제초間於齊楚는 주周나라 말기의 사건이다. 등藤나라가 제나라와 초나라 사이에 끼여 곤란困難을 당한 데서 나왔다. 그래서 '勝'은 '藤'의 오기誤記다. '勝國'은 '藤國'으로 바로 잡아야 한다. 제(나라)와 초(나라)는 문반과 무반의 환유다. 극한 대립 요소가 무너져 버렸다. 어디가 어디인지 분별할 수도 없다. '됴고만 勝國' 역시 소춘풍의 환유다. 모두가 주군이니 다 섬기겠다고 한다. 성종은 가만 앉아서 천자가 되었다. 기뻐하여 '금단錦段, 견주絹紬 및 호표피虎豹皮·후추胡椒를 매우 많이 상으로 하사했다. 소춘풍 혼자 다 가져갈 수 없어 입시한 장사들이 모두 날라다 주었다 한다. 놀이 하나가 소춘풍을 조선의 유명인으로 만들었다.

唐虞도 親히 본 듯 漢唐宋도 지내신 듯
通古今 達事理 明哲士을 어디 두고
東西도 未分ᄒᆞᆫ 征夫를 거러 므슴 ᄒᆞ리

兒女 戲中辭를 大丈夫 信聽 마오
文武 一體를 나도 잠깐 아노이다
ᄒᆞ믈며 赳赳武夫를 아니 걸고 엇지리

위의 작품은 금춘今春의 작품으로 『赴北日記』에 전해 온다. 『赴北日記』는

210

울산 사람 박계숙(1569~1646)과 그의 아들 박취문(1617~1690)이 일기 형식
으로 적은 책이다. 이들 부자는 무과에 급제했다. 함경도 회령지역으로 파
견가는 노정과 근무상황, 귀환노정 등을 일기체로 적었다. 금춘은 광해군
[17C 전반] 시대의 기생이었다. 그런데 소춘풍의 시를 거의 그대로 옮긴 듯
하다. 작가가 잘못 전해진 경우라 믿고 싶을 정도다. 이 글은 사심邪心이 무
엇인가를 제대로 보여준다. 없는 재주를 있는 듯 부린 결과가 어떤 것인가
도 알려 준다. 사특한 마음에 휩쓸려 부리는 재주는 속임수에서 멀지 않다.

3.4 도량(度量) 놀이

도량度量은 상대를 헤아리는, 화해를 추구하는 개인적인 담론이다. 도량
은 '맡은 일의 성실함과 듬직함이 쌓여' 이룬다. 그것은 스스로 정직하여 자
신을 제대로 다스리고, 그런 바탕에서 이웃을 헤아려 주는 일이다(이제마,
『格致藁』「儒略」). 이는 성실함에 바탕한 철저한 현실 감각이다. 대사회적
메시지를 담은 경륜이나 처신과는 다르다. 이치[籌策] 놀이는 상대방을 설
득시키기에 가장 좋지만 도량 놀이는 상대를 감동시키기에 가장 좋다. 설득
은 논리 제압이지만 감동은 눈높이 공유이기 때문이다. 도량은 논리보다는
감각에, 따지기보다는 감싸기를 즐긴다. 이는 몸의 흐름에 내맡긴다. 쾌락
의 법칙에 따르지만 정확한 현실 감각이 있기에 초논리적이다. 어쩌면 도량
은 인간이 지닌 가장 강력한 수단이고 가장 정확한 논리인지도 모른다. 부
드럽지만 강하고, 허하지만 실하다. 이런 삶과 글이 드러나는 현상을 맛깔
스럽다고 한다. 도량은 친근한 표현 욕구를 강화한다. 그래서 특수어와 비
유와 상징을 선호한다.

鐵이 鐵이라커늘 무쇠 섭鐵만 너겨써니
이제야 보아ᄒ니 正鐵일시 분명ᄒ다

내게 골블무 잇던니 뇌겨 볼가 ᄒ노라

　위의 시는 진옥眞玉의 작품이다. 그녀는 16세기 후반의 기생이다. 정철의 첩으로 알려져 있다. 정철의 시 '玉을 玉이라커늘 燔玉만 너겨써니/이제야 보아하니 眞玉일시 적실ᄒ다/내게 술송곳 잇던이 ᄶ러볼가 ᄒ노라'에 대한 화답시다. 두 시로 보면 玉과 鐵의 화해, 시인과 대상의 화해다. 그것은 '뚫고' '녹이는' 행위다. '술송곳'의 대립어는 '골블무'다. 모두 남녀의 은밀한 부위를 가리킨다. 골블무는 '골풀무'로 '발풀무'라고도 한다. 불을 피우기 위하여 바람을 일으키는 기구다. 땅바닥에 장방형長方形의 골을 파서 중간에 굴대를 가로 박고, 그 위로 골에 꼭 맞게 걸어 놓은 널빤지다. 널빤지의 두 끝을 두 발로 번갈아 가며 디뎌서 바람을 일으킨다. 노골적인 성행위를 연상하게 하는 어휘다. 상대가 엉터리[燔玉]와 진품[眞玉]을 구별하는 눈을 지녔다. 화자도 잡철雜鐵[무쇠 섭鐵]과 정철正鐵을 헤아릴 줄 안다. 그 자부심으로 둘은 하나가 된다. 이들에게 더 중요한 것은 하나가 된다는 사실보다 하나가 되어 가는 구체적인 방법론이다. 그것은 뚫고 녹이기다. 이들이 화해하는 방식은 전투다.

　　어이 어러 자리 므스 일 어러 자리
　　鴛鴦枕 翡翠衾을 어듸 두고 어러 자리
　　오늘은 ᄎᆫ 비 마자시니 녹아 잘까 ᄒ노라

　위의 시 역시 두 몸의 화해를 노래한다. 임제와 교류한 한우寒雨의 작품이다. 임제는 명종 4년(1549)에 나서 선조 20년(1587)까지 살았다. 그러니까 한우寒雨가 활동했던 시기도 진옥眞玉과 크게 차이 나지 않는다. 이 시도 상대[임제]가 보낸 '北天이 묽다커늘 雨裝업시 길을 나니/山에는 눈이 오고 들에는 춘 비로다/오늘은 춘 비 마자시니 얼어 잘짜 ᄒ노라'에 대한 화답시다. 진옥의 시에서는 상대가 맞수다. 여기서는 한우寒雨에게 기울어 있다. '찬비' '마자시니', '녹아' 내려야 함이 두 사람의 공통 관심사다. '찬비'는 '한우寒雨'의 우리 말이다. '마자시니'는 '①(눈비를) 맞다 ②오는 사람이나 물건을 예의로 받아들이다.'라는 용례로 쓰였다. 이미 상대는 녹아 자야 하는 이유를 줄기차게 밝혔다. 그는 '얼어'를 '①액체나 물기가 있는 물체가 찬 기운 때문에 고체 상태로 굳어지다. ②정을 통하다.'라는 중의적 의미로 보낸다. '녹아'도 같은 중층 의미 구조를 띠고 있다.

그러나 한우寒雨는 ①의 의미로 응수한다. 녹이는 도구가 베개[鴛鴦枕]와 이불[翡翠衾]이다. 베개는 높여주고 이불은 눌러준다. 한우는 상대방의 처지에 공감하며 서로에게 베개와 이불이 될 밤을 확언한다. '鴛鴦枕 翡翠衾'을 도탑고 은밀한 기류를 형성하는데 사용한다. 상대를 파괴하고 무화하려는 진옥의 화해와는 차원이 다르다. 진옥이 보여주는 강한 자부심도 강렬함도 한우의 시에서는 없다. 같은 화해에도 노는 방식에 따라 '잘 논다'와 '자알 논다'는 상반된 평가가 따른다. 그것은 둘만의 분위기에 치중했느냐 아니냐의 차이다. 진옥과 한우는 이를 잘 보여주고 있다. 차이는 놀이 방식이고 그것은 인간 됨됨이에서, 체질에서 나온다. 언어 놀이는 결국 체질 놀이다.

　　相公을 뵈온 後에 事事를 밋즈오매
　　拙直흔 ᄆᆞ음애 病 들가 念慮 ㅣ러니
　　이리마 져리챠 ᄒ시니 百年同抱 ᄒ리이다

위의 시는 17C 전반, 광해군 때에 활동했다고 추정하는 소백주小栢舟의 시다. 님과 화해한다는 점에서 진옥과 한우의 시와 유사하다. 그러나 여기서의 사랑은 장기판이다. 사랑을 교감하는['事事를 밋'는] 도구는 장기알이다. '상-졸-마-차-포'의 한자는 달라도 소리는 같다. 이 장기판을 주도하는 사람은 님[相公]이다. 반대로 화자는 조바심이 크다. 그러다 '이리' '저리' 마차馬車를 운용하는 방법을 알려주는 자상함에 감동한다. 그래서 同抱는 서로 껴안는 행위를 넘어, 장애물을 건너 뛰는 포包처럼 한 평생 그런 가로막힘을 극복하겠다는 의지다. 특히 이 시에서는 각 시어를 중층적으로 살려 쓴 솜씨가 특별하다. 살펴 본 것처럼 개인의 화해를 추구하는 시들은 구체어를 즐겨 사용한다. 시어는 주로 일상[居處]과 관련된 것들이 많다. 그렇지만 소박하고 단촐한 어휘가 모여 조합한 행들은 출중한 기교로 새롭다.

4. 몸과 놀이

'강남스타일'에서 싸이는 말한다. '나는 놈 위에 뭘 좀 아는 놈'이라고. 그러나 강남사에서 이승훈은 말한다. '나는 놈 위에 노는 놈'이라고. 사상이 울퉁불퉁한 싸이가, 10억이 넘는 조회수를 올린 싸이가 이승훈의 이 말을 깨닫는 날, 그의 음악과 세상은 어떻게 바뀔까? 벌써부터 그것이 알고 싶다. 호이징하도 카이와도 '뭘 좀 아는 놈' 차원에서 놀이론을 썼다. 심지어 비트겐슈타인까지도 그런 차원의 언어 놀이를 말했다. 비트겐슈타인이 요즘 같은 게임 천하에 살았으면 얼마나 더 심오한 언어 게임 이론을 만들었을까? 어쨌든 이들은 모두 연구 대상을 독자적 현상으로 다룬다. 놀이의 독립성, 언어의 독자성, 시의 자율성 등은 모두 같은 사고 방식이다. 이것이 비트겐슈타인이 말한 (인도유러피안 어족인 그들의) '가족 유사성'이다. 이 글은 이런 사유에서 벗어나기 위해서 썼다.

우리는 '제대로 노는 놈이 일도 잘 한다. 일 못 하는 사람은 놀 줄도 모른다.'는 말들을 한다. 일과 놀이를 동일시하며 살아온 흔적이다. 잘 한다는 말은 몰입한다, 효율적이다는 뜻이다. 몰입한다는 말은 최선을 다 하는 행위다. 그렇지만 최선을 다 한다고 결과까지 그렇지는 않다. 좋은 결과를 위해서는 효율성이 있어야 한다. 효율성이란 경제적 행위다. 그것은 전략이다. 결국 잘 한다는 말은 열정과 전략이 하나된 경우를 일컫는다. 일과 놀이는 이런 속성을 공유하고 있다. 그래서 하나를 보면 다른 하나를 저절로 안다. 음양陰陽의 상호 작용이 태극太極이듯이 일과 놀이의 뒤엉킴이 삶이다. 우리의 삶은 이랬다. 분리하되 결코 단절시키지 않았다. 일에서 놀이를, 놀이에서 일을, 일과 놀이에서 삶과 세상을 본다. 일이 놀이고 놀이가 일임을 터득한다.

게임 이론인 내쉬 균형[Nash Equilibrium]은 세상을 재미있게 들여다 보게 해 준다. 우리는 어떤 상황이든 자신에게 최적 환경을 만들어 가며 산다. 어리석은 사람은 자기에만 몰두하고 아는 사람일수록 주변을 살핀다. 가장 실현 가능성이 높은 확률 분포, 경우의 수로 예측한다. 하나 이보다 더 정확한 예측 가능성이 몸의 관성[체질]이다. 체질은 세상을 인식하는 광협廣狹과 고저高低의 틀이다. 그에 따라 '주책籌策, 위의威儀, 행검行檢, 도량度量'이 주된 전술로 나타난다. 인간은 체질에 따라 머리 굴리고, 경륜을 자랑하고, 위엄 부리며, 분위기 띄우는 놀이를 즐기는 존재다. 여기에는 다양한 심리가 상충한다. 그 중에서 빈도수가 많은 특성이 굳어져 그 사람의 아이콘이 된다. 그러나 우리는 습관적으로 아는 것들, 익숙한 것들을 되풀이 하며 산다. 한 말 또 하고, 했던 행동 반복하며 산다. 삶이든 일이든 놀이든 이런 방식들이 총동원된다. 당연히 거기에는 평가가 따른다. 이를 잘 극복한 사람을 일러 일 잘 하고, 잘 논다고 한다. 잘 산다고 한다. 좋은 시인도 그렇게 살고, 그렇게 시를 쓰는 사람이다.

❷체질과 숭고

─ 동서양 숭고의 갈림목

1. 숭고의 속성

숭고는 무한하게 '큼[大]'에 관한 동서양의 보편적 개념이다. 그러나 여기에 내포해 있는 특수성은 다르다. 그것은 '숭고', '崇高', 'Das Erhabene', 'The Sublime'이라는 기표의 차이가 지닌 기의의 차이다. 서구의 숭고론은 오랜 논의를 거쳐왔지만 한자문화권에서는 구체적 논의가 없다. 서양의 숭고도 크게 보면 3단계로 나눌 수 있다. 그것은 롱기누스 숭고론, 18세기 이후의 숭고론, 현대의 숭고론이다. 모두가 환경에서 파생한 결과다. 롱기누스의 숭고는 문학과 웅변의 수사학이었다. 18세기 이후의 숭고는 산업 발달에 힘입은 여행취미와 이성적 사고의 영향으로 숭고의 대상이 일반인[여행자]의 체험과 자연에까지 확대된다. 미와 숭고가 이론적으로 정립되는 과정에서 숭고를 불쾌에서 쾌로의 전이로 보았다. 당연히 숭고는 주체에 한정된 체험이고, 주체의 안전이 보장되는 거리를 필수 요인으로 꼽았다. 첨단 과학 시대는 더 이상 인간을 제압하는 거대한 자연이 존재하지 않음을 알려

주었다. 당연히 숭고의 대상도 형이상학적인 방향으로 흘러갔다. 아방가르드 예술에서, 이데올로기에서 찾은 점이 그렇다.

이런 논의에 영향받아 장파는 중국의 숭고를 하늘의 숭고[天人合一], 성인의 숭고[자연 닮기], 제왕의 숭고[천명 받기], 영웅과 군자의 숭고[호연지기]로 나누었다. 이것은 범인과는 무관한 숭고다. 숭고가 절대적 크기이고, 무한하게 작음에 관한 체험이고, 외부의 크기에 중압감을 느낀 왜소한 자아 체험이라는 발상법을 의식한 결과다. 여기에 비해 우리의 숭고는 일제 강점기에 치우쳐 있고, 특정 작가에 한정해 있다. 특히 90년대 후반에 "새삼 숭고를 불러 들이고 일제 강점기 시에 집중된" "호출된 숭고"의 정체는 근대 국가 이데올로기 담론 확인이었다. 서구 숭고론의 종합 고찰이었다.

이러한 연구는 크게 역사적 인식 부재와 미학적 인식 부재에서 기인한다. 역사적 인식 부재는 근대를 무비판적으로 수용한 결과다. "근대주의는 조선 문명의 경험을 바라 볼 가능성을 봉쇄"한다. 이 말은 근대라는 당위에 맞추기에 급급하다 우리의 경험[역사]을 "더 이상 미래를 위해 끌어 올 수 있는 문명"으로 생각하지 않는다는 점이다. 미학적 인식 부재는 역사적 인식 부재의 산물이다. 당위성을 상실하다 보니 "거의 초보 수준에 불과하"여 "대개 롱기누스, 버크, 칸트의 숭고 개념을 한국 현대시에 도식적으로 대입하는 수준에 머물러 있"다. 그랬을 때 과연 무엇인 제대로 된 미학적 자세인가를 따져 볼 필요가 있다. 현대의 숭고론을 도입한다고 해서 그것이 곧 초보적인 수준을 벗어난다고 볼 수 없기 때문이다.

그렇다면 방법론이 문제다. 공식이 된 '불쾌에서 쾌', '거대한 대상', '안전 거리'에서 '재현될 수 없는 것의 재현', '절대 無' 등은 서구의 경험이다. 일차적으로는 이런 개념들을 구체화하여 적용할 수 있어야 한다. 작품 속의 숭고는 문화 개념이기 이전에 수사학적 문제이고 상상력의 문제이기에 이를 포착하는 작업들이 필요하다. 그래서 작품의 숭고는 롱기누스의 수사학적 숭고와 칸트의 상상력의 숭고를 천착하는 자세부터 필요하다. 그러나 5천년 조선의 시공이 흘러 온 숭고 체험도 따로 살펴야 한다. 이 글은 이런 점을 바탕으로 서구의 숭고론이 간과한 시선의 다양성에 대해 살핀다. 숭고가 "어디까지나 존재의 내면과 관련되어 있"고 "몸에서 발현되는 광채"인 점을 감안하여 몸이 발견하는 숭고의 방향성을 알아본다. 이를 『東醫壽世保元』의 체질적 특성[시선]에서 찾는다.

이제마에게 성인은 건강한 사람이다. 그래서 건강한 사람은 숭고하다. 그 숭고함은 체질의 선천적 가능성을 극대화한 것이다. 물론 여기에는 인간을 비속하게 만드는 DNA도 있다. 체질은 우주와 사회와 개인을 인식하는 층위이고 상상력이다. 다시 말하면 체질은 대상을 인식하는 유형적인 틀[층위/범위]이고 살아가는 방식이다. 심층적으로는 작가의 세계관이고 표층적으로는 글쓰기 방식이다. 그것이 숭고를 발견하는 외재적 관점과 내재적 관점이다. 내재적 관점은 숭고한 대상을 밖에서 찾는다. 여기에는 굽어보기와 우러르기가 있다. 굽어보기는 외부에서 외부로 향하는 시선이다. 우러르기는 외부에서 내부로 향한다. 전자는 무화하기, 후자는 드러내기다. 무화하기는 우주의 질서에 주체를 던지는 행위다. 소멸된 주체가 영원의 흐름 속에 몸 맡기는[사라지는] 숭고다. 드러내기는 우주나 세상의 질서에 주체를 대입하기다. 세상의 굽음이나 결핍을 바루고 채우려는 살신성인이다. 내재적 관점은 숭고한 대상을 일상에서 찾는다. 여기에는 둘러보기와 스며들기가 있다. 둘러보기는 내부를 기준으로 외부와 견준다. 스며들기는 내부로 침잠한다. 전자는 가족이나 동아리적 삶의 숭고를 세상과 우주의 질서에 투영한다. 후자는 주체의 내면과 대상의 속성이 융해된다. 평범 속의 비범을, 부분으로 전체를, 순간에서 영원을 읽어내는 혜안이다.

2. 숭고를 발견하는 층위

롱기누스는 숭고미의 특성을 수사의 숭고에서 찾았다. 그것은 청중의 "설득이 아닌 감동"에 있다고 했다. 숭고미를 주는 언어효과나 연설은 "번개와 같이 그 앞에 있는 모든 것을 다 박살내고, 한번의 타격으로 연사의 강력한 힘이 드러나"서 "모든 청중을 압도하게 된다"고 했다. 덧붙여 "지식의 안정성과 균형감이 없"으면 커다란 위험에 노출되기에 "추진하는 만큼 통제 또한 필요하다"고 했다. 그 사례로 '① 과장, ② 무기력[활력없음] ③ 거짓 정서[감상주의]'를 들었다. 그래서 이를 극복한 "진정한 숭고미란 '내적인 힘'이 작용함으로 우리의 영혼이 들어올려져, 우리는 의기양양한 고양과 자랑스런 기쁨의 의미로 충만하게 되고 우리가 들었던 것들을 마치 우리 자신이 그들을 만들어 냈던 것과 같이 생각하게 만드는데 있다"고 했다.

'내적인 힘'은 곧 상상력이다. 롱기누스는 숭고를 통해 예술적 창조의 내적 원리인 예술가의 상상력을 중시하고 있다. 그것의 숭고함은 "공통성이 전혀 없는 사람들이 칭송의 대상에 대하여 한결같이 강한 확신과 흔들리지 않는 신념으로 만장일치로 판결을 내리는 작품"에 들어 있다고 했다. 이런 개념들이 18세기 유럽의 "천재 개념과 더불어 표현주의 예술론에 영향을 미쳤으며, 또한 버크와 칸트에 의해 미학 논의 속으로 체계화 되었다. 특히 18세기 유럽의 산업 발달은 여행가[일반인]들의 "놀라운 것에 대한 취미", 산악 체험에서 비롯된 "아무도 지나지 않는 (알프스산의) 바위들, 끝도 없는 얼음덩이들, 끝없는 심연, 경계없는 드넓음에 매료"는 숭고의 개념을 변화시켰다. 낯 설고 위험한 자연이 주는 '불쾌'해소, 거기서의 '안전거리 보장'이란 개념이 부각됐다. 이것이 칸트에게서 수학적 숭고와 역학적 숭고에서 구체화 된다. 롱기누스의 숭고는 높이 개념이다. 숭고를 인간세를 초월한[신적] 영역에서 발현된다고 본다. 그것을 극대화하기 위해 수사학을 중시했다. 반면 칸트의 숭고는 크기다. 이성[인간]을 중시한 칸트는 체험의 쾌와 불쾌를 중요 원리로 내세웠다. 자연의 숭고함은 무기력한 주체에게 좌절을 준다. 하지만 이를 극복하고 이성적, 정신적 존재로서의 자각을 통해 고양된 감정에 이르게 해 준다. 여기서 일어나는 불쾌에서 쾌로의 반전이 곧 숭고다.

숭고는 체험 주체만의 사건만이 아니라 독자[구경꾼]의 체험이다. 서구의 숭고는 "그 대상이 현실적으로 그를 위협한다면 의지에 대한 해소가 주관에게 불가능"하다고 본다. 그래서 체험 주체의 신변이 보장되어야 하고, 그러기 위해 사건은 늘상 앞에서 펼쳐진다. 그러나 한자문화권의 숭고는 주체의 체험이기도 하고, 주체와 무관한[주체가 인식하지 못 하는] 감동이기도 하다. 그것이 실천궁행實踐躬行, 성속일여聖俗一如, 살신성인殺身成仁, 극기복례克己復禮 등이다. 이런 숭고는 대상이 사방에 널려 있다. 그래서 육합六合으로 향하는 시선이 필요하다. 또 안전거리는 무용지물이다. 운명을 수용하고, 한계에 도전하는 모습 자체가 숭고이기 때문이다.

3. 숭고의 유형

3.1 굽어보기

굽어보기는 전체를 관망하는 특성에서 나온다. 높이와 넓이를 초월한 장엄한 서사로 시야를 드넓혀 준다. 주체[화자]는 높은 곳에서 산과 강과 마을이 어떻게 만나고 갈라지며 대자연이 펼쳐지는가를 살핀다. 그래서 부분과 전체, 찰나와 영원, 공시共時와 통시通時를 동시 조망한다. 그리하여 자신이

'한 점點'도 되지 못 하는 지극히 작음을 체험한다. 이를 통해 우주와 자연의 큰 힘을 깨닫고 더 성숙한 자아에 이르려 한다.

> 까마득한 날에
> 하늘이 처음 열리고
> 어데 닭 우는 소리 들렷스랴
>
> 모든 山脉들이
> 바다를 戀慕해 휘달릴때도
> 참아 이곧을 犯하든 못하였으리라
>
> 끈임없는 光陰을
> 부지런한 季節이 피여선 지고
> 큰 江물이 비로소 길을 열엇다
>
> 지금 눈 나리고
> 梅花香氣 홀로 아득하니
> 내 여기 가난한 노래의 씨를 뿌려라
>
> 다시 千古 뒤에
> 白馬타고 오는 超人이 있어
> 이 曠野에서 목노아 부르게 하리라
>
> —이육사, 「曠野」

화자는 위치와 무관하게 전 우주의 흐름을 헤아린다. 「曠野」는 우주의 환유다. 그것은 크기와 양의 숭고다. '하늘이 처음 열'린 '까마득한 날'과 '다시 千古 뒤'라는 '까마득한 날'까지의 시간이 그렇다. 또 그렇게 펼쳐진 하늘과 광야의 크기가 그렇다. 거기에는 산(맥)과 강이 조화롭게 어우러져 있다. 광야의 '지금'은 '눈 나리'는 겨울, '梅花香氣 홀로 아득'한 한겨울이다. 무한 시공 속의 '지금'은 표현 불가능한 짧은 시각이다. '끊임없는 光陰' 속에서 피고 졌던 '부지런한 季節', '눈 나리'는 겨울은 그런 장면 중의 하나다. 광야의 절대적 크기는 45억년이 넘는 지구다. 화자는 그 당시의 광활한 대지를 본다. 빅뱅이 생기고, 화산이 터지고, 용암이 흘러내려 산맥을 이룸을 그린다. 아무 것도 없던, 아무 것도 아닌 그 광야에서 생명의 강이 흐르고 인간세의 길이 펼쳐진 과정도 살핀다.

칼 세이건의 『The Dragons of Eden』에 따르면 우주의 나이는 150억년, 지구의 나이는 60억년이다. 우주의 나이를 1년의 기간으로 환산하면 지구의 10억년은 일년 우주력 속에서는 24일이다. 1초는 지구가 태양 주위를 475번 도는데 걸리는 시간이다. '1월 1일 자정의 사건인 빅뱅(Big Bang)을 시작으로, 태양계는 9월 9일 이후에, 지구는 9월 14일 이후에, 지구상의 생명체 출현은 9월 30일 이후에 등장한다. 공룡은 12월 25일에 처음으로 등장하였으며, 속씨식물은 12월 28일에, 영장류는 12월 30일에 처음 나타났다. 인류는 12월 31일 오후 10시 30분 이후라야 등장한다. 인류의 역사는 12월 31일의 마지막 1분에 해당하고, 인간의 평균 수명은 우주력에서는 0.15초에 해당한다.

이렇게 보면 「曠野」의 화자는 0.15초를 살다가는 생명체다. 그 어느 한 점에서 9월 9일 이후의 하늘과, 9월 14일 이후의 땅의 흐름을 읽는다. 화자가 서 있는 지점을 중심으로 대칭되어 전개 될 미래까지 읽는다. 그것이 "까마득한 날"에서 다시 "까마득한 날"["다시 千古 뒤"]까지의 여정이다. 이는 애초부터 화자에게 없는 시공이다. 한 점도 안 되는 주체가 실체도 없고, 보이지도 않을 "노래의 씨를 뿌"리고, "千古 뒤에/白馬 타고 오는 超人"을 떠올리는 행위는 숭고한 자연에 고양된 이성적인 처신이다.

해석은 맥락효과context effect에 따라야 한다. 맥락효과란 처음에 주어진 정보가 나중에 수용되는 정보의 맥락에 따라 구성되고 처리되는 방식이다. 이 시가 "하늘이 처음 열"리던 ㉠ "까마득한 날" → ㉡ 曠野 → ㉢ "千古의 뒤"라는 맥락으로 구성되어 있으니 ☐ 속의 "曠野"는 무한에서 무한으로 흐르는 한순간의 시공이다. 태초의 시공에서 무한 미래로 향하는 찰라다. 화자는 보았다 사라지고, 흥하고 망하고, 차고 기우는 우주의 질서에 동참하고 있다. "내 여기 가난한 노래의 씨를 뿌"리려는 의지는 물극필반物極必反의 이치다. 화자는 일음일양一陰一陽하는 자연의 질서 속에서 다가올 기운생동하는 계절을 떠 올린다. "끊임없는 팽창과 수축을 통하여 의연하게 맥박치고 있는 우주 현상을 통찰한다.

"曠野"를 만주로 읽어도 마찬가지다. 그곳은 하루 종일 걸어도 하늘과 땅만 보이는 광활한 터다. 안동의 선비 육사도 박지원처럼, 그 들판에서 넋놓고 서 있었다고 봐야한다. 『熱河日記』의 호곡장好哭場처럼 기쁨이 극해도, 분노가 극해도, 즐거움이 극해도, 사랑이 극해도, 미움이 극해도, 욕심이 극해도 울음이 날만한 곳이었는지도 모른다. "막히고 억눌린 마음을 시원하게 풀어" 준 곳이었는지도 모른다. 하지만 연암이 평지에서 드넓은 대지와 하늘을 향해 답답한 마음을 풀려했다면 육사는 입체적 시선으로 이를 관조한 점이 다르다. 소리의 감정적 극한이 울음이고 소리의 문화적 변용이 노래다. 연암을 울려고 했고 육사는 노래하려 한다. 연암은 울컥했고 육사는 절제한다. 육사는 그 땅에서 소리와 향기의 부재를 본다. 드넓어서 소리도 향기도 무용한 들판을 실감한다.

소리는 입자와 파동의 종합이다. 지금 눈이 내리니 입자로 충만한 세상이다. 그러나 입자는 단절이다. 그래서 파동으로 이어가려 한다. 그것이 곧 노래다. 노래는 자음과 모음이라는 입자성이, 음절과 어절, 구와 절, 문장으로 이어지는 파동 현상이다. 노래는 무상한 공간에 벌이는 무용한 놀이다.
화자는 하늘과 대비되는 왜소한 지구, 지구 속의 曠野, 또 광야 앞에 한 점
도 안 되는 자신을 대비한다. 노래는 입자인 화자가 우주라는 파동에 합류
하려는 소망이다. 무한히 큰 공간과 시간 앞의 당당한 주체다. 화자는 절대
적으로 큰 시공에 불쾌함을 느끼지도 않는다. 오히려 그 무상함을 연계하는
주체가 된다. 불쾌에서 쾌로의 전환이 아니라 부분에서 전체로, 소멸에서
영생으로의 개안開眼을 얻는다. 작가가 만주 벌판을 보며 시적 상상력을 펼
쳤다 해도, 작품 속의 화자는 만주 벌판이라는 역사적, 민족적 차원을 넘어
서 있다. 「曠野」는 무한한 우주로서의 숭고다. 당연히 광야를 "민족사의 태
반인 만주", "민족의 성소이고, 신성한 공간 신성한 시간"으로 한정하는 해
석은 화자의 웅장한 시선에 역행한다. 마찬가지로 「曠野」를 일제 강점기와
연관짓는 해석은 지나치게 육사의 일대기를 의식한 오독이다.

> 매운 季節의 챗죽에 갈겨
> 마츰내 北方으로 휩쓸려오다
>
> 하늘도 그만 지쳐 끝난 高原
> 서리빨 칼날진 그우에서다
>
> 어데다 무릎을 꾸려야하나
> 한발 재겨디딜 곳조차 없다
>
> 이러매 눈깜아 생각해볼밖에
> 겨울은 강철로된 무지갠가보다
>
> —이육사, 「絶頂」

「絶頂」도 위에서 이래를 바라본다. 화자는 "하늘도 그만 지쳐 끝난 高

原", "서리빨 칼날진 그 우에" 서 있다. 그러나 타의['매운 季節의 챗죽']에 의해 쫓겨 왔다. '마츰내' 왔으니 "챗죽"을 맞으며 견딜 만큼 견뎠다. "마츰 내" 왔으니 올 곳으로 왔다. '휩쓸려' 왔으니 혼자가 아니다. 그곳이 하늘 까지도 포기한 "北方"의 "高原"이다. 추운 불모지는 "무릎을" 꿇을 틈도 주지 않는다. "한발 재겨디딜 곳조차 없"기에 안주도 불가능하다. 오직 사느냐 죽느냐만 남았다. 위기의 높이는 추락의 깊이다. 생사 여부는 화자와 '휩쓸려' 온 무리들 모두의 문제다. 그러나 그런 절체절명絶體絶命의 순간에도 주체는 주눅들지 않는다. 오히려 "눈깜아 생각"하며 피부에 닿는 위협을 인식하고 해결하려 한다. "눈깜아 생각해볼밖에" 다른 방도가 없는 상황을 반전시킨다. 그 결과 겨울을 '강철 무지개'로 탄생시킨다. "무지갠가 보다"의 '~ㄴ가 보다'는 자기 스스로에게 묻는 물음이나 추측을 나타내는 종결 어미다. 자문자답은 판단인 동시에 불투명했던 생각이 분명해짐을 나타낸다. 발상의 전환은 행동의 변화를 유발한다. 무릎을 꿇을 땅조차 없는 상황이기에 갈등은 있을 수 없다. 당연히 돌파구를 찾는 것만 남았다. 그것이 겨울 무지개다. 이런 점이 "공포에 사로잡혀 있는 사람은 자연의 숭고를 판단할 능력이 없다."는 말을 무색하게 만들며 숭고한 주체로 부상하게 한다.

「絶頂」은 1연과 4연이 대립축을 이루고 있다. 그것은 "챗죽"(자국)과 무지개의 대비다. "챗죽" 자국과 '무지개'를 연관시키고 있다. 2연과 3연은 이런 배치가 나오게 되는 배경을 보여준다. "한발 재겨디딜 곳조차 없"는 "서리빨 칼날진" "高原" 위의 화자는 거기에 서기 전과 후가 완전히 다르다. 그 전의 화자는 세상을 간접적으로 표현한다. 겨울이 "매운 季節"이고 수난이 "챗죽에 갈"긴 일이다. 또 고통을 견디다 못해 "마츰내"[결국] 北方으로 "휩쓸려" 왔다고 진술한다. 처음부터 끝까지 현실을 굴절하고, 수동적으로 살아 온 모습을 보인다. 그러나 극한 상황은 주체를 변모시켰다. 세상을 직시한다. 그것이 "매운 계절"을 "겨울"로 명명하는 행위다. 여기서 "눈감아 생각"하는 행위는 "챗죽에 갈"겨 "휩쓸려"오느라 유보했거나, 미처 생각하지 못 한 것들을 헤아림이다. 화자는 몸에 있는 "챗죽"의 생채기와 무지개의 색상[층위]을 연결한다. 유사성에 의거한 환유와 이질적인 결합에 의한 은유를 만든다.

"챗죽" 자국은 망각해선 안 되는 사실이고 무지개는 놓쳐서도 안 되는 희망이기에 한 데 묶어야 했다. 그래서 인위["챗죽"]를 자연[무지개]으로 바꾸고, 자연[무지개]을 인위[강철]로 녹였다. 육사의 「꽃」은 「絶頂」의 구체화에 가깝다. "하늘도 그만 지쳐 끝난 高原", "서리빨 칼날진" 그 위는 "하늘도 다 끗나고/비 한방울 나리잔는" "北쪽 「쓴도라」에도 찬 새벽"으로 유사반복 되어 있다. "눈감아"하는 "생각"의 실상은 "눈속 깊히 꽃 맹아리가 옴작어려/제비떼 가마케 나라오"는 그날과, 동방의 그땅에 "밝아케" 필 꽃이다. 또, "마츰내 저버리지못할 約束"을 위해 "목숨을 꾸며 쉬임업는 날"을 살아햐 하는 현실 인식이다. 그 언젠가 올 "나븨처럼 醉하는 回想의 무리들"을 "오날" 부르는 행위다. 여기서도 화자가 현실을 대처하는 방식은 물극필반 物極必反의 이치다. 「曠野」에서 노래의 씨를 뿌리는 행위나, 「絶頂」에서 강철무지개를 떠올리는 행위나 「꽃」에서 그날을 떠 올리는 행위가 모두 닮았다.

"새벽하날 어데 무지개 서면/무지개 밟고 "(「芭蕉」)라는 시구처럼, 무지개는 꿈인 동시에 밟아야 하는 현실이다. 이런 맥락으로 보면 강철 무지개는 단단한 다리를 지닌 꿈, 즉 확실한 희망의 통로가 된다. 봄과 가을을 중심축으로 놓으면 겨울은 봄의 여명기다. 여명기는 봄의 새벽이다. 무지개는 예부터 홍수나 소나기와 연관된 단어다. 그래서 경각심을 일깨우는 현상이다. 겨울 무지개는 얼음이나 폭설과 연결될 수밖에 없다. 이러한 장애 요인들은 "하늘도 그만 지쳐 끝난 高原"의 "서리빨 칼날진" 자리를 더 고립시켜 준다. 사방팔방 펼쳐진 '단단하게 굳은 장애물'이 되기도 한다. '강철'은 '무지개'를 고착시키는 매체다. 차갑고[냉철하고] 단단한[확실한] 계절[시대]의 실상이기도 하다.

하지만 무지개는 다리가 되어 현실의 출구도 열어준다. 얼어붙은 세상은 그 자체로는 단절이고 죽음이지만, 얼어붙어서 오히려 외부로 소통하게, 숨통 트이게 해 준다. 그 다리가 '강철로된 무지개'다. 남은 건 「絶頂」의 화자가 그 절대적인 높이에서 내려오는 행위다. "高原"의 "서리빨 칼날진 그 우에"서의 수직 하강도, 무지개의 반원형 하강도 주체의 안전을 보장하지 않는다. 얼음이 강철로 변모되어 미끄럼은 줄여주었다 해도 마찬가지다. 그러나 화자는 살기 위해 이를 감행해야 한다. 그것은 눈밭과 얼음 구덩이 속으로 몸 던지는 행위다. 의지할 것이라고는 가상적인, 환상적인 다리[강철무지개] 밖에 없다. 조국의 숭엄함과 이데올로기의 지고함을 헤아릴 겨를이 없다. 모두가 살고 난 다음의 문제다. 살기 위한 살벌한 장정, 그 비정하고 비장한 행보 외엔 화자는 모른다. 생존을 위한 실천궁행實踐躬行이 주는 감동이 숭고다.

3.2 우러르기

우러르기는 대상 닮기, 대상 되기를 통해서 숭고를 발견하고 삶의 차원을 드높이는 방식이다. 닮기, 되기는 외부의 기준에 자신을 맞추는 행위다. 이런 특징은 윤동주의 시에서 잘 나타난다. 이육사가 굽어보기를 통해 숭고를 말한다면 윤동주의 우러러 보기를 통해 숭고를 발견한다. 굽어보기가 조감도鳥瞰圖라면 우러르기는 앙시도仰視圖다. 우러러기는 시선이 아래에서 위를 향한다. 대상도 대부분 고정되어 있다. 이런 점에서 서양의 숭고와 상통한다. 대상의 크기에 위압당해 일어나는 현상이다.

> 죽는 날까지 하늘을 우러러
> 한 점 부끄럼이 없기를,
> 잎새에 이는 바람에도
> 나는 괴로워했다.
> 별을 노래하는 마음으로
> 모든 죽어가는 것을 사랑해야지
> 그리고 나한테 주어진 길을
> 걸어가야겠다.
>
> 오늘 밤에도 별이 바람에 스치운다.
>
> —윤동주, 「序詩」

　맹자孟子 진심편盡心篇에 세 가지 즐거움이 나온다. 첫째가 부모님이 살아 계시고 형제가 무탈함이다. 둘째는, 하늘을 우러러 부끄러움이 없고, 사람을 굽어보아 부끄럽지 않음이다. 셋째는, 천하의 영재를 얻어 가르침이다. 「序詩」는 두 번째 즐거움을 시행으로 만들었다. 그래서 화자는 '부끄러움'이라는 화두로 사회와 주위를 견주는 윤리적 주체다. 그는 '우러러' 보는 대상과 '굽어 보는' 대상 모두에게 무결점 인생을 보여야 한다. 그런데 우러러 보는 하늘은 도덕적 크기로 화자를 누르고, 별은 불멸성을 자랑하며 지상으로 반짝인다. 반면 굽어 보는 땅은 흔들리고, 죽어가는 존재들로 가득하다. 하늘은 완전무결과 영원이고 땅은 흠집투성이고 순간이다. 이 틈바구니에 화자는 서 있다. 하늘이 거룩할수록 땅은 초라하다. 그럴수록 "죽는 날까지 하늘을 우러러/한 점 부끄럼이 없"는 삶은 멀어진다.
　윤동주의 하늘은 "일상의 감수성과 형이상학 사이"에서의 "균형감각"을 이루게 하는 "자기성찰의 핵심"이다. 그것은 "불완전한 청춘이 도구적 자기성찰에 빠지지 않고, 윤리적 진정성을 유지할 수 있었던 원동력"이었다. 그래서 윤동주의 시적 주체는 예수 처럼 자신을 옥죄는 부조리한 현실 즉, 대동아공영권의 이념적 폭력성이 난무하는 시대의 한 복판에서 자신을 신에게 바침으로써 의연히 죽음을 대면할 수 있었고, 그 죽음은 육체의 상징적 죽음을 통해 정신의 부활을 예고하는 죽음이자, 자아의 죽음을 통해 타자의 죄를 구원하는 죽음을 맞을 수 있었다.

그렇지만 "죽는 날까지 하늘을 우러러/한 점 부끄럼이 없기를"이라는 선언 자체는 별 의미가 없다. 「서시」의 화자가 크게 보이는 이유는 "잎새에 이는 바람에도/나는 괴로워했다"는 자기 반성과 "별을 노래하는 마음으로/모든 죽어가는 것을 사랑해야"라는 실천 의지에 있다. 신경과민 내지 신경쇠약증세이기도 하고, 과대망상증이기도 하다. 그러나 이는 박애정신의 이면이기도 하다. "그리고 나한테 주어진 길을/걸어가야겠다"는 운명 수용, 실천 의지도 그렇다. 화자는 자신의 불완전성을 하늘 닮기로 극복하려 한다. '잎새에 이는 바람에도' '괴로워'하는 모습을 벗어나는 길이 제대로 '모든 죽어가는 것을 사랑'하고 '나에게 주어진 길을/걸어'가는 데 있다고 여긴 때문이다.

그에게 길이란 "절대자가 부과한 시인이란 슬픈 천명"이다. "자신의 주체성을 폐기하고 절대자의 부름에 응답하"는 도리다. 그 화자는 '오늘 밤에도 별이 바람에 스치'우는 현실을 걸어 간다. 희생 의지는 불쾌와 쾌의 문제가 아니다. 인간의 됨됨이고, 내면이고, 실천력에서 나온다. 화자는 그런 행위의 결말을 확신한다. 그것은 그의 삶을 넘어 선 곳에서 드러난다. 그것이 '겨울이 지나고 나의 별에도 봄이 오면/무덤 위에 파란 잔디가 피어나듯이/내 이름자 묻힌 언덕 위에도/자랑처럼 풀이 무성할'(윤동주, 「별 헤는 밤」

마지막 연) 세상이다. 세상을 위해 죽을 준비가 되어 있는 점, 죽음이 죽음
으로 끝나지 않는다는 인식이 이 화자가 보여주는 숭고함이다.

    쫓아오던 햇빛인데
    지금 교회당 꼭대기
    십자가에 걸리었습니다.

    첨탑(尖塔)이 저렇게도 높은데
    어떻게 올라갈 수 있을까요.

    종소리도 들려 오지 않는데
    휘파람이나 불며 서성거리다가,

    괴로웠던 사나이.
    행복한 예수 그리스도에게
    처럼
    십자가가 허락된다면

    모가지를 드리우고
    꽃처럼 피어나는 피를
    어두워 가는 하늘 밑에
    조용히 흘리겠습니다.
                           -윤동주, 「십자가」

    「서시」의 하늘 닮기는 「십자가」에서 예수 닮기로 나타난다. 햇빛은 평
소에 화자[우리]를 따라 왔다. 그런데 '지금'은 상황이 달라졌다. '교회당 꼭
대기/십자가'에서 문제가 생겼다. '쫓아오던 햇빛인데'의 '인데'라는 조사는
익숙함과 당연함을 전제로 한다. 그래서 '지금'이 당혹스럽다. 단절은 이으

려는 본능을 낳는다. 그런데도 화자는 첨탑이 높아 올라 갈 수가 없다. 종소리는 단절된 높이를 메워준다. 하늘과 땅의 단절을 이어준다. 그러나 지금은 햇빛은 물론 종소리도 그쳤다. 화자는 자신의 휘파람으로 종소리를 대신하려 한다. 하지만 '휘파람'은 제 역할을 못 한다. 그 실상이 "휘파람이나"다. 그래도 화자가 실천할 수 있는 일은 그뿐이라서 계속하며 "서성"거린다. 그 행위는 「絶頂」의 "눈감아 생각"하기와 같다.

여기서 화자가 모색한 탈출구는 예수 닮기다. 육사가 강철 무지개를 떠올렸다면 화자는 예수의 십자가를 가져온다. 휘파람밖에 가진 게 없는 현실에서 자신의 몸을 희생양 삼고자 한다. 십자가는 '괴로웠던 사나이'의 윤리적 책임감을 완수하게 해 주고, 고통에서 벗어나게 해 준다. 하느님이 예수를 통해 인간을 이었듯이 그 역시 하늘[햇빛]에서 자신[십자가], 십자가에서 세상으로 이어져 현실을 극복하려 한다. 그리하여 교회당 꼭대기 십자가에 걸려서 내려오지 않는 햇빛을 지상까지 내려오게 만들려 한다. 그러기 위해서 '모가지 드리우고/꽃처럼 피어나는 피를/어두워 하는 하늘 밑에/조용히 흘리'려 한다. 그것이 자신이 몸 던져 이루어야 하는 소명이라고 생각한다.

이육사의 하늘과 땅이 관념적인 숭고미를 유발한다면 윤동주는 실천적인 숭고미를 불러 일으킨다. 이육사는 상상적인 시공에서 자아를 무화無化하지만 윤동주는 실생활에서 하늘 닮기를 실천하려 한다. 이를 통해 이상과 현실, 이론과 실제의 괴리를 극복하려 한다. 그것이 자기 희생을 동반한 지행합일知行合一이고, 현실 초극하기다. 살신성인殺身成仁이고 극기복례克己復禮다. 여기에는 하늘을 숭고하게 여기는 자아와 그런 자아를 숭고하게 바라보는 독자가 공존한다.

3.3 둘러 보기

숭고는 굽어보기와 우러르기에서는 어렵잖게 발견할 수 있다. 지금까지의 기존 숭고 담론도 대부분 이 범위에 머물고 있다. 그러나 둘러보기는 숭고를 일상 생활에서 찾는 점이 다르다. 이러한 숭고는 외부의 절대적인 대상에 있지 않다. 그것은 상징화 된 애인일 수도 있고[1] 동아리와 가문과 이웃의 질서 속에서도 찾을 수 있다. 높이가 제거된 숭고다. 또 다양한 지점에서 발생하는 숭고다. 이런 점이 서구의 고유한 숭고론에서 벗어난다. 높이가 없음은 절대성이 상실되었음이고 시선 분산은 대상이 다양함이다. 그래서 여기서의 숭고는 발견이 중요하다. 상황이 숭고를 만든다. 평소에는 아무 것도 아니었던 것들이 비교 불가능한 소중함의 크기, 삶의 절대적인 가치로 다가온다.

지금은 남의땅—빼앗긴 들에도 봄은 오는가?

나는 온 몸에 햇살을 밧고
푸른한울 푸른들이 맛부튼 곳으로
가름아가튼 논길을싸라 꿈속을가듯 거러만간다.

입슐을 다문 한울아 들아
내맘에는 내혼자온것 갓지를 안쿠나.

---

1 박현수는 1920년대 초기시의 핵심을 상징으로 보고 그것이 문제가 되었던 이유를 고찰했다. 그는 1920년대 초의 '상징'과 '상징주의' 중심에 숭고한 '애인'이 놓이는 이유를 "20년대 문학의 기획인 초월성과 미학성의 결합, 즉 초월적 미학주의를 위하여 탄생된 수사학의 전략"이라 한다. 아울러 "애인은 신(초월성)과 예술(미학성)의 세계를 동시에 포괄하"는 개념이라 하여 시적 육체를 지닌 애인의 숭고함을 논한다. 애인이 숭고한 이유는 초월성[종교성]과 미학성[예술성]을 동시에 지니기 때문이라 한다(박현수, 「1920년대 상징의 탄생과 숭고한 '애인'」, 『한국현대문학연구』 18집, 한국현대문학연구회, 2006, 210~222쪽).

네가끌었느냐 누가 부르드냐 답답워라 말을해다오.

바람은 내귀에 속삭이며,
한자욱도 섯지마라 웃자락을 흔들고.
종조리는 울타리넘의 아씨가티 구름뒤에서 반갑다웃네.

고맙게 잘자란 보리밧아
간밤 자정이넘어 나리든 곱은비로
너는 삼단가튼머리를 깜앗구나 내머리조차 갑븐하다.

혼자라도 갓부게나 가자
마른논을 안고도는 착한도랑이
젓먹이 달래는 노래를하고 제혼자 엇게춤만 추고가네.

나비 제비야 깝치지 마라.
맨드램이 들마꼿에도 인사를해야지
아주까리 기름을바른이가 지심매든 그들이라 다보고십다.

내 손에 호미를 쥐여다오
살찐 젓가슴과가튼 부드러운 이흙을
발목이 시도록 밟아도보고 조흔쌈조차 흘리고십다.

강가에 나온 아해와가티
쌈도모르고 끗도업시 닷는 내혼아
무엇을찾느냐 어데로가느냐 웃어웁다 답을하려무나.

나는 온몸에 풋내를 띄고
푸른웃슴 푸른설음이 어우러진사이로
다리를절며 하로를것는다 아마도 봄신령이 접혓나보다.
그러나 지금은—들을 쌔꼿앗겨 봄조차 쌔꼿앗기겠네.
                    —이상화, 「쌔앗긴 들에도 봄은 오는가」

233

「쌔앗긴 들에도 봄은 오는가」는 대체로 저항시의 맥락으로 접근한 연구가 대부분이다. '쌔앗긴 들'을 "인간이 느끼는 장소감이 아무리 황홀한 것이라 해도 그것은 결국 비진정한 것이 될 수밖에 없다는 장소상실의 비극적 아이러니"로 본다. 그것을 바루는 길이 되찾음이다. "푸른 하늘과 푸른 들이 맞붙은 곳은 빼앗기지 않은 들과 빼앗기지 않은 하늘(봄)이 환전하게 하나로 융합된 공간", "역사적 현실에 의해 훼손당하지 않은 원초적 공간"이다. 그래서 "이상화는 부조리한 역사적 현실에 의해 천지인이 융합하지 못하는 들판의 현실을 인식하고, 이를 융합시키기 위한 시적 전망을 보여주고 있다"고 한다. 한편으론 「쌔앗긴 들에도 봄은 오는가」를 발표할 당시의 이상화의 전기적 사실과 『개벽』의 잡지 성격과 관련지어 사회주의적 맥락으로 읽기도 한다. 그리 되면 「쌔앗긴 들에도 봄은 오는가」는 "계급적 상징을 중심으로 해석"할 수도 있다는 주장이다. 이러한 시선이나 구조주의적 분석법은 현실 투영과 배제라는 양면이다. 이런 분석들을 하나로 요약하면 '숭고한 들판 회복'이라 할 수가 있다.

화자는 평지에서 평지로 간다. 당연히 그의 시선은 평면적이다. 길 위에서 주변 환경이 주는 감동에 넋을 잃고 있다. "쌔앗긴" 사실이 이를 더 애틋하게 한다. "쌔앗긴 들"은 그 전에는 몰랐던 '옛 들'의 소중함, 삶터의 고귀함, 일상의 숭고함을 일깨워 준다. "지금"은 '옛'과 "남의땅"은 '우리 땅'과 정서 대립을 배가시킨다. "쌔앗긴 들에도" 봄이 올 수 있느냐를 놓고 논리적인 봄과 자연적인 봄이 대립한다. 그렇지만 봄의 습관성은 "온 몸에 햇살을 밧고/푸른한울 푸른들이 맛부튼 곳으로/가름아가튼 논길을짜라 꿈속을 가듯 거러만간다." 하지만 이내 "입슐을 다문 한울"과 "들"을 실감한다. "내 혼자온것 갓지를 안"지만 혼자다. 이웃들 사라지고 없는 공간에 혼자 서 있

는 자신에게 "네가끌었느냐 누가 부르드냐"며 어색함을 합리화 한다. "답답
워라 말을해다오."를 외치지만 현실은 침묵뿐이다. "잘자란 보리밧"이 고
마운 이유는 옛날을 재현했기 때문이다. 그것이 "곱은비", "삼단가튼머리를
샴"던 풍경을 재생해 주기 때문이다. 그러면서 "마른논을 안고도는 착한도
랑"과 "젓먹이 달래는 노래를" 겹치고, "엇게춤" "추고가"던 모습을 좇아서
"혼자라도 갓부게나 가"려 한다. "샵치"는 "나비 제비"도 "맨드램이 들마꼿"
도 "아주까리 기름을바른이"와 그들이 "지심매든 그들"을 되살려 준다. 나
아가 "살찐 젓가슴과가튼 부드러운 이흙을 발목이 시도록 밟아도보고 조흔
샴"까지 흘리려 호미를 달라고 한다.

그러나 이내 "무엇을찾느냐 어데로가느냐"며 "웃어"운 자신을 한탄한다.
희비가 교차하는 지점에 "푸른웃슴 푸른설음"이 생긴다. 그것은 '우리 들'
과 '쌔앗긴 들'의 확인에서 온다. 그 모순이 다리를 절게 만든다. 그러면서
바라보는 "푸른한울 푸른들이 맛부튼 곳"은 회복하고픈 원초적 터전의 무
한함이다. "쌔앗긴 들"의 절망감이 커질수록 '옛터'의 그리움은 간절해진
다. 그것이 곧 옛 땅, 미처 몰랐던 그때의 소중함이다. 예전에 평범했던 일
들이 어느 순간 감당 못 할 크기로 드러난다. 그것이 뒤늦게 깨달은 '그 들'
과 '그들'의 숭고함이다. 그러나 '들'이 숭고한 이유는 바로 '우리[그들]' 때
문이다. 우리가 사라진 들판은 불구적 상상력만 배가시킨다. 들은 우리 삶
의 숭고 바로 그것이었다.

> 이것은 소리없는 아우성
> 저 푸른 海原을 向하야 흔드는
> 永遠한 노스탈쟈의 손수건
>
> 純情은 물결같이 바람에 나부끼고

오로지 맑고 곧은 理念의 標ㅅ대 끝에
哀愁는 白鷺처럼 날개를 펴다
아아 누구던가
이렇게 슬프고도 애닲은 마음을
맨처음 공중에 달줄을 안 그는

－「旗빨」

위의 화자도 "저 푸른 海原을 向하야" 난 방향[수평]으로 시야를 확장하고 있다. 「旗빨」은 경계적 장소에 위치하는 깃발을 통해 인간의 존재론적 결핍과 욕망을 그의 시 중에서 가장 상징적으로 드러내주는 작품으로도 인정 받고 있다. 이는 깃발을 인간 존재의 모순성, 이중성, 이원성을 함축하는 결핍인 동시에 욕망의 기호로 읽을 수 있기 때문이다. 그래서 깃발은 청마의 욕망을 현존하게 하고 대신하는 기호다. 그러나 그 기호는 청마 한 사람만의 욕망으로 그치지 않는다. 「旗빨」이 펄럭이는 곳은 육지와 바다의 경계다. 뭍의 끝은 현실적 삶의 끝이고, 물의 시작은 비현실적 삶[동경]의 시작이다. 현실과 이상이 뭍과 물을 깃점으로 교차한다. 또 깃발은 상승과 하강을 되풀이하는 인간의 삶과 맞닿아 있다. 일희일비一喜一悲하는 모습이 "標ㅅ대 끝"을 정점으로 펼쳐진다. 인간이 동물과 다른 점은 이념을 지니고 있어서다. 단순한 욕구 충족으로 살 수 없기 때문이다. "오로지 맑고 곧은 理念"은 꿈인 동시에 욕망이다. 그것은 수직 상승으로 극대화 된다. 그러나 "標ㅅ대 끝"에서 파국을 맞는다. 더 이상 오를 수 없는 염원과 욕망은 수평으로 무한하게 퍼져 나간다.

수평은 파국을 전환하기 위한 좌우 공간이다. 여기서의 절대적 대상은 하늘이 아니라 "저 푸른 海原"이다. 그것은 "永遠한 노스탈쟈"다. 그 허공을 향한 인간의 바람은 바람에 흔들려 아우성으로 펄럭이고 손수건으로 나부긴다. 절규하고 부대끼는 외향적이고 열정적인 모습이다. 그 열렬함이 다한 곳에 "물결같이 바람에 나부끼고" "白鷺처럼 날개를 펴"는 '순정'과 '애수'가 있다. 이는 내향적이고 차분하다. 이렇게 소리치고 침묵하는 삶의 총체가 "슬프고도 애닮은 마음"이다. 한계를 알면서도 끊임없이 도전하는, 결과를 알면서도 되풀이 하는 몸짓은 이별을 알면서도 사랑하는 것만큼 애틋하다. 그것이 아우성, 손수건, 순정, 애수, 마음으로 변용되어 펄럭인다. 이는 희망과 절망, 의지와 허무, 희열과 비애다. 태생적 한계를 벗어나지 못하고 부침하는 인간의 본연이다.

'旗빨'은 태초부터 내려온 일탈을 꿈꾸는 원심력이고 되돌아 올 수밖에 없는 구심력이다. '旗빨'은 그 모순된 힘이 교차하고, 수 많은 시공이 포개져서 생성된 상징물이다. '旗빨'에 압축된 힘과 시공은 마침내 가늠할 수 없는 크기로 펄럭인다. 상대적으로 이를 바라보는 화자는 한없이 작아진다. 그래서 깃발은 숭고한 대상이다. 나아가 "저 푸른 해원"을 향해 "슬프고 애닮은 마음을" "맨처음 공중에 달줄을 안 그"도 숭고하다.

둘러 보기는 삶의 공간에서 숭고를 인식한다. 좌우를 중심으로 상하까지 이어진다. 주위 파악을 통해 제자리를 정립하고, 질서가 지닌 숭고를 인식한다. 여기에는 이상과 현실, 희망과 절망, 의지와 허무의 폭이 무한한 크기로 작용한다. 두루 살핌은 제대로 살기, 뿌리내리기의 바탕이다. 굽어보기가 촘촘한 현실 인식이 모자라고, 우러르기는 현실 부정이 강하다면 둘러보기는 현실을 직시한다. 둘러보기는 다가가기다. 내려 보기의 하강, 올려보기의 상승보다 현실적이다. 인간다움이란 절대자의 힘도, 초인의 능력도 아니다. 제대로 울고 웃고 일어서고 넘어서는 행위와 이념을 지니고 살아야 하는 그저 그런 존재다. 인간되기, 인간답게 살기는 만물의 영장만이 누릴 수 있는 숭고함이다. 둘러보기는 주변이어서 스쳐지나기 쉽다. 그것을 포착하는 통찰력이 필요하다. 이런 숭고는 역설에서 성립한다. 작지만 크고 하찮지만 고상하다.

3.4 스며들기

스며들기는 내면화를 통해 숭고를 노래한다. 내면화는 대상 속에 녹아나기다. 둘러보기가 화자가 주체가 되어 대상을 바라보는 방식이라면 스며들기는 화자가 객체가 되어 대상으로 녹아 드는 특징이 있다. 담론 역시 소박하고 미려美麗하다.

> 돌담에 소색이는 햇발가치
> 풀아래 우슴짓는 샘물가치
> 내마음 고요히 고흔봄 길우에
> 오날하로 하날을 우러르고십다
>
> — 김영랑, 「돌담에 소색이는」 1연

이 시는 숭고가 거창한 데에만 있질 않음을 보여 준다. 화자는 '소색이는'과 '우슴짓는'으로 '돌담'과 '햇발'을, '풀'과 '샘물'을 잇는다. 마찬가지로 '내마음'도 '고흔봄 길'과 '고요히' 잇고 싶고, '오날하로' '하날을' '우러르고 십다'. 화자에게 "햇발"과 "샘물"은 생명의 원천이다. 하나는 건조함으로 하나는 습함으로 만물을 화생化生하게 한다. "햇발"은 "돌담"을 반짝이게 하고, "샘물"은 "풀"을 자라나게 한다. "햇발"은 위에서 스미고["소색이고"], 샘물은 아래에서 스민다.["우슴짓는"다] 누르거나 떠받침이 없이 각립하되 공생하는 방식이 보인다. 각립해 있는 개체들의 소통이 우주적인 울림으로 증폭되고 있음을 본다.

화자는 여기에 동참하려 한다. 그것이 "내마음"에 "고요히" 스며든 "고흔

봄 길우에"서 "하날을 우러"러 보기다. 그것은 어제와 내일과도 무관한 "오날하로"의 소망이다. '오늘 우리에게 "일용할 양식"을 달라'는 주기도문은 자연의 질서에 역행하지[죄 짓지] 않게 해 달라는 절실함이다. 이는 사회화, 역사화 된 주체들의 실상이다. 그러나 "고혼봄 길우에"서 "오날하로 하날을 우러르"게 해 달라는 진술은 자연의 질서에 편승하고자 하는 즐거움이다. 이것이 하늘[햇발]과 땅[돌담]의 하나됨, 땅[풀]과 물[샘물]의 혼용됨, 순간[오날하로]과 영원[하날]의 대비를 통해 천지인天地人의 조화를 염원하는 화자의 소망이다. "내마음"[人]과 "고혼봄 길우"[地]와 "하날"[天]이 고요하게 연결되는 시공이다. 화자는 시골의 작은 풍경을 우주 조화의 상징화로 드높였다. 이런 숭고는 발견이다. 삶의 깊이에 비례하여 나타난다.

애비는 종이었다. 밤이기퍼도 오지않었다.
파뿌리같이 늙은할머니와 대추꽃이 한주 서있을뿐이었다.
어매는 달을두고 풋살구가 꼭하나만 먹고싶다하였으나…흙으로
바람벽한 호롱불밑에
손톱이 깜한 에미의아들.
甲午年이라든가 바다에 나가서는 도라오지않는다하는 外할아버지의
숯많은 머리털과
그 크다란눈이 나는 닮었다한다.

스믈세햇동안 나를 키운건 八割이 바람이다.
세상은 가도가도 부끄럽기만하드라
어떤이는 내눈에서 罪人을 읽고가고
어떤이는 내입에서 天痴를 읽고가나
나는 아무것도 뉘우치진 않을란다.

찰란히 티워오는 어느아침에도

이마우에 언친 詩의 이슬에는
몇방울의 피가 언제나 서꺼있어
볕이거나 그늘이거나 혓바닥 느러트린
병든 숫개만양 헐덕어리며 나는 왔다.

　　　　　　　　　　－서정주, 「自畵像」

　숭고와 서정주는 공집합에 가깝다고 할 수도 있다. 그의 삶이 숭고를 연
상하기에는 거리가 멀기 때문이다. 하지만 전기적 사실과 문학적[시적] 진
실을 따로 놓고 보면, 그의 작품에는 심미적 숭고를 드러내는 작품들이 많
다. 타의 추종을 불허하는 언어적 울림의 크기가 그렇다. "탈근대적 맥락에
서 보면 숭고는 아우라의 상실과 가상실재, 복제 같은 후기자본주의의 문화
현상 뒤에 존재하는 진실하고 진정한 세계에 대한 욕구를 반영하고 있는 포
괄적인 문화 개념"이다. 서정주의 작품은 이런 관점으로 접해도 무리가 없
는 것들이 많다. 특히 「自畵像」은 서정주의 삶이 분화하기 직전의 복잡한
면모를 보여주는 작품이다.

　서정주는 23세 되던 1937년에 「自畵像」을 써서 1939년 10월 『詩建設』에
발표한다. 그리고 1941년 첫 시집인 『花蛇集』 맨 앞에 배치한다. 「自畵像」
이 갖는 비중을 알게 해 준다. 하지만, 두 책에 실린 작품은 많이 다르다. 그
런데 서정주는 『花蛇集』에 실린 개작을 정본으로 간주한다. 그 당시의 서
정주는 고창에서 서울로 올라 왔다. 표준어로 글을 썼다는 건 그런 환경을
알려 준다. 1938년 결혼하고, 『詩建設』에 발표한 1939년 가을 만주[연길→
용정]로 간다. 그리고 이듬해 봄에 귀국한다. 1942년부터는 노골적인 친일
문학을 한다. 이 과정에서 만주 체험이 「自畵像」의 개작과 무관하지 않다
는 추론이 가능하다. 개작의 핵심은 '甲戌年'을 '甲午年'으로 교체한 데 있

다.

「自畵像」은 "애비는 종이었다"는 충격적인 진술로 문단의 전통 글쓰기 방식을 전복시켜 버린다. 여기에는 다양한 주체들의 흩어진 삶이 나타나 있다. 종 일하느라 종일 바쁜 아버지, 파뿌리 같이 늙은 할머니, 산달을 둔 엄마, 철부지 아들이 제각각 지낸다. 거기다 어부인 외할아버지는 예전에 바다에 나가서 죽었다. 이렇게 친가와 외가 모두가 와해된 가족 공동체의 일원이다. 그런 천덕꾸러기의 혈육이 화자다. 그러나 '甲午年'은 이런 상황을 반전시킨다.

'甲午年'은 화자를 지탱하는 두 축의 불균형을 부각한다. 같은 소외계층이라 해도 부계는 사회적 예속물[아버지]이고 모계는 역사의 주체[외할아버지]다. 화자는 이질적인 피를 물려 받은 후예이다. 한 쪽은 종의 자식이고 한쪽은 반당의 일원이다. 모두가 기득권층, 사회가 백안시白眼視하는 대상들이다. 그래서 화자는 "스물세햇동안" "八割이 바람"으로 떠 돌아야 했다. 외할아버지의 손주여서 "어떤이는 내눈에서 罪人을 읽고가고", 종의 자식이어서 "어떤이는 내입에서 天痴를 읽고가"기에 "세상은 가도가도 부끄럽기만" 한 곳이었다. 그러나 화자는 여기에 좌절하지 않는다. "나는 아무것도 뉘우치진 않"겠다는 당당함으로 사회적 환경을 극복한 시인이 된다.

화자에게 시란 "밤이기퍼도 오지않"던 아버지의 성실함과 "甲午年" 바다에 나간 "外할아버지의 크다란 눈"의 유전적 산물이다. 동시에 "몇방울의 피가 언제나 서껴있"는 노력의 산물이다. 어떤 상황["볓이거나 그늘이거나"]이든 "혓바닥 느러트린/병든 숫개만양 헐덕어리며" 살아 온 귀결이다. 세상은 화자에게 절대 복종만 요구하지만 화자는 이를 끝까지 거부하고 자신의 삶을 성숙하게 만든다. 그것이 바로 시다. 이리 되면 시는 문학이라는 장르를 넘어서 인간을 구원하는 절대자다. 숭고의 대상이 이데올로기도 되듯이 「自畵像」의 화자에게 시詩는 숭고한 이데올로기다.

4. 몸과 숭고

기존 연구가 서구의 숭고 개념을 적용한 정도에 그쳤기에 이를 보완하고 자 했다. 그것이 '① 굽어보기 ② 우러르기 ③ 둘러보기 ④ 스며들기'다. 이를 통해 숭고가 'ⓐ 불쾌에서 쾌를 불러 일으키는 정서이며, ⓑ 주체를 제압하는 거대한 무엇이, ⓒ 눈 앞과 위에서 펼쳐지고, ⓓ 안전한 거리가 필요하다'는 기의를 넘어서는 사건임을 살폈다. 숭고는 발견이고 발견은 시선이고, 시선은 육합六合 모두에서 포착할 수 있음을 알아 보았다.

그 결과 굽어보기와 우러르기는 서구의 숭고 개념과 부합하는 면이 많았다. 그러나 불쾌함에서 쾌함으로 전이와는 무관했다. 더구나 망국의 산하는 쾌·불쾌라는 말초적 잣대로 들이 댈 대상이 아니었다. 굽어보기는 우주선에서 지구를 바라보는 관점이다. 이를 이육사의 「曠野」와 「絶頂」으로 살폈다. 두 작품 모두 높이와 넓이를 초월한 장엄한 서사로 시야를 드넓혀 주었다. 부분과 전체, 찰나와 영원, 공시共時와 통시通時가 동시 조망해 있었다. 대상의 숭고함에 주체도 동화되어 있음을 보았다. 그리하여 지극히 긴장한[왜소한] 주체[자아]가 우주와 자연에 동화되어 삶의 의미를 드높이는 모습을 확인했다.

우러르기는 대상 닮기, 대상 되기를 통해서 숭고를 드러낸다. 굽어보기가 지우기로 존재 이유를 노래한다면 우러르기는 세우리고 존재의 가치를 노래한다. 닮기, 되기는 기준은 외부에 있고 주체[화자]는 그에 맞추려 한다. 우러러기는 대상도 고정되어 있다. 이런 점에서 서양의 숭고와 상통한다. 이를 윤동주의 「서시」와 「십자가」로 알아 보았다. 육사의 숭고가 관념적이고 추상적이라면 동주는 육체적이고 구체적이었다. 윤동주는 하늘을 바라보는 시선을 통해 이상과 현실, 이론과 실제의 괴리를 극복하려 했다. 그것이 자기 희생에서 오는 지행합일知行合一이고, 몸의 한계 초극하여 극기복례克己復禮에 이르기였다.

그러나 '둘러보기'와 '스며들기'는 예민한 시선이 필요하다. 여기에는 대상의 크기가 상대적이다. 생활공간과 일상이 그 대상이기 때문이다. 여기서는 평범했던 일들이 어느 순간 감당 못 할 크기로 드러난다. 내려보기와 우르러기에 비해 쉽게 숭고를 찾기는 어렵다. 그것은 처절한 체험을 통해서 상대적으로 나타난다. 그것을 포착하기에는 통찰력이 필요하다. 이런 숭고는 역설에서 성립한다. 작지만 크고 하찮지만 고상하다. 이를 이상화의 「빼앗긴 들에도 봄은 오는가에도 봄은 오는가」와 유치환의 「旗빨」로 분석했다. 모두가 삶의 공간에서 숭고를 인식했다. 두루 살핌은 제대로 살기, 뿌리 내리기의 바탕이었다. 굽어보기가 촘촘한 현실 인식이 모자라고, 우러르기는 현실 부정이 강하다면 둘러보기는 현실을 직시했다. 둘러보기는 다가가기였다. 내려 보기와 올려보기보다 현실적이다. 여기서의 숭고란 인간다운 삶에 있었다. 인간다움이란 절대자의 힘도, 초인의 능력도 아니었다. 제대로 울고 웃고 일어서고 넘어서는 행위와 동경을 지니고 사는 모습이었다. 여기서의 숭고는 생존권 그 자체였다.

스며들기는 내면화를 통해 숭고를 노래한다. 내면화는 대상 속에 녹아들기다. 둘러보기가 화자가 주체가 되어 대상을 바라본다면, 스며들기는 화자가 객체가 되어 대상으로 녹아든다. 김영랑의 「돌담에 소색이는」과 서정주의 「自畵像」으로 알아 보았다. 「돌담에 소색이는」의 화자는 하늘[햇발]과 땅[돌담]의 하나됨, 땅[풀]과 물[샘물]의 혼융됨, 순간[오날하로]과 영원[하날]의 대비를 통해 천지인天地人의 조화를 염원했다. "내마음"[人]과 "고혼봄 길우"[地]와 "하날"[天]이 고요하게 연결하여 시골의 작은 풍경화를 우주 조화의 상징으로 극대화 했다. 「自畵像」에서는 멸시하는 세상에 굴복하지 않고 끝까지 자신의 삶을 성숙하게 만든 숭고한 여정을 다루었다. 한계를 극복했다는 점에서 화자의 삶도 대단하지만, 화자의 이데올로기가 된 시자체도 숭고한 대상이었다. 두 작품 모두가 시, 언어 자체를 직시하고 언어에 녹아들어 시를 절대적 가치로 만들어 놓고 있다. 여기서의 숭고는 삶의 가치였다.

그러나 문체[수사]적, 상상적 숭고는 작가의 실제 삶과 연관되어 판가름 난다. 작품 속의 수사적 숭고가 아무리 뛰어나도 삶이 뒤따르지 못 하면 선언으로 그치고 만다. 그것은 숭고가 아니라 롱기누스가 우려했던 과장이다. 감정 과잉은 작품에 생기를 잃게 만든다. 또 거창한 만큼 비루하게 읽히기도 한다. 숭고는 몸을 통해 몸이 느끼는 사건이다. 말[언어]과 행위[삶]의 하나됨에서 생긴다. 숭고는 순간의 감정이고 상황의 논리다. 그 부침이 성속聖俗과 귀천貴賤이다. 인간의 삶 역시 순간의 판단과 선택에 따라 그를 비범하게, 비속하게 만든다. 노골적인 친일 행위를 한 서정주와 그것을 감추다 들킨 유치환에게 숭고라는 이름을 붙이기가 어색한 이유다. 이는 자기중심적,독단적 삶이 유발하는 체질적 한계다. 숭고는 작가가 작품과 세계를 일치시키는 실천적 귀결이다. 작품의 숭고는 결코 작품이 자율적 체계일 수 없음을 말해 준다.

❸체질과 공동체
―한국적 공동체의 네 유형

1. 사이[間]와 공동체

공동체는 인간人間이라는 어휘에 대한 해석이다. 인人과 간間, 즉 사람 사이를 어떻게 만들어 갈까 하는 모색이다. 간間은 만남이다. 그렇다면 공동체는 사람들의 만남을 규정하는 시공이다. 우리 공동체에 관한 첫 언급은 단군신화에 나온다. 흔히들 아는 홍익인간弘益人間이다. 홍弘이란 '크다, 넓다, 넓히다, 높다, 너그럽다, 널리, 넓게, 너그러이'라는 뜻이다. 크고 높고 넓게라는 말은 다양성, 다변성, 다의성이다. 이는 역동성으로 요약할 수 있다. 이러한 이로움이 사람들 사이[間]로 흐르게 하겠다는 게 단군 신화의 핵심이다. 사람 사이에는 때의 사이[時間]와 곳의 사이[空間]이 있다. 공동체는 사람과 때와 곳의 사이를 극대화하려는 노력이다. 그것은 사람과 때와 곳의 인연을 뜻깊게 하려는 실천이다.

그런데 공동체에 관한 대부분의 담론은 사이[間]를 무시한 독립원인으로서의 사람[人]에 치중하고 있다. 독일 사회학자인 퇴니에스[Tönnies,

Ferdinand, 1855~1936]의 이론에 근거하고 있기 때문이다. 그가 말한 공동
사회와 이익사회에 대한 언급에서 시작한다. 공동 사회[Gemeinschaft]는 생
태계에 의해 묶인 단위다. 가족이나 전통과 관습에 의해 움직이는 집단이
다. 여기에는 감성이 지배하는 본질의지[Wesenwille]가 작동한다. 반면 이
익 사회[Gesellschaft]는 서로 같은 이익이나 목적을 달성하기 위한 집단이
다. 공동사회에 비해 개방적이고 인위적으로 결합한 사회다. 회사 정당 등
을 포함한다. 이성에 의한 선택의지[Krwille]가 작용한다. 공동 사회는 의무
적이고, 탈퇴가 불가능하지만 이익사회는 선택적이고, 맘대로 나갈 수도 있
다. 충분히 납득이 되는 이론이다. 하지만, 사람이 감성과 이성으로 나뉘어
살 수는 없다. 특히 사람 사이는 감성이 이성으로, 이성이 감성으로 혼재되
어 작용한다. 감성과 이성의 구분은 서구의 근대 담론이다. 퇴니에스 역시
칸트의 이성주의에 고무되어 사회를 바라본 학자였다. 그들에게 인간은 있
되 사이가 없다.

공동체는 사람 사이에 흐르는 '윤리倫理'다. 개인에게 한정된 선善을 초
월하여 개인과 개인을 묶는 끈이다. 윤리적 동물은 사회적 동물이다. 그렇
다면 윤리란 무엇인가? 윤리는 선善의 상대어다. 선善은 개인의 영역이다.
개인에게 좋은 것은 선善이다. 그러나 윤리는 우리에게 좋다. 달리 말하면
공동체는 선善의 세계에서 윤리倫理의 세계로 관심을 둔 현상이다. 그를 바
탕으로 공동 인식하고 연대하는 집단이다. 나아가 사회 관계망을 형성하고
개인과 사회와 국가의 갈등까지 조정한다. 그러나 좋음은 싫음을 전제로 한
다. 좋음은 사람과 세상을 향해 문을 열고, 싫음은 닫는다. 그래서 공동체
는 개방인 동시에 폐쇄다. 폐쇄 이유는 작게는 싫음[惡]이고 크게는 악惡이
라서 그렇다. 그래서 공동체는 싫음에서 악을 차단하는 울타리 속의 집단이
다.

공동체는 두 종류가 있다. 사적私的이냐 공적公的이냐. 사적 좋음을 추구하는 집단은 퇴니에스가 말한 게마인샤프트와 유사하다. 다만 개인적이거나 이성적이지 않다는 정의는 수긍할 수 없다. 공적 좋음을 추구하는 집단도 게셀샤프트와 유사하다. 물론 여기서도 이성적 집단이라는 주장은 받아 들이기 힘든다. 좋음은 이익으로 바꾸어도 무방하다. 이익이란 정신적 물질적 양면성이 있다. 좋음[倫理]의 결과가 이로움[利]이다. 좋음[감성]의 실체가 이익[이성]이다. 이 둘은 언제나 동전의 양면이다. 이런 점에서 퇴니에스의 정의는 이성 중심주의가 만발하던 시대의 파도타기 담론이다. 여기에서 파생된 서구의 공동체 이론도 변증법적 연장선에 있다.

공동체는 개개인이 생각하는 선善의 속성으로 '시비이해是非利害'다. 시是는 옳음을 추구하려는, 비非는 그름을 고치려는, 이利는 물질적 이로움을 취하려는, 해害는 피해 입지 않으려는 성향이다. 이런 특징을 이제마는 사상인四象人으로 설명한다. 태양인은 올곧음을 선호하고 소양인은 바름을 추구한다. 태음인은 이로움에 집착하고 소음인은 해로움을 기피한다. 이런 개인들이 모여 각자의 삶을 살고, 그에 어울리는 동아리를 만들어 간다는 게 사상의학적四象醫學的 사유다.

여기에서 파생된 공동체 의식도 마찬가지다. 소음인의 관심은 나에 있고, 태음인은 나를 중심으로 한 우리[조직]에 있고, 소양인은 대동사회 속의 나에 있고, 태양인은 우주에 있다. 이는 개개인이 판단하는 '좋음'[善]이 각기 다르기 때문이다. 개인적인 선善이 다르므로 이들이 꿈꾸는 여럿의 세상이 판이하다. 그래서 공동체는 크게 개인 중심과 집단 중심으로 나뉜다. 개인 중심 공동체를 구현하는 유형은 소음인과 태양인이다. 집단 중심 공동체는 태음인과 소양인이다. 소음인은 아나키스트적 연합을 중시하고, 태양인은 범세계적 연대를 모색한다. 태음인은 가문이나 동아리 같은 사조직을 중시하고, 소양인은 법과 제도를 중시한다. 이러한 사유는 공동체를 구현하는 초석이다. 그것이 사람 사이를 흘러야 한다고 보기 때문이다. 그래야 배척해야 할 실체가 명확해 지기 때문이다.

2. 공동체의 네 유형

2.1 지방地方 공동체

지방 공동체는 생태계를 중시한다. 개체[개개인] 서식처[거처]를 중심에 두는 이상 세계다. 이제마가 말하는 거처는 생태계다. 거처는 해로움을 제거하는 일이 우선이다. 거기에는 주위의 폭력[억압]에 대한 안전 보장이 중요하다. 지방 공동체는 맛갈 나는[口味地方] 세상이지만 굉장히 막연漠然한 세상이다. 여기서 막연하다는 말은 뿔뿔이 흩어져 있음이다. 막연에서 확연確然으로 나아가고자 함을 지방 공동체는 지향한다. 그러기 위해서는 거처를 안정시키는 것[腎定居處]이 급선무다. 거처를 신腎과 연결한 이유는 종족 유지 기능을 강조하기 위해서다. 다시 말하면 지방 공동체는 존재의 순환구조가 확립되는 공간이다. 그러기 위해서는 지극히 땅[거처]을 잘 다스려야 한다.[居處克治]

지방 공동체가 맛갈나야 하는[好善味]이유는 먹고 살아야 맛을 알기 때문이다. 맛과 멋은 고차원의 문제다. 좋은 맛을 느낌은 삶이 안정되어 있음이다. 그래서 그런 맛이 입을 순하게 한다.[善味順口也] 여기서 말하는 입[口]은 호구지책이다. 입은 맛을 가리는 도구다. 가장 좁은 감각기관이지만 가장 정확하다. 맛은 그 몸이 인식하는 가장 정확한 반응이다. 맛은 생명 그 자체다. 살아 있어야 맛을 알고, 맛을 알아야 제대로 먹고 살 수 있다. 삶은 내 몸에 맞는 맛을 찾고 축적하고 후손에게 물려주는 일이다. 입은 막연한 세상을 확연한 세상, 모호한 대상을 명확한 실체로 인지하는 잣대다. 거처가 맞갈나지 않으면[臀惡惡昧] 판단력이 상실되고, 그로인해 지방 공동체는 와해된다[惡昧逆臀也].

지방은 아나키즘이 구현하는 자유自由, 자연自然, 자치自治 개념을 아우르는 개념이다. 그래서 지방 공동체는 환경에 대한 관심이 크다. 자유는 얽매이지 않으려는 인간의 본능이다. 지방 공동체는 자유로운 인간의 모임이다. 또 자연에 대한 관심은 인간 중심 사고에서 벗어나게 한다. 생태계를 중시하여 우주나 풀 한 포기나 모두가 유기체로 본다. 1970년 이후의 신자유주의 열풍과 함께 온 장소에 관한 경각심이 세계에 퍼졌다. 자연의 유한성에 대한 경각심은 먹을 거리에 대한 고민으로 이어지고, 유한한 자원에 대해 인간은 고민했다. 자치自治는 강압적인 정부를 반대한다. 거처에 머무는 개개인들이 스스로 알아서 공동체를 운영해 가려 한다. 그래서 지방 공동체는 국가나 사회의 용도에 맞게 사육되는 개인을 거부한다. 이는 평천하平天下의 초석이 수신修身이라는 동북아적 사유다. 이제마 역시 환경의 영향으로 그리 보았다. 그는 인간의 몸과 우주를 동일시한 아나키스트적 자연주의자다. 그에게 선善은 내 몸 내가 아는 일이고, 오惡와 악惡은 그것을 몰라 휘둘리는 행위다.

나[이제마]는 어려서부터 늙을 때까지 온갖 일에 사기치려는 마음이 끝이 없었다. 그런데 사기를 치려고 하면 할 때마다 낭패를 보았다. 점점 구차하고 곤궁해졌다. 그래서 할 수 없이 성으로 돌아가 스스로 경계해야만 했다. 스스로 경계함은 참된 몸으로 돌아가는 것이지만 여전히 사기치고 싶은 마음에서 벗어날 수 없었다. 사기 치고 낭패보기를 거듭해서 스스로 경계하는 지경에 이르렀다. 내 나이 금년에 쉰 일곱인데도 여전히 사기치고 싶은 마음을 지니고 있다. 그래서 더더욱 스스로를 경계하고 산다. 사

기치고 싶은 마음 역시 삶의 난제가 아니랴!¹

이제마는 한 평생 사기詐欺치고 싶은 마음과 싸우고 살았다고 고백한다. 정신차렸다가 또 휩쓸리는 마음은 쉰 일곱인 지금까지 계속이라 했다. 이러한 갈등은 우리의 솔직한 모습이다. 문제는 이를 어떻게 억누르고 사느냐다. 신독愼獨에도 방법이 있다. 그 방법론을 『格致藁』「獨行篇」에서 밝힌다. 내가 나의 장단점을 알면 나를 제대로 다스릴 수 있듯이 대상도 그렇다. 좋아하되 장단점을 알면 치우침이 없다. 추하고 싫다해도 그가 지닌 아름답고 선한 점을 알면 굳이 나쁜 사람이라 배제할 필요가 없다. 제대로 홀로 가는 사람은 이와 같다. 그렇게 홀로 갈 줄 아는 사람들은 마음이 흔들리지 않는다. 그 사람의 진위 여부를 알면 미혹할 까닭이 없다. 미혹하지 않으면 마음이 바르다. 마음이 바르면 흔들리지 않는다. 흔들리지 않으면 은둔하고 중용을 지키면서도 답답함이 없다.

여기서 등장하는 용어가 사상인四象人이다. 인간을 파악하는 유형이다. 나를 안다는 것은 나의 체질을 아는 것이며, 남을 안다는 것 역시 그렇다. 다양한 인간군을 크게 나누면 비슷한 스타일이 있다. 그들은 그런 스타일 대로 잘 살고, 못 산다. 체질은 타고나기에 고칠 수가 없다. 그러나 장점을 살리고 단점을 제어할 수가 있다. 그래야 일차적으로 자신이 건강하다. 건강해야 자신을 속이지 않고, 남을 속이지 않는다. 마찬가지로 남의 체질을 알아야 남에게 당하지도 않는다. 겉으로는 백이伯夷지만 실제로는 도척盜跖인 사람들에게 속는 책임도 본인 스스로에게 있다. 나를 알고 남을 아는 사람들이 모여야 난세가 치세로 바뀐다고 보았다. 그래서 그에게 성인

---

1 東武自幼至老, 千思萬思, 詐心無窮, 行詐則箇箇狼狽, 愈困愈屈, 不得己, 反於誠而自警也. ○
自警者, 反身之誠, 而未免有詐, 屢復屢失, 而至於自警也. 東武今年五十七齒, 而尙未妄行詐,
故彌彌自警, 詐亦難矣哉.(李濟馬, 『格致藁』,「反誠箴」)

聖人은 요순이 아니라 건강인이었다. 이런 면에서 이제마가 구가한 사람 사이[間]는 자율이었다. 자율형 공동체는 축소하면 개인이고 확대하면 국가의 일원이 되는 속성을 지녀야 한다고 했다.

그래서 그는 향약을 착한 사람의 도리로써 결속하는 모임이라 한다. 그 도리는 효제孝悌다. 그 조목條目으로 서로 덕업을 권하기, 과실을 서로 규제하기, 예속으로 사귀기, 환난 돌보기를 들고 있다. 그러나 향약을 그것으로 끝나선 안 된다고 한다. 그는 [맹자의] 향약을 병법이라고 한다.[2] 효제를 바탕으로 무기 사용법을 익히면 강한 병사가 될 수 있다고 한다. 그러나 싸우는 방법도 시대에 맞아야 한다고 한다. 맹자 시대에는 육박전이 대부분이었기에 몽둥이와 칼은 비록 달라도 해 볼 만했지만 지금은 거리를 두고 싸우는 전쟁이니 그게 불가능하다는 한다. 그래서 후당총[신식총] 사용법을 익혀서 국가적 전쟁에 임해야 한다고 주장한다. 이처럼 이제마가 생각하는 공동체는 개인 스스로가 문제 해결 능력을 기르고, 그런 개인이 모여 사회과 국가를 지탱해야 하는 집단이다. 그러기 위해서는 나를 알고[知己] 남을 아는[知人]일, 나아가 세상을 아는 일을 선행해야 한다. 그런 사람이라야 지방 공동체의 단점인 좁은 안목을 극복할 수 있기 때문이다.

2.2 천시(天時) 공동체

천시 공동체는 개인을 중시한다는 점에서 지방 공동체와 비슷하다. 그러나 지방 공동체가 평면이라면 천시 공동체는 입체다. 지방 공동체가 수평적 평등과 천차 만별을 강조한다면 천시 공동체는 수직적 평등과 동일성에 초점을 맞춘다. 천시 공동체는 옳음[是]을 추구한다. 거기에는 직관력과 통찰력이 필요하다. 그것은 세상의 온갖 소리를 들을 귀[耳聽天時]를 지녀야 한

---

2 李濟馬,『東武遺稿』,「新山社鄉約契跋文」

다. 하지만 세상의 소리는 사방팔방 흩어져 있다.[極蕩也] 흩어져 있다 함은 중구난방이란 말이다. 혼돈을 질서로, 잡음[雜音]을 화음[和音]으로 바꾸고자 함이 천시 공동체의 목표다. 그러기 위해서는 장애물을 제거해야 한다. 그것을 제거하는 일을 이제마는 사무事務라 한다. 사무란 사리 사욕 없는 공평한 잣대이며 그것을 집행[실천]함이다. 사무는 잘 다듬어야 가능하다[事務克修也]. 잘 닦기 위해서는 만인의 소리에 귀를 기울여야 한다. 이제마가 말하는 귀는 세상의 민원을 경청하는 도구다. 귀는 좋은 소리를 좋아한다[耳好善聲] 좋은 소리는 소통을 잘 이루게 하고[善聲順耳也], 그것이 잘 됐음을 뜻한다. 그러나 그 귀를 열고 닫는 주체는 폐다. 여기서 말하는 폐는 그 사람의 크기, 하늘처럼 공평함을 지닌 용량이다. 천시 공동체는 차별없는 세상을 구현하려 한다. 그러나 천시에 화음이 없으면 그 공동체는 무너진다.[惡聲逆肺也].

천시 공동체는 하늘 아래 인간은 모두 같다는 이념을 소유한다. 하늘 아래 모두 같다는 말은 수직[계급]의 고하를 막론한 평등 개념이다. 이를 제자백가들은 '화和·동同'으로 푼다. 공자는 군자는 화합하지만 같아지지 않고 소인은 같아지지만 화합하지 않는다(子曰 君子和而不同 小人同而不和『論語』,「子路」)고 하여 군자와 소인의 갈래를 '화和·동同'의 편향으로 갈라 놓았다. 군자가 같아지지 않는다는 말은 아랫 것들과 평등하지 않다는 개념도 있다. 군자는 아랫것들과 화합하는 척은 하되 결코 그들과 차이를 잊어선 안 된다는 말이기도 하다. 그들에겐 특권이 있기에 부富와 귀貴를 백성과 공유할 수 없다는 선언이다. 그런 점에서 천시 공동체는 '和而同'을 구현하는 집단이다. 이를 구현하려 한 사람이 수운 최제우다. 그는 사람 사이에 '하늘님의 조화로운 길[天主調和之迹]'이 나야 한다고 본다. 그 길은 하늘과 땅과 사람이 하나된 시공이다. 거기서 경천敬天·경인敬人·경지敬地라는 유토피아가 존재한다. 그곳의 인간은 누구나 평등하고 태생적인 귀천은 없다. 최제우가 규정한 악은 개인의 사리사욕(各自爲心)이었다. 그는 효박 淆薄한 세상을 개조하려 했다. 효박하다는 말은 '인정이나 풍속이 어지럽고 각박하다.'는 뜻이다. 이제마가 난세의 근원을 사심詐心에 두었다면 최제우 는 각자위심各自爲心이 난무하는 욕망[효박]에 두었다.

그런 와중에 조선의 울타리였던 중국이 무참하게 참패했다는 소식을 들었다. 천주학의 득세도 같이 들었다. 조선에서도 18세기 후반부터 신앙 차 원의 천주교가 퍼졌다. 이벽李檗·이가환李家煥·이승훈李承薰 등은 유교의 근본인 충효忠孝 위에 천주교의 구세복음사상救世福音思想을 받아들여 새 로운 윤리체계를 수립하려 했다. 또 중인中人과 상민에게도 포교하여 큰 호 응을 얻었다. 조선의 천주교는 서양의 선교사가 들어오기도 전에 주체적으 로 받아들여 신앙의 터를 닦았다. 만민평등을 주장하여 양반 중심의 신분 질서에도 위협을 주었다. 조정에서는 이를 사교로 규정하여 포교 금지령을 내렸다. 신유 사옥[순조], 기해사옥[헌종], 병인사옥[고종] 등 큰 시련을 겪었 다. 그럼에도 교세는 갈수록 커졌다. 1831년에는 조선교구朝鮮敎區가 독립 했고, 되었고, 1845년에는 한국 최초로 김대건金大建가 나왔다. 이런 조선을 떠다니다 31세 때[1854] 고향에 돌아왔다. 이미 최제우의 위기의식은 절정 에 달했다. 그것이 이듬해 을묘천서를 체험하는 계기가 된다.

경신년에 이르러 전해 들으니 서양 사람들은 천주의 뜻이므로 부귀(富 貴)를 취하지 않는다 해 놓고선 천하를 쳐서 취하고 그 교당을 세우고 그 도를 행하였다. 그래서 나 역시 그런가 하다가 어찌 그런가 하고 의문을 가졌다.[3]

---

3 崔濟愚, 『東經大全』, 「布德門」.

경신년(1860)은 최제우가 득도한 해다. 그 해의 가장 큰 사건은 베이징 조약 체결이다. 청이 10월 18일 영국, 프랑스, 러시아 등과 맺었다. 이로써 2차 아편전쟁이 끝났다. 러시아에 연해주를 주었다. 그 전에 아편전쟁[1840]이 났다. 청은 1842년 영국과 난징 조약을 맺고 홍콩을 영국에 넘겼다. 1848년 마르크스가 공산당 선언을 발표하고 1851년 태평 천국의 난이 일어났다. 수운의 고민은 세계 변화에 대한 대처였다. 윗 글의 '천하'는 중국이다. 수운이 전해 들었다는 이야기는 베이징 조약 직전까지의 중국 사정이었다. 이런 정보는 그가 세상을 떠돌던 시기에 얻었음이 틀림없다. 최제우에게 중국은 우주의 중심이다. 안으로는 태평천국의 난으로 청나라가 무너지고, 밖으로는 외세에 의해 와해되는 중국의 현실은 심각한 충격이었다. 그에게 중국의 멸망은 곧 세계의 와해, 조선의 위기를 의미했다.

경신년 사월에 천하가 시끄럽고 민심이 효박하여 어찌할 바를 몰랐다. 또 괴이하고 어긋나는 말이 있어 세간이 떠들썩했다. 서양사람들이 도를 이루고 덕을 세워서 이루지 못 하는 일이 없고 무기로 공을 세우고 싸우는 데는 당할 사람이 없다고 했다. 중국이 멸망하면 순망치한의 환란이 어찌 없겠는가? 모든 이유가 다르지 않다. 이 사람들이 도를 칭하여 서도라 하고 학을 칭하여 천주라 하고 교를 성교라 하니 이것은 천시를 알고 천명을 받은 것이 아니겠는가?[4]

이러한 고민 끝에 그는 신비 체험을 하고 상제를 만난다. 상제는 수운에게 자신의 법을 의심없이 가르치라고 했다. 수운은 "서도로써 가르칠까요?" 하고 묻는다. 하늘에서 "아니다 내가 영부가 있는데 그 이름은 선약이고 그 형상은 태극이며 또 궁궁이다. 나의 영부를 받아서 사람들을 질병에서 구하

_____
4 崔濟愚, 『東經大全』, 「布德文」

고 나의 주문을 받아 나를 위해 사람을 가르치면 너 역시 장생하고 천하에 덕을 펼 수 있으리라"고 답이 온다.(『東經大全』,「布德文」) 그의 종교 체험은 그의 가출이 만든 귀결歸結이다. 이제마가 가출하여 책을 통해 많은 지식을 얻었다면 최제우는 체험으로 얻은 점이 다르다. 동학은 서구 중심의 질서 편입에 대한 거부고, 새로운 세상에 대한 각성이다. 그는 서학과 견주어 동학이라 명명한다. 이처럼 동학은 서학의 대척점이다. 나아가 초월적인 신에 의지하는 종교가 아니라 우리가 각성체가 되어 무위이화無爲而化하는 삶을 구현하고, 삼라 만상을 모시고 섬기고 살리자는 운동[學]이었다.

2.3 인륜人倫 공동체

인륜 공동체는 가문이나 사적 조직을 중시한다. 지방 공동체가 개인적 정착에 관한 담론이라면 인륜 공동체는 무리의 질서에 관한 관심이다. 지방 공동체는 개별적 삶의 방식을, 인륜 공동체는 혈연이나 지연이나 학연으로 얽혀 사는 양식을 논한다. 여기의 일원이 당여黨與다. 당여는 일차적으로 이익집단이다. 부모와 자식, 늙은이와 젊은이, 윗 사람과 아랫 사람, 선배와 후배의 어울림이다. 여기에는 도리가 중요하다. 도리는 예절이다. 그것이 제대로 구비된 곳에서는 향취香臭 가득하다. 그러지 못하면 악취惡臭가 진동한다. 분별을 위해서 코[鼻嗅人倫]가 필요하다. 코는 예절의 가늠자다. 코는 입 다음으로 대상 파악이 정확하다. 또 입보다 인지 범위가 넓다.

인륜 공동체는 개개인의 삶을 냄새로 파악한다.[鼻嗅人倫] 좋은 곳은 좋은 냄새, 나쁜 곳은 싫은 냄새가 난다고 여긴다. 그러나 냄새는 널리 퍼져 있고 섞여 있다.[人倫極廣也] 그래서 극광極廣에서 극협極狹으로 모아야 한다. 향기와 악취를 분별하고, 피아彼我를 식별하는 능력이 있어야 한다. 당여로 세우거나 내치는 능력을 이제마는 간肝이라 명명했다.[肝立黨與] 내편은 관리를 잘 해야 한다. 아니면 과감히 내쳐야 한다.[黨與克整也] 코는 간의 특성을 가장 잘 대변한다. 그것이 포용과 배타의 원칙이다. 이 공동체는 좋은 냄새를 좋아하지만[鼻好善臭] 스스로 그런 상황을 지속하지 못 하면 공동체는 와해된다.[惡臭逆肝也] 원초적 결속력이 강한 동아리지만 폐쇄성, 배타성이 강해서 독선과 독단에서 벗어나지 못 하는 위험이 있다. 인륜 공동체는 당여나 가문 공동체다. 그런 상상력으로 세상을 만들고자 한 사람이 송시열이다. 송시열은 주자 공동체, 그에 입각한 예절[중화中華] 공동체를 꿈꾸었다.

송시열宋時烈은 1632 충청도 옥천군 구룡촌九龍村 외가에서 태어나 26세(1632)까지 그 곳에서 살았다. 뒤에 회덕懷德의 송촌宋村·비래동飛來洞·소제蘇堤 등지로 옮겼기에 회덕인으로 알려져 있다. 8세 때부터 친척인 송준길宋浚吉의 집에서 함께 공부했다. 12세 때 아버지로부터 『격몽요결擊蒙要訣』·『기묘록己卯錄』 등을 배우면서 주자朱子·이이李珥·조광조趙光祖 등을 흠모하도록 가르침을 받았다. 김장생金長生에게서 성리학과 예학을 배웠고, 1631년 김장생이 죽은 뒤에는 그의 아들 김집金集 문하에서 학업을 마쳤다.

1633 생원시生員試에서 장원 급제했다. 1635년에는 봉림대군鳳林大君의 사부師傅가 되었다. 그러나 병자호란으로 왕이 치욕을 당하고 소현세자와 봉림대군이 인질로 잡혀가자, 낙향하여 10여 년 간 재야에 묻혀 학문에만 몰두하였다. 1649년 효종이 즉위하여 척화파 및 재야학자들을 대거 기용하자 벼슬에 나아갔다. 이 때 그가 올린 「기축봉사己丑封事」가 효종의 북벌 의지와 부합하여 장차 북벌 계획의 핵심 인물로 주목 받았다. 1650년 2월 김자점金自點 일파가 청나라에 조선의 북벌 동향을 밀고하여 조정에서 물러났다. 1658년 7월 효종의 부탁으로 다시 찬선에 임명되어 관직에 나갔고, 9

월에는 이조판서에 임명되어 다음 해 5월까지 왕의 절대적 신임 속에 북벌 계획의 중심 인물로 활약하였다.

1659년 5월 효종이 급서한 뒤 낙향하였다. 1668년(현종 9) 우의정에, 1673년 좌의정에 임명되었을 때 잠시 조정에 나아갔을 뿐, 시종 재야에 머물렀다. 1674년 효종비의 상으로 인한 제2차 예송에서 그의 예론을 추종한 서인들이 패배하자 예를 그르친 죄로 파직, 삭출되었다. 1675년(숙종 1) 정월, 덕원德源으로 유배되었다가 뒤에 장기長鬐·거제 등지로 이배되었다. 1680년 경신환국으로 서인들이 다시 정권을 잡자, 유배에서 풀려나 중앙 정계에 복귀하였다. 1689년 1월 숙의 장씨가 아들(후일의 경종)을 낳자 원자(元子: 세자 예정자)의 호칭을 부여하는 문제로 기사환국이 일어나 서인이 축출되고 남인이 재집권했는데, 이때 세자 책봉에 반대하는 소를 올렸다가 제주도로 유배되었다.

송시열이 제주도에서 압송되어 전라남도 장성군을 지날 무렵, 김수항의 아들들과 측근들이 찾아왔다. '우암 선생이 나보다 나중에 돌아가시게 되면 내 묘지명과 비문을 꼭 우암 선생에게 쓰게 해 달라'고 한 김수항의 유언 때문이었다. 송시열은 즉시 묘비문을 써내려 갔다. 묘비문을 지어서 준 뒤 다시 발걸음을 계속하여 전라북도 정읍군에 도달하였다. 금부도사가 만나는 곳에서 사사하라는 숙종의 명에 따라 그는 그곳에서 죽었다. 숱한 논란의 중심에 있던 선비의 83년 인생은 그렇게 끝났다. 사사된 송시열의 시신은 대전 회덕으로 운구되었고, 대전과 서울에 빈소가 마련되었다. 『숙종실록』은 "송시열의 상喪 때 서울 남문 밖 우수대禹壽臺에 모여 곡한 사람이 수천 명을 넘었다"고 쓰여있다. 인기 드라마 속의 여인 장희빈, 그녀와 연관되어 대선비 두 사람은 사약을 받았다. 김수항은 진도에서, 송시열은 정읍에서.

송시열의 당여黨與는 원칙주의자들이다. 이들은 대의명분대로 사는 공동체를 꿈꾸었다. 그래서 민생 안정과 국력 회복을 정책의 핵심으로 여겼다. 재정을 충실히 하고, 궁중의 토목 공사를 억제하고, 군포를 양반에게도 부과하는 호포법戶布法을 실시하여 양민의 부담을 줄이려고 건의했다. 또한 노비종모법奴婢從母法을 시행하여 사노비私奴婢의 확대를 억제하여 양민을 확보하고 서얼허통庶孽許通 등을 건의했다. 그들은 주자학 공동체를 만들려고 했다. 오직 주자학만이 유학이었다. 경전을 주희와 달리 해석하면 사문난적斯文亂賊으로 몰았다. 백호 윤휴도 주자학에 반기를 들었다는 이유로 죽였다. 서인, 노론은 백성과는 和而異를, 임금과는 和而同을 추구한 집단이다. 국왕과 왕실도 보편적 예법의 원칙을 따라야 한다는 천하동례天下同禮의 원리를 적용한 점이 그렇다.

화和는 두루 어울리되 계층의 차이는 분명히 하는 성향이다. 이는 백성들을 위하는 길이 결국엔 자신들의 이익에 도움된다고 생각했다. 그들은 명분과 실재가 모순 되는 길을 걸었다. 북벌하자 해 놓고 전혀 그런 의사가 없었다. 그러면서 온갖 퍼포먼스는 요란하게 했다. 그러고도 자신들의 주장에 반하면 용서하지 않았다. 또, 백성을 살리자 해 놓고는 대동법 확대 실시를 한사코 반대했다. 자신들이 세금을 더 내기는 싫었기 때문이다. 당연히 기득권은 철저하게 지키려 했다. 반면 임금과의 관계에서는 같이 놀려고 [同] 했다. 중국의 천자를 축으로 같은 가문 정도로 취급했다. 그것이 예송 논쟁으로 나타났다. 적자와 서자를 구별하고, 거기에 합당한 예를 갖추어야 한다고 했다. 소현세자가 적통이고 효종은 차남이므로 그의 비인 인선왕후의 죽음은 삼년상을 치러선 안 된다고 주장했다. 15년 시차를 두고 일어난 기해예송己亥禮訟과 갑인예송甲寅禮訟은 임금과의 관계를 화和냐 동同이냐로 본 차이였다.

이런 연장선에서 태조의 계비 신덕 왕후 복권 운동을 펼쳐 복위시켰다. 왕후를 왕후로 대접해야 한다는 원칙론의 실현이었다. 마찬가지로 노산군을 단종 복권 운동도 펼쳤다. 사육신을 충절의 상징으로 복권[1691년]시키고 대군으로 승격되었던 노산군을 단종으로 복위시켰다.[1694년(숙종 20)] 왕이든 왕후든 장남과 차남, 그의 비들을 정확히 분별해서 예를 갖추어야 한다는 주장이었다. 예송 논쟁도 알고 보면 소현세자를 적통으로 본 산물이다. 그들은 소현세자와 강빈에 대해서도 예를 갖추었다. 임금이니 장남으로 인정하자는 현실론을 받아 들이지 않았다. 기사환국도 그들의 원칙론이 부른 비극이다. 1689년(숙종 15년) 1월 숙의 장씨가 아들(후일의 경종)을 낳자 원자元子(후의 경종) 책봉에 반대했다가 괘씸죄로 걸려 죽음을 자초했다.

송시열은 자신의 서모와 서얼 출신 친족 등에게도 깎듯이 예의를 갖추었다. 또한 자신의 부인에게도 깎듯이 존댓말을 쓰고, 출타와 복귀 시 부인과 인사 또는 맞절을 하였다. 집안 어른으로서의 자애로움이 충만한 지닌 사람이었다. 또, 1682년 임신삼고변壬申三告變이 터지자 식구 감싸기를 한다. 임신삼고변은 김석주金錫胄·김익훈金益勳 등 훈척들이 역모를 조작하여 남인들을 일망타진하고자 한 사건이었다. 그는 스승 김장생의 손자였던 김익훈을 두둔했다. 그래서 서인의 젊은 층으로부터 비난을 받았다. 또 제자 윤증尹拯과의 불화로 1683년 노소분당이 일어나게 했다. 이런 점으로 보면 송시열의 예법은 가문이나 당여의 범위를 크게 벗어나지 않는다. 누구든 식구는 감싸고 담장 밖 사람이라 싶으면 내쳤다. 이는 그가 태음인적 성향이 강했던 사람임을 알 수 있다.

그러한 가문[태음인] 집단의 양면성은 윤휴를 죽이는 과정에서 드러난다. 윤휴의 죽음은 '조관照管'이라는 한 단어에 있다해도 과언이 아니다. 갑인예송의 후환으로 숙종에게 쫓겨난 서인들은 상황 반전을 위해 음모를 벌렸다. 숙종 1년, 숙종의 외할아버지이자 서인인 청풍부원군 김우명은 남인과 친한, 왕의 당숙 복창군과 복평군이 궁녀와 간음하여 자식을 낳았다라고 무고했다. 이를 홍수의 변(紅袖之變)이라 한다. 홍수는 붉은 옷소매로 궁녀들이 입는 옷소매의 색깔에서 연유했다. 그러나 이것이 무고로 밝혀지면서 대비의 오라비인 김우명은 위기에 처했다. 친정 집안의 위기에 대비인 명성왕후가 소복을 입고 불시에 대전으로 들어갔다. 울면서 자살까지 운운하여 결국은 사건을 뒤집었다. 김우명이 처벌 받아야 할 상황이었지만 복창군과 복평군이 유배를 가는 선에서 끝났다. 이 사건을 보고 윤휴는 성종에게 '자전慈殿을 조관照管'하시라고 직언했다.[5]

서인들은 그 단어를 빌미삼아 역신으로 몰았다. 윤휴가 출전을 《송조명신록宋朝名臣錄》 및 자경편自警編이라 밝혔다. '뜻을 받들어 살펴 단속하기를 마치 효자孝子가 엄한 아버지를 섬기는 것처럼 해야 한다.', '받들어 섬기고 살펴 단속하기를 효자처럼 한다.'는 뜻이라 했다. 그래서 '조관'이란 말은 바로 '예禮로써 부모를 섬기고 도리로써 부모를 깨우친다'는 뜻입니다."라고 했다. 그것이 사형을 시킬 죄목은 아니었음을 누구나 다 알았다. 그러나 김석주金錫胄가 이 어휘를 '관속管束'으로 고쳤고, 윤계尹堦가 또 '구속拘束'이란 말로, 김수항이 '동정動靜' 두 글자는 첨가해 넣었다. 그 사실을 숙종도 이미 파악하고 아무 상관없다고 윤휴를 위로했었다. 그런 숙종이 서인의 논조를 거들었다. 윤휴[남인]를 폐기처분하려는 성종의 통치술이었다.

---

5 "들으니 자성[대비]께서 나오시고 여러 신하도 입시하였다 합니다. 엎드려 생각건대 조정에는 예법이 있는 곳이라 임금의 거조[행동]는 여러 신하들의 본보기고, 후세의 법입니다. 자성께서 직접 나오시려면 먼저 조정에 하교해야 함에도 여러 신하들이 모르는 상태에서 입시하니 창황하게 어찌할 줄몰랐다 합니다. 전하께서 이를 조관照管하지 못하신 듯합니다.(숙종실록)"

결국 서인들은 숙종을 거들어 윤휴에게 사약을 내리게 만들었다. 자신들은 임금을 가문의 대표 정도로 인정해 놓고, 임금의 장례식도 장남 차남을 따져 놓고, 정작 어휘 하나를 쟁점화하여 정적을 죽였다. 민정중閔鼎重이 송시열宋時烈에게 편지를 보내어 윤휴를 처치할 방법을 묻자 송시열은 "풀을 제거하는 데는 반드시 뿌리를 제거해야 한다"고 했다. 민정중이 그 편지를 김수항金壽恒·이민서李敏敍에게 보내어 보이고, 또한 김석주에게 내응內應할 것을 청하여 함께 기필코 죽이려는 계책을 만들었다.(백호 연보) 그렇게 그들은 실천론자 윤휴를 죽였다. 그리고도 예禮, 즉 충과 의를 공동체 최고의 덕목으로 내세웠다. 지리멸렬한 남인과는 달리, 서인은 강한 현실감과 결집력을 바탕으로 조선이 멸망하고 나서도 기득권을 누렸다. 아니 그 후예들은 오늘도 여전히 대한민국을 흔들고 있다.

2.4 세회世會 공동체

세회 공동체는 공적인 인재를 중시한다. 인륜 공동체가 가문적 운영 방식에 의존한다면 세회 공동체는 합리적이고 조직적인 체제를 구축하려 한다. 이 공동체는 혈연, 지연, 학연을 넘어선 만남을 중시한다. 이를 이제마는 교우交遇라 명명했다. 교우는 당파를 초월한 인재들의 집합이다. 교우를 이루어 가는 능력을 이제마는 비脾라고 했다.[脾合交遇] 비脾는 하늘[공기]과 땅[음식]을 받아들이고 소화하는 기관이다. 아울러 비脾는 각계 각층의 인재들을 받아 들이는 제도를 상징한다. 그들을 제대로 어울리게 하는 능력[脾合交遇]이 필요하다. 더 중요한 것은 그들을 알아 보는 식견[目視世會]이다. 그런 능력이 눈[目]이다. 눈은 귀 다음으로 인지 범위가 넓다. 그것은 색色으로 나타난다. 색은 지극히 크다.[世會極大也] 크다는 말은 입체적으로 넓다는 뜻이다. 입체적은 각양각층이다. 교우는 각계 각층이 잘 어울려야 한다.[交遇克成也] 또 이들을 능력에 맞게 자리 배치를 해야 한다. 색은 개성이며 집단의 조화로움이다.

세회 공동체의 이념은 '보기 좋은 떡이 먹기도 좋다'다. 사회와 국가의 이로움을 최우선으로 하면 백성들의 행복은 저절로 온다고 여긴다. 여기서는 구성원이 얼마나 제대로 어울려서 국가 시책을 소화하느냐가 중요하다. 그래서 경륜이 필요하고, 능력과 직책에 따른 위의威儀를 중시한다. 당연히 질서가 제대로 잡힌 세상은 아름답고 그렇지 못하면 추하다. 눈은 비脾의 특성을 가장 잘 대변하는 창이다. 대상을 파악하고 받아들이고 소화[운용]할 수 있는 능력이다. 지나치게 긍지를 갖거나, 폐쇄되어 색깔을 제대로 드러내지 못 하거나, 사치스러우면 공동체는 무너진다. 이상적인 동아리지만 현실성이 약해서 쉽게 와해될 위험이 있다. 세회 공동체는 선공후사先公後私 집단이다. 이런 동아리는 의로움과 실천력을 중시한다. 여기에 미완의 개혁가 윤휴가 있다.

윤휴尹鑴는 본관이 남원南原이고 자는 희중希仲이며 호는 백호白湖 · 하헌夏軒이다. 부친은 대사헌을 지낸 윤효전尹孝全이다. 1617년 부친의 임지인 경주부의 관사에서 만득자晚得子로 태어났다. 두 돌 못 미쳐 아버지를 여의고 서울로 돌아와 편모 슬하에서 자랐다. 이괄李适의 난 때에는 여주의 옛집으로, 정묘 · 병자 두 차례 호란 때에는 보은 삼산三山의 외가로 가서 피란하였다. 난 뒤에는 한 때 선영이 있는 공주 유천柳川으로 들어가 학문에 전념하기도 했으나, 주로 여주에서 젊은 시절을 보냈다. 장년에는 서울 쌍계동雙溪洞의 하헌에 거처를 잡고 여주를 자주 왕래하였다. 그의 고조부인 자관子寬은 조광조趙光祖의 문인으로 기묘사화에 연루되었으며, 증조부는 성균관 생원으로 벼슬에 나가 이조참판에 이르고, 할아버지는 이중호李仲虎를 사사하였다.

윤휴는 1635년(인조 13) 19세 때 송시열宋時烈과 속리산 복천사福泉寺에서 만났다. 남인계 인사들과 교분이 특별했으며, 서인측 인사들과도 1659년(효종 10) 43세 무렵의 기해예송 이전까지는 친교가 잦았다. 유천 시절부터 송시열·송준길宋浚吉·이유태李惟泰·유계兪棨·윤문거尹文擧·윤선거尹宣擧 등 서인 계열의 명유들과 교분을 나누었으며, 민정중閔鼎重·유중維重 형제는 윤휴의 집 근처에 살았다. 1636년에 벼슬에 나갈 뜻으로 만언소萬言疏를 지었으나, 바로 그 해에 병자호란이 일어나 성하지맹城下之盟이 맺어지자 신하로서의 부끄러움을 자책해 치욕을 씻을 때까지 벼슬에 나가지 않겠다고 결심하였다.

그는 효종이 즉위한 얼마 뒤, 송시열에게 보낸 글에 당시 상황을 비판하고 임금의 학문에 대해 논했다. 김상헌은 실로 절의를 지키고 결백한 지조를 지니고 있지만 논의가 편파적이고 남을 해치려는 경향이 심하다고 했다. 아울러 척화하는 데만 급급하여 의논이 근거가 없고, 악인을 제거하여 선인을 기용한다 해 놓고는 실제로 자기 편이 아닌 사람을 공벌한다고 했다. 또, 임금의 학문은 일반인과 달라야 하며, 그것은 중도中道를 세워 정치를 하는 것이라 했다. 더 중요한 것은 "자강自強의 계책은 하지 않고 호랑이의 잠을 깨워 사방에서 원망을 사고 인심을 흩어지게 해서는" 옳지 않다고 했다. 윤휴에게 중요한 것은 실천의지이며, 이를 실행할 수 있는 여건이었다. 그것은 당연히 국부國富와 강병强兵이었다. 그 성패가 백성들의 사기 진작에 있다고 보고 많은 건의를 했다. 1674년(현종 15) 7월에 중국에서 오삼계吳三桂의 반청反淸 반란이 일어난 소식을 듣고 이 때가 전날의 치욕을 씻을 수 있는 기회라고 해 대의소大義疏를 지어 왕에게 올렸다.

오늘날 북쪽의 소식을 잘 알 수 없으나 추악한 오랑캐가 천하를 차지한 지가 벌써 오래이므로 중국의 원한과 분노가 한창 일어나고 있습니다. 오삼계(吳三桂)는 서쪽에서 일어나고 공유덕(孔有德)은 남쪽에서 연합하고 달자(韃子)는 북쪽에서 기회를 노리고 정금(鄭錦)은 동쪽에서 틈을 엿보고 있으며, 머리를 깎인 유민(遺民)들이 가슴을 두드리고 울음소리를 삼키며 고국을 생각하는 마음을 잊지 않고 회오리바람이 이는가 귀를 기울이고 있으니 천하의 대세(大勢)를 알 만합니다.

윤휴는 국제[중국] 정세가 북벌을 실행하기에 최적기라고 현종에게 고한다. 조선은 이웃 나라로서 요해지에 있고 천하의 뒤쪽에 있어 완전한 형세를 지니고 있다. 이때에 군사 한 무리를 일으키고, 중국의 반청 세력에게 격문 한 통을 보내면 단연히 위상이 높아져 천하를 선도할 수 있고, 세력을 떨칠 수 있는 기회라 했다. 그래서 천하의 근심을 없애는데 함께하고 천하의 대의를 이어 가자고 했다. 만약 그렇지 않는다면 칼을 쥐고도 베지 않고 활을 잡고도 쏘지 않는 것과 같이 애석한 일이며, 실제로 선왕先王의 뜻을 따르고 크게 받드는 마음이 없는 것으로 보여 천하 만세에 명분을 잃어 버릴까 염려된다고 했다. 그러나 그 즈음에 현종이 승하했다. 숙종이 즉위하자 그는 날개를 달았다. 정4품 벼슬인 성균관사업成均館司業의 직을 받았다. 이후 5개월 만에 대사헌에 오르고, 이어서 판서직을 몇 차례 거쳐 1679년(숙종 5) 9월에 우찬성을 지냈다. 그는 초지일관 북벌과 부국강병을 주창했다.

"사해(四海)가 크게 어지럽고, 천심(天心)이 오랑캐를 미워하니, 우리 나라가 비록 작다 하더라도 능히 자강(自强)할 계책을 극진히 하면, 어찌 도모할 만한 형세가 없겠기에 한갓 뭇사람의 힘을 탄환(彈丸)이나 만들며 돈대(墩臺)를 설치하는 역사에 허비하고, 군사를 다스리고 무예를 단련하는 일에 유의하지 않는다면 계책을 얻음이 아닌 줄로 압니다."(숙종실록 4년 무오(1678,강희 17) 11월25일 (임술))

윤휴는 수비형 군사 정책에 반대했다. 돈대墩臺를 설치하는 일은 공격보다는 수비적 발상이란 점에서 북벌과 무관하다고 보았다. 그래서 군사를 다스리고 무예를 단련하는 일에 전념해야 한다는 직언을 했다. 군사력을 기르기 위해서는 백성들의 지지를 얻어야 했다. 오가작통사목五家作統事目·지패법紙牌法을 실시하고 세법稅法의 개혁을 시도했다. 문란한 군정을 바로잡기 위해 상평창常平倉·호포법戶布法을 실시했다. 비변사備邊司를 폐지하고 체부體府를 신설하여 북벌에 대비하려 했다. 무과인 만과萬科를 설행하는 한편, 병거(兵車: 戰車)와 화차火車의 개발을 고안해 보급하고자 했다. 그 중에 군권軍權의 통합을 기한 도체찰사부를 설치했으나 윤휴의 의도와는 달리 갔다. 그것 역시 서인 및 종척인 김석주金錫胄 등의 반발을 사서 경신환국을 일으킨 직접적인 원인이 되기도 하였다.

그는 본래 당색에 구애됨이 적었으나, 예송으로 서인 측과 틈이 생겨 출사 뒤에는 남인으로 활약하였다. 그러면서도 피아를 가리지 않고 직언을 했다. 기해예송, 갑인예송의 사례가 그것이다. 남인은 왕자례부동사서王者禮不同士庶를 당론으로 삼았다. 왕실은 사대부와는 다르므로 예법 또한 달라야 한다는 입장이었다. 적자든 서자든 왕이면 왕으로서의 예법을 갖추어야 한다는 말이다. 장자든 차자든 임금이면 지존의 예를 갖춰야 한다고 했다. 그래서 자의대비 복식 문제도 그렇게 행하라 했다. 여기에는 송시열과 대조되는 현실이 작용한다. 반정으로 인조를 임금으로 세운 서인에게 왕이란 자기 당여의 대표나 대리인에 불과했다. 당연히 전형적인 군신 관계는 성립할수 없었다. 이를 합리화 하는 명분이 천하동례天下同禮였다. 그를 위해 서인들은 멸망한 명을, 그 마지막 황제를 극진히 기리고 원수를 갚고자 천명했다. 그것이 소중화小中華 사상으로 나타났고, 끝없는 이념적 적대감을 부추기는 사업으로 이어졌다. 그러나 그 실상은 신권臣權 강화였다.

윤휴는 이를 정면으로 반박했다. 그에게 조선은 독립된 왕국이었고, 그래서 왕은 지존이었다. 송시열의 주체성이 주자와의 동일시, 명조明朝와의 연속성에 있었다면 윤휴의 그것은 탈주자학, 조선의 독립성에 있었다. 이유야 어떻든 임금은 임금이었다. 그 임금을 임금으로 마땅히 모셔야 하는 것이 신하의 의무였고 긍지였다.

"너의 성품은 모든 사람을 다 사랑하고 선(善)을 좋아한다. 그러나 군자(君子)와 소인(小人)을 구별해내지 못하고 늘 다른 사람들의 마음도 자신의 마음과 같다고 여기기 때문에 처세하기가 어려운 것이다. 나는 그의 면모를 보건대 좋은 사람이 아닌 듯하다."(백호연보, 11년 무인(1638))

송시열을 본 윤휴의 모친이 했다는 말이다. 윤휴의 체질적 특성이 잘 나타난다. 윤휴는 당색에 구애됨이 없었고, 당여를 초월해서 어울리고 격의 없는 언행을 일삼았다. '늘 다른 사람들의 마음도 자신의 마음과 같다고 여기'는 소양인의 성품을 지녔다. 누구든 쉽게 믿는 사람은 누구에게나 쉽게 배신 당할 수 있다. 그건 배신이 아니라 상대의 본성이다. 그걸 파악하지 못하고 자기 기분대로 판단한 결과다. 민정중은 윤휴를 흠모해서 그의 집 부근에까지 와서 살았다. 밤낮으로 어울렸으나 한순간에 윤휴를 죽이는데 앞장선다. 색깔을 구분할 줄 모르는, 더 정확히 말하면 순간의 색깔에 현혹되기 쉬운 체질이 소양인이다. 윤휴는 그렇게 살다 간 대표적인 사람이다. 현실적 기반이 약한 의로움은 쉬이 꺾인다. 조광조가 그랬듯이 윤휴도 그랬다. 그가 꿈꾸었던 공동체는 명분이 분명한 사회, 위엄이 서는 사회였다.

윤휴는 학문적으로도 줏대있는 연구를 했다. 그는 송시열이 금기시한 주자학에 손을 댔다. 1638년의 〈四端七情人心道心說〉이 그것이다. 그 뒤 『讀

書記』에 여러 경서들에 자신의 분장分章·분구分句·해석을 가했다. 그의 저술들은 사문난적斯文亂賊으로 몰려 빛을 보지 못 했다. 계속 된 서인과 노론 계열의 집권으로 금기시 되다가 1927년에야 진주 용강서당龍江書堂에서 처음으로 ≪백호문집 白湖文集≫을 석판본으로 간행하였다. 이 문집은 ≪독서기≫가 빠지는 등 결함이 많았다. 1974년에서야 직계손 용진容鎭이 원고들을 모두 망라해 ≪백호전서白湖全書≫를 출판하였다.

어쨌든 정치 새내기 윤휴는 자신의 뜻을 펼치기에 정치적 환경이 열악했다. 그의 설계도를 실천에 옮길 동력[지원 세력]이 별로 없었다. 이는 그와 남인의 체질적 성향에 따른 결과였다. 1680년(숙종6) 인평대군麟坪大君의 아들 복선군福善君을 왕으로 추대한다는 역모사건으로 경신환국庚申換局이 일어나자 남인은 하루 아침에 몰락했으며 윤휴는 유배령을 받았다가 사사賜死되었다.

3. 몸과 공동체

난세는 사람 사이가 허물어지는 시기다. 사이가 없으면 공동체는 없다. 난세는 영웅을 부르고 영웅은 공동체를 제시한다. 병자호란이라는 치욕은 송시열과 윤휴라는 걸출한 인재를 낳았고 조선의 멸망은 이제마와 최제우라는 불세출의 영웅을 낳았다. 난세를 치세로 만들기 위해 송시열과 윤휴는 모두 예를 근본으로 삼았다. 그러나 송시열의 예는 가문적 질서를 바탕으로 한 것이었고, 윤휴의 그것은 군신 관계를 정립으로 한 것이었다. 망국의 현실 앞에, 나라가 개인을 돌볼 수 없는 상황에서 이제마는 개개인의 존립이 국가 재건의 근간이라 했다, 최제우는 우주 질서를 꿰뚫어 아는 것이 수명 다한 나라를 재건하는 길이라 했다.

사람 사이에 공동체가 있다. 지방 공동체는 사람 사이에 건강함이 흐르는 공간이다. 건강함이란 거처 확보에서 나온다. 거처는 원시적 삶의 터전이다. 이제마는 건강한 개인이 건강한 나라를 만드는 주체라 여겼다. 윤리 공동체는 사람 사이에 예절로 가득한 시공이다. 예절이란 당여를 제대로 이루는 데에 있다. 예절은 장유유서에 입각한 가문적 질서다. 이를 송시열을 통해 살펴 보았다. 세회 공동체는 사람 사이에 의리가 서 있는 공간이다. 의리는 교우交遇에서 굳어진다. 교우는 지연 혈연 학연을 초월한 인재들의 만남이다. 이를 윤휴의 저돌적인 국정 참여로 살펴 보았다. 천시 공동체는 사람 사이를 인자함이 흐르는 공간이다. 인자함은 사사로움이 배제된 공평한 시선이다. 그것이 이제마가 말하는 사무事務다. 깨달은 사람들이 일하는 방식이다. 이를 최제우를 통해 알아 보았다.

프로이트는 공동체의 작동 원리를 에로스(Eros)와 죽음 충동(Thanatos)에 두었다. 에로스는 소통과 이타심과 연대감의 동력이고 타나토스는 단절[적대감]과 이기심과 공격성이다. 이 두 충동이 서로 보완하여 작동하기에 사랑과 증오는 동전의 양면이라 했다. 주변과 동일시와 상호 연대가 일어날 경우에는 긍정적 측면이, 그렇지 못 할 경우에는 부정적 현상으로 나타난다. 또, 프로이트는 공동체를 유지하기 위해서 지도자와 구성원의 관계, 구성원끼리의 관계가 중요하다고 했다.

조선의 지도자는 왕권에 도전하는 성원들은 언제나 배제했다. 이제마를 제외한 세 사람은 모두 제도에 의해 죽었다. 단적인 사례가 성종이다. 그의 공동체는 군주가 호령하는 세상이었다. 그래서 호오가 분명했다. 에로스와 타나토스를 동시에 구현했다. 한 손엔 중책重責을 다른 손엔 사약賜藥을 들고 신하들을 다스렸다. 붕당끼리도 서로를 죽이고 죽이기를 부추겼다. 서인과 남인들은 타나토스에 휘둘려 임금과 같이 사약을 같이 내렸고, 그렇게 사약을 마셨다.

우리 공동체는 살림보다는 죽임의 정서가 강했다. 그만큼 조선의 사람 사이는 적대감과 공격과 복수가 흐른 공동체였다. 그러한 결과 힘과 돈에 영합한 역사가 조선의 지층을 다졌다. 원리 원칙보다는 권력에 아부하고, 예의염치보다는 현실에 영합하는 삶이 처세술의 근간이 되었다. 공동체를 제대로 유지하기 위해서는 거리가 필요하다. 나와 나의 거리, 그래야 내가 나를 알고 나와 남을 속일 수 없다. 나와 남의 거리, 그래야 내가 남을 알고, 남에게 속지도 않는다. 나와 세상과의 거리. 그래야 나와 사회와 국가가 일체일 수 있다. 나와 우주의 거리, 그래야 미래가 열린다. 공동체는 사람 사이[間]에 관한 고민이다.

❹ 체질과 환상

—『符都誌』에 나타난 체질적 무의식

1. 기억과 욕망

라캉은 '우리가 꼭 꿈꾸어야 하는 그것'을 일러 환상이라고 했다. 다른 것을 두고 왜 그것에 집착하는가? 비록 그것이 왜곡된 형태의 주이상스[희열/향유/즐김]를 드러낸다 해도, 환상은 그 자체로 대타자의 결여를 덮고, 주체는 그의 욕망을 유지할 수 있는 동시에, 다른 욕망을 사라지게 한다고 했다.『符都誌』는 여기에 적합한 텍스트다. 그것은 시대적 요청이었다. 웅장한 서사의 다른 말은 간절한 소망이며, 이것의 실체는 자존감이다. 그렇게 꿈꾸지 않으면 안 되었던 시대적 산물이었다. 그래서『符都誌』는 진위眞僞로 읽어야 할 서사가 아니다. 거기에는 우주의 질서에 합류하려는 태양인적 무의식과 조화로운 사회[국가] 만들기라는 소양인적 욕망이 스며 있다.

『符都誌(부도지)』는『澄心錄(징심록)』의 일부다. 신라 눌지왕 때 박제상이 지었다고 한다. 1953년 그 후손인 박금朴錦이 일반에 공개했다. 1986년 김은수의 번역·주해본이 나와 널리 알려졌다. 박금의 본명은 박재익이고 박제상의 55세손이다. 1895년 함경남도 문주[문천]에서 태어났다. 1925년부터 1934년까지 동아일보 기자로 활약했다. 박금은 「요정 징심록연의 후기」에서 『符都誌』가 필사하여 전해져 왔다고 했다. 원본은 함경도 문천文川에 있는데 피난하면서 두고 왔다고 했다. 그래서 그 내용을 기억하여 복원한다고 했다.

　　『澄心錄』은 우리 영해 박씨의 시조 영해군 제상공이 양주[지금의 양산]백(伯)으로 재직할 때 기록한 것이다. 여러 대에 걸쳐 복사하여 서로 전하여 묶어서 삼신함 밑바닥에 두고 출납을 엄금한 지 몇 대가 지난 것이다. 내가 어렸을 때 간혹 훔쳐 보아서 중요한 줄거리를 대강 알고 있었는데, 뒷날 ≪동아일보≫에 재직할 때 전편을 번역하여 장차 잡지에 게재하려고 했더니, 편집자가 반드시 일정(日政)의 꺼리는 것에 저촉된다고 하므로 곧 중지하고 옛 광주리 속에 넣어 두었다.[1]

이어서 『澄心錄』이 3교教 15지誌로 구성되어 있다고 밝혔다. 삼교三教는 상교, 중교 하교다. 상교는 부도지符都誌, 음신지音信誌, 역시지曆時誌, 천웅지天雄誌, 성신지星辰誌다. 중교는 사해지四海誌, 계불지禊祓誌, 물명지物名誌, 가악지歌樂誌, 의약지醫藥誌다. 하교는 농상지農桑誌, 도인지陶人誌까지는 알겠고 나머지 3지는 모르겠다고 했다. 또 『징심록』의 뒤에 「금척지」가 별도록 첨부되어 있으며, 김시습의 추기가 있다고 했다.

문제는 200자 원고지 묶음을 『澄心錄』으로 증명할 방법이다. 박금의 말처럼, 북한에 놓고 온 원본도 여태 나타나지 않았다. 또 김시습이 지었다는 「징심록 추기」도 다른 데는 없다. 아예 『符都誌』에 대한 진위 시비도 별로 없다. 하지만 『符都誌』가 박금의 기억을 더듬은 책이기에 믿을 수 없다고

---

1 박제상 지음, 김은수 번역·주해, 『符都誌』, 한문화, 2002, 183쪽.

해서는 곤란하다. 옛 사람들의 공부 방식은 암기가 기본이다. 이는 『화랑세기』를 통해서도 알 수`있다. 『화랑세기』는 박창화朴昌和가 일본 궁내성 왕실도서관에서 사무 촉탁으로 근무하면서 발견하여 그 내용을 기억해 낸 필사본이다. 진위 논쟁이 치열했다. 하지만 분명한 건 그 책엔 위서僞書 이상의 내용이 담겨 있다. 많은 학자들이 가짜라고 하면서도 『三國史記』나 『三國遺事』에서 풀리지 않는 문제를 『화랑세기』로 해결하고 있는 것도 사실이다. 또, 오래 전 세계를 떠들썩하게 했던 알렉스 헤일리의 소설 『뿌리』도 이와 무관하지 않다. 쿤타킨테로 시작되는 노예 1세대부터 헤일리에 이르는 노예의 후손들이 그들의 고향을 찾고 혈육을 만나는 것도 구전口傳에 의해서였다. 분명 구전이나 기억은 문자 이상의 역할을 한다. 그래서 박금의 기억을 무시할 수만은 없다. 다만 그의 진술이 힘을 얻기 위해서는 두고 왔다는 원본과 『澄心錄』에 관한 김시습의 글들이 다른 데서도 나와야 한다. 더 중요한 것은 진위를 초월할 수 있는 가치가 있어야 한다. 어느 사료에도 없는 소용이 있어야 한다. 그 소용 중의 하나가 바로 마고麻姑다.

2. 『符都誌』와 마고麻姑

『符都誌』는 부도지와 소부도지를 나눠져 있다. 부도지는 크게 2단 구성으로 이뤄져 있다. 1장부터 9장까지는 마고 중심 서사다. 10장부터 26장까지는 황궁 씨 중심 서사다. 1장부터 6장까지는 마고성 안의 일들을 다루고 있다. 7장부터 9장까지는 마고성을 출성 전후의 고난상이다. 10장부터 26장까지는 황궁 씨가 도착한 땅을 중심으로 펼쳐진다. 이 땅에 뿌리내리는 과정[천부 7천년 역사]이다. 소부도지는 신라의 과거와 현재와 미래 이야기다.

부도지	부도지	마고 중심 서사	1장-6장 : 마고성 안의 사건
			7장-9장 : 마고성 출성 과정의 고난
		황궁 씨 중심 서사	10장-26장: 천부 7천 년 역사
	소부도지	신라 중심 서사	27장-33장: 신라의 어제와 오늘과 내일

마고성 안의 사건은 천지 창생의 신화가 들어 있다. 하지만 처음부터 창조주가 있지 않다. 마고라는 천지 창생의 주체조차도 피조물이다. 이런 양상이 선천先天, 짐세朕世, 후천後天 시대로 이어진다. 선천 시대는 소리에서 모든 것이 생겨난다. 우주[별]가 만들어 진다. 이 우주엔 실달성과 마고대성과 허달성이 있었다. 그를 햇빛이 비추고 팔려지음八呂之音이 다스렸다. 여기서는 실달성 위로 마고대성과 허달성이 있었다.

짐세朕世 시대는 선천과 후천의 틈새다. 소리[八呂之音]가 이 시공을 관장했다. 소리에서 마고가 탄생했다. 마고는 자웅동체다. 마고는 선천과 후천의 정을 받아 궁희와 소희를 낳는다. 궁희와 소희도 자웅동체다. 마고와 마찬가지로 선천과 후천의 정을 받아 출산했다. 이들은 각각 두 천인天人과 두 천녀天女를 낳는다. 려呂에서 네 천녀가, 율律에서 네 천인이 생긴 셈이다. 지유地乳로 양육하고, 율려로 다스렸다. 마고성은 지상에서 가장 컸다. 천부天符를 받들고 선천을 계승했다. 사방에는 네명의 천인이 관管[악기·피리]을 쌓아 놓고 음音을 받들었다. 그것이 각각 청궁, 황궁, 백소, 흑소였다.

후천後天 시대는 율려가 부활하여 향상響象[聲 +音]을 이루었다. 율려는 마고가 지구를 삶의 터전으로 만든 바탕이다. 천인과 천녀들은 하늘의 본음本音으로 만물을 다스렸다. 조화로운 세상의 상징이다. 音象[본음]이 위에 있고 響象[울림]이 아래에 있는 시기였다. 마고가 실달대성을 천수 지역에 투하하였다. 이로인해 실달 대성엔 변화가 생겼다. 우주와 수류이 분화되었다. 수계와 지계가 상하 교차하여 변동하기 시작했다. 역수曆數가 시작됐다. 기氣·화火·수水·토土의 조화로 낮과 밤, 사계절이 생겼다. 풀과 짐승이 등장했다. 여기서 특이한 사실은 성씨姓氏가 생겼다는 점이다. 마고가 기氣·화火·수水·토土'를 관장한 천인들에게 내렸다. 그 성이 각각 황 씨, 청 씨, 백 씨, 흑 씨다. 그런데 마고성에는 본음을 관장하는 사람은 많고, 땅의 소리[響象]를 관장하는 사람이 적었다. 그래서 마고가 네 천인과 네 천녀에게 명하여 겨드랑이를 열어 출산하게 했다. 네 천녀와 네 천인이 결혼하여 각각 三男三女[4쌍*6=合 24명]를 얻었다. 이들이 지상에 처음으로 나타난 인간의 시조다. 그 후 몇 대를 거치면서 삼천 명으로 늘어났다. 하늘과 땅의 이치 제대로 밝혔고 역수를 제대로 조절하여 사람들의 수명이 무한대였다. 서사의 중심이 지구로 옮겨지는 시점이다.

천인의 본음 관장 영역 및 성씨			
土	水	氣	火
⇩	⇩	⇩	⇩
黃氏	靑氏	白氏	黑氏
穹[하늘]		巢[땅]	

그러나 인구는 많고 지유地乳는 턱없이 모자랐다. 백소 족의 지소가 유천乳川에 갔으나 사람이 많아 양보하고 왔다. 다섯 번이나 그랬다. 돌아와 기진맥진하여 쓰러졌다. 배 고픈 나머지 부지불식간에 집 난간의 포도를 따서 먹었다. 지소는 포도를 예찬했고 종족 중 많은 사람들이 따라 먹었다 백소 씨가 금지령을 내렸다. 이는 지금까지 스스로 금기하던 자재율을 파기한 조치였다. 이로부터 열매 식용과 수찰守察을 금하는 법이 시행되었다. 마고는

이를 노여워하여 마고대성의 문을 닫아버렸다. 그리고는 실달대성의 기운도 거두어 버렸다. 포도는 인간세가 자율의 역사에서 타율[법]의 역사로 전환하는 계기가 된다.

포도를 먹은 인간들은 후유증이 심했다. 마고성문이 닫히자 조화를 잃어버렸다. 이가 생겼고 침이 뱀의 독처럼 되었다. 수찰守察하지 않아도 눈이 밝아졌고, 피와 살이 탁해졌다. 천성을 상실하고 심기心氣가 혹독해 졌다. 그래서 하늘의 소리를 듣지 못 하게 되었다. 발이 무겁고 땅은 단단하여 건지만 뛸 수 없게 되었다. 짐승처럼 자손을 많이 낳았고 수명이 짧아졌다. 이리하여 지소 무리들과 포도와 수찰하지 않은 사람들 모두 출궁하여 흩어졌다. 황궁黃穹 씨가 다시 돌아오라[複本]는 송별사를 했다. 또 성급한 이들의 돌아옴[複本]이 성 안의 모든 젖까지 마르게하고 성 안을 오염시켰다. 이를 보다 못 한 천인들이 복본複本을 맹세하며 출궁을 결정했다. 마고는 두 딸과 함께 대성을 보수하고, 마고 대성을 허달성 위로 옮겨 버렸다. 대성 보수에 사용한 물이 홍수가 되어 월식주[포도 따 먹은 일을 일으킨 주체들] 사람들이 많이 죽었다. 마고의 존재는 여기까지다.

마고(麻姑)			
궁희(穹姬)		소희(巢姬)	
황궁(黃穹)	청궁(靑穹)	백소(白巢)	흑소(黑巢)

지소(支巢)의 포도 사건으로 출성

북문	동문	서문	남문
⇩	⇩	⇩	⇩
天山州	雲海州	月息州	星生州

10장부터는 황궁 씨 중심의 서사다. 마고[하늘] 중심에서 인간 중심으로 축이 이동한다. 매우 춥고 위험한 땅인 북녘 천산주에 도착한 황궁 씨 일가가 우리 역사의 주체로 등장하는 과정이다. 여기까지는 음양론에 입각한 전개다. 태극에 해당하는 마고가 하늘인 '궁宮'과 땅인 '소巢'를 낳았다. 궁과 소는 각각 황궁과 청궁, 백소와 흑소를 낳았다. 이는 중국과는 다른 사상四象의 형성이다. 색이 뜻하는 방향도 중국과 다르다. 하지만 이상적이고 현실적인 대립소를 모두 넷으로 나눈 점은 유사하다. 마고대성에서의 문제는 현실주의자 성향을 지닌 백소족에서 나왔다. 이는 삶을 풀어가는 방식에 관한 시차다. 지소가 지유 대신 포도를 먹은 행위는 생존을 위한 본능이다. 이는 궁핍과 무관했던 창세기의 공간과는 다르다. 아담과 이브의 비극은 낙원을 의식하지 못한 무지와 욕망에서 생겼다. 선악은 그 귀결이다. 하지만 마고성 은 생존[궁핍]이 문제다. 기초 생태계가 무너진 사회의 단면이다. 그런데도 그 안의 지도자들은 이를 악으로 간주한다. 그들의 도덕율은 사회 경제에 기초한 사회 현상과 무관했다. 출성은 그들[지도층]의 고육지책이다. 도덕율을 입증하고 현실의 모순을 해결하기 위한 필연이었다. 그것이 하늘의 법을 실현할 땅 찾기, 이를 실천할 소양 쌓기다. 그것이 7천 년의 기나긴 여정으로 나타난다.

3. 「符都誌」를 읽는 키워드

3.1 포도

곰 한 마리와 호랑이 한 마리가 같은 동굴에 살았다. 항상 신웅(神雄) [환웅]에게 사람 되는 소원을 빌었다. 그때 환웅이 신령스런 쑥 한 다발과 마늘 스무 개를 주면서…

『三國遺事』에 단군신화 기사다. 이 장면 속의 곰과 호랑이 이미지가 수많은 연구와 이야기들을 재생산했다. 그런데도 놓쳐버린 부분이 있다. 바로 '마늘'이라는 어휘다. 액면 그대로 읽으면 단군 시대에 이미 마늘이 있었다는 이야기다. 그러나 일반적으로 마늘[蒜]이 우리나라에 들어 온 시기는 고려 중엽 이후로 본다. 고려 시대에 마늘이 처음 등장하는 시기는 『고려사절요』권4, 문종인효대왕1文宗仁孝大王一 1056년 9월(음)의 기사에 나온다.

"지금 역(役)을 피하려는 무리들은 사문(沙門)의 호칭에 의탁하여 재물을 늘리고 생업을 경영하면서 농사와 목축을 업으로 삼고 장사를 풍조로 한다. 나아가서는 계율의 글을 위반하고 물러나서는 청정의 규약을 잃었으니, 어깨에 두른 가사는 술독의 덮개가 되었고 염불을 하던 마당은 파와 마늘의 밭으로 할애되었다. 〈이들은〉 상인과 교통하여 매매를 하고 손님과 어울려 취하거나 즐겼으며…"

문종의 비판은 『入楞伽經』제8권과 『법망경』제4계에 나오는 "불자는 파·부추·마늘·염교[薤]같은 오신채[2]를 먹지 말라"는 이야기에 근거한다. 절간 마당에 파와 마늘 밭이 즐비하고 상인과 교통하여 매매할 정도면 이들 채소가 수익원으로써 가치가 있음을 의미한다. 또 이규보(1168~1241)의 『東國李相國全集 卷第十』腹皷歌에도 마늘이 나온다.

"일단 마실 때는 늘 양껏 마시고/덧붙여 달래 나물 생선 육류로 안주를 하네"(一飮輒傾如許舩 佐以辛蒜或腥肉)

---

2 불가에서는 마늘, 달래, 무릇, 김장파, 실파를 말하고, 도가에서는 부추, 자총이, 마늘, 평지, 무릇을 말한다.

맥락상 신산辛蒜을 채소로 번역하기도 한다. 하지만 달래는 마늘처럼 맵다. 예나 지금이나 생선과 고기를 먹는데 마늘만큼 개운한 안주는 없다. 조선 시대에 마늘 기사가 처음 등장하는 때는 태종 4년 음력 1월 9일이다. "의정부議政府에서 대마도對馬島 수호관守護官 종정무宗貞茂에게 편지를 보내고, 인하여 구승저포九升苧布 구승마포九升麻布 각 3필, 호피虎皮·표피豹皮 각각 2령領, 소주燒酒 10병, 마늘 10두, 건시乾柿 10속束, 황률黃栗 10두斗를 보내었다"고 적고 있다. 일반적으로 하사품은 진귀하거나 요긴한 것이다. 마늘 10두[말] 정도를 보낼 수 있을 만큼 조선은 이미 마늘 생산량이 많았음을 알 수 있다. 어쨌든 마늘은 『三國遺事』를 기술한 시기를 알게 하는 좋은 단서다. 이는 세익스피어의 작품에 포크와 나이프가 나오지 않는 이유와 같다. 마찬가지로 『符都誌』에는 저술 시기를 알려 주는 어휘들이 많다. 그 중의 대표 사례가 포도다.

(배고파서) 귀에서는 희미한 소리가 울렸다. 그리하여 오미(五味)를 맛 보니 바로 집 난간의 넝쿨에 달린 포도 열매였다. 지소씨는 일어나 펄쩍 뛰었다. 그 독의 침때문이었다. 곧 난간에 내려와 걸으면서 노래하기를 '넓고도 크도다 천지여! 내 기운이 능가하도다. 이 어찌 도(道)이리요! 포도의 힘이로다.[3]

포도는 크게 유럽종과 미국종 교배종이 있다. 유럽종의 원산지는 카스피해 연안이나 코카서스 지방이다. 기원전 40~30년 전에 지중해를 거쳐 그리스, 로마 이집트 등으로 퍼졌다. 동쪽으로는 아프가니스탄을 거쳐 인도의 카시밀과 페르시아를 통해 중국으로 전래되었다. 고대 우리의 포도 전

---

3 김은수 번역·주해, 『符都誌』, 33쪽.

래 경로는 이 선상에 있다. 포도가 중국에 온 시기는 한나라 때다. 신라시대에는 포도 문양이 새겨진 와당 등이 많이 나왔다. 중국 당唐나라 때 인도의 금공金工미술의 영향을 받은 것으로 보인다. 특히 경주 부근의 사지寺地에서 출토된 와당에는 포도넝쿨이 사실적으로 묘사되어 있다. 포도 문양이 통일신라시대의 의장 특성으로 자리잡을 만큼 포도가 장수, 다남, 다복을 상징하는 역할을 하고 있다. 그러나 포도葡萄라는 어휘가 역사서에 직접 나오는 경우는 고려시대 충렬왕조가 처음이다.(『高麗史』卷三十二, 世家 卷第三十二 忠烈王 28年 2월(1302년 2월 26일(음)) "원 황제가 왕에게 포도주를 하사하다"는 기록이 그것이다. 『世宗實錄』 지리지 충청도편에는 건포도가 지역의 공물로 적혀있다.

정황으로 미루어 보면 신라시대에 포도가 들어 왔다고 추론할 수도 있다. 그러나 문헌의 기록은 13세기 초 이규보의 시에서 제일 먼저 나타난다.[4] 그렇다면 『符都誌』를 기록한 연대도 13세기 초를 앞설 수 없다. 이는 포도의 존재 여부와 무관하다. 기록으로 나타나는 시기만이 문제다. '마늘'이 언제 있었든간에 『三國遺事』의 기록에 최초에 등장한다. 어쨌든 이 기록은 일연이 살았던 시기를 드러내는 말이다. 『符都誌』 5장은 포도가 일상적으로 재배되고 있음을 말해준다. 지유地乳를 대신할 음식으로 부상하고, 그것이 사회적인 물의를 일으킬 정도란 점이 그렇다. 그런 정도면 그 지역 특산물로 공납이 가능하다. 공납물이라고 해서 흔해 빠진 것이 아님을 감안하면 『符都誌』의 기록은 아무리 빨라야 세종 시대 이전일 수는 없다.

---

4 박세욱은 이 논문에서 우리나라 포도 경작을 저해한 요인으로 몽고와의 항전, 고려[불교]의 금주령, 포도주의 사치품화, 조선의 금주령 등을 들고 있다. 그래서 다른 나라와는 달리 일반인들이 접가기 힘든 고급 식물이나 약용, 관상용으로 길러지고 있었다고 한다(박세욱, 「우리나라 포도와 포도주 전래에 관한 소고」, 『강원인문론총』 제16집, 2007, 241~266쪽).

3.2 족보

마고성 밖의 사건은 10장부터 본격적으로 시작한다. 환웅[황궁 씨의 손자]은 무여율법 4조를 제정하고, '언어·역법·의술·천문지리' 등 학문 풍토를 조성한다. 그의 아들 임검은 농경법을 보급하고 족보 제작을 독려한다. 그러면서 중국의 성인들과의 비교 우위적 입장에서 파란만장하게 펼쳐지는 역사적 공간을 그려낸다. 그것은 마고성에서 나와 '황궁→유인→한인→한웅→임검→부루→읍루'로 이어지는 부자 상속, 천부 7천 년의 역사다. 황궁에서 읍루로 이어지는 장황한 수사를 덮으면『符都誌』는『한단고기』,『규원사화』,『단기고사』등의 역사 인식 방식이 비슷하다. 한결같이 기자 조선을 부정한다. 이는 요순 중심의 중국식 사관에 대한 반발이다. 세상의 중심을 우리로 맞추고 있다. 여기서 특별히 눈여겨 봐야 할 부분이 있다.

> 한웅 씨가 임검 씨를 낳았으니, 때에 사해의 여러 종족들이 천부의 이치를 익히지 아니하고 스스로 미혹에 빠져 세상이 고통스러웠다. 임검씨가 천하에 깊은 우려를 품고 천웅의 도를 닦아 계불의식을 행하여 천부삼인을 이어 받았다. 갈고 심고 누에를 치고 칡을 먹고 그릇을 굽는 법을 가르치고, 교역하고 결혼하고 **족보**를 만드는 제도를 공포하였다.[5]

우리 나라의 족보는 한 성씨의 시조를 기점으로 한다. 그 자손들을 일정한 범위에 걸쳐 망라한 집단 가계기록이다. 족보는 가계 기록에서 출현했다. 초기 족보 형태는 묘지명 등에서 찾을 수 있다. 그 인물의 가계에 관한 언급과 세보世譜, 가록家祿, 가보家譜, 가첩家牒 등이 그것이다. 이런 초보적인 족보 형태가 고려시대부터 존재했을 거라는 추정하기도 한다. 그러나 전승되는 것은 하나도 없다. 본격적인 가보家譜 형식을 갖춘 것은 1423년 문

5『符都誌』앞의 책, 53쪽.

화유씨文化柳氏가 발행한 「永樂譜」다. 그 뒤를 이어 남양홍씨南陽洪氏, 전의이씨全義李氏, 여흥민씨驪興閔氏 등의 집에서도 나왔다. 현존하는 가장 믿을 만한 것은 1470년(성종)에 간행된 안동권씨安東權氏의 족보[6]로 보기도 한다.

이수건은 「족보와 양반의식」, 「한국의 성씨와 족보」 등의 글을 통해 다음과 같이 정리한다. 족보는 ① 15세기 중반 이전의 초보적인 가첩류와 성관姓貫 자료, ② 조선 전기 내외손을 동등하게 기재한 간행본 족보 및 간행되지 못한 족도族圖·초보류草譜類, ③ 17세기 이후 본격적으로 등장한 부계 친손을 위주로 하며 등재인의 인적 사항이 자세히 기재된 '조선 후기의 족보' 등 세 부류가 있다. 우리나라의 족보의 초기 형태는 처음엔 내외손을 망라해서 적었다. 그러다 17세기에 여러 이유로 친족 관념의 변화가 일어났다. 그 결과 후기 족보는 부계 혈통을 중시하여 동성同姓만 기재했다. 이런 논의들을 종합하면 우리나라의 족보는 조선 후기에서 일제 강점기를 거쳐 오늘에 이르기까지 막대한 분량이 제작된 전통시대 대표적인 서책의 하나[7]다. 임검 씨는 족보 만드는 제도를 공포하고 대대적으로 족보 사업을 일으켰다. 이런 기록은 『符都誌』를 기술한 시기를 정확하게 말해 준다. 족보 제작이라는 사건으로 드러나는 『符都誌』는 조선 후기의 기록물이다.

3.3 복본

'복본複本'이란 용어는 낯설다. 조선의 선비들 문집에는 이런 어휘가 한 번도 나오질 않는다. 박제상이 관료였고, 신라를 대표하는 충신이다. 당연히 그가 구사하는 어휘도 체제의 맥락 안에 놓여 있어야 한다. 분명 복본複

---

6 박정주, 「족보와 족보학」, 『대한토목학회지』 제55 권9호, 2007, 96쪽.
7 권기석, 「한국의 족보 연구 현황과 과제」, 『한국학논집』 제 41집, 2011, 75쪽.

本이란 말은 『符都誌』가 박제상의 저술이었다는 사실을 의심하게 한다. 그렇지 않으면 원본을 후손이나 누군가가 시대에 맞게 고쳤다고 볼 수밖에 없다. 그러면 왜 복본이란 거창한 담론이 등장하는가? 이를 『三國遺事』의 「고조선」과 『구약』의 「창세기」를 통해 찾아 본다.

『三國遺事』는 1281년(충렬왕 7)경에 고려 후기의 승려 일연一然이 편찬한 사서史書다. 고려의 13세기는 혼란하기 그지없는 정국의 연속이었다. 무인들이 정권을 쥐락펴락하면서 나라를 어지럽게 했다. 몽고가 침략하여 전국토가 쑥대밭이 되었다. 심지어 그들의 앞잡이가 되어 일본 정벌에도 나섰다. 더 이상 비참할 수 없는 상황이었다. 그 와중에서 백성들을 치유하고, 하나로 묶을 수 있는 이슈가 필요했다. 그것이 바로 「단군 신화」다. 우리가 남이 아님을 강조하여 암울한 현실을 견디고자 했다. 그런 정신의 산물이 바로 『삼국유사』다. 그리하여 단군은 우리 민족의 시조이고 고조선은 반만년 우리 역사를 규정짓는 출발점이 되었다. 인간이든 사회든 국가든 암담한 현실을 극복하는 가장 효율적인 방법이 바로 정신 무장이다. 단군 신화는 고려의 13세기를 버티게 해 준 정신적인 지주였다. 이러한 발상은 『구약』의 창세기 신화에도 나타난다.

구약성서 맨 처음에 나온 창세기 1장의 창조 얘기도 이 때 포로민 속에서 활동하던 예언자의 사상을 배운 사람들이 기록한 것이다. 창세기 1장은 P문서란 것인데 창세기 제 2장에 나온 창조 설화보다 연대적으로는 한 4백 년 뒤에 된 문서이다.

위의 글(김정준, 『구약성서의 이해』, 평민사, 1981)은 지금까지 발견된 가장 오래 된 『구약』은 1장 1절에 창세기 신화가 안 나온다는 말이다. 성서 학자들은 창세기 신화가 이스라엘이 백성들이 애굽의 노예 생활을 거치면서 삽입되었다고 본다. 이들의 주장대로 재구성하면 다음과 같다. 오래된 성서 판본일수록 '아담과 이브' 이야기가 제일 먼저 나온다. 그런데 400여 년 뒤에 나온『舊約』에는 1장 1절이 바뀌었다. 그 자리에 창세기 신화가 나타난다. 망국의 지도자들이 현실을 타개하기 위해 자신의 신을 창조주로 재탄생시켰다. 그들의 목적은 자신들의 신이 약해서 나라가 망한 게 아님을 알리는 데 있었다. 이스라엘이 망한 이유는 백성 스스로에게 있다고 강변했다. 모두가 신의 율법과 계명을 지키지 않고 배반했기 때문이라고 했다. 원망의 화살을 개개인에게 겨누게 했다. 자연히 희망[창조주인 신의 재림]을 갖게하고 분열을 극소화시켰다. 안식일 하루를 제대로 지키게 하여 정체성을 강화했다. 같은 글에서 김정준은 아래와 같이 상술한다.

다시 말하면 창세기 1장은 포로 시기에 나타난 P문서 기자의 영향을 받아 우주 만물의 창조의 기원을 말하는 내용이다. 여기에 나온 하루 이틀 사흘 창조의 날짜는 포로민 유대인들이 바빌론 이국 땅에서 안식일도 지키지 못할 만큼 그들의 선전의 신앙을 잊어버리고 있었기 때문에 하나님께서도 창조 사업을 하실 때 이레째 되는 날 쉬셨으니까, 이스라엘 백성도 이레 중 하루를 쉬고 그 하나님을 예배해야 된다는 것을 가르치기 위하여 이 창세기 1장을 기록했다고 본다. 그러니 창제기 1장은 창조 신앙과 안식일을 지키는 규례를 그 백성들에게 알리기 위하여 기록한 것이다. 이것은 결코 과학적인 방법과 지식에서 세계 창조를 알려주고자 함이 아니었다. 이스라엘은 바빌론 사람들에게 창조 신앙에 도전을 받았기 때문에 이 창조 신앙을 알리려는 목적에서 이 첫 장을 기록했다.

『符都誌』도 이런 관점에서 접해야 한다.『符都誌』를 위시한 비슷한 역사서들을 진위 여부로 한정하는 것은 좁은 시선이다. 또『符都誌』를 사실로 인정하여 마고성麻姑城이 인류 시원始原의 문명이라고 규정하는 일도 난감하다. 1만 4천 년 전 파미르고원에 있었다는 주장도 설득력이 없다. 이는 『符都誌』에 투영된 『舊約』「창세기」 신화의 열망을 외면하는 일이기 때문이다. 『符都誌』의 서사는 『舊約』「창세기」 신화와 참으로 많이 닮았다.

	구약 창세기	『符都誌』 창세 설화
창조 방식	말씀	소리
분화 방식	빛→어둠, 물→뭍, 땅,생멍체	
금기 위반	선악과	포도
위반 결과	추방(追放)	출성(出城)
위반 형벌	출산의 고통, 노동의 고통, 죽음	사악함, 금수같은 자손 출산, 수명단축
홍수 유무	대홍수	월식주 대홍수
종족 분산	세 인종	네 부류
본분 상실	바벨탑[분열]	탑쌓기[분열]
複本 조건	말씀[계명] 지키기	부도의 법 실천

『符都誌』는 활인서活人書다. 몽고 치하의 「단군신화」가 망국의 절망에서 헤어나기 위한 생존법이었던 것과 같다. 이는 이민족의 지배하에서 살아남기 위해 천지창조 신화를 지니지 않을 수 없었던 이스라엘 민족의 지혜와도 같다. 몽고의 말발굽이 『三國遺事』를 탄생시켰다면, 조선의 멸망은 『符都誌』를 위시한 유사한 역사서를 양산하게 했다. 그것은 시대적 요청이었다. 『符都誌』를 제대로 읽어야 하는 이유가 여기에 있다. 웅장함과 위대함의 실상은 초라함과 무능함이다. 이 간극을 메우는 유일한 길이 상상력이다. 여기서의 상상력은 삶이요, 용기요. 희망이다. 또 환상이고 망각이다.

4. 몸과 환상

『三國史記』권45, 열전5에 박제상 기록이 있다. 박제상은 혁거세의 후손이고 파사니사금의 5세손이며 할아버지는 아도갈문왕이다. 그러나 363년에 태어나 419에 죽은 박제상이 251년 전(서기 112년)에 죽은 파사왕의 5세손이 될 수가 없다. 일성왕이 아도를 갈문왕으로 추봉한 사건이 박제상이 태어나기 215년 전의 일이다. 당연히 갈문왕의 손자일 수도 없다. 이런 기록은 박씨 왕의 대표 인물이었던 파사왕에 끼어 맞춘 결과다. 이 당시에는 호적, 묘지명, 행장류 등의 가계 기록이 족보 이전의 족보 역할을 하고 있었다. 김부식도 『三國史記』를 집필하면서 영해 박씨의 기록물을 인용했다는 증거다. 『三國遺事』의 '박제상' 관련 기록은 『澄心錄 追記』의 기록과 유사한 면이 많다. 이는 일연이 영해 박씨 관련 기록을 참고했다고 볼 수 있다. 그럼에도 『三國遺事』에는 『澄心錄』이니 符都'라는 어휘가 나오지 않는다. 일연이 살았을 당시에 그런 책이나 어휘가 없었다는 말이다. 역사에 기록할 중요한 사안을 김부식이나 일연이 간과했을 리가 없다. 『三國史記』에서 빠진 부분을 보완한 『三國遺事』에서도 언급이 없다는 사실도 그렇다.

또, 김시습이 『澄心錄 追記』를 썼다는 기록은 어디에도 없다. 김시습의 문집 어디에도, 모든 고전 문헌 싸이트를 검색해도 김시습이 썼다는 『澄心錄 追記』는 없다. 『符都誌』의 '符都'와 관련된 어휘도 〈한국고전종합DB〉 등 국가 기관 홈페이지에 검색해도 나오지 않는다. 『澄心錄 追記』에 나오는 김시습의 기록[박제상의 '符都'관련]은 그들 가문의 희망사항일 가능성이 크다.

『澄心錄』은 말만 있고 실체는 없다. 신라 박제상의 저작이라기엔 시대

상황과 어긋난다. 그것을 특정 용어 몇으로 살펴 보았다. 『三國遺事』는 '마늘'로 『澄心錄』은 '포도'로 그 간행 연도를 추측할 수 있다. 『澄心錄』은 아무리 빨리 만들었어도 『三國遺事』 이후의 일이다. 포도 운운으로 봐도 역시 고려 중엽 이후의 기록이다. 포도가 일반에 재배되어 공물로 바쳐진 시점으로 보면 세종 전후다. '족보'라는 어휘는 조선 후기의 사건이다. 동양의 고전에 거의 등장하지 않는 '複本'이란 어휘도 서학이 널리 퍼졌던 조선 말기의 사건이다.

여기에다 책의 저술 체제로 보면 『符都誌』는 1500년대 이후에 나온 책이다. 그 증표가 장章과 절節의 구분이다. 동양의 고서에는 장章과 절節이란 체제가 없다. 글쓰기에 장章을 구분한 사람은 1200년 영국의 성직자였던 스티븐 랭턴[캔터베리 대주교]이다. 절節을 나눈 사람은 1500년대의 프랑스의 인쇄공 로베르 에스티엔이었다. 그 모범이 성서다. 이런 점으로 미루어 보면 『符都誌』는 서양식 글쓰기 방식을 따랐고, 『구약성경』의 내용을 창조적으로 재구성한 책에서 벗어나기 어렵다.

그렇다고 『符都誌』의 가치를 진위 구분으로 한정해선 안 된다. 그런 잣대로 『符都誌』類의 저서들을 모두 폄하해서도 곤란하다. 앞에서 언급한 것처럼 『符都誌』가 서세동점西勢東漸 시대의 저항적, 수호적, 생존적 글쓰기였기 때문이다. 그것은 초라함과 무능함을 웅장함과 위대함으로 반전시켜 한 시대를 극복하려는 노력이고 희망이다. 현실의 질곡을 건너가는 환상이고 도피처다. 분명 『符都誌』 속의 마고麻姑는 민담 속의 마고와는 거리가 멀다. 그렇지만 거기에는 그렇게 상정해야만 하는 시대적 요구가 있었다. 이 시대에는 그것을 제대로 읽어야 하는 의무가 있다. 그럼에도 『符都誌』의 마고麻姑를 실재로 간주하고, 마고성이 언제 존재했고, 어디에 있었고, 신시가 어떻고 하는 주장들을 한다. 複本 정신으로 현재의 위기상황을 벗어나자고들 한다. 근사하지만 뜬금없다. 이런 주장의 이면에는 새로운 문화적 헤게모니를 쥐고자 하는 욕망이 도사리고 있다.

『符都誌』는 바른 세상은 소리가 조화롭다고 한다. 소리의 조화는 음音이다. 그 조화로움이 퍼져 나감이 향響이다. 조화로운 소리는 세상을 창조하고 영위한다. 그것의 체계적이고 영속적인 시스템이 율려律呂다. 율려는 치세의 소리다. 잡음은 난세의 소리다. 율려는 홍익인간의 이념을 실천한 황궁 씨 같은 지도자, 이를 따르는 백성의 한 마음이 만든다. 『符都誌』는 잡음에서 율려로, 난세에서 치세로 향하려는 염원이다. 『符都誌』속의 마고麻姑는 그런 세상으로 이끄는 길라잡이다. 부패한 나라, 사악한 지도자들, 영악한 개인이 창궐할수록 마고는 건재하다. 온갖 밀담과 분열과 파열음이 난무하는 이 시대. 『符都誌』창작은 진행형이고 마고麻姑는 더 웅장한 모습으로 부활하고 있을지도 모른다. 『符都誌』는 우리의 나침반이다.

❺체질과 기억

―'동인지『現代詩』'의 변모 양상과 동인들의 욕망

1.『現代詩와 기억』

여기서는 욕망과 기억의 상관성을 동인지『現代詩』를 통해 알아 본다. 원래 동인이란 이상 사회, 대동 사회를 구현하려 사람들의 모임이다. 그러나 이런 개념은 축소되고 가문적, 동아리적 결속을 다지는 윤리였다. 특히 문학 동인들은 더 그렇다. 동인지『現代詩』는 그 대표적 사례다. 욕망은 기억을 왜곡한다. 그래서『現代詩』에 대한 각 동인들이 생각도 다르다. 동인 구성원에서부터, 동인지 역사 문제까지 견해가 상충한다. 욕망은 무의식이고 무의식은 체질적 산물이다. 그것이 곧 기억이다. 그들의 기억은 아직도 남은 그들의 욕망이다.

해방 이후 70년대까지『現代詩』라는 이름으로 존재한 잡지는 3 종이다. 유치환이 이끈『現代詩』, 전봉건이 주도한『現代詩』, 동인 중심의『現代詩』다. 일반적으로『現代詩』하면 1964년 11월부터 1972년 3월까지 활동한 동인 중심의『現代詩』를 떠 올린다. 하지만 간혹 세 잡지를 혼동하는 경우도 있다. 혼동하지 않는다 해도 8년 넘는 세월의 곡절을 무시하는 경우가 허다하다.

　동인지는 '① 사상, 취미, 경향 따위가 같은 사람들끼리 ② 모여 편집·발행하는 잡지'다. ①은 동류同類를 ②는 동행同行을 의미한다. 그래서 동인지는 이 두 요소를 모두 갖추어야 한다. 그런 활동을 한 사람을 일컬어 동인이라 한다. ①로 보면 『現代詩』는 ⓐ 한국시인협회 '기관지『現代詩』', ⓑ 전봉건 중심 '과도기『現代詩』', ⓒ '동인지『現代詩』'로 나눌 수 있다. ⓐ는 한국시인협회를 ⓑ는 전봉건과의 교류를 ⓒ는 모더니즘을 동류同類로 한다. 연관성으로 보자면 ⓐ는 ⓑ와 ⓒ와 무관하다. ⓑ와 ⓒ는 연장선상에 있다. ⓒ는 ⓑ의 두루모임을 헤쳐모임으로 전문화 했다.

　②로 보면 동인은 '모여'서 '편집·발행'하는 사람이다. 그렇다 해도 ①을 충족하지 못하면 동인이라 할 수 없다. 그래서 '기관지『現代詩』'(ⓐ)와 '과도기『現代詩』'[1](ⓑ)는 동인지라 부르기 어렵다. 또 '동인지『現代詩』'(ⓒ)라 해도 일률적으로 동인이라 하기 어렵다. 처음부터 끝까지 참석한 사람,[2] 처음부터 참석했다가 중간에 나간 사람,[3] 중간에 들어와 끝까지 간 사람,[4] 한 번 참석하고 나간 사람[5] 막판에 들어온 사람[6] 등 들쭉날쭉하기 때문이다. 이들은 『現代詩』라는 동인지의 동인과 선후배로 겹치기도 하고 분리되기도 한다.

---

1 정진규는 전봉건을 중심으로 나왔던 『現代詩』의 성격을 '半同人誌·半詩誌的'이라 한다. 동인지 『現代詩』는 이를 극복하고 '정확한 위치에 정립해 보려는 작업'이었다고 한다. 정진규, 「후기─동인지로서의 現代詩」, 『現代詩』 6집, 1964, 262면.

2 이수익, 이승훈, 이유경은 6집부터 26집까지 참여했고, 주문돈은 6집부터 25집까지 참여했다. 김규태[7집~26집], 박의상[7집~26집], 이해녕[7집~26집] 등도 여기에 포함된다.

3 김영태[6집~15집], 정진규[6집~12집], 황운헌[6집~8집]

4 김종해[12집~26집], 마종하[16집~26집], 오탁번[17집~25집].

5 허만하, 민웅식은 6집만 참여했다.

6 오세영, 이건청[25~26집].

우리 근현대시의 동인과 동인지는 일제 치하의 산물이다. 근대의 표본인 '제도'도 그렇게 우리에게 왔다. 일제의 지배 정책에 편승한 "각종 동인지 및 문예지를 중심으로 문단文壇"이라는 용어가 생기고, 여기에 사람들을 가려 올려야 하는 '등단 제도'가 생겼다. 그 양상이 추천제와 신춘문예다. 이는 통과 의례이자 권위였다. 이러한 제도권 문학 장치는 일차적으로 문인 증대와 문단 규모 확대를 이루었다. 하지만 문단에서 살아 남기 위해서는 그만한 안전 장치가 있어야 하고 그럴 모임이 있어야 했다. 그것이 동인지同人誌고 동인同人이다. 그래서 우리 시단의 동인은 출신이나 친분 관계에 얽매인 경우가 많았다. 이런 점들 때문에 동인지가 "문학사의 동적 체계와 변화를 살피는 데 가장 중요한 요인"으로도 "어떤 뚜렷한 지향점이 나타나지 않"고, "신인이나 지방 시인 또는 미등단 시인이 그들의 습작기에 발표기회의 도구"로도 평가된다.

어쨌든 동인지가 "문학권력→문단주도권→문학담론의 주류화라는 회로망 구축"에 앞장섰고, 동인은 그들이 원했든 아니든 결국 그런 정치적 행보의 전위대가 되고 말았다. 이런 역사 속에서 "사적인 발표장으로 기능했거나 오로지 문단 입성의 기반으로서만 존재했던 동인지들은 결국 사라"졌다. 하지만 "『現代詩』는 이런 이중적 성격을 가장 성공적으로 끌고 나간 예외적인 동인지"였다. 『현대시』는 "동인이었지만 문예잡지 못지 않은 역할을 당시의 시단에 했다."

2. 판권으로 보는 『現代詩』

'현대'라는 말은 '과거'와 단절을 더 부각한다. 『現代詩』라는 이름도 마찬가지다. 『現代詩』는 '過去詩'와 다르다는 말이다. 어떻게 다른가? 그 변별 기준은 전통 서정에서 얼마나 벗어나 있느냐다. 그런 집단은 다른 글쓰기 방식을 통해 차별성을 강화한다. 그것은 서구적 안목 이식과 서구적 수사학 대폭 수용이다. 『現代詩』라는 이름에는 이런 문학적 욕망들이 집약되어 있다. 그런 면에서 보면 『現代詩』의 기의는 새로움 추구追求였다. 그 이름[現代]이 지금도 지속되는 이유다. 그러나 새로움은 한순간에 오질 않는다. 새로운 것 같지만 '過去'와 혼재하고 공존할 수밖에 없다. 이상과 현실, 구호와 실제의 간극은 시간이 대안이다. 오랜 시공이 흐르면서 자연스레 전통 정서와 분리되는 과정을 거쳐야 한다. 그것이 각각 '기관지『現代詩』', '과도기『現代詩』', '동인지『現代詩』'다.

'동인지『現代詩』'는 6집부터 시작한다. 그러나 1집이나 창간호라 하지 않은 점에서 해석의 여지가 있다. 여기에는 '동인지『現代詩』'가 이전 '과도기『現代詩』'의 모더니즘 성향을 연결 고리로 하여 '박남수-전봉건'으로 이어지는 후배 사단에 의해 출범했다[7]고 보는 견해가 대부분이다. 그러나 전자를 인정하면서도 한국시인협회와의 연관성을 강조하는 견해도 있다.

---

7 이승훈은 『현대시』 6집을 박남수-전봉건 사단에 의해 출범했다고 말한다. "『현대시』 6집은 한국 시협보다 전봉건 등의 시지 『현대시』를 계승했다. 6집이라 한 것도 그렇고, 선배에 해당하는 황운헌이 가교 역할을 한 것도 그렇고, 내가 박남수 추천으로 동인에 참여한 것도 그렇고, 나만 빼고 김영태, 주문돈, 이유경, 정진규, 이수익 등은 모두 박남수가 당선시키거나 그의 추천을 받은 신인들이다. 그러니까 박목월 제자인 이승훈이 동인이 된 게 지금 생각해도 이상하다"고 회고한다(이승훈, 「나만의 비망록: 벼랑끝에서 손을 놓아라」, 『유심』 51집, 2011). 여기에 대해 이건청은 동인들의 계보를 더 상술하고 있다. "현대시 동인들의 정신적 지주는 박남수였다. 우선 현대시 동인의 초기 멤버들 중 허만하, 김규태, 황운헌, 김영태, 이유경 등이 박남수가 문학부분의 편집을 담당하고 있었던 '사상계'와 '문학예술'을 통해 등단한 시인들이었고, 주문돈, 정진규, 이수익, 박의상, 이해녕 등은 박남수가 심사위원을 맡았던 신춘문예 출신들이었다. 그리고 이승훈은 박남수가 시간 강사로 출강하던 한양대 강의실이 인연이 되었다. 김종해, 마종하와 오탁번, 오세영과 이건청 등은 박남수를 정신적 스승으로 한 동인들의 권유로, 한 배를 타게 되었다."(이건청 「시의 미학 위에 시를 세우던 눈 시리던 시간들」, 『대산문화』, 2008 가을호, 158쪽)고 말한다.

동인 중에서는 오세영과 이건청이 그렇게 주장한다.[8] 좀 더 객관적인 사실을 살피기 위해 '『現代詩』'라는 이름의 발자취를 따라가 본다.

2.1 기관지 『現代詩』

'기관지『現代詩』' 창간호는 '主幹 柳致環, 발행일 4290[1957]년 10월 1일, 定價 300圓, 正音社'[그림1]의 정보가 실려있다. 창간호의 차례[「現代詩壇」]에는 '유치환, 김현승, 양명문, 최재형, 이상노, 이태래, 이정호, 조병화, 송욱, 신동집, 정한모, 김요섭, 한성기, 이종학, 황금찬 등의 이름이 있다. 아울러 「詩와 映畵」라는 전봉건의 산문, 「꽃과 詩」라는 김춘수의 산문도 실려 있다. 2집[그림2]은 1집과 표지 디자인이 다르고, 영어 제호[POETRY KOREA]가 표기되어 있으며 그 아래로 '韓國詩人協會機關誌'라고 명기되어 있다. 2집에서는 「現代詩壇」이 「作品」이라는 항목으로 바뀌었다. 신동집, 김춘수, 신석정, 김윤성, 설창수, 김관식. 이경순, 김상옥, 고은 등이 시를 발표했다. 천상병의 「現代東洋詩人의 運命」이란 제목도 보인다.

〈그림 1〉 '기관지 『現代詩』' 창간호 판권

---

8 오세영과 이건청은 『現代詩』 동인지가 나온지 만 7년 뒤에 들어왔다. 또 그들은 모두 한국 시인협회 회장을 역임했다. 오세영은 (동인지)『現代詩』가 "한국 시인협회의 정신을 이어 받아 동인 아닌 동인지를 발간[1962년]하여 그 정신을 계승하고 있다."(오세영, 「나의 비망록: 어떤 흐리고도 갠날」, 『유심』 50집, 2011)고 하며 이건청은 "한국시인협회의 중심멤버들이 참여해 동인지가 나아가야 할 방향을 설정하고 기초를 다진 다음 당시의 신예시인들 중심의 동인들에게 넘겨준 셈"이라 한다. 이건청 「시의 미학 위에 시를 세우던 눈시리던 시간들」, 『대산문화』, 2008 가을호, 160쪽.

〈그림 2〉 기관지『現代詩』창간호, 2집, 2집 목차(왼쪽부터)

2.2. 과도기『現代詩』

〈그림 3〉 과도기『現代詩』판권, 표지, 차례(왼쪽부터)

전봉건이 중심이 된 '과도기『現代詩』'는 '編輯委員: 柳致環·趙芝薰·朴南秀, 發行日: 1962년 6월 25일, 값 20원, 著者代表: 全鳳健, 文宣閣 發行'[그림3]의 정보가 담겨 있다. 김광림, 김요섭, 김종삼, 신동집, 박태진, 임진수, 전봉건, 이중 등이 참여한다. 필진도 모더니즘 성향을 지닌 시인들로 대거 바뀌었다. '기관지『現代詩』'에 비해 여러 면에서 동인지로 진일보한 모습을 띠고 있다. 실무 주체는 전봉건이고 대표 명칭을 '主幹'대신 '著者代表'라 하여 동인지 체제임을 표방하고 있다. 영문표기도 'POETRY KOREA'에서 'KOREAN MODERN POETRY'로 바꾸었다. 'MODERN'이라는 구체적 수식어를 넣었다는 사실은 책을 내는 기본 성격이 달라졌음을 알려준다. 통시적 관점에서 공시적으로, 국가적 차원에서 문화 담론으로, 종합에서 분화의 관점을 취하겠다는 의도가 엿보인다. 연도 표기도 단기에서 서기로, '定價'라는 말 대신 '값'이라는 우리말을 썼다.[9] 액면가로만 보면 값이 무척 싸졌다. 화폐 개혁이라는 여백을 읽을 수 있다. 이러한 흐름은 5집을 발행한 1963년 12월 1일까지 같다. 편집 위원이 늘어난 것만 빼고.

2.3. 동인지『現代詩』

'동인지『現代詩』'는 전봉건이 중심이 된 '과도기『現代詩』' 5집을 잇고 있다. 하지만 그 전前과는 비슷하면서도 다르다.[그림4] '동인지『現代詩』'를 결성한 주역인 黃雲軒이 3년간 대표를 맡았다. '과도기『現代詩』'의 '著者代表'라는 호칭은 같이 썼지만 나중에 '著者代表→編輯→編輯委員'으로 바뀐다. 대표도 '황운헌→현대시동인회[그림6, 14집 판권]→주문돈[그림6, 17집 판권]→현대시동인회[그림7, 20집 판권]→이유경·김종해[그림8, 23집 판권]→김종해[그림8, 25집 판권]→이해녕·박의상·이승훈[그림8, 26집 판권]'으로 이어진다. 여기에 등장하는 이름들이 대외적으로 '동인지『現代詩』'의 대표들이다.

'동인지『現代詩』'는 1964년 11월 20일 6집을 발간하여 1972년 3월 10일 종간했다. 64년에 1권, 65년에 2권, 66년에 3권, 67년에 3권, 68년에 5권, 69년에 2권, 70년에 3권, 71년에 1권, 72년에 1권을 발행했다. 총 21권을 냈다. 첫해와 끝 두 해를 빼고는 매년 두 권 이상을 냈다. 부정기 간행물로서의 면모를 잘 보여준다. 발간 실적이 동인들의 열정과 비례한다고 보면 '동인지

---

9 5집에는 다시 '定價'라는 말을 썼다.

『現代詩』'의 전성기는 1966년부터 1968년이다. 특히 5권을 낸 1968년이 정점이다. '동인지 『現代詩』'의 활동에 관한 연구는 이 시기에 집중해야 함을 알 수 있다. 64년에 한 권을 발간한 일은 11월이어서 어쩔 수 없다. 그렇지만 71년과 72년에도 그리된 것은 '동인지 『現代詩』'가 한계에 다다랐음을 말해준다.

판권에는 '동인지 『現代詩』'의 발행처가 자주 바뀌어 있다. 이는 경제적 문제도 유추하게 하고, 인쇄 기법의 변화양상[본문조판부터 오프셋 인쇄까지]을 찾아 볼 수 있게 한다. 값은 30원[그림4]에서 시작하여 200원[그림8, 26집 판권]까지 올라 있다. 만 8년 4개월 동안의 물가 변동도 읽을 수가 있다. 20집 같은 특별판은 임시 특가 300원[그림7, 11집 판권]을 매겼고, 14집은 40원[그림6]으로 인하하기도 했다.

現代詩 □30 원□

1964年 11月 15日 印刷
1964年 11月 20日 發行
□著者代表□ 黃 雲 軒
□發 行 人□ 金 駿 基
□印刷및發行□ 實 音 齋
□登錄□ 1961. 4. 25. 第919號
서울 龍山區 元曉路 1街 117
電話 ④ 0555・2220 番

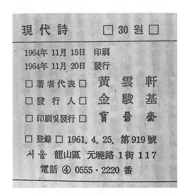

〈그림 4〉 동인지 『現代詩』 6집 판권

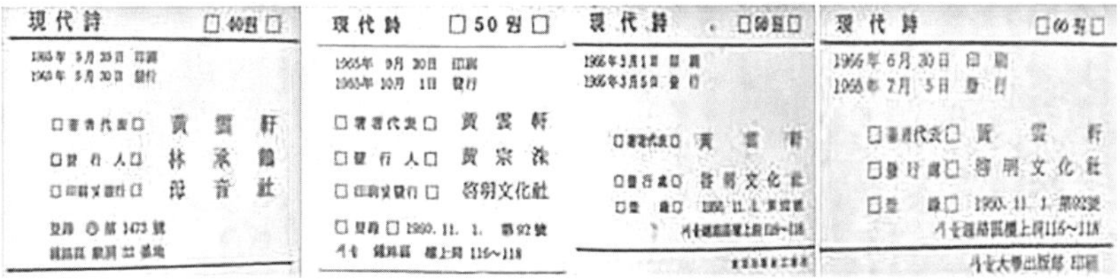

〈그림 5〉『現代詩』 7~10집 판권

〈그림 6〉『現代詩』 11, 14, 15, 17집 판권

〈그림 7〉『現代詩』 20, 21, 22집 판권

〈그림 8〉『現代詩』 23, 25, 26집 판권

3. 작품 활동으로 보는 '동인지 『現代詩』'

'동인지 『現代詩』' 6집부터 26집의 필자들 중, 실질적인 동인 활동에 참여한 사람은 '김규태, 김영태, 김종해, 마종하, 박의상, 오세영, 오탁번, 이건청, 이수익, 이승훈, 이유경, 이해녕, 정진규, 주문돈, 황운헌' 등 15명이다.[10] 이들은 비동인의 글을 '기고'로 명명하여 차별화 했다. 그렇지만 참여한 신인끼리도 활동 시기에 많은 차이가 난다. 그래서 동인同人이라고 단정짓기에는 무리가 따른다. 15명의 작품 면면은 아래 [표1]과 같다.

---

10 여기에 민웅식, 허만하까지 포함하면 모두 17명이다.

[표1] 작가별 발표 작품 목록

	작품명(장르)(호) *소:소시집 e; 엣세이 평: 평론
김규태	철제장난감 외4(소)(8), 가방 속에 잠자는 외1(9), 유월에 흩어진 기억들(10),포옹(11), 간사지(13), 시작 노트(e)(13), 아침 기상은(14), 6년만의 새(15), 꽃감기 들다(16), 내 종기 앓는 자리에(17), 의자(19), 강설기 외3(20), 엘느여 안녕(24), 동해안의 바람소리 외1(25), 패총 이야기 외1(26)
김영태	유태인이 사는 마을의 겨울(6), 유태인이 사는 마을의 겨울(7), 월광 Ⅰ·Ⅱ(8), 목관악기(9), 방(10), 실수(11), 개(12), Note(e)(12), 일기 외1(13), 여름감기(14), 낚시터에서(15),
김종해	한 겨울 밤 신화 외1(12), 환(13), 시업수련(14),나의 시(e),(14), 겨울집·비극(16), 방랑하는 사람Ⅱ(17), 고목에 관해서(18), 언어의 식민지에서의 해방(e)(18), 가을보행(19), 약령 외4(20), 하느님께 우편으로(21), 우울한 소실(22), 속 서울의 정신(24), 자살 외3(25), 망우리의 안개 외2(26)
마종하	동행 외3(16), 한여름날 외1(17), 동경 외1(18), 가을 인상(19), 그대의 첼로 외4(20), 노래하는 바다(장)(21), 별(22), 마른 살(23), 꿈꾸는 분수(24), 운행 외4(25), 신극 외3(26)
박의상	전후 3,4,5,6, 7(장시)(7), 금주에 온 비(8), 햄릿의 등장 외1(9), 전화 외1(10), Hook wink 외 1(11), 밤마다(12), 바람이 불 때(13), 겁(14), 죽은 공자의 시대(15), 쓰기(e)(15), 일일S씨(16), 불(17), 읽기(e)(17),시와 제목(17), 어머니의 달(18), 시와 자유(e)(18), C의 죽음과 벽과 고요(19), 갈등 외4(20), 풍덩이(21), 성년(22), 밤비의 비애 외4(24), 안질에 대하여 외4(25), 대심문(장)(26)
오세영	불면 외4(25), 열병 외2(26)
오탁번	꽃 정신 외4(17), 일추기 외1(18), 겨울 연가(19), 굴뚝청소부 외4(20), 비 외4(20), 심청(22), 아이들에게 외1(23), 단조 외2(25),
이건청	신봉사전1 외7(25), 황인종의 개 외2(26)
이수익	목소리Ⅷ(6), 열쇠(7), 김과 은(8), 우울한 샹송(9), 심상 외3(소)(10),암실에서(11), 초인종(13), 새들의 비가(14), 눈이 내릴 때(15), 꽃(16), 이 세상에서(17), 목소리10(18), 의식의 하류에서(19), 목소리11 외3(20), 종소리(21), 거울 앞에서(22), 어떤 방문(23), 노래여(24), 여백 외1(25), 주점에서 외1(26)
이승훈	겨울 日沒 외 1(6), 야외 외1(7), 초원 소묘(8), 내면(9), 허상 외1(10), 현대새의 내면성(e)(10), 사물 A(11), 사물B(12), 의미의 연상구조(e)(12), 위독Ⅰ~Ⅳ(연)(13), 위독Ⅴ~Ⅷ(연),(14), 현실과 아이러니(평)(14), 착란 외1(15), 수술(16), 시어의 해석방법론(e)(16), 방법 외1(17), 저 푸른 나선의(18), 현대시의 Idea문제(e)(19), 도둑 외4(20), 신율리시즈 외3(21), 무엇이 문제인가(e)(22), 춘천4(22), 봄밤 외2(23), 감옥 외2(24), 유고1 외4(25), 어느 영접공의 철야 외1(26)
이유경	뻘꼴로델(e)(6), 밀알들의 영가(7), 바다(8), 쥴리 의 엽서(Ⅴ)(9), 익사한 어부 그대에게(10), 쥴리의 엽서 외1(11), 빛(12), 어둠 속의 산책(13), 교외 생활(15), 정착의 좌표(e)(15), 침몰선(16), 죽음의식Ⅰ(17), 언어의 광맥을 찾는 노동(평), 단 한번 해 본 기도(18), 겨울 소풍(19), 간밤의 소식 외4(20), 밤의 소요(21), 상징주의 어록(역)(21), 역사의식의 의식(e)(22), 죽은 도시(23), 새벽의 추락 외3(24), 망집의 뜰 외2(25), 새 소시민적 방황(e)(26)
이해녕	해동철에 외1(7), 설립 외4(소)(8,), 각성 외1(9),손님(11),귀로(12), 그 겨울은(13), 가을 습속(14), 예감(15), 정물(17), 주변(18), 옛날에는(19), 일기 외4(20), 정지(21), 함차 속에서 외2(22), 시와 현실의 문제(e)(23), 일기3(24), 햄릿 연가1 외4(25), 햄릿연가 외2(26)

정진규	내 반지의 여자 외1(6), 피신(8), 겨울 양식1 · 2 · 3(9), 적 외1(10), 정액(12)
주문돈	그날 바다는(6), 나의 자유(7), 노동(8), 원가 외1(9), 괴물주변(10), 새벽(11), 토기1(12), 토기III(13), 토기IV(14), 토기V(15), 광부(16), 둘 혹은 하나(18), 일상(19), 항아리 외4(20), 폭풍1 · 2(21), 겨울 소식(22), 거요(23), 말에 대하여(24), 적수 외3(25),
황운헌	사자의 꿈을(6), 어느 외로운 화상(7), 초록빛 동화처럼 살고 싶었다(8)

[표2] 동인 작품 발표 현황

호	6	7	8	9	10	11	12	13	14	15	16	17	18	19	20	21	22	23	24	25	26
연	64	65	66			67				68					69		70			71	72
월	11	05	10	03	07	12	04	06	10	02	06	08	10	12	04	09	02	08	겨울	06	03
동인이름																					
김규태		소5	p2	p	p		p/e	p	p	p	p	p		p	p4				p	p2	p2
김영태	p	p	p	p	p	p	p	p/e	p2	p	p										
김종해								p2	p	p/e		p	p	p/e	p	p5	p	p		p4	p3
마종하												p4	p2	p2	p	p5	장	p	p	p5	p4
박의상		장	p	p2	p2	p2	p	p	p/e		p	p/e2	p/e	p	p5		p		p5	p5	장
오세영																				p5	p3
오탁번												p5	p2		p5	p5	p	p2		p3	
이건청																				p8	p3
이수익	p	p	p	p	소4	p		p	p	p	p	p	p		p4		p	p	p	p2	p2
이승훈	p2	p2	p	p	p2/e	p	p/e	연	연/e	p2	p/e	p2	p	e	p5	p4	p/e	p3	p3	p5	p2
이유경	e	장	p	p	p	p2	p	p		p/e	p	p/c	p		p5	p/역	e	p	p4	p3	e
이해녕		p2	소5	p2			p	p	p	p	p	p		p	p5	p	p4	e	p	p5	p3
정진규	p2		p	p	p2		p														
주문돈	p	p	p	p2	p	p	p	p	p	p	p			p	p5	p	p	p		p	p4
황운헌	p	p	p																		

*p: 시, 장: 장시, e: 엣세이, c: 평론, 소: 소시집, 연: 연작시 역: 번역 *공란: 불참/가입전/탈퇴

위의 표를 참고하면 가장 열심히 동인 활동을 한 사람은 이수익, 이승훈, 이유경이다. 이 대열에 김규태, 박의상, 이해녕, 주문돈을 포함시킬 수 있다. 김영태와 정진규는 전반기에 활약한 동인이다. 김종해는 중후반, 마종하, 오탁번은 후반기의 중심 멤버들이다. 황운헌은 초기 2년[3회 발표], 오세영과 이건청은 말기 2년[2회] 동안 활동했다.

[표2]는 성실하게 동인 활동에 임한 정도를 알게 해 준다. 이승훈은 한 호도 거르지 않고 작품을 발표했다. 뒤를 이어 이수익, 이유경, 박의상, 이해

녕, 주문돈이 따른다. 김영태는 동인에 적을 둔 동안, 마종하는 가입 이후로 한 번도 빠지지 않았다. 김규태, 김종해, 오탁번도 꾸준히 활동했다. 더 눈여겨 봐야 할 사실은 『現代詩』 동인의 산파역을 했던 황운헌과 정진규의 조기 퇴진[11] 이다. 역학 관계 변화는 동인지 성격에 영향을 미칠 수밖에 없다. 이는 재창간과 같은 의미를 갖는다. 이런 점에서 김종해, 마종하, 오탁번의 참여도 『現代詩』 동인의 성격을 파악하는 맥점이다. 이들의 작품 활동을 연도별로 정리하면 아래 [표3]과 같다.

[표3] 연도별 작품 발표 현황

넘도 이름	64	65	66	67	68	69	70	71	72
김규태		5	4	2/e	4	4		2	2
김영태	1	2	3	4/e	1				
김종해				4/e	4/e	6	2	4	3
마종하					9	5/장	3	5	4
박의상		1/장	6	3	5/e5	6	6	5	장
오세영								5	3
오탁번					8	10	3	3	
이건청								8	3
이수익	1	2	6		5	5	3	2	2
이승훈	2	3	4/e	1/연2/e/c	5/e2	9	7/e	5	2
이유경	e	1/장	4	2	5/e/c	6/역	5/e	3	e
이해녕		7	3	3	4	6	4/e	5	3
정진규	2	1	3	1					
주문돈	1	2	4	3	4	6	3	4	
황운헌	1	2							

---

11 정진규의 탈퇴는 내·외적 곡절이 있다. 내적 사유는 이승훈의 글에서 짐작 가능하다. "시에 대한 태도가 달라지거나 동인들 사이에 알력이 생길 수도 있고, 주도권 다툼이 이유가 될 수도 있다."(이승훈, 『한국 모더니즘 시사』, 문예출판사. 2000, 235쪽) 외적인 이유는 최라영의 글에서 유추할 수 있다. "정진규는 1969년 '시의 애매함에 대하여'와 '시의 정직함에 대하여'를 발표하면서 운문형식을 탈피 산문 형식을 그의 고유한 시 쓰기로 삼았다. 그와 동시에 내용적 측면에서도 자기 정체성을 찾기 위한 방향과 모색기를 갖는다. 이 시기 그는 교직 생활을 청산하면서 '진로'에 입사, 홍보 관계의 일을 하게 된다."(최라영, 『현대시 동인의 시세계』, 예록, 2006, 232쪽) 그러나, 가장 정확한 이유는 이승훈이 말하는 알력에서 찾아야 할 것같다. 그것은 발간비용과 관련된 내부 갈등이다.

[표3]은 [표2]를 간략화 했다. 이를 참고로 하면 동인 활동의 진면목을 알
수 있다. 이수익은 시만 28수 발표했고, 이승훈은 시 39수, 연작시 2[8수],
엣세이 5편, 평론 1편을, 이유경은 시 26수, 장시 1수, 엣세이 4편, 평론 1편,
번역 1회를 시고 있다. 박의상도 시 32수, 장시 2수, 엣세이 5편을 싣는 열
정을 과시했다. 이해녕은 시 35수와 엣세이 1편을, 주문돈은 시 27수를 발
표했다. 후발 주자인 김종해는 시 23 수와 엣세이 2편을 발표했고, 마종하
는 시만[장시 포함] 30수 발표했다. 김규태도 시 23수, 엣세이 1편을 꾸준하
게 발표했다. 아울러 위의 [표1]~[표3]을 종합하면 아래[표4]와 같다.

[표4] 동인 참여 빈도 및 발표 작품 누계표

	참여회수 참여회수	발표 작품 누계					
		시	연작시	장시	엣세이	평론	번역
이승훈	21	39	2(4+4)		2	1	
이유경	20	26		1	4	1	1
이수익	20	28					
박의상	19	32		2	5		
주문돈	19	27					
이해녕	18	36			1		
김규태	14	23			1		
김종해	13	23			2		
마종하	11	26		1			
김영태	10	11			1		
오탁번	8	24					
정진규	5	7					
황운헌	3	3					
이건청	2	11					
오세영	2	8					

지금까지 제시한 [표1]부터 [표4]는 『現代詩』 동인 연구가 어떤 범위에서
일어나야 하는지를 알려준다. 들쭉날쭉한 행보는 모든 동인지들의 공통된
현상이다. 그렇다 해도 동인 연구는 문제가 없다. [표2]에 보이는 것처럼 발

표 시기가 같은 경우를 택하면 되기 때문이다.

4. 기술記述 양상으로 보는 '동인지 『現代詩』'

오세영은 "우리 문학사의 왜곡된 기술은 문학 용어 혹은 문학 이론의 몰이해에서도 비롯된다."고 했다. 그의 말에 '동인지 『現代詩』'에 대한 왜곡이유도 들어 있다. 이건청은 동인의 개념으로 "① 동일한 구성원 ② '공동의 발표지면' ③ 실험의식"을 든다. 동일한 구성원이란 동류의식으로 뭉친 집단을 말하며 공동의 발표지면이란 같이 발행 경비를 부담하는 행위까지 포함한다. 그런 시공을, 현실을 함께 하는 사람이 동인이다. 그래서 "10년 가까이 지속된 『현대시』 동인들을 하나의 유형으로 묶는 것은 매우 어려운 일이다. 『현대시』 동인에는 많은 시인들이 참여했기 때문에, 가령 이들이 모더니즘을 지향했다거나 내면의 자아를 천착해 들어갔다는 식으로 유형화하는 것은 의미가 없다." 당연히 "『現代詩』 동인 연구를 통해서 동인지 『現代詩』의 특성를 살펴보기는 결코 쉽지 않다"

『現代詩』와 관련된 연구가 혼선을 빚는 큰 이유는 출신 동인들의 모호한 진술과 연구자들의 안이한 태도 때문이다. 먼저 이승훈은 『現代詩』 동인으로 '김규태, 김영태, 김종해, 마종하, 박의상, 오세영, 오탁번, 이건청, 이수익, 이승훈, 이유경, 이해녕, 정진규, 주문돈, 허만하, 황운헌' 등 16명을 든다(『한국모더니즘시사』). 그러나, 이 책 235쪽에는 본격적인 동인으로 민웅식을 들면서 236쪽부터 237쪽에 이르는 동인 소개에는 그 이름이 빠져있다. 또 『現代詩』 6집 시절을 회상하며 "선배인 황운헌, 허만하, 신인 김영태, 주문돈, 이수익, 정진규, 이승훈, 이유경" 등이 출범 멤버였음을 밝힌다. 뒤이어 "박의상, 김종해, 오탁번, 마종하, 오세영, 이건청, 이해녕, 김규태

등이 동인에 참여하면서 『현대시』는 60년대 한국시의 새로운 목소리를 드러내기 시작했다"고 말한다(「'현대시'를 다시 내면서」, 『현대시 '94』).

그러나 동인지는 사실史實이 기본이다. 그래서 이승훈이 든 동인 16명은 동인지에 나오는 이름이기에 타당하다. 또, 동인들이 다시 모여 낸 목소리도 그 순간의 감회다. 그래서 열거하는 명단과 진술이 세부적 사실과 어긋날 수가 있다. 70년대에 동참한 동인을 60년대로 묶은 오류가 그것이다. 개략적 진술에 사실이 묻힌 셈이다. 이는 동인들끼리 매정하게 가를 수 없는 정리情理 때문이기도 하다. 이처럼 '동인지 『現代詩』' 관련 왜곡된 정보는 일차적으로 동인들 자신에게 있다. 이런 진술을 의심없이 받아들여 후속 연구가 이어졌다. 그 결과 모든 선후배[동문]를 동인[동창생]으로 바라본다. 대표성 거명에 정효구, 문혜원, 박슬기 등은 신중한 편이지만 대부분은 크게 문제 삼지 않는다. 정확해야 할 『두산 백과사전』과 『한국민족문화대백과』의 동인지 '「現代詩」' 항목도 마찬가지다.

1961년 6월 창간되어 1969년 4월까지 20집을 발간하였다. 편집위원은 유치환(柳致環)·박남수(朴南秀)·조지훈(趙芝薰)이었으며, 창간 동인으로는 김광림(金光林)·김요섭(金耀燮)·김종삼(金宗三)·신동집(申瞳集)·박태진(朴泰鎭)·임진수(任眞樹)·전봉건(全鳳健)·이중(李中) 등이 참여하였다. 1957년에 발행되었던 유치환 주간의 《현대시》를 답습하려는 듯 한국시인협회 회원들을 중심으로 모였다.

1964년 11월 6집부터는 동인들이 대부분 젊은 시인들로 교체되어 **허만하(許萬夏)·민웅식(閔雄植)·주문돈(朱文墩)·이유경(李裕璟)·김영태(金榮泰)** 등이 활동하였는데, 이들은 1970년대에 들어와 주목받는 시인들로 성장하였다.

1969년 4월 30일에는 동인지 사상 최장수인 20집을 발간하고, 시에 대한 자신들의 기본 태도를 밝혔는데, 현실에서 받은 내면의 딜레마를 시로써 극복하려는 데 역점을 둔다고 하였다.

1961년 6월에 창간되어 1969년 4월 제20집을 발간하였다. 1957년 유치환(柳致環) 주간의 ≪현대시 現代詩≫를 답습하려는 듯 한국시인협회 회원들을 중심으로 모였다.

편집위원은 유치환·박남수(朴南秀)·조지훈(趙芝薰)이며, 창간동인으로는 김광림(金光林)·김요섭(金耀燮)·김종삼(金宗三)·박태진(朴泰鎭)·신동집(申瞳集)·이중(李中)·임진수(任眞樹)·전봉건(全鳳健) 등이 있으며, 6집(1964.11.)부터 동인들의 거의가 교체되어 **민웅식(閔雄植)·허만하(許萬夏)·주문돈(朱文暾)·이유경(李裕暻)·김영태(金榮泰)** 등 젊은 시인들이 활동하였으며, 이들은 1970년대에 들어와 크게 주목을 받은 시인들로 성장하였다.

위의 두 백과사전의 '『現代詩』' 항목은 동일인이 썼거나 아니면 특정인의 진술에만 의존하고 있음을 알 수 있다. 앞에서 살펴 본 것처럼, 1961년 6월에 나온 『現代詩』는 없다. 책에 인쇄되어 있는 연도는 그림 3)의 표지에 인쇄된 것처럼 1962년이다. 또, "1969년 4월까지 20집을 발행했다"는 『두산백과사전』의 진술도 틀렸다. '까지'라는 조사는 '끝으로'라는 뜻이다. 1969년 4월에 『現代詩』 20집이 나온 것은 맞다. 그러나 1972년 3월까지 26집을 발행했다. 또, '유치환 주간의 『現代詩』를 답습한다는 말은 종합지나 기관지를 추구한다는 말이다. '기관지 『現代詩』'와 '과도기 『現代詩』', '동인지 『現代詩』'를 구분하지 못하는 발언이다.

판권으로 살핀 대표들은 '황운헌, 주문돈, 이유경, 김종해, 이해녕, 박의상, 이승훈'이었다. 동인들이 대표로 내세운 이름들 중에는 주문돈, 이유경만 들어 있다. 황운헌도 '유치환−전봉건'처럼 '『現代詩』'의 대표로 만 3년을 지냈다. 정진규는 초기의 구심점이었고, 동인지의 산파 역할을 했다. 그렇지만 이들의 이름도 없다. 참여순으로 봐도 수긍이 가지 않는다. 이유경은 참여 서열 공동 2위, 주문돈은 공동 4위, 김영태는 10위다. 이승훈[1위], 이수익[공동 2위], 박의상[공동 4위], 이해녕[6위], 김규태[7위], 김종해[8위], 마종하[9위]는 빠져 있다.

'『現代詩』동인' 기술법記述法에는 크게 두 가지 오류가 있다. 하나는 '허만하, 민웅식'을 대표로 내세우는 사전辭典 속의 목소리고, 다른 하나는 '오세영, 이건청'을 60년대로 소급 적용하는 연구자들의 글이다. 허만하는 연구자들의 논문에도 자주 등장한다. 그는 '과도기『現代詩』'부터 활약한 동인이다. 설령 6집 한 호로 활동을 마감했다 해도 마음으로 교유한 시간은 오래일 수 있다. 그래서 허만하와 더불어 민웅식에 대한 언급은 그런 기억을 남기려는 욕망의 무의식적 발현이다. 그런데 '오세영' '이건청'은 이와 다르다. 연구자들의 무감각이 더 크게 작동했다. [표1]에서 알 수 있는 것처럼, 오세영과 이건청은 25집부터 종간호[26집]까지 2회, 시간적으로는 9개월간『現代詩』동인활동을 했다. 그들은 분명 70년대에 활동한 동인이다. 그럼에도 연구자들은 그들을 60년대 동인으로 다룬다. 거기다 출신 동인들도 "구속력 있는 동인" 반열에 놓는다. 대표성 운운도 마찬가지다. 그들의 대표는 판권에 기록된 이름이나, 가장 열심히 활동한 동인들을 벗어날 수가 없다.

5. 몸과 욕망

이 글은 세 가지 측면에서 살폈다. 첫째, 전후前後『現代詩』의 관계 설정이었고, 둘째, 『現代詩』동인들의 활약상이었고, 셋째는 『現代詩』동인지에 관한 기술記述 현황이었다. 객관성 확보를 위해 연관이 있는『現代詩』를 망라하여 조사했다.

유치환이 주도했던 '기관지『現代詩』'가 종합적이었다면, 전봉건 중심의 '과도기『現代詩』'는 한 방향으로 좁혔다. '동인지『現代詩』'는 그것을 더 선명하고 극한으로 밀고 갔다. 이런 흐름은『現代詩』라는 이름의 책들이 '맹목적인 시 사랑'에서 '목적적인 시 색깔'로 분화하고 있음을 보여준다.

『現代詩』동인의 활동을 요약하면 다음과 같다. 동인지를 내는 중추 역할은 황운헌과 정진규가 했다. 이수익, 이승훈, 이유경, 주문돈, 박의상, 이해녕 등이 중심을 잡아 나갔다. 여기에 김규태의 꾸준한 참여, 전반기의 김영태, 후반기의 김종해, 마종하, 오탁번 등이 가세하여 동인지『現代詩』를 명불허전名不虛傳으로 만들었다. 이들의 대표는 판권에 명기된 이름이거나, 가장 열심히 활동한 시인이어야 한다.

마지막으로 '동인지『現代詩』'에 대한 연구[記述] 현황은 문제가 컸다. 연구자들은 '동인'의 개념을 무시한 경우가 많다. 같은 동인지에 몸 담았기에 편의상 동인으로 부른다. 하지만 '함께' 하지 않았으면 선후배다. 동인 연구는 동창생을, 동인지 연구는 선후배[동문]를 대상으로 해야 한다. 이를 무시한 결과 '『現代詩』동인'에 참여했다는 사실만으로 모두를 동등화한다. 64년 11월부터 72년 3월까지 만 8년 4개월이라는 시간, 이합집산이 많았던 만남을 자의적으로 해석하고 재단했다.『두산 백과사전』과『한국민족문화대백과』는 역사 왜곡과 편파적 기술로 채워져 있다. 두 사전의 기술 방식은 영향 관계에 초점을 맞춘 정치 담론에 가깝다. 모더니스트를 표방하는 사람들이 친목 단체[시협]의 정신을 잇고, 선배들이 마련해 준 마당을 터전으로 삼았다는 격이다.

동인의 상반된 주장은 동인지의 정체성正體性을 의심하게 한다. 애당초 우리 근·현대문학사의 동인은 대동사회를 지향하는 동인의 대의와는 무관하다. 폐쇄 집단에 가깝기에 더 '한 마음'과 '같은 기억'을 지닐 수밖에 없다. 공자는 『周易』의 「同人卦」[「天火同人」]를 설명하면서 "(동인 두 사람의) 같은 마음은 그 날카로움이 쇠도 끊고, (두 사람이) 합심한 말은 그 향기가 난초같"다고 했다. 하지만 동상이몽同床異夢의 결과는 분열이고, 해체다. 그것이 기억을 만든다. '동인지『現代詩』' 역시 예외일 수 없었다.

　『現代詩』 해체 이후, 동인들은 우리 시단에서 그 공적을 크게 인정받고 있다. 뿐만아니라 문학 외적인 삶도 성공한 그룹이다. 그러다 보니 시단에서 신화가 된 면이 없지 않다. 하지만 같이 활동했었어도 그들의 기억은 다르다. 그것은 '동인지『現代詩』'를 향한 그들의 욕망이 달라서다. 욕망은 기억을 구체화 한다. 그들은 그들이 기억하는 방식대로 기억되길 원한다. 거기에 몸이 머문다. 거기에는 한국 시사詩史라는 위상 속에서 조명받기를 원하느냐, 그룹으로 조명받길 원하느냐, 개인적 작품 성과로 평가받길 바라느냐 하는 욕망이 작동하고 있다.

❻ 체질과 궁행
— 전염병과 기록

1. 길흉회린吉凶悔吝

전염병이라는 코드로 역사를 보면 새롭다. 기아와 전쟁을 동반하는 이 공포 앞에 하릴없이 산화해 간 조상들의 모습이 눈에 선하다. 그리고 이 시대를 사는 인연에 안도하고 감사하지 않을 수 없다. 전염병은 무엇인가? 그것이 인류사를 어떻게 변화시켜 놓았는가? 미래학자들의 상상력이 재미있다. 그러나 나는 빤한 답을 내렸다. 전염병은 문명과 우주의 반목이라고.

문명은 인간의 미학이다. 문명은 인위人爲고 군집群集의 산물이다. 문명은 도시의 흔적이고 욕망의 언표다. 반면 자연은 우주의 미학이다. 자연은 무위의 질서고 개체들의 조화다. 자연은 연기緣起의 좌표이고 순화의 지표다. 우주는 자신의 미학이 파괴될 때 복원을 위해 인간세를 응징한다. 전염병은 우주가 내리는 가장 큰 응징 중의 하나다. 세균과 바이러스라는 극도로 미세한 사자使者를 내세워 인류 문명이라는 거대한 외피를 무너뜨린다. 이번 코로나19 역시 과학과 자본주의가 구축한 시장 만능주의[신자유주의]

에 대한 제동이다. 우리를 지배했던 대타자를 축출하라는 천명天命이다.

최제우가 조선 땅 떠돌다 느낀 가장 충격적인 사건은 중국의 몰락이었다. 우주의 중심이었던 나라가 변방에 무릎 꿇고, 수도까지 함락되었다. "서양은 싸우면 이기고 치면 빼앗아 이루지 못하는 일이 없으니 천하가 다 멸망하면 또한 순망지탄이 없지 않을 것이다."[『東經大全』「布德門」]고 한 탄했다. 그 전에 그는 조선의 타락상에 절망했다. 그가 확인한 조선은 소인배들[各自爲心]의 천국이었다. 내외적 상황을 타개할 필요성이 절실했다. '동학東學'은 그 대안이었고 보국안민輔國安民은 그 대책이었다. 하지만 중국의 절대성을 일본이, 그 다음에는 미국이 차지했다. 우리는 그들의 질서에 순응했고, 앞다투어 그들을 흉내냈다. 상대적으로 우리다움은 여지없이 짓밟히고 사라져 갔다.

그러나 코로나19는 사라진 줄 알았던 그런 정신들이 살아 있음을 확인한 사건이었다. 우리도 모르게 만든 우리들의 오늘이 얼마나 엄청난가를 보여 주었다. 이런 생태계가 벌써 도래했는데도 우리는 몰랐다. 알았어도 이 정도일 줄 몰랐다. 아베의 경제보복을 방어할 때만 해도 그랬다. 일본에 주눅든 기성세대와 기득권층의 위세는 대단했다. 당연히 그들은 그들에 반하는 질서를 인정할 수 없었다. 온갖 불길한 예언이 난무했다. 대체 이 땅이 어느 나라인지도 모르게 했다. 코로나는 한순간에 그런 인식을 뒤집었다. 지상낙원인 줄 알았던 미국, 섬세한 미감의 나라인 줄 알았던 일본, 동경해 왔던 유럽 선진국들의 실상이 여실히 드러났다. 우리를 지배하던 상징이 한순간에 금이 갔다. 전염병은 상징을 파괴한다. 상징 파괴는 우상 파괴다. 우상 파괴는 새로운 생태계를 만들고 새로운 다시 상징을 만든다. 이제 그럴 때가 왔다.

우주적 존재란 무엇인가. 살아가다가 힘들게 되면, 그때는 제 자리에 멈춰서야 한다. 우주의 균형은 그렇지 않아도 그것들은 상호 연관적이라는 사실에 기초한다. 1cm는 2cm, 3cm 그리고 1—cm에 연관되어 있다. 삶과 죽음 사이의 연관도 이와 같다. 힘들면 제자리에서 멈춰야 한다. 그래야 후회가 없다.[즉 회망(悔亡)], 주역에서 강조하고 있는 낱말은 '길(吉)'이 아니다. '흉(凶)'이다. '회린(悔吝)'이다. 후회와 인색이다. 길흉은 자연 속에 상(象)[추상] 혹은 상(像)[구상]으로 못 박혀있는 것이지만[재야(材也)], 회린(悔吝)은 효변(爻變)으로 그때그때 밖으로 드러나는 것이기 때문이다.[길흉생이회린저야吉凶生而悔吝著也,「繫辭傳下」제3장], 물론 이때는 임기응변(臨機應變)을 조심해야 한다. 적극적이고도 전향적인 규칙[즉 진리함수]에 부합되도록 행동해야 한다.[1]

안수환의 미제괘未濟卦 풀이에 오늘 우리가 찾아야 할 답이 들어 있다. 우주적 존재는 힘들 때 제 자리에 멈춰설 수 있는 절제력, 무리했음을 인정하는 솔직함, 사태를 판단하는 예지력을 갖춘 인간이다. 그러나 자본주의의 주인공인 근대적 화자는 무한 욕망만 득시글거린다. 힘이 들수록 더 몰아치쳤다. 문제가 생기면 늘 임기응변으로 넘어갔다. '적극적이고도 전향적인 규칙'을 비웃었다. 삶과 죽음, 안락과 위험이 표리관계임을 알지 못 했다. 동족방뇨凍足放尿가 난무한 자리에 재앙이 왔다.

길흉吉凶과 회린悔吝은 움직임에서 생긴다(吉凶悔吝者, 生乎動者也. ≪繫辭下≫). 그것은 말로써 나타난다(吉凶悔吝, 皆辭之所命也). 길흉회린[吉凶悔吝]은 일의 변화이다. 얻으면 길하고 잃으면 흉하다. 길흉은 양극이고 회린은 그 중간에 위치한다. 회悔는 흉에서 길로 나아가고, 린吝은 길에서 흉으로 향한다.(得失憂虞者, 事之變也. 得則吉, 失則凶, 憂虞, 雖未至凶, 然已足以致悔而取羞矣. 蓋吉凶相對而悔吝居其中間, 悔, 自凶而趨吉, 吝, 自吉而

---

1 안수환,「생각과 주역8 −나는 누구인가」,『예술가』제39호(2019, 겨울), 31~32쪽.

向凶也.) 회린悔吝은 길흉吉凶 사이에 있다. 길과 흉은 항상 서로를 제압한다.(吉凶者, 貞勝者也,) 그래서 천하의 일은 길吉이 아니면 흉凶이고, 흉이 아니면 길이다.(天下之事, 非吉則凶, 非凶則吉) 축복[길吉]도 방종하면[린吝] 재앙[흉凶]이 되고, 재앙도 뉘우치면[회悔] 축복으로 온다. 세상만사가 '길吉 → 린吝→ 흉凶] → 회悔 → 길吉…'의 인과성의 연속이다. 그래서 어떤 상황을 잘 대처하면 길하고 그렇지 못 하면 흉하다.

안수환의 '적극적이고도 전향적인 규칙'에 대한 구체안을 이스라엘 역사학자 유발 하라리(Yunal Noah Harari)가 제시하고 있다. 그는 '코로나바이러스 이후의 세계 The world after coronavirus'라는 글에서 "지금 우리가 내리는 선택이 앞으로 오랜 시간 우리 삶을 결정할 수 있다"고 한다. 코로나라는 폭풍은 반드시 지나가고 우리의 선택이 과제로 남는다는 말이다. 그래서 우리는 장기적 결과를 고려해서 신속하고 단호하게 결정해야 한다. 평소에는 오래 걸리던 결정도 코로나라는 일촉즉발의 상황이 순식간에 결정하도록 만든다. 당연히 지금 내리는 결정이 우리의 미래다.

그는 선택의 결과를 크게 둘로 나눈다. '전체주의적 감시(totalitarian surveillance) 대 시민 자율권(Citizen empowerment)' 유형이다. 전체주의적 감시를 택하는 국가는 발달된 기술을 전 국민을 통제하는데 쓴다. 생명[건강을 빌미로 프라이버시를 포기하게 만들고, 개개인의 생체정보와 심리까지 추적하여 Big Brother가 된다. 그 예로 중국, 이스라엘, 북한을 든다. 반면 시민자율권을 중시하는 국가는 국가와 국민의 상호신뢰를 바탕으로 국정을 펼친다. 광범위한 검사와 투명한 정보 공개가 이뤄진다. 국가는 정보를 잘 알고 있는 시민의 자율적 협조를 요청하며, 국가가 국민을 감시할 때 쓰는 같은 기술을 국민이 국가를 감시하기 위해 쓰기도 한다. 그 예로 한국, 싱가포르, 대만을 든다.

나아가 그런 양상들이 국수주의적 고립(Nationalistic isolation)이나 국제적 결속(Global olidarity)으로 가시화 될 거라 한다. 고립과 전체주의적 감시, 시민 자율권과 국제적 결속은 자연스런 연결고리가 됨을 쉽사리 알 수 있다. 위기 앞에서 개인이나 국가가 취할 행동은 '봉쇄냐 협조냐?'다. 국수주의는 장기적으로 더 큰 위기를 부르고, 국제적 결속은 환란을 극복하고 다가올 재앙을 감소시킨다. 길과 흉이라는 극단적인 국가의 모습으로 비친 남북한의 내일도 회린悔吝에 달렸다. 이제 우리는 새로운 생태계를 주도하는 신인류가 되어야 한다.

유발 하라리의 자율과 결속은 안수환의 지론인 주역적 사유의 일면이다. 안수환은 「생각과 주역」(『예술가』) 연재에서 '자본주의에 염색된 나'를 탈색시켜 '우주적 나'를 찾자고 고언苦言한다. '자본주의에 염색된 나'는 욕망의 노예다. 이기심에 물든 소아병자다. 이를 일컬어 근대적 자아라 한다. 근대적 자아는 서정시의 자아다. 인간이 우주 중심이라는 사고에 침윤된 문학이다. 서정시는 시[Text] 자체가 독립원인이고 다양한 해석이 열린 전지전능한 실체라 여긴다. 근대 물리학적 사유의 한 전형이다. 천상천하유시독존天上天下唯詩獨尊이다.

그러나 그 독존獨尊은 독존獨存이고 자폐自閉다. 플라톤이 말한 동굴의 우상이다. 세상이 어찌 돌아가든, 주위가 무슨 일이 일어나든 관심이 없다. 관심이 있다 해도 감정이입하는 대상일 뿐이다. 하늘과 땅이 오직 나만 위해서 존재한다. 전염병은 온 지구인에게 눈앞의 현실을 반성하고 개혁하라고 명한다. 시인들에겐 우리 시단의 생태계도 점검하고 정돈하라 한다. 그러기 위해서는 맨 먼저 여태까지의 나와 거리두기가 필요하다. 나를 지배하는 글쓰기 방식과, 나를 지배하는 그 원칙을 객관화할 필요가 있다. 나아가 우리를 옭아매고 있는 문단 구조와도 거리두기를 해야 한다. 제도, 출판으로 명명되는 근대의 권력 양태를 재편해야 한다.[이미 재편되고 있다.] 등단

매체와 출판사에 섰던 줄서기는 이제 거리두기로 바꿔야 한다. 서구식 안목
[예술론/미학]과도 거리를 두어야 한다.

2. 전염병과 역사

동지 팥죽을 먹는 이유도 전염병과 관련되어 있다. "공공씨共工氏의 모자
란 아들 하나가 동짓날에 죽어 귀신이 되었다. 그는 생전에 팥을 무서워 했
다. 그래서 동짓날에 팥죽을 쑤어 역신을 물리쳤다.(『古今事文類聚』)"는 기
록에서 유래했다. 우리 역사서에는 전염병을 역질疫疾, 질역疾疫, 여역癘疫,
역려疫癘, 시역時疫, 장역瘴疫, 온역瘟疫, 악역惡疫, 독역毒疫으로 적고 있다.

전염병의 요인으로 밀집된 인구, 왕성한 교역, 가축과 접촉을 든다. 일차
적으로 동물에서 사람으로, 그 다음은 사람에서 사람으로 전염시킨다고 한
다.(『총·균·쇠』) 동물과 접촉으로 발생한 병은 천연두, 홍역, 인플루엔자
등이다. 사람에서 사람으로 옮긴 경우는 유럽인과 아메리카 대륙인의 접촉
이다. 말라리아, 황열병, 매독 등이 있다. 광범위한 병원균에 대한 면역력을
가진 유럽인들의 바이러스는 토착 아메리카인들을 멸족에 가깝게 만들었
다. 결론적으로 유럽 질병은 적은 수로 유럽인들의 지배력을 유지·강화하
게 해 주었다. 질병사 연구 기록에 따르면 18, 19세기 이후의 전염병은 전세
계에서 거의 동시에 발생했다고 한다. 그만큼 교류가 넓어   고 많아졌다는
반증이다.

동북아에서는 전염병의 원인을 운기부조화나 역귀로 보았다. 즉 질병疾
病이란, 내부로는 칠정(七情 희(喜)·노(怒)·애(哀)·낙(樂)·애(愛)·오(惡)·
욕(欲))에 손상되고, 외부로는 육기六氣에 감촉感觸되어 발생하므로 신귀神

鬼가 그 사이에 간여할 수 없다.[2] 여역癘疫은, 천지天地 사이에서 부정不正한 기운이 축적되어 만들어진다.[3] 형벌이 무겁고 번거롭거나, 전쟁이 이어지거나 흉년이 들면 전염병이 발생한다. 또 전염은 대부분 차가운 날씨에 기승을 부린다고 보았다. 열이 물러가면서 아직 흩어지지 않은 기운이 다시 사람에게 침입하여 병이 전염되지 귀신이 있어서 그런 것은 아니라고 한다.

한편으로 모든 전염병은 "모두 귀신이 있어서 여역癘疫·두역痘疫·진역疹疫의 모든 귀신들이 뭘 아는 듯이 서로 전염시키고 있다. 길을 가다가 우연히 만나는 자에게는 반드시 전염시키지 못하지만, 아주 가깝게 통해 다니는 친척과 인당姻黨에는 번갈아 가면서 전염된다"[4]고 보았다. 그 예방책(『벽온신방辟瘟新方』)으로 ① 붉은 글씨로 쓴 부적을 대문에 붙이거나, 글씨를 태워 먹는 방법, ② 사향소합원 같은 약을 술에 타서 마시는 방법, ③ 큰 솥에 물을 끓여서 마당에 놓고 향을 태워 역귀가 대문을 들어오지 못하게 하는 방법 등을 썼다. 도깨비를 몰아내는 사람을 방상씨方相氏[5]라 했다.

> 경주 달 밝아서 東京明期月良
> 밤늦게 노니다가 夜入伊遊行如可
> 집에 와 자리 보니 入良沙寢矣見昆
> 다리가 넷이구나 脚烏伊四是良羅

---

2 두역(痘疫)의 신(神)이 있다는 데 대한 변증설,(『오주연문장전산고(五洲衍文長箋散稿)』).

3 『橡軒隨筆』下, 순암선생문집 제13권.

4 『星湖僿說』제6권, 만물문(萬物門) 역귀(疫鬼).

5 "곰가죽을 뒤집어쓰고 황금으로 된 4개의 눈을 하고 현의(검은 의상)와 주상(붉은 바지)을 입고 창을 잡고 방패를 쳐들고 100명의 노예를 인솔하고, 계절마다 어려움이 있을 때면 허수아비를 만들어서 집 안을 수색하고 역질을 몰아낸다. 대상(국상)에서는 영구 앞에 세우며, 묘지에 이르면 광중에 들어가서 창으로 네 모퉁이를 쳐서 망량(도깨비)을 몰아낸다.[方相氏：掌蒙熊皮、黃金四目、玄衣朱裳、執戈揚盾, 帥百隸而時難, 以索室毆疫. 大喪, 先柩; 及墓, 入壙, 以戈擊四隅, 毆方良.]"(『周禮』夏官 方相氏).

둘은 아내 거고 二肹隱吾下扵叱古
둘은 누구 건고? 二肹隱誰支下焉古
본디 내 거였지만 本矣吾下是如馬扵隱
뺏겼으니 어찌할꼬 奪叱良乙何如爲理古

지금까지 우리는 '처용가處容歌'를 남녀 연정 문제로 읽었다. 처용과 처용의 아내가 누구인가, 어떻게 생겼는가를 궁금해 했다. '다리'로 환유되는 성적인 요소를 부각했고, 아내의 불륜을 포용하는 처용의 태도를 놓고 갑론을박하는 등 문화적 차원, 통치적 차원의 접근을 주로 했다. 여전히 우리 문학사 최초의 불륜시는 인기가 높고, 경주의 달밤은 신라의 달밤으로 애창되고 있다. 그러나 전염병 코드로 다시 읽으면 처용은 달리 보인다.

역신과 동침했다는 말은 전염병에 걸렸을 가능성을 알려준다. 역신과 동침 현장이 발각된 사실은 처용의 아내가 이미 병중이 드러났음이다. 달 밝은 밤은 신혼 부부에게 더 없는 황홀경을 준다. 밤늦게 마실다닐 정도니 적어도 늦가을이나 겨울은 아니다. 그런 아름다운 배경을 두고 남편은 혼자서, 밖을 떠 돈다. 아내는 방 안에 서 누워있다.[역신과 동침한다.] 남편은 집에 와서도 섣불리 들어가지 못 한다. 상식적이라면 달려들어가 역신의 모가지 비틀어야 한다. 그러나 그는 그냥 돌아서서 춤을 춘다. 자신의 넓적다리 살을 베어 굶주림을 면하게 하고, 종기를 빨아내어 어머니를 완쾌시켰던 향덕(『三國史記』, 열전 제8/향덕)[경덕왕])의 행동과는 대조적이다. 대신 침착함이 있다.

문밖에서 바닥[아내]을 바라보는 행위는 진단이다. 마당에서 춤추는 행위는 격리, 거리두기다. 역신에게 뺏겼다는 말은 아내의 역병이 더 심해졌다는 증거다. 어찌할꼬는 절망의 깊이다. 그런데 역신은 "공의 형용形容을 그린 것만 보아도 그 문에 들어가지 않겠습니다"라고 머리 조아린다. 처용이 역신을 굴복시키는 장면은 격리에서 완치에 이르렀음을 알려준다. 아내를 낮게한 처용의 진면목은 역신들에겐 부적에 견줄 수 없다. 고대의 치유는 극진한 사랑없이는 부족하다. 그리되면 처용의 순애보가 역신을 감동시켰다는 말도 된다.

그래서『三國史記』헌강왕憲康王 오년[879] 春三月 기사와『三國遺事』개운포 이야기는 새로운 해석을 가능하게 한다. 왕 앞에서 노래하고 춤을 춘 네 사람, 해괴한 모습, 괴이한 옷차림을 한 그 사람들(『三國史記』)과 풍악을 울리며 춤을 춘 용왕의 일곱 아들[그 중 한 명이 처용]은 신라와는 다른 문화와 의료 체제를 지닌 집단의 일원임을 짐작할 수 있다. 헌강왕이 미녀를 아내로 주고 처용을 잡아두려 한 속내도 짐작할 수 있다.

『三國史記』에는 전염병 관련 기록이 대략 29회[고구려4, 백제6, 신라 19] 나온다. 535년 기록까지는 주로 역疫, 대역大疫으로 부르다가 598년 고구려조부터 질역疾疫이란 용어가 주를 이룬다. 755년 역려疫癘, 785년 질진疾疢 등등의 병명이 등장하지만 차이에 관한 기록은 없다. 발생하는 시기는 겨울이 가장 많고 그 다음은 봄이다. 음력 4월에 가장 많이 퍼진 고려의 전염병[6]과 대조적이다. "한 해 내내 전염병이 돌아 사망자가 많이 발생했다."는 고려 충렬왕忠烈王 7[1281]년과 비슷한 기록도 없다. 최초로 전염병에 관한 기사가 나오는 것은 BC 15년[온조왕 4년]의 기록이다.(「百濟本紀 第一」溫祚王) "4년 봄과 여름에 가뭄과 기근이 들고 전염병이 돌았다"고 한다.

기원전 18년은 남하한 비류 온조 형제가 인천과 위례성에 각각 나라를 세운 해다. 형 비류의 나라는 미추홀, 동생 온조의 나라는 십제十濟였다. 기원전 17년 음력 3월, 족부(族父: 왕의 7촌 종숙) 을음을 우보로 삼아 나라의 틀을 잡으려 했다. 기원전 16년 음력 9월에 말갈이 침입했지만 격퇴시켰다.

6『高麗史』에는 여름[음력 4~6월]이 압도적으로 많다. 그 다음이 겨울이다.

기원전 15년에는 낙랑과 동맹을 맺었다. 기원전 11년에는 말갈의 대대적인 공격에 맞섰으나, 10일만에 식량이 떨어져 후퇴하다가 500명을 잃었다. 이런 사실史實은 이주[지역 이동]에 따른 감염이 있었고, 인구 밀집으로 인해 전염병 확산이 있었고, 가뭄과 기근과 전쟁으로 전염병이 창궐했음을 유추할 수 있다. 삼국이 동시에 전염병이 있었다는 기록은 없다. 이는 삼국 간의 교류가 덜했다고 볼 수도 있다. 역으로 인접 국가들과의 교역이 더 활발했다는 추측도 가능하다. 하지만 중국과 일본 등의 전염병과 연관성을 찾기는 어렵다.(이현숙,「역병으로 본 한국고대사」)『三國史記』와는 달리『고려사』,『조선왕조실록』등등의 사서史書에는 전염병의 참상이 잔인할 정도로 자세히 적혀있다.

3. 전염병과 스토리텔링

넷플릭스에서 제작한 한국의 〈킹덤 시즌1, 시즌2〉는 세계 좀비 영화사의 획을 그었다. 조선시대를 배경으로 역사와 역병의 상상력을 융합하여 식상한 좀비 영화 세계를 한 차원 더 높였다. 세계를 들뜨게 했던 〈기생충〉의 여운을 이어받고 있다. 〈킹덤 시즌1, 시즌2〉에서 좀비를 만드는 실체가 생사초에 붙어사는 알이다. 이것이 시체 속으로 들어가면 부화하여 '기생충'이 되고 그로인해 좀비가 된다. 그래서 두 영화는 기생충으로 연관된다. 1세대 좀비는 생사초에 침을 묻혀 바르면 살아난다. 전염성이 없다. 2세대 좀비는 전염성을 가진다. 좀비에게 먹힌 사람이 좀비가 된다. 그 전초전 같은 상황이 임진왜란 당시에 일어났다.

칼을 차고 바다 건넜으니(杖劍渡東海)

장군은 제왕을 보좌할 재목이고(將軍王佐才)

사람 죽이기를 좋아하지 않으니(殺人如不嗜)

온 백성들이 다 돌아올 것이오(四海盡歸來)

동복同福 사람 생원 김우추金遇秋란 자가 왜장에게 바친 시다. 가등청정을 중심으로 한 왜구들이 남하하면서, 살생과 겁탈을 금하고, 패牌를 발급하여 백성을 유혹하고 쌀을 주었다. 그러자 곤궁한 백성들이 앞다투어 그 고을로 들어갔다. 항복하여 붙는 자사 수를 셀 수 없었다. 심지어는 시장까지 개설하여 물건도 교역하였다. 이때 김우추가 "누구를 부린들 백성이 아니며 누구를 섬긴들 임금이 아니겠는가? 원컨대 한 터전을 받아서 성인의 백성이 되고 싶소." 하며 시를 지어 바쳤다.

전쟁이 끝나고 왜적에게 붙었던 자들에게 죄를 주었다. 사람들은 그들을 창전昌全·옥삼玉三·동이同二·곡일谷一으로 기록해 놓았다. 전全은 한 고을이 모두 왜적에게 붙은 것, 삼三·이二·일一은 적에게 붙은 그 괴수 수, 창昌·옥玉·동同·곡谷은 고을 이름이었다.(『日月錄』) 작가가 이런 죄인들을 문책하는 장면과 좀비화와 연관지었으면 더 재미있을 뻔했다. 『계해정사록癸亥靖社錄』의 인목대비 비망기備忘記에 "모후를 죽이려고 도깨비를 궁중으로 쫓아 넣고 역질疫疾을 몰아들였으니, 죄 열 둘이다"라는 구절도 있다. 그러나 Kingdon 같은 일이 실제 일어났다. 역질에 죽은 살점으로 역질에 걸려 죽게 만든 복수극이 벌어졌다. 소설보다 더 소설같고, 영화보다 더 영화같은 일이 임진왜란 44년 전에 일어났다. 이를 활용했으면 더 그럴듯한 킹덤이 될 뻔 했다.

정순붕[7]은 을사년[1545, 을사사화]에 유관(柳灌)을 모함하여 죽이고, 유관의 가속 및 노비를 모두 몰수하여 그의 집 노비로 삼았다. 그 중에 갑(甲)이라는 열 네 살 난 여종이 있었다. 아주 영리해서 순붕이 몹시 귀여워했다. 의복과 음식을 친 자녀처럼 대접했다. 알아서 모든 일을 주인 뜻에 맞게 하고, 매사에 정성을 다했다. 옛 주인을 만나면 "저것들이 일찍이 나를 학대하였기에 내가 이처럼 보복한다"고 욕설을 퍼부었다. 그래서 순붕이 더욱 믿고 의심치 않았다. 갑이 그 집 젊은 남자 종과 간통하고, 이를 빌미로 협박했다. 푸닥거리를 해야하니, 빨리 시체의 사지를 구해 오라했다. 사내가 역질(疫疾)로 죽은 시체에서 팔뚝 하나를 잘라왔다. 갑이 그것을 몰래 순붕의 베개 속에 넣었다. 오래지 않아 순붕이 역질로 죽었다. 정씨 집에서 뒤에 알고 족쳤다. 갑이 곧 욕하기를, "너희가 우리 상전을 죽였으니 내 원수. 오래 전부터 죽이려 하다가, 이제 원수를 갚았으니 죽을 곳을 얻었다. 더 무엇을 묻느냐" 하고 죽었다.(『芝峯類說』)

역질 앞의 인간은 두 부류다. 하나는 거리두기를 해서 외면하거나 도망한다. 하나는 죽음을 불사하고 다가선다. 그러나 "대부분이 역질疫疾을 두려워하여 이웃 간이라도 서로 돌보아 주지 않는다."[8] 그들은 '귀신을 숭배하고 음사淫祠를 떠받들면서 섬기기를 즐긴다.' 그렇게 하지 않으면 반드시 풍재風災와 역질疫疾이 있다고 믿었다. 그래서 수령들까지 어쩌지 못 했다. 그러나 권춘란[1539(중종 34)~1617(광해군 9)]은 과단성 있는 명령으로 영천永川 땅의 폐습을 바꾼다.

---

7 정순붕(1484~1548)은 명종이 즉위하자 윤원형(尹元衡)·이기(李芑) 등과 함께 윤임(尹任)·유관(柳灌) 등 대윤(大尹)을 제거하는 데 적극 활약하여 을사사화의 중심인물이 되었다. 그 공으로 보익(保翼)공신이 되고 우찬성 겸 경연지사(經筵知事)에 승진, 온양(溫陽)부원군에 봉해졌으며 이 해 다시 우의정에 올랐다. 1570(선조 3) 관작이 추탈(追奪)되었고, 임백령(林百齡)·정언각(鄭彦慤)과 함께 을사삼간(乙巳三奸)으로 불렸다.

8 『修堂集』 제11권, 현감(縣監) 강공(姜公) 행장.

"귀신이 능히 사람을 죽게 할 수가 있다면 나도 역시 능히 사람을 죽일 수가 있다. 나의 명령을 위반하는 자는 네가 살리지 못할 것이다." 하니, 그 뒤로는 괴상한 일이 드디어 자연스럽게 없어졌다.[9]

이와 같은 강직하고 인의가 넘치는 목민관들의 기록이 많다. 한성부 판관으로 있다가 모친상을 당해 공산 현감公山縣監이 된 안종해安宗海[1681년(숙종 7)~1754년(영조 30)]는 역질이 크게 돌아 사망자가 이어졌으나 태연자약하게 출입하며 환자들을 돌보았다. 겨울부터 여름까지 구제하여 살린 백성이 9,000여 명이었다.[10] 김성일金誠一(1538~1593)은 왜구의 침입이 없을 거라며 조정에 보고했다가 임진왜란이 터지자 파직된다. 다시 경상우도 초유사가 된 이후 혼신의 힘을 다해 전란 극복에 힘을 보탠다. 그는 역질疫疾이 창궐하여 백성들이 줄줄이 죽어가는 현장으로 달려가 이들을 진구賑救한다. 그러다가 마침내 역병에 걸렸다. 위독해져도 약을 먹지 않았다. 약 먹고 나을 정도가 아님을 알아서다. 이듬해(1593, 선조26) 4월, 진주 공관公館에서 56세로 죽었다.[金誠一神道碑銘] 대부분의 목민관들에 대한 기록은 이런 연장선에 있다. 역질로 죽은 왕도 있다.

12월에 이르러 호위하는 장수가 연산군이 역질(疫疾)로 매우 고통받는다고 아뢰었다. 이에 중종이 의관을 보내어 치료하게 하였으나 도착하기 전에 운명하였다. 시녀들은 "연산군이 죽음에 다달아 다른 말은 없었으며, 다만 신씨가 보고 싶다고 하였습니다." 하니, 신씨는 곧 그의 왕비였다.[11]

9 『淸陰集』 제35권, 사헌부 집의(司憲府執義) 회곡(晦谷) 선생 권공 춘란(權公春蘭)의 묘지명.
10 『江漢集』 제16권 통훈대부 청주목사 청주진 절제사 안공의 묘지명[通訓大夫淸州牧使淸州鎭節制使安公墓誌銘 幷序].
11 『燃藜室記述』 제6권 연산조 고사본말(燕山朝故事本末).

연산군은 "신씨(아내)가 보고 싶다"는 말을 남기고 죽었다. 그말에 만감이 교차한다. 폭군의 모습도 인간적인 모습도 연산군의 실상이다. 도입부에 말한 회린悔吝이 문제다. 중종은 제대로 장례를 치르고 싶었지만 신하들의 반대로 뜻을 이루지 못한다. 역사기록이 소설 장면같다. 정약용의 큰형인 정약현도 1821년 가을에 돌림 역질疫疾로 죽었다. 9월 초4일 향년 71세였다.[12] 나머지 기록들은 상을 당하고 역질疫疾이 창궐하였는데도 조석으로 애도하고 제사 지내다 죽은 사람, 역질疫疾에 걸린 사람을 치료하고 자신이 병들어 죽은 사람, 누이동생 역질疫疾 치료하다 죽을 뻔한 일, 매부妹夫가 역질에 걸려 죽자 즉시 달려가서 직접 염殮을 하여 입관入棺한 일, 역질 걸린 스승과 집안을 살린 일, 역질에 걸린 형수를 끝까지 간호한 일 등이 다양하면서도 유형화 되어 있다.

경술년(1670, 현종11)에 경향(京鄉) 각지에 큰 역질(疫疾)이 돌아 세 아우가 병에 걸려 위독하였는데, 군은 밤낮으로 아우들을 돌보다가 전염되어 마침내 삶을 마치니, 4월 20일로 나이가 21세였다. 죽음이 임박하자, 술잔을 따라 친한 친구들과 영결하고 거문고 한 곡조를 탄 다음 태연히 이승을 떠났는데, 안성군(安城郡) 이전리(泥田里)에 장례하였다. 군은 일찍이 첨정(僉正) 안윤중(安允中)의 딸에게 장가들어 1남 1녀를 남겼는데 군이 죽은 지 얼마 뒤에 모두 요절하였으니, 슬프다.[13]

역질에 걸려 온 가족이 다 죽은 사례를 들고 있다. 이승의 마지막을 친구들과 술 한 잔 나누고 거문고 한 곡조 타는 것으로 마감하는 모습은 처연하다. 뒤 이은 가족적 비극에 슬프다란 말 밖에 할 수 없어 더 슬프다. 이보다

---

12 『茶山詩文集』 제16권 선백씨(先伯氏) 진사공(進士公)의 묘지명.
13 『陶谷集』 제19권, 학생 조군 묘표[學生趙君墓表].

더 눈물짓게 하는 사례는 어린 딸을 보내고 곡하는 아비의 경우다. 자식을 보내는데 반상班常이 다를 수 없다.

만력(萬曆) 21년 계사(1593, 선조26) 9월 임자삭(壬子朔) 22일 계유(癸酉)에 너의 아비와 어미는 주과(酒果)를 차려놓고, 죽은 딸[亡女] 숙가(淑嘉)의 널 앞에서 곡한다.(중략) 아기 때부터 지금까지 13년 동안 배고파하면 너에게 밥을 먹였고, 목말라하면 너에게 물을 먹였으며, 추워하면 너에게 갖옷을 입혔고, 더워하면 너에게 갈옷을 입혔지. 너를 기게 하고, 너를 걷게 하며, 너에게 말하게 하고, 너에게 웃게 하였는데, 나는 너에게 한순간도 이마를 찌푸리는 때가 없었다. (중략) 아, 너는 신사년(1581, 선조14) 한여름에 태어나 금년 늦여름에 죽으니 때를 잘못 만난 것이냐 운명이냐. 나는 알지 못하겠구나. 그때 나는 노모(老母)께서 가지 말라고 나무라서서 너의 병을 간호하지 못하고 네가 죽음에 이르게 하였구나. 너의 병이 위중하다는 말을 듣고 울타리 밖에서 너의 이름을 부르며 "아비가 왔다. 알겠느냐? 억지로라도 꼭 먹어야 한다"라고 했더니, 너는 고개를 돌려 바라보면서 "예, 예" 하고 대답하였지. 사흘이 되지 않아서 너는 죽었으나 대답 소리는 아직 귀에 남아 있다. 너는 어디로 간 것이냐?[14]

13년을 금과옥조로 키운 딸이 죽었다. 배고프다면 밥 먹였고, 목마르다면 물 주었고, 추워하면 갖옷 입혔고 덥다하면 갈옷 입혔다. 기어도 이쁘고, 아장걸음 더 이쁘고, 옹알이가 사랑스러워 쳐다보기만 해도 웃음주던 그 딸이 죽었다. 그러나 애비가 역질에 걸려 딸과 격리되어 있어야 했다. 연약한 딸을 역질에 걸리지 않게 하려고 피신시켰다. 그러다 다 큰 딸을 멀리 보낼 수 없어 데려왔다. 가난하여 에미는 소나무 껍질 섞어 죽을 끓였다. 그래도 에비는 차도가 있었는데 딸은 그대로였다. 이미 가망이 없음을 안 할머니는 아들에게 접근 금지 명령을 내렸다. 아비가 왔다며, 억지로라도 먹으라며

---

14 『琴易堂集』 제6권, 죽은 딸 숙가를 애도하는 제문[祭亡女淑嘉文].

울타리 밖에서 부탁한다. '예, 예' 하던 자식이 사흘 뒤에 죽었다. 옆에 가서 간호하지 못 한게 한이 된다. 아직도 그 목소리 남아 있는데, 딸은 가고 없다. 어디로 갔느냐고 넋을 놓고 흐느낀다.

역질이 나오는 고전 작품에 『熱河日記』의 옥갑야화玉匣夜話와 황도기략 黃圖紀略 남해자南海子가 있다. 옥갑야화는 조선 역관의 거짓말 때문에 입는 피해, 또 역관의 말이 씨가 되어 온식구가 역질로 죽었다는 소문 등등에 관 한 기록이다. 남해자는 큰 동물원이다. 역질이 돌아서 들어가지 못 하는 안 타까움을 적고 있다. 그러나, 연암의 글도 이런 분야에서는 밋밋하다.

4. 몸과 길

나라에 뭇 신이 있지만(國有百神)
우리는 성황이 으뜸이라(宗我城隍)
오직 그 명하는 바는(惟其所命)
재앙과 상서라네(以災以祥)
요기를 쓸고 역질을 몰아내라(廓氛驅癘)
수천 리를 둘렀는데(環數千里)
어찌 재앙 일으키기를(胡爲乎疹)
봄부터 시작했던가(自春伊始)
이수가 화기(火氣)를 타자(二豎乘火)
많은 백성들 질병을 앓게 되니(羣黎抱痾)
죽어 나가는 재앙이 없어야 할텐데(保無札瘥)
전염 점차 퍼지는 어찌 된 일인가(漸染則那)

「사교四郊의 여단厲壇에 재앙을 물리치기를 비는 날 성황城隍에게 드리는 제문」 전반부(『弘齋全書』 제21권)다. 여단厲壇은 여제를 위한 단이다. 동대문 밖에 있었다. 사교四郊는 도성밖을 말한다. 여제厲祭는 여귀를 위한 제사다. 여귀는 제사를 받지 못하는 무주고혼無主孤魂이다. 사람에게 붙으면 탈이 나서 제사지내 방지하려고 했다. 보통 청명절淸明節, 7월 보름, 10월 초하루에 거행하였으나 역질이 만연되고 있을 경우에는 별여제라 하여 지방별로 그때그때 지냈다.

이수二竪는 병을 일컫는다. 춘추 시대에 진晉 나라 경공景公이 병이 들어 진秦 나라의 명의名醫를 불렀다. 그가 오기 전에 경공의 꿈에 두 수자竪子가 서로 말하기를, "내일 명의가 오면 우리를 처치할 것이다. 그러나 우리가 고膏의 밑과 황肓의 위로 들어가면 명의도 어찌하지 못할 것이다." 하였다. 다음 날 명의가 와서 진찰하고는, "병이 고황膏肓 사이에 들어갔으니 치료할 수 없다." 한 고사에서 나왔다. 점차 전염되어 죽어가는 백성들의 재앙을 줄이고 없게 해 달라는 기도가 후반부에 이어진다. 이응희(1579(선조 12)~1651(효종 2))는 「역신을 보내며[送疫神]」(『玉潭遺稿』)란 시에서 "최근 그대 공손하게 예우했고/술과 떡으로 정성껏 대접해 보내니/동서남북 마음껏 떠나가시라"고 답답한 마음을 드러낸다.

한시 속에는 전염병과 관련된 어휘들이 많이 나온다. 우제묘虞帝廟는 귀양과 관련되어 있다. 한퇴지韓退之의 '우제묘비虞帝廟碑'에 "내가 죄를 얻어 조주潮州로 쫓겨났는데 그 지역에 역질이 있으므로 이 사당에 와서 기도했다"는 데서 유래한다. 송시열이 〈탐라耽羅로 가는 배에서〉(기사년(1689, 숙종 15년)란 시에 인용한다. 당시 그는 83세로 제주 유배길에 오르고 있다. 단오와 창포도 그와 관련된 어휘다. 단오에는 역질疫疾을 물리치기 위해 창포즙을 넣고 빚은 술을 마시는 풍속이 있었다. 계절이 바뀔 때마다 다른 종류의 나무를 불태워 역질疫疾을 예방했다. 겨울철에는 괴목을 태웠다.

돌창포는 돌 위에 심고	石蒲種石上
물창포는 물가에 심는다	水蒲栽水滸
저마다 성품대로 사는데	各順爾之性
둘 중에 하나를 업신여기랴	兩者敢一侮
잘 길러서 이룬 아홉 마디	養成九節莖
잔에 띄워서 단오절을 즐기리라	泛觴作端午

「창포를 심으며」 후반부다. 「해도록海島錄」(『容齋集』)에 나온다. 이행李
荇(1478~1534)은 1504년 연산군의 생모인 폐비 윤씨의 복위를 반대하다 충
주로 귀양갔다. 이어 함안으로 이배移配 갔다가 1506년 초 거제도에 위리안
치圍籬安置 되었다. 그 시기에 지은 시다. 물창포든 돌창포든 창포다. 궁극
적으로는 전염병에 맞서 세상을 지키는 일을 한다. 각기 개성을 달라도 목
표는 하나인데 어찌 하나만 고집하냐고 비판한다. 구절포九節蒲는 창포의
종류로 줄기의 마디가 촘촘하여 한 치마다 마디가 아홉 개다. 자신은 그것
을 잘 키워 본분을 더욱 잘 지키겠다는 포부다. 창포가 예방과 선비의 은유
로 쓰였다. 「유성현柔城縣에서 단오端午에 짓다」(『사가시집』)에는 작년에
는 양주에서 단오를 맞았는데 올래는 금강 머리를 떠 돈다(去年端午客楊州
/今歲飄零錦水頭)고 읊는다. 역질예방을 위한 '술잔에 뜬 창포(菖蒲浮酒)'
이야기가 나온다. 『淸陰集』에는 역병의 현장을 실감나게 잘 그리고 있다.

숨은 샘물 졸졸대고 풀들 쇠해 말라간다	暗泉嗚咽草凋枯
만난 사람 행색 보고 모두들 섬뜩하다	行色逢人各凜如
백 년 세월 쌓인 원기 역질이 되어	冤氣百年成癘虐
성군 시절 오늘에도 농어촌 두루 돈다	聖朝今日遍耕漁
무너진 단 남은 음식 까마귀 깃들었고	廢壇殘食鴉棲後

조각달 황폐한 숲 귀신 곡한 뒷 풍경　　缺月荒林鬼哭餘
천 리서 온 객 마음 깊이 깨달아　　千里客來偏感慨
고개 돌려 바라보며 또다시 머뭇대네　不堪回首重躊躇

　　김상헌의 「극성棘城에서 옛일을 생각하며 차복원의 운에 차운하다」는
시다. 극성棘城은 황주黃州의 남쪽에 있는 옛 진鎭이다. 홍건적紅巾賊의 침
입 때 여기서 막다가 군사들이 전멸했다. 그런 역사적 안목으로 역질이 번
지는 땅을 다시 본다. 풀이 쇠해 말랐으니 늦가을이다. 샘물은 미처 드러나
지 않았기에 졸졸 흐른다. 그 물줄기처럼, 홍건적을 막다가 전멸한 군사들
의 원혼이 역질이 되어 세상에 퍼져간다. 산 사람은 볼 때마다 오싹하다. 제
단이 무너졌으니 제사 지낸 지도 오래다. 생기는 없고 귀신이 곡한 듯한 음
산한 풍경만 남았다. 역질 등이 발생했을 때 이주해서 임시로 사는 것을 피
우避寓라 했다.

작년에 함께 와서 머문 곳　　昨年同臥地
절반은 벌써 자취 되어 버렸네　一半已成陳
어찌하여 오래 살아 남아서　　如何作後死
나날이 외로움에 마음 아픈가　日日獨傷神

고요하고 적막한 정수사라서　寥寥淨水寺
종일토록 말나눌 사람 없구나　終日共誰言
남쪽 들창 아래 홀로 누워서　獨臥南牕下
구름 보니 눈앞이 흐려지누나　看雲淚眼昏

　　「정수사淨水寺에서 역질疫疾을 피하다」(『明齋遺稿』) 2수다. 정수사淨水
寺는 이산尼山[논산의 옛지명]에 있는 윤증 선영의 맞은 산자락에 있다. 무
자년(1708, 숙종 34) 3월 윤증이 83세 때 지었다. 그 해 3, 4월은 전국적으

로 역질이 심했다. 『숙종실록』 3월 3일 기사에는 한성과 지방을 통틀어 홍역과 여역으로 죽은 자가 거의 수만 명에 달했다고 나와 있다. 4월 16일 기사에는 한성과 지방에 여역이 더욱 심해지자 의사醫司로 하여금 약물을 보내게 하고, 관찰사를 신칙申飭하여 각별히 구활救活하도록 했다고 적었다. 도성 내 여역이 더욱 심해져서 연지동蓮池洞에 거주한 사부士夫의 경우 온 집안이 몰사하였는데, 열흘이 지나도록 시체를 수렴하지 못했다고 한다. 80이 넘은 노인이 피우를 갔다. 가족 모임, 지인 모임을 숱하게 한 곳이지만 황량하게 바뀌어 버렸다. 여기를 다녀간 많은 지인들이 역병으로 죽었다. 살아 남으려고 피신와서 혼자 지내니 서글프다. 들창 아래 누우니 눈물이 흐른다. 격리되어 고독한 노인의 심사가 애처롭다. 김낙행(金樂行, 1708~1766)의 「회포를 달래려고 선암에 잠시 머물며 지은 시에 차운하다[遺懷 用仙庵寓榻韻]」(『九思堂集』)도 "역질 없는 땅 정녕 어디일까(淨土終何處)/몸 피해 이곳에 또 머문다(潛居又此間)"며 떠나온 부모 걱정, 떠도는 서글픔을 노래한다. 사별死別은 역질이 주는 가장 큰 아픔이다.

거울에 먼지 없고 물에 물결 없듯이	寶鏡無塵水未波
마음 맑고 깨끗하여 허물이 전혀 없다	瑩然方寸絶疵瑕
슬퍼라 백옥 같은 사람 무덤에 묻히니	可憐白璧埋黃土
28년 세월 북실 한 번 지남니구나	廿八年光一擲梭

「수재 성몽경의 죽음을 애도하다(悼成秀才夢卿)」(『간송집澗松集』)라는 시다. 원필元弼은 간송 조임도(趙任道: 1585~1664) 조카사위다. 을미년(1655, 효종6) 2월 역질에 걸려 세상을 떠났다. 시로 보아 28년 살았다. 고요하고 맑은 성품을 지닌 젊은이였다. 그 짧은 인생이 베틀의 북실 한 번 지나간 시간으로 소멸해 버렸다.

우뚝이 하늘 찌르는 기개 다투어 쳐다보았고	爭瞻聳堅昂霄氣
조정에서 관복 입은 모습 보게 되길 기다렸り	佇看垂紳搢笏姿
말로에 어찌 곧은 선비를 용납할 수 있으리오	末路豈能容直士
타향에서 마침내 이렇게 상여를 보내게 되었군	他鄉終見送靈輀
상서의 덕업을 이제 그 누가 이으리오	尙書德業今誰繼
천도는 아득하여 참으로 알 수가 없구나	天道茫茫信莫知

「도사都事 이경탁李慶倬에 대한 만사」(『月沙集』) 2~8행이다. 이정구(李廷龜: 1564~1635)도 아끼는 후배의 죽음을 애도한다. 이정구가 시관試官[과거 업무 담당관]이었을 때 이경탁[1572(선조 5)~미상]이 증광시增廣試에서 급제 했다. 그 후 직언直言하다 함경 도사咸鏡都事로 쫓겨났다. 거기서 역질疫疾에 걸려 죽었다. 자는 덕여德餘이고, 호는 반금伴琴이다. 본관은 한산韓山이다.

정홍명鄭弘溟[1582(선조 15)~1650(효종 1)]도 『기옹만필畸翁漫筆』에서 이경탁의 됨됨이를 칭송한다. 그의 말에 따르면 이경탁李慶倬은 정홍명보다 열 살 위다.[정확하게는 8살 위다.] 집안 대대로 교분이 있어 서로 친형제처럼 지냈다. "풍도가 넓으며 재주가 뛰어나 한때 교제하는 이들이 모두 원대한 지위를 기대하였"으나 광해군 때에 호패법 중지를 건의하다 안 되자 사직을 청했고, 계속 그러자 관서 감사 막하의 좌관佐官으로 좌천되었다. 그곳에서 졸지에 죽었다. '나이 겨우 40 남짓'이었다.[그렇다면 이경탁을 졸년은 1612년 전후다.] 정홍명은 이경탁하고는 기개가 통했다. 수십 년 지났어도 그를 생각할 때마다 서글프게 가슴이 아프다고 한다. 이정구도 이경탁의 그런 기개와 선비다움을 높이 샀다. 그런 인재가 뜻을 펴지 못하고 불귀의 객이 되었다. 그것도 역질로.

전염병의 주소는 창궐猖獗과 쇠퇴衰退 사이다. 낯익음과 새로움으로 영원 반복된다. 전염병은 천지불인天地不仁이라는 하늘의 응징이다. 역사는 여기에 대응하여 각립도생各立圖生한 인간들의 흔적이다. 하늘에 기대고 땅에 깃들어 끊임없이 모색한 길찾기다. 전염병은 인간이 뚫은 천지의 구멍에서 나온다. 이를 다시 회복하라는 경고다. 그래서 오만에서 겸손으로, 독존에서 공존으로 안목을 넓혀야 한다. 또 전염병은 우주가 '역易'임을 깨우쳐준다. 영원한 화복禍福도, 불변하는 영욕榮辱도 없다. 밤낮이 바뀌듯 해달이 달리 뜨듯 주객主客도 주종主從도 바뀐다. 이를 알면 길吉하고 모르면 흉凶한다. 코로나19는 말한다. 이 세상에 더는 기대고 따를 모범이 없다고, 더는 주눅들어 살 이유도 없다고. 제 길 제가 가고, 제 삶 스스로 꾸리라고. 흉사만사凶事萬事와 길사만사吉事萬事 사이에 회린悔吝에 있다고.

부록

논리적 해탈과 실존적 애착
— 시선사詩禪師 이승훈

퇴임전, 마지막 학기 종강(20070614 오후 5시)

1. 가을 산길, 겨울 산길

고통스런 등산이었다. 눈 예보 하나 믿고 새벽 기차로 달려 온 태백. 전날 술이 과했는지 물 한 모금 들이킬 수 없었다. 구토도 안 되는 속과는 달리 햇빛은 쨍쨍하고 잔설殘雪은 반짝였다. 중간쯤 오르다 그냥 내려가자 했다. 애당초 눈 사진 찍으러 온 터라 이견들이 없었다. 진땀이 나서 주저 앉았다. 내게 미안해서 아무 것도 먹지 않은 일행에게 허기를 때우라 권했다. 겨울 산의 김밥과 커피 맛이 일품일 거 같았다. 그들은 먹고 나는 일부러 떠들었다. 어린 시절 형성된 정서는 바뀔가 안 바뀔까? 대부분 안 바뀐다였다. 거기에 걸맞는 시 한 편 보여주었다. 아들이 커서 어른이 되었고, 퇴임 이후에도 변하지 않았던 그 쓸쓸함의 원형.

맨 앞에 아버지가 가고.나는 아버지 뒤를 따라가고 오리는 내 뒤를 따라오고 모처럼 산길에서 만나 함께 길을 가지만 도시락도 들고 가지만 아

무도 말이 없다 아버지는 옛날에도 말씀이 없으셨다 나도 아버지 닮아 말
이 없고 오리도 말이 없다 가을 산길
　　　　　　　　　　　　　　　　　─이승훈, 「가을 산길」

　　우리집에선 상상도 못 할 일이지. '도시락'을 싸 가니 가족 나들일 테고,
그러면 어머니가 빠지실 리가 없고, 동생들이 안 따라 왔을 수가 없지. 아
버지 앞장 서서 길 트시고 어머니 맨 뒤에 서셨것지. 아버지는 새끼들 제대
로 오나 살피시다 가파른 곳은 손 잡아 당기고, 어머니는 뒤에서 등 밀어 주
셨것지. 아버지는 아버지 노래하시고 우리는 우리 노래 부르며 낄낄깔깔댔
것지. 그런데 이 양반의 가을 동화는 참 슬퍼. 인정머리라고는 찾을 수가 없
어. 침묵이 가훈인 듯해. 잘 걷는 순으로 오르는 산길, 어린 아들 괘념치 않
는 아버지, 뒤뚱거리는 오리에 무심한 화자話者. 어색한 삼대三代야. "모처
럼 산길에서 만나 함께 길을" 가니 각자 따로 지내다 따로 올라 왔다는 거
고. 나는 아버지보다, 오리는 '나'보다 더 연약한 가족의 은유지. 분열된 가
족이지. 그 양반의 논리대로면 대타자大他者의 뒤를 따르는 소타자小他者들
의 행렬. 그 용어가 갑자기 시를 재미없게 만들지만. 어쨌든 오리가 등장한
걸 보면 그 산길은 현실이 아니지. 그렇기에 아버지도 도시락도 오리도 다
환상이고. 아버지에 대한 그리움, 가족에 대한 안타까움을 이리 드러낸 것
같아.
　　가까이서 지켜 본 바로도 그래. 좋은 가문에서 나셨지만 집안 분위기는
영 아닌 듯해. 가족 트라우마가 크신 거 같았어. 시에 이따금씩 아버지는 등
장하는데 어머니는 거의 없어. 그리 보면 시 속의 오리는 어머닐 수도 있어.
어쨌든 건조한 이야기 뒤에 배인 슬픔이 더 가슴 아프게 만들어. 또 그 양반
의 이런 외로움은 여태 계속이야. 고질병처럼 굳어 버렸다 이거지. 손주를
빼면 가족에 대한 그리움이 별로야. 사실과 무관하게 그 틀에다 자신을 가

두고 사신 듯해. 골방 애용, 유아독존의 삶이 이를 증거하지. 아이고 이 양
반 병원에 계신데, 왕십리 그리 오고 싶다 하셨는데 가능하실라나 몰라……
신나게 떠드는데 누군가가 말을 건내왔다. "아파서 많이 힘들어 하길래 말
못 했는데… 이승훈 선생님이 돌아가셨대. 아침 일찍 부고가 왔었어." 아차
싶어 휴대폰을 보니, 벌써 문자가 와 있다. 내일부터 눈꽃 축제한다고 들뜬
산자락. 그 선명한 '겨울 산길'에서 나는 내려오는 길을 잃었다.

2. 강남사와 맥주 공양

'돌아가는 삼각지' 열창 20111220

"형우야! 큰일 났어. 빨리 집에 좀 와 줘야 겠다."
"예?"
"컴퓨터가 고장나서 작업을 할 수가 없어."
"예."

부리나케 달려갔다. 워드 창이 조그맣다.

"선생님, 이건 고장이 아니고요. 다음에 혹시 이런 일 생기면요, 워드 작
업 창 맨 위를 보세요. 엑스표 옆의 네모난 창 있지요? 요놈을 다시 눌러 주
시면 돼요. 이게 화면을 크게 작게 만들어요."
"뭐가 그리 복잡하고 어려워?"
"아무 것도 아니니 한번 해 보세요."
"그러네."

그날 이후 선생님은 컴퓨터 고장 타령을 하시지 않았다. 아방가르드의

최전선, 터프가이, 쾌도난마의 대명사가 제대로 스타일 구긴 날이다. 모더
니즘 시대가 끝났다는 말에 적잖게 당혹해 하시던 이형기 선생님의 표정이
겹쳐 보였다. 그날 우리는 대낮부터 한밤까지 맥주를 마셨다. 선생님은 늘
그러신다. 몸이 예전 같잖으니 오늘은 딱 500 한 잔만 하자고. 그러다 매번
먼저 어기신다. 술자리의 이승훈 선생님은 만담가다.

선생님 사진을 찾으러 갔던 날의 일이다. 승복 입은 사진을 보고는 주인
이 물었다. 유명한 스님이신가 봐요. 예 전국적으로 아주 유명해요. 어느 절
에 계신가요? 강남사에요. 강남사가 어디에 있지요? 아, 예, 강 건너 서초동
진흥아파트 앞에 있어요… 얼떨결에 내가 강남사 창건주가 되었다. 강남사
는 선생님 댁 앞 호프집이다. 신도 수와 무관하게 즐거운 주지住持, 그의 입
담에 한껏 웃으며 맥주 공양하던 우바새 우바이들. 이제 그들만의 봄은 갔
다. 봄이 갔기에 그 맥주는 없다. 다시 행당동(한양대)에는 진달래 개나리
만발이다. 하지만 바바[한양대 앞 호프집]처럼 선생님도 떠나셨다. '봄날은
간다', '배신자', '안개낀 장충단 공원', '돌아가는 삼각지', '오십구년 왕십리'
'경상도 아가씨'의 선율만 남기고. 나는 내 시집에 이 안타까움을 적었다.

　강남사의 맥주는 비교불허다. 주지는 손 안 대고, 어떤 맥주도 최고로
숙성시키는 초능력을 갖고 있다. 또 누구든 주량을 모르게 만드는 신통술
도 지녔다. 초저녁에, 늘 간단하게 한 잔만 하쟀다가 12시를 넘긴다. 마다
해도 꼭 차비를 준다. 꽃 피던 어느 날, 주지는 칩거했다 배신자처럼. 삼각
지 로터리의 궂은 빗속에서 오십구 년 왕십리로 방향을 틀었다가 장충단
공원의 안개 속으로 사라졌다. 청노새 짤랑대는 역마차 길은 동안거 하얀
거가 끝나도 개나리 진달래 만발한 행당동으로 뻗어있다. 바바를 태우고
간 학은 옥피리 소리를 잊었다. 나도 맥주를 잊었다. 맥주 맛이 살아나는
날, 우리 주지가 다시 오는 날, 비로소 다시 봄이다. 그 맥주가 먹고 싶다.
　　　　　　　　　　　　　　　　　—이형우, 「봄날은 갔다—강남사」 후반부

3. 아름다운 세월, 2011년

선생님의 법명은 방장方丈이다. 2008년 오현 스님께 받았다. 방장 이라는 큰 이름을 주신 이유를, 그 릇에 맞는 불자 생활을 하라는 뜻 으로 받아 들이셨다. 선생님은 이 따금씩 오현 스님을 뵈러 백담사 엘 가셨다. 사모님이 준비한 선물 도 드렸다. 오현 스님을 뵈면 애기

신흥사, 20110510

가 되신다. 천하에 그리 맑은 미소가 없다. 2011년 5월 9일에도 스님을 뵈 러 만해마을로 갔다. 다음 날이 초파일이었다. 주병율 시인도 동승했다. 배 호의 CD를 준비해서 틀어 드렸다. 차 안에서 흥겹게 따라 부르셨다. 가평 휴게소에서 사진도 찍었다. 먼 길도 제법 다니실 만하다기에, 차츰차츰 더 멀리 좀 다녀 보시자고 했다. 도착하니 오현 스님이 카드를 주셨다. 우리는 고등어 조림을 먹었는데, 선생님은 뭘 드셨는지 기억이 잘 안 난다. 만해 마 을서 하루를 자고 신흥사로 갔다. 초파일 설악산에 비가 제법 내렸다. 왔던 길을, 왔던 대로 하면서 돌아 왔다. 선생님의 표정이 그럴 수 없이 평화로워 보였다.

3개월 뒤 8월 11일, 만해축전 참여차 만해 마을로 갔다. 《시와세계》에 서 주관하는 '禪, 언어로 읽다'에 발표를 위해서였다. 그날은 《시와세계》에 서 대절한 버스를 타고 갔다. 행사 끝나고 나오니 전국의 많은 시인들이 인 사를 했다. 선생님의 인기에 새삼 놀랐다. 다음 날은 동명항을 거쳐 돌아 왔 다. 처음으로 선생님과 단 둘이 사진을 찍었다. 돌아오는 길에 장대비가 퍼

부었다. 그냥 갈 수 없지? 강변역 어느 맥주집으로 갔다. 태어나서 그렇게 분위기에 젖어 마셔본 적이 없다. 많이 마시고 많이 웃고 많은 말 나누었다. 지금도 궂은 비가 내리는 날은 그 집 생각이 난다.

다시 3개월 뒤 부산행 KTX를 탔다. 2011년 12월 10일 오후 1시였다. 주병율 시인이 옆에 앉고 그 뒤에 김나영, 이은규 시인이 앉았다. 4시 조금 지나서 내렸다. 세상이 바뀐 덕분에 선생님이 부산까지 가실 수 있었다. 선생님은 워낙 피로를 많이 느끼셔서 먼 길 싫어 하셨다. 하지만 날이 날이고, 그 전에 훈련해 둔 덕분에 무난히 다녀 오실 수가 있었다. 2011년은 선생님이 가장 바쁘고 기쁜 해였다. 정년 퇴임 후의 수업도 끝났기에, 비로소 자유로운 시간을 제대로 누릴 수 있으셨다. 서울서 부산까지 많은 제자들이 참석했다. 진주를 비롯한 인근 문인들도 많이 왔다. 시상식 성대히 끝나고 2차도 가고, 우리끼리 노래방도 갔다. 다음날 광안리 해수욕장 산책을 끝으로 상경했다. 부산은 선생님께 저승만큼 먼 길이었다. 어쩌면 저승의 초입이었는지도 모른다. 김준오 시학상 시상식 이후 내 카메라에서 선생님의 모습은 점점 사라지고 있다. 2007(?)년 일차 암투병 이후 좋아지셨다가 2012년 재발하여 입원하셨다. 제자들과의 공식적인 모임은 2015년 5월 9일이 끝이었다.

4. 나는 스타일리스트

『라캉으로 시 읽기』는 강의록을 풀어 낸 책이다. 2009년 1학기 강의 내용이다. 『현대시학』에 '이승훈의 해방시학'으로 2010월 1월부터 2011년 1월까지[12회] 연재했다. Sony SR-7로 녹화했다. 수업을 기록으로 남기자는 말에 흔쾌히 동의하셨다. 사진은 그 전에도 많이 찍어 드렸지만 녹화는 처음이었다. 찍는 내가 긴장했는데 선생님은 태연하셨다. 처음엔 무언가 겸연쩍어하고 표정도 이상한데 전혀 아니셨다. 수업 끝난 후는 녹화 장면을 보고 무척 흐뭇해 하셨다. 어느날 당숙이 돌아가셔서 학교를 못 갔다. "오늘은 형우도 없으니 별로 수업할 맛이 안 난다. 빨리 끝내자." 그리고는 바바(BABA)로 가셨다 한다. 카메라 앞에 당당하고 비디오 카메라가 있으면 더 신이 나는 남자, 그가 바로 이승훈 선생님이시다.

일시 : 2011년 8월 11일 15:00
장소 : 만해마을 실라별성 대강당
주최 : 강원도, 인제군, (재)만해사   서양회
주관 : 시와세계 · 시와 게시

선생님은 스타일리스트다. 수업에서 일상까지, 강의에서 창작까지 일관된 흐름을 유지하셨다. 강의실 입실하실 때엔 단정한 옷차림에, 멋진 머플러까지 곁들이신다. 서류 가방[교외에선 쓰리세븐 가방 애용]을 책상에 놓으시고는 담배를 꺼내신다. 한 대 피시면서 짓는 웃음이 그렇게 순박하고 예쁠 수가 없다. 햇빛 환하게 들어오는 게 싫어서 커튼을 쳐야 한다. 바람 불면 쓸쓸하다시며 창문도 닫으라 하신다. 출석 확인이 끝나면 수업 내용을 적은 손바닥만한 종이를 보며 판서를 하신다.[노래방에서도 비슷하다] 그리고는 톱니바퀴처럼 돌아가는 열강이 이어진다. 툭툭 던지는 질문에 학생들이 난감해 하지만 아랑곳하지 않는다. 때론 자상하고, 때론 엄격하다. 그러다 4시가 넘으면 기억이 잘 안 난다며 종강을 하신다. 수업의 마침표는 맥주다. 퇴임 후엔 학교와 제자들 소중함을 더 아셨는지 왕십리에 오래 계시

고 싶어했다. 댁으로 찾아 오는 제자들에게 술도 사 주셨다.[제자들은 술을
얻어 먹는 사람은 행운아라고 한다.] 늦게까지 술 드셨기에, 다음 날 전화드
리면 힘들어 죽겠다 하신다. 그런데도 시간 지나면 언제나 새 책이 나온다.
공식처럼 주기적으로 평생을 그리하셨다. 놀고 공부하는 스타일의 명증함,
그것이 이승훈 선생님의 위대함이다.

선생님은 시의 전부를 스타일에 두셨다. 시는 형식인데, 그것은 내가 부
재하는 흔적을 드러낸 것이라 하셨다. 우리가 대상을 만나는 순간, 내 의식
이 그리로 옮아가기에 나는 사라지고[나의 부재] 그런 흔적이 형식으로 남
는다는 논리다. 그렇기에 시의 사유는 형식이고, 그것이 시의 맛과 멋이라
하셨다. 스타일이 시[예술]를 만들고. 그래서 위대한 예술가는 스타일리스
트여야 한다셨다.

동명항, 20110812

선생님의 시 스타일은 '자아-대상-언어' 관계에서 시작한다. 선생님
말씀대로라면 초기엔 대상을, 중기엔 자아를, 후기엔 언어를 소멸하기 위해
노력하셨다. 마지막엔 자아도 대상도 언어도 없는 상태에 이른다. 초기에
는 소멸 대신에 '찾기'라는 용어를 쓰셨다. 소멸하기 위해선 찾아야 하기 때

문이다. 자아 찾기는 근대의 산물이고 자아 소멸은 근대 비판과 부정이다. 근대시도 근대적 세계관, 인간관의 산물이다. 근대적 자아는 주체이고, 인간이 중심 되어 대상을 지배하고 착취하는 거라 보셨다. 근대 서정시도 시인이 주체가 되어 정서나 상상력을 매개로 대상을 착취하는 거라 하셨다. 주인은 시인이고 노예는 대상이다. 그래서 그 주인[근대적 자아]을 버려야 했다. 그에게 버리기는 찾기의 다른 말이었다. 결국 선생님의 시정詩程은 시의 해탈, 그를 통한 삶의 해탈이었다.

광안리 해수욕장 20111211

선생님은 40년 넘게 스타일과 싸우셨다. 연聯 구분이 싫어서 산문시를, 그것도 지겨워 단연單聯, 단연單聯이지만 시행을 가늘고 길게, 그도 지겨워 변형된 산문형식, 정사각형, 직사각형, 토막글 삽입, 마침표 따옴표가 없는 산문형식, 마침표, 따옴표가 나오는 산문 형식, 두 산문이 결합된 형식을 추구하셨다. 선생님은 스타일 편집증 환자라 해도 과언이 아니다. 이런 과정을 체계화하는 용어가 '비대상'이다. 비대상은 대상을 부정한다. 그래서 (뜨거운) 추상주의다. 비대상은 무의식을 투사한다. 그래서 표현주의다. 비대상은 행위하는 순간을 보여준다. 그래서 '액션'이다.

5. 나는 테러리스트

선생님은 말씀하신다. 시가 어디에 있냐고? 시는 근대 문학이 만든 제도

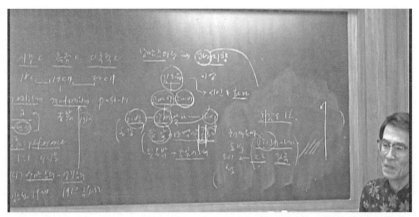

20100614, 한양대 인문관 207호

라서, 제도권에서 부르면 시라고 하셨다. 지금 세계는 근대성이 끝나고 현대성, 즉 사유가 되고 철학이 되는 과정에 있는데 왜 우리 시만 근대성에 집착하는가를 질타하셨다. 그러면서 뒤샹과 워홀의 사유를 인용하신다. "당신들이 생각하는 예술? 엿 먹어라!"라고. 선생님이 좋아하셨던 뭉크, 달리, 마르니트, 뒤샹, 워홀, 장욱진, 박수근 등등이 지닌 테러리스트적인 이론에 공감하셨다. 마그리트가 말한, 이미지란? 기호란? 결국 사기다! 뒤샹이 말한 '화장실에 있으면 변기고 전시장에 있으면 작품'인데 창조가 무슨 말! 워홀의 상자 전시, 다른 사람의 디자인을 도용한 전시는 변별성 소멸, 예술의 극단을 보여준다고 말씀하신다. 삶이 넌센스인 것처럼 예술도 본질이 없는 넌센스다. 본질이 없는데 사기성은 성립이 되느냐? 오줌으로 그리고 화폭에 나를 던지는 행위가 예술이라는 이름으로 사기치는 당위성을 말씀하신다.

마찬가지로 선생님은 시에 언어가 필연적 의미가 없다고 보신다. 그래서 언어는 본질적으로 비본질, 사기라는 입장이다. 가짜 언어로 쓰기에 시는 사기다. 그러니까 현대 예술의 사기성이 그 동안 우리가 믿어온 본질, 진리임을 알려준다. 사기가 사기라는 걸 알려주는 사기라고 하신다. 있는 그대로 보여주니 솔직하고, 시 한 편에 1천만 원 받았다고 자랑을 하는 게 서정주의 위대성이라 하신다. 폼이나 잡으며 자신에게 솔직하지 못한 시인들이 너무 많다고 하신다. 그 대안을 진술함으로, 그것을 선禪으로 보신다. 있는 그대로[如如], 무얼 따지지 말고 즐거우면 웃는 거, 그게 平常心이고, 평상심은 따지지 않는 평등한 마음이며, 그런 태도가 필요하다고 하신다.

　이론적 종착지는 선禪, 선종禪宗이셨다. 그것은 근대 예술은 초현실주의로 끝나고, 예술이 멋대로 가는 자유의 시대라는 헤겔의 말과 하이데거의 진리를 결합한 귀착점이다. 이런 관점에서 우리 시단을 바라보는 안목은 절망적이셨다. 선생님의 눈에 비친 최근의 우리시는 시론은 없고 잡문 아니면 감상문 천지다. 그야말로 웃기는 집단이다. "꽃이니 새니 이슬이니 무슨 빛이니 하는 전통 서정시야 전근대니까 할 말이 없고, 이 시대 젊은 문제 시인들이 보여주는 건 시가 아니라, 읽을 수가 없고. 어설픈 언어학이고 정신분석이고 잡탕 철학"이다.

6. 해탈과 애착

　'비대상'이란 '시를 넘어 선 시쓰기'[multi-poem]다. 이를 제대로 파악하기 위해서는 앵포르멜Informel, 비대상non-object 회화, 비구상non-figuratif 미술, 워홀, 폴록, 이상, 김춘수, 무의미, 날이미지 등을 파악해야 한다. 선생님은 비대상이라는 용어를 "제 2 차 대전 이후 미국에서 일어난 잭슨 폴록을 중심으로 하는 비대상 회화, 액션 페인팅에서" 빌려 왔다고 하셨다(비대상과 체질, 이승훈 : 이형우 대담, 『시와세계』, 2010, 여름). 같은 시기 유럽에선 앵포르멜 회화가 나오고, 이건 포트리에, 뒤베페의 그림처럼 비정형 속에서 의미 찾기이고, 비구상 회화는 구상에서 출발해 이지지를 추상화하는 것, 이들은 모두 차거운 지하학적 추상에 반대하고 뜨거운 상상성을 강조하고, 그런 점에서 광의의 비대상 개념에 속한다 하셨다.

논리로 누가 이승훈 선생님을 따르랴. 나는 심심하면 여쭈었다. "전복 행위 없는 아방가르드, 소심한 아방가르드를 어떻게 생각해야 하는지요?" 한판 제대로 벌리고, 한 탕 멋지게 해가는 배포가 아방가르드의 핵심 아닌가요? 이런 물음에 선생님은 명쾌한 답을 주시지 않았다.선생님이 폴록과 워홀에 매혹되는 건 그들의 작업이 시쓰기에 영향을 주었기 때문이고, 그건 새로운 모험, 시도, 전위성때문이라 하셨다. 되려 돈 잘 버는 그들과 선생님을 대비시켜 측은지심을 유발시키면서 넘어 가셨다. "시는 원고료 없이 그저 발표할 때도 있고, 한 편에 이 만원 받을 때도 있고 삼 만원, 오 만원, 최고는 칠 만원인가? 많이 받으면 얼마나 좋겠"냐고?

또 선생님 심기를 건드렸다. 논리적으로 보면 분명 해탈이 맞는데, 선생님의 최근 시까지 무애행無碍行과는 거리가 있는 모습이 많이 보인다고, 특히 족보에 가까운 약력 소개, 수 많은 저서 기타 사항들이 갈수록 주렁주렁

김준오문학상 수상기념 특강, 20111128, 백남학술기념관

달리는 건 업적보다는 업보 같고, (은퇴한)교수 등등운운하시는 모습은 집착 같아 보인다고. 이는 선생님의 논리와는 달리 강한 '자아'를 드러내시는 거 아니냐고? 말씀은 해탈을 외치는데 몸은 여전히 상징계의 질서에 머물러 있다고. 선생님 시와 시론의 궁극점은 "행위가 시를 쓴다."인데, 행위로 쓰는 건 몸으로 쓰는 일이고, 선생님의 맘과 몸은 아직 합일의 경지에 이르지 못하셨는데 어찌 해결하실지를 물었다.

선생님이 되받으셨다. 시쓰기도 수행이다. 마음을 닦고 실천하기다. 그런데 나처럼 근기根基가 낮은 중생은 수행이 어렵고, 번뇌 망상에 자주 빠진다. 수행은 결국 현실, 상징계의 나와 싸우는 일이고 그래서 내가 쓰는 시는 상징계의 흔적이 여전하다고. 아직 멀었다고.

오늘은 은행 가는 날. 예금 이자 몇 푼 준다고 연락이 와서 추워죽겠는데 추위도 잊고 추위도 잊고 은행 간다. 아내는 내가 은행 가는 걸 모르겠지. 은행엔 돈이 많고 서점엔 책이 많다. 서점 가려면 돈이 있어야 하지만 은행 가려고 책을 사는 건 아니다. 아무튼 공짜 돈 생겨 좋은 날 오늘은 기분 좋은 날 해가 나고 바람이 부네. 이런 날이 많았으면 좋겠다.
— 이승훈, 「은행가는 날」

선생님은 현금을 좋아하셨다. 제자들이 주는 스승의 날 선물도 현금이 아니라 아쉬워하셨다. 선생님이 현금을 좋아하신다는 말은 다른 사람을 못 믿는다는 뜻이기도 하다. 「은행 가는 날」에도 나오듯이 사모님도 못 믿으신다. 그래서 몰래 몇 푼을 타러 신바람 나서 가신다. 제자들이 현금을 맡길 만한 사람이 누구냐고 물었다. "글쎄"였다. 김준오 시학상에 갔을 때다. 김경수 시인이 선생님 맛난 거 사 드리라며 봉투[10만원]를 주었다. 귀경하기 전에 결산하면서 말씀을 드렸다. 그랬더니 "왜 그 돈 내게 안 줬어?" 하신

정진규 시인과, 만해마을, 20110812

다. 제자들이 부산까지 많이 내려와서 차비 좀 주자고 했다. "응, 집에 보일러가 고장이 났어."

선생님은 한 세상 정말 원 없이 놀다 가셨다. 그렇다고 그 놀이는 풍류와는 거리가 있다. 이따금씩 말씀하셨다. "뛰는 놈 위에 나는 놈, 나는 놈 위에 노는 놈"이라고. 선생님은 공부가 일이었고, 시가 놀이였다. 시가 일이었고 공부가 놀이였다. 시와 공부가 일인 동시에 놀이였다. 이를 잘 증명하고 가셨다. 이를 가능케 한 에너지가 여인이었다. 선생님은 예쁘다고 다 좋아하지 않으신다. 작품에 영감을 줄 끼를 반드시 지녀야 한다. 그런 자극으로 글을 쓰시고 공부를 하셨다. 그 오랜 여정이 사모님을 불교에 심취하게 만드셨지도 모른다.

선생님은 최근에 와서야 사모님의 어투를 이해하셨다. "나를 걱정해 주는 말이었는데, 나무라는 줄 알았어." 그래도 사모님의 진주 말씨는 억양이 좀 있어서 내 고향[창원] 말투보다 살갑다. 그런데도 그리 느끼셨는데 내 어투에서는 오죽 불편하셨을까? 더 부드럽게 말씀 올리지 못 한 점 새삼 후회가 된다. 이제 선생님은 가을 산길에서 헤어진 아버지 찾아 겨울 산길로 오르셨다. 2018년 1월 16일의 일이었다. 『시를 사랑하는 사람들』 2018 신년 호에 「선생 고맙소」라는 선생님의 마지막 시가 실려 있다. 전화로 받아 적 은 시라고 한다. "모두가 고맙다"는 하직 인사다. 그러나 선생님께는 '모두' 로 보편화해서는 안 될 이름이 몇 있다. 그들이 강동우, 권경아, 주병율이 다.

아무 나무나 보고 말한다. '선생 고맙소' 겨울아침, 겨울 아침 보고도 '선생 고맙소' 말한다. 빈 휴게소 지나간다. 오늘은 모두가 고맙다. 전깃줄 에 앉은 참새 두 마리, 작은 이발소 보고도 인사해야지. 눈이 내리네. '선 생 고맙소' 그래 고맙다 고마워, 산길 간다.

　　　　　　　　　　　　　　　　　　　　－이승훈, 「선생 고맙소」

◆◆
글을 닫으며

어릴 적, 고향 어른들을 통해서 재밌는 사실을 발견했다. 이렇게 생긴 분은 이렇게, 저렇게 생긴 분은 저렇게 언행이 비슷했다. 나중에는 처음 보는 어른에게도 그 데이터를 적용해 보았다. 대충 맞았다. 참으로 신기했다. 병도 이런 저런 유형 따라 오겠지 싶어 연구하고 싶었다. 그래서 한의사가 되려고 했다. 할머니가 암癌으로 돌아가셔서 그놈에게 복수도 하고 세상 위해 좋은 일도 하려고 했다. 그러나 하늘은 내게 그 길을 열어주지 않았다. 그날 이후 나는 희망을 잃고 여태 불면증에 시달린다. 절대 하지 않으려던 선생을 하게 되었고 절대 쓰지 않겠다던 글을 쓰게 되었다. 잠시 머물려던 고등학교에서 세월을 잊고 살았다. 나의 꾸러기들에게서 그날의 그 어른들이 보였다.

체질 공부를 제대로 하기 위해 관련 서적들을 구입해서 꼼꼼히 보았다. 대부분이 한의학과 사상의학 이론이 뒤섞여 있었다. 때마침 동숭동 도올서원에서 〈도올 東醫壽世保元 강론〉이 있었다. 개안開眼이 무엇인지 알았다.

그 공부에 힘입어 학생과 일반인들도 쉽게 적용할 수 있는 '우리 문학 이론'을 만들고 싶었다. 그러나 학교라는 경직된 사회, 교실이라는 좁은 세계는 모험을 용납하지 않는다. 더는 〈교사용 지도서〉에 갇혀 있을 수 없었다. 동료들의 우려를 뒤로하고 배회 천하徘徊天下했다.

많은 시간과 노력과 비용이 들었지만 내 아둔한 머리로는 객관적인 체질 판명이 불가능했다. 학계의 연구도 의문을 해소해 주지 못 했다. 대신, 방향을 틀었다. '수신제가치국평천하修身齊家治國平天下'(『大學』)의 '身－家－國－天下'를 문학적 사상인四象人의 기준[지향성]으로 삼았다. 『체질과 욕망』에서는 작품 속의 화자 체질이 지니는 글쓰기 양상을 다루었다. 글쓴이의 실제 체질과 연관성은 훗날의 과제다. 훅하고 입김 한 번 불면 흔적없이 날아갈 것들을 글이라고 썼다. 덜 부끄런 흔적이길 간절히 바랄 뿐이다.

체질과 욕망

초판 1쇄인쇄 2021년 2월 20일
초판 1쇄발행 2021년 2월 25일

저   자 이형우
발행인 박지연
발행처 도서출판 도화
등   록 2013년 11월 19일 제2013 - 000124호
주   소 서울시 송파구 중대로34길 9−3
전   화 02) 3012 - 1030
팩   스 02) 3012 - 1031
전자우편 dohwa1030@daum.net
인   쇄 (주)현문

ISBN | 979−11−90526−31−9 *03180
정가 15,000원

도화道化, fool는
고정적인 질서에 대한 익살맞은 비판자,
고정화된 사고의 틀을 해체한다는 뜻입니다.